SEN UYU
AMA VİCDANIN ASLA

DIANA GABALDON
TESS GERRITSEN
THOMAS COOK
JEFF ABBOTT
ANDREW F. GULLI
PETER JAMES
RAYMOND KHOURY
JOHN LESCROART
JEFF LINDSAY
GAYLE LYNDS
MICHAEL PALMER
FAYE KELLERMAN
J. A. JANCE
LORI ARMSTRONG
ALEXANDER McCALL SMITH
SANDRA BROWN
PHILLIP MARGOLIN
R. L. STINE
T. JEFFERSON PARKER
JEFFERY DEAVER
KATHY REICHS
MARCIA TALLEY
MATTHEW PEARL
MARCUS SAKEY
LISA SCOTTOLINE
JONATHAN SANTLOFER
DAVID BALDACCI

YAZARDAN TEK BİR HİKÂYE

ADALET

Çeviren: Güneş Demirel

MARTI

Adalet

Andrew F. Gulli

1. Baskı: Nisan 2014
ISBN: 978-605-348-268-0
Yayınevi Sertifika No: 12330

Baskı
Ezgi Mat. Teks. Pors. İnş. San. Tic. Ltd. Şti.
Matbaa Sertifika No: 12142
Sanayi Cad. Altay Sok. No: 14 Çobançeşme-Yenibosna/İstanbul
Tel: 0 212 452 23 02

MARTI

MARTI YAYINCILIK
Martı Yayın Dağıtım San. Tic. Ltd. Şti.
Maltepe Mh. Davutpaşa Cd.
Yılanlı Ayazma Sk. No: 8
Zeytinburnu/İstanbul
Tel: 0 212 483 27 37 - 483 43 13
Faks: 0 212 483 27 38
www.martiyayinlari.com
info@martiyayinlari.com

Orijinal Adı : No Rest for the Dead
Yayın Yönetmeni : Şahin Güç
Çeviren : Güneş Demirel
Editör : Gamze Büyükkaya
Sayfa Tasarımı : Erkan Küçük
Redaksiyon : Işıl Kocaoğlan
Kapak Tasarımı : Yasin Öksüz

SEN UYUYABİLİRSİN AMA VİCDANIN ASLA

DIANA GABALDON
TESS GERRITSEN
THOMAS COOK
ANDREW F. GULLI
JEFF ABBOTT
PETER JAMES
RAYMOND KHOURY
JOHN LESCROART
JEFF LINDSAY
GAYLE LYNDS
MICHAEL PALMER
FAYE KELLERMAN
J. A. JANCE
LORI ARMSTRONG
ALEXANDER McCALL SMITH
SANDRA BROWN
PHILLIP MARGOLIN
R. L. STINE
T. JEFFERSON PARKER
JEFFERY DEAVER
MATTHEW PEARL
KATHY REICHS
MARCUS SAKEY
MARCIA TALLEY
LISA SCOTTOLINE
JONATHAN SANTLOFER
DAVID BALDACCI

YAZARDAN TEK BİR HİKÂYE

ADALET

Çeviren: Güneş Demirel

MARTI

YAZARLAR

JEFF ABBOTT • LORI ARMSTRONG • SANDRA BROWN
THOMAS COOK • JEFFERY DEAVER • DIANA GABALDON
TESS GERRITSEN • ANDREW F. GULLI • PETER JAMES
J. A. JANCE • FAYE KELLERMAN • RAYMOND KHOURY
JOHN LESCROART • JEFF LINDSAY • GAYLE LYNDS
PHILLIP MARGOLIN • ALEXANDER McCALL SMITH
MICHAEL PALMER • T. JEFFERSON PARKER
MATTHEW PEARL • KATHY REICHS • MARCUS SAKEY
JONATHAN SANTLOFER • LISA SCOTTOLINE
R. L. STINE • MARCIA TALLEY

EDİTÖRLER: ANDREW F. GULLI VE LAMIA J. GULLI
GİRİŞ YAZISI: DAVID BALDACCI

Annem ve babam için...

İÇİNDEKİLER

174, 188 ve 269 numaralı sayfalardaki üç adet geçiş bölümü Jonathan Santlofer tarafından yazılmıştır.

---

* *Böcekbilim. (ç. n.)*

** *Dişlerin anatomi, histoloji, fizyoloji ve patolojisini inceleyen bilim dalı. (ç. n.)*

Giriş

DAVID BALDACCI

Okurlar, alışılagelmiş polisiye hikâyelerinde, yalnızca bir yazarın yeteneklerinden ve hayal gücünden büyülenirler, ancak kanunsuz bir suçu konu alan bu romanda kurguyu incelikle işleyen, gerilim unsurlarını ustalıkla kullanan ve yaşamla ölüm arasındaki geçişi en iyi şekilde yansıtan *yirmi altı* usta söz sarrafının yetenekleriyle bezenmiş bir hikâyenin tadına varacaklar. Aslında bu çok nadir rastlanan bir durum, çünkü gerilim yazarları işleri söz konusu olduğunda herkesin bildiği gibi birer münzevi ve paranoyak haline gelerek pek de dostça olmayan bir tavır takınabilirler. Romanlarına ilişkin son sözü söylemeyi severler, fakat bu kadar mutlak bir güç nadiren elde edilse de sarhoş edicidir; özellikle de hikâyelerini Hollywood'a satmışlarsa, güçlerinin sıfırın altına düştüğünü fark ederler. Ne var ki hikâye dünyasının dışında ve ellerinde bir kadeh içki olduğunda ilginç ve eğlenceli insanlardır. İyi hikâye anlatan herkes gibi, partilerde etraflarını hep kalabalık bir grup sarar. Birçok yazarın, içine dalmaya hazırlandığınız bu hikâyenin bölümlerini yazmayı kabul etmiş olmaları, burada bir araya gelen yaratıcıların nezaketi kadar, *Strand* dergisi editörlerinin ikna yeteneğinin bir göstergesidir.

Polisiye romanlar kitap dünyasının suçlu hilekârları gibidir. Bazı ukala eleştirmenler onları alenen küçümsedikten sonra, metroda giderken *Ulysees*'in eski bir baskısının ardına saklayarak, *Sherlock Holmes*'u henüz keşfettiği için sevinçten kabına sığmayan bir çocuk gibi bayıla bayıla okurlar. Bir emeğin eseri olan bu sayfalar, okurun yaratıcıyla boy ölçüşebileceği belki de tek alandır. Eğer gerçekten iyi bir okursanız, cevaba yazarın bulmanızı istediğinden önce ulaşabilirsiniz. Ayrıca acıklı aşk hikâyelerinde olduğu gibi ağlayabilir, mizahi karakterlerin kendilerini küçük düşüren hatalarına gülebilir ya da yalnızca korku hikâyelerinin sebep olduğu gibi dehşete kapılabilirsiniz. Ancak özgün polisiye romanlarında bu duygusal gelgitlerin hepsini birden yaşayabilir ve yine de cevabı vaktinden önce bulmak üzere hazır ve nazır olabilirsiniz! Ve eğer yaratıcıyı alt etmeyi başarırsanız, Amazon veya Barnes & Noble internet siteleri ya da kendi kişisel bloğunuz üzerinden zaferinizi meşru bir şekilde dijital dünyaya haykırmaya hak kazanırsınız.

Halbuki ben bu hikâyede denginizi bulacağınıza inanıyorum. Bu polisiye romana katkıda bulunan yazarlar grubu, 1927'nin New York Yankees beyzbol kulübündeki rüya takımı oyuncularını andırıyor. Bu grupta tek bir zayıf nokta bile yok. Hikâyenin kalitesinden olduğu kadar, olay örgüsü bir yaratıcının zihninden diğerine geçtikçe, bireysel sesler tarafından eklenen büyüleyici tuhaflıklardan da etkileneceksiniz. İçlerinden birkaç kişiyle arkadaş olduğum yazarların her biri bu romana hikâye anlatımı konusundaki özgün imzalarını atsalar da ortaya tek bir aklın ve hayal gücünün (her ne kadar şizofrenik de olsa) ürünü gibi duran, incelikle dokunmuş bir eser çıkarmış bulunuyorlar. Böylesine dopingli bir performansı Birinci Beyzbol Ligi bile yasaklardı ve bu da bize bir şeyler ifade etmeli.

Hikâye beklenmedik bir şekilde başlıyor. Bir kadın katil, on yıl önce idam edilmiş. Rosemary Thomas, kocası Christopher Thomas'ı vahşice öldürüp, vücudunu demir bir giyotinin içine tıkarak, Berlin'deki Alman Tarih Müzesi'ne göndermişti. Herkes bunu Rosemary'nin yaptığını biliyordu, fakat yine de ortada davadan sorumlu dedektifin yolunu şaşırmasına ve karısını kaybetmesine sebep olan birkaç şüphe kalmıştı. Sonra beklenmedik bir şey olur ve Rosemary'nin idamının onuncu yıl dönümünde bir anma töreni düzenlenir. Tüm olası şüpheliler ve bu suçu işlemek için geçerli sebepleri olan birtakım insanlar törene davet edilir. Mizansen kurulur. Bundan daha fazlasını söylemeyeceğim; aksi takdirde bu romanı ortaya çıkarmak için sıkı çalışan yaratıcılara haksızlık yapmış olurum.

Yine de şunu eklememe izin verin: Eğer Poirot'un ya da Marple'ın ortaya çıkıp olayı sakin bir biçimde ele aldığı ve gerçek katili ifşa ettiği Agatha Christie tarzında bir son bekliyorsanız, şok olacaksınız demektir. Yazarlar elbirliğiyle başka bir son planlamışlar ve benim naçizane fikrime göre bu o kadar ustalıkla yapılmış bir manevra ki, her şeyi romanın sonuna gelmeden önce nasıl çözdüğünüzü bloğunuzda anlatarak övünmek zorunda kalmayacaksınız. Aslında belki de bunu yine de yapabilirsiniz, fakat o zaman yalan söylemiş olursunuz.

Bu bir mesleki değerlendirme süreci olsaydı, tüm yazarlar hakkında övgü dolu raporlar yazardım. Uyanık bir okur, bir yazarın ne zaman üstün bir performans sergilediğini kesinlikle anlayabilir, fakat bir hikâyedeki nüansları arayıp taramak, bir spor maçı izlercesine parçalara ayırmak ve o işe verilen emeği gerçek anlamda görmek, başka bir yazarın işidir. Başarılı olmak için sarf edilmesi gereken emeği takdir ederiz, çünkü her kitapta aynısını yapmaya çalışırız. Ancak insan olduğumuz için bazen başarılı oluruz, bazen de olamayız.

Yine de isabetli bir replik bulmak için talim yapmak, kurgunun seyrini şaşırtıcı bir biçimde değiştirmek üzere mükemmel hale gelene kadar işlemek ve bir karaktere dehanın parlak kıvılcımlarını yansıtana kadar şekil vermek gibisi yoktur. Bunların hepsi de yazarın alınterinin eseridir. Bu yazarların yaptıkları zor bir iştir. Bu hikâyeyi okuduktan sonra arkadaşlarınıza da okumalarını söyleyin. Onları da eğlenceye dahil edin. Onlara bu hikâyenin tam bir beyin jimnastiği olduğunu söyleyin. Pekâlâ, onlara romanın bitmesine üç sayfa kala sırrı çözdüğünüz için hikâyeyi biraz öngörülebilir bulduğunuzu, fakat onların bunu yapamayacaklarını söyleyin. Bu sayede FBI'ın en üst düzey yetkililerinden de önemli bir insan gibi görünebilirsiniz ve herkes harika bir polisiye hikâyesini bir çırpıda okuma gibi basit (ve karmaşık) bir deneyim yaşayarak güzel vakit geçirmiş olur.

Hadi okuyun!

Jon Nunn'ın Günlüğü

ANDREW F. GULLI

Ağustos 2010

Sürekli aklımda olan bir dava var; hani geceleri uykumu kaçıran ve elimden kaçıp giden şu dava... Daima orada kalıp zihnimi kemirmeye devam edecek. Aradan on yıl geçmesinin veya davanın resmi olarak kapanmasının bir önemi yok. Masum bir kadın idam edildi ve buna aracı olan bendim. Ölümcül zehri taşıyan iğnenin kadının koluna saplandığı o hüzünlü gece, benim de hayatımın bir kısmı sona erdi.

O zamanlar son derece basit bir dava üzerinde çalıştığımı düşünüyordum, fakat yaptığım her şey beni Rosemary'nin sonunu getirmeye ve kendi hayatımı mahvetmeye bir adım daha yaklaştırıyordu. Bütün bulguların elimde olduğunu sanıyordum. Fiziksel kanıtlar; kan lekeli bluz, eksik düğme ve parmak izleri ortadaydı. Rosemary soruşturma sırasında çelişkili cevaplar vermişti. Kocası boşanmak istediğini söyledikten sonra onunla herkesin içinde kavga etmişlerdi. Rosemary, kocasının ortadan kaybolduğu hafta Meksika'ya gitmiş ve arkadaşlarına Christopher'ın geri döneceğinden şüphe ettiğini söylemişti. Tabii ki haklıydı. Christopher bir daha asla canlı olarak geri dönmedi.

Birkaç hafta sonra, Christopher Thomas'ın fena halde çürümüş vücudu Berlin'de, Alman Tarihi Müzesi'ndeki bir demir giyotinin* içinde bulunmuştu. Bu, çılgın ama basit bir dava gibi görünüyordu: Rosemary bir öfke nöbeti sırasında kocasını öldürmüş, sonra da kocasının cesedini Almanya'ya geri gönderileceğini bildiği için demir giyotinin içine koymuştu.

Jürinin onu suçlu bulması uzun sürmemişti.

Dava açıldığı gibi kapanmıştı.

Yine de...

Yolunda gitmeyen, mantıklı olmayan bir şeyler vardı. Kuşkusuz, bu cinayetin gerçekleşmesi için yeterli gerekçeler ve uygun bir zemin vardı. Fiziksel deliller de ortadaydı ama Rosemary'yle tanışsaydınız, onu benim gibi tanıma fırsatınız olsaydı...

Ne var ki, dava sürerken ve Rosemary'yi kurtarabilecekken farkına varmadığım bazı açılar bulunduğunu ve olayın açığa çıkarmadığım birtakım boyutları olduğunu ancak davanın ardından durup düşündükten sonra anladım; ama o zamanlar, şüpheliyle ilgili kişisel hislerimin işime engel olmamasını sağlamaya çalışmakla meşguldüm. Hiçbir şeyi net olarak göremeyecek kadar yakınında duruyordum. Belki de

---

* *Önden açılıp kapanan ve iç kısmı sivri uçlu çivilerle kaplı demir bir dolaptan oluşan, bir insanı içine almaya yetecek büyüklükte farazi bir işkence aletidir. Görüntü amaçlı örnekleri bulunsa da, kurgusal olduğu kabul edilir. (ç. n.)*

Vertigo adlı filmi izlemişsinizdir. İşte beni de tıpkı bir kukla gibi yönlendirilen ve hayatı bu doğrultuda ilerleyen bir adam olarak düşünebilirsiniz.

Neyse ki bir arkadaşım vardı.

Kendimi kaybettiğim ve Sarah'nın gidişinin ardından intiharın eşiğine geldiğim bir dönemde, Tony Olsen beni ayağa kaldırdı ve asla ona yük olduğumu ya da bana iyilik yaptığını hissettirmedi. Her şeyi unutmak için kendimi içkiye vurduğumda Tony beni evine getirdi, içkiden uzak durmamı sağladı ve firmasının güvenliğinden sorumlu olmamı isteyerek bana bir iş verdi. Esas çılgınca olansa, onun da Rosemary'nin bir arkadaşı olmasıydı. Oysa yaptığım şeyden ötürü ölmemi isteyebilirdi.

İçki içmekten vazgeçtim ama hayaletler peşimi bırakmadılar. Yıllar boyunca, hem sarhoşken hem de ayık olduğum zamanlarda bütün suçluları, yanlışlıkla göz ardı ettiğim herkesi bir araya getirdiğimi, bütün gerçeklere ulaşıp Rosemary, onun çocukları ve kendi hayatım için adaleti sağladığımı hayal ettim.

Uzun süre uğraşmam gerekse de, Tony'yi bana yardım etmesi için ikna etmeyi başardım. Bu olayın kapanmasına ihtiyacım vardı ve bu da yalnızca o zehirli elmadan ikinci ısırığı alarak mümkün olabilirdi. İşte bu yüzden, bunca yılın ardından bütün asli failleri tek bir yerde toplamam gerekiyor. Bunu yapmış olabilecek insanlarla yüzleşmeliyim.

Ama Tony haklıydı, onlardan yalnızca bana davayı çözmem için ikinci bir şans vermelerini *isteyemezdik.*

Bu konu hakkında çok konuştuk ve onları nasıl bir araya getirebileceğimize kafa yorduk. Aslında cevap tam önümüzdeydi. Rosemary'nin vasiyetinde ve ölmeden önce son arzusu olarak belirttiği gibi, ölümünün onuncu yılı anısına bir anma töreni düzenleyecektik. Masumlar ona olan saygılarını sunacaklardı. Suçlu olanlarsa üzerlerine şüphe çekmemek için katılacaklardı. Ayrıca endişelenecek ne vardı ki? Rosemary suçlu bulunarak idam edilmişti. Aklı başında olan hiçbir bölge savcısı davayı tekrar açmazdı. Hepsi gelecekti, bundan emindim. Bazılarıysa masumluk maskesini takacaktı.

Bütün hayatım boyunca Tanrı'nın varlığını sorgulamıştım. Hiçbir şeye inancım yoktu. Anka kuşunun küllerinden doğuşunu hayal edemiyordum. Gördüğüm kadarıyla küller daima geride kalıyordu ve er ya da geç her şey çürüyordu ama herkesi bir araya getirme ya da suçluyu bulma fikri sayesinde, yeniden dirilecektim.

Muhtemelen yalnızca çözemediği bir davayı saplantı haline getiren bir polis olduğumu düşünüyorsunuzdur ama yanılıyorsunuz. Bundan çok daha fazlası var. Gerçeği bilmem gerekiyor: Rosemary hakkındaki ve Christopher Thomas'ı kimin öldürdüğüne dair gerçeği. Görüyorsunuz ya, hayatımı kimin mahvettiğini ve Rosemary Thomas'ın soğuk hapishane parmaklıklarının arasından bir daha asla parlak sabah güneşini göremeyeceğini bildiği gece mışıl mışıl uyuyan kişinin kim olduğunu bulmam gerekiyor.

Önsöz

JONATHAN SANTLOFER

23 Ağustos 2000
Kadınlar için Valley Eyalet Hapishanesi
Chowcilla, Kaliforniya

Ben zaten bir hayaletim.

Rosemary Thomas hücre parmaklıklarından yansıyan gölgeler nedeniyle üzerinde çizgiler oluşan uzun parmaklarına baktı. Elini havaya kaldırıp, şeffaf teninin altındaki solgun mavi damarlara dikkat ederek, sanki yeni keşfedilmiş bir canlı türüymüş gibi onları inceledi.

Evet, diye düşündü. *Ben kayboluyorum.* Parmak uçlarını, bir yabancının yüzüne dokunan kör bir kadın gibi yüzünde gezdirirken onları zar zor hissedebiliyor ve durumunun ciddiyetini yeni kavrıyordu: *Yaşamak için bir saatten az vaktim kaldı,* diye düşündü.

Boşluğa, "Bu nasıl oldu?" diye fısıldadı fakat bütün bunlar gerçekti ve bunun farkındaydı. Kocası Christopher'ın öldürüldüğünü, anlamsız bir şekilde müzede *kendisinin* çalıştığı birime ödünç verilen, on sekizinci yüzyıldan kalma kiralık bir işkence aletine kapatıldığını ve bir şekilde bütün delillerin kendisini işaret ettiğini biliyordu.

DEMİR GİYOTİNİN ÜZERİNDE KARISININ PARMAK İZLERİ BULUNDU

İşlenen suçu –ya da bölge savcısının kanıtladığı üzere *onun* işlediği suçu– detaylarıyla anlatan birçok gazeteden birinde yer alan manşette böyle yazıyordu.

Rosemary savcıyı gözünde yaşlanmakta olan, üç parçalı takım elbise giyen, eşitlik uğruna büyük bir tantana yaratan ve alenen kulis faaliyetleri yapan –dava boyunca, "Zenginlere iltimas yok!" sloganını kullanmıştı– bir züppe olarak canlandırmıştı. Haftalar sonra tekrar seçilme şansını, *zengin bir kadın uğruna* feda edemezdi. Daha birinci günden ellerini kana bulamayı göze alarak, şaşkın bir yargıçtan ve jüriden idam cezasından *başka* bir cezaya razı olmamalarını istemişti.

Rosemary'nin davası büyük yankı uyandırmış, ölümden ve yaşamdan yana olan güçler arasında bir mücadele yaşanmıştı. Kadın nihayet bir cinayet sayesinde üzerine ilgi çekebilmesini komik bulmuştu.

Eğer bölge savcısının, yargıcın ve de valinin tekrar seçilme yılı olmasaydı avukatı, Rosemary'nin ceza indirimi alacağını iddia etmişti.

Ancak o sene *seçim* yılıydı ve Rosemary *ölecekti.*

Ne zaman bu hale gelmişti? Rosemary umudunu tam olarak ne zaman yitirmişti? Erkek kardeşinin sözleri onu mahkûm ettiği zaman mı? Ya da güvendiği Polis Jon Nunn aleyhinde ifade verdiğinde mi?

Rosemary tanık kürsüsündeki irikıyım polisi düşündü. Adamın saçları darmadağındı, yüzünde üç günlük bir sakal ve gözlerinin altında da siyah halkalar vardı. Polis ifadesini bitirince kendisine o kadar hüzünlü bir şekilde bakmıştı ki, Rosemary kızgınlığına rağmen onu anladığını belirtmek için başını sallamıştı. Belki de polise işini yaptığını anladığını söylemek istemişti; artık davacının ihtiyacı olan her şeye sahip olduğunu ve kaderinin mutlak bir şekilde belirlendiğini fark ettiği için üzerine bir hüzün çökse bile.

İç geçirerek son mahkemesini de kaybetmesinin ardından getirildiği özel güvenlikli hücrenin duvarlarını inceledi. İki hafta boyunca saat başı kontrol edilerek yaşamıştı. Bu izleme "ölüm nöbeti" olarak biliniyordu. Bir gardiyan, sanki rapor edilecek bir şey varmış gibi yaptıklarını not ediyordu: Mahkûm yataktan sandalyeye geçti, mahkûm akşam yemeğini yemedi, mahkûm günlüğüne yazdı, mahkûm ağlıyor.

Evet ağlamıştı ama artık ağlamıyordu. Gözyaşı dökme noktasını geçmişti. Psikiyatriste, papaza ve dava üzerinde çalışan birine –üçü de iyi niyetli fakat yararsızdı– böyle söylemişti. Bu insanlar onun için ne yapabilirlerdi ki?

Aklı başındaydı.

Bir Hıristiyan olarak doğmuştu ama artık inançsızdı.

Bir hayırseverdi.

Dava görevlisine aynen böyle demişti ve bu ifadenin anlamsızlığı ikisini de güldürmüştü.

Acaba bu, güleceği son sefer miydi?

Rosemary ufacık hücrenin içinde ileri geri yürüyüp duruyordu. Elleriyle bedeninin yanlarına hafifçe vuruyor, damarlarında adrenalin dolaşıyordu. Uyumamasına rağmen yorgun değildi. Aleyhindeki deliller –bluz, düğme, saç telleri, kavga ve parmak izleri– otomatik olarak zihninden geçiyordu, fakat artık hiçbirinin bir önemi yoktu. Ölecekti.

O gün, kalan son yirmi dört saatinde neredeyse kaderine razı olmuştu. Tek ziyaretçisi olan arkadaşı Belle McGuire'a da içinde bulunduğu ruhsal durumu bu şekilde anlatmıştı.

Sadık, güvenilir Belle... Rosemary çocuklar büyüyene kadar saklaması için Belle'e bir şey vermişti fakat aradan on yıl geçtikten sonra bunun bir önemi var mıydı? Ben ve Leila için vardı ve daima olacaktı. Çocuklarını düşününce gözlerini sımsıkı yumdu. Dadının onları veda etmek üzere oraya getirme teklifini reddetmişti. İnsan çocuklarına nasıl sonsuza kadar veda edebilirdi ki? Bunu onlara nasıl açıklardı?

Yatağına uzanıp turuncu tulumunun manşetinin sonundaki gevşek bir iplikle oynadı. İpi parmağına o kadar sıkı bir biçimde dolamıştı ki parmağının ucu beyaza döndü. Gözünün önüne başka bir parmağın, Christopher'ın parmağının ve ölmüş olan kocasının çürümüş vücudunun olay yeri fotoğraflarının görüntüsü gelene dek durmadı.

Rosemary kendini yataktan kalkamaya zorlayarak, parmaklıklara doğru altı adım atıp yanağını soğuk demirlere dayadı ve koridorun en sonundaki saati okuyabilmek için gözlerini kıstı ama bunu neden yapıyordu ki? Saat, ona hayatının kalan son dakikalarının da gelip geçtiğini mi söyleyecekti?

Arkasını dönüp yatağın kenarındaki tepsiye baktı. Peçete lekelerle doluydu. Son öğünü bir çizburger ve patates kızartmasından oluşuyordu. Bunu üzgün ve güler yüzlü bir gardiyan ne isterse söyleyebileceğini belirttiğinde sipariş etmişti.

Ne isterse söyleyebilirdi demek. Peki, yeni bir mahkeme isteyebilir miydi? Özgürlüğünü ve hayatını geri isteyebilir miydi?

Rosemary hüzünlü bir şekilde gülümseyen gardiyana, "Umurumda değil," diye karşılık vermişti. Çizburger geldiğinde, tam olarak pişmemiş köftesinden kanlar sızıyordu ve şişman kızarmış patatesler bu sıvıyı sülükler gibi emiyordu. Rosemary çizburgerin üzerini bir peçeteyle örtmüştü. Yemek yeme düşüncesi bile imkânsız geliyordu.

Zaten haftalardır bir şey yiyememişti. Yalnızca çay ve krakerle yaşıyordu. Bir de önceki gece Belle'in bahçesinden getirdiği birkaç kirazı yemişti ve parmakları kan bulaşmış gibi leke olmuştu.

Parmaklıkların ardında bir gölge belirince başını kaldırdı. Hapishane müdürü, üç gardiyan ve hapishanenin papazı karşısında duruyorlardı.

Rosemary'nin parmaklıkların ardında geçirdiği süre boyunca tanıdığı hüzünlü, kibar yüzlü ve tıknaz bir kadın olan gardiyan, "Zamanı geldi," dedi. Zihnine bir dizi fotoğraf karesi üşüştü: Rosemary babasının yanında duruyordu ve adamın sert yüzüyse her zaman olduğu gibi aksi yöne çevrilmişti. Sonra kendisini sırık gibi uzun, zayıf ve acemi bir genç kız olarak sosyeteye ilk kez takdim edildiği partide gördü. Son karede ise düğün gününde beyaz danteller içindeydi ve Christopher Thomas da yanındaydı.

Yakışıklı ve görkemli şövalyesi Christopher.

Ona ihanet eden Christopher.

Gardiyan, Rosemary'nin gözlerinin içine bakmakta zorlanarak, "Hazır mısın?" diye sordu.

Rosemary, *ne saçma bir soru,* diye düşündü. *Ya, "Hayır, hazır değilim," dersem? O zaman ne olacak?* Duvarı yıkıp koridor boyunca koştuğunu, gardiyanların peşine düştüğünü, diğer tutukluların tezahürat yaparak eğlendiklerini hayal etti fakat, "Evet, hazırım," dedi.

Ona ne kelepçe ne de zincir taktılar. Yalnızca iki yanında gardiyanlar vardı, hapishanenin papazı elinde açık bir İncil tutuyor, hapishane müdürü de önden giderek yolu gösteriyordu.

Rosemary, *hiçbir şey hissetmemem ne kadar garip,* diye düşündü.

Üzgün ve nazik gardiyan kolundan tuttuğunda koridor önünde uzadı. Floresan bir ışık titredi. O yürüyüş sonsuza kadar sürecek gibiydi.

Onu oval biçimli bir kapıdan geçerek sekizgen bir odaya soktular. Rosemary odanın yarısını dolduran sedyeleri, üzerinde turnikelerin ve iğnelerin bulunduğu masayı ve odanın her yanında pencerelerin olduğunu görünce bunun bir şov olduğunu, kendisinin de başrolde olduğunu anladı.

Güçlükle solumaya çalışınca, nefesi boğazında kaldı. Bacaklarının bağının çözüldüğünü hissettiği anda gardiyan kolundan sıkıca tutmuyor olsaydı düşebilirdi.

Kadın gardiyan, "İyi misin?" diye sordu.

Rosemary içinden, *az sonra öleceğim,* diye geçirirken, "Ben... iyiyim," dedi.

Hepsi de yas tutanlar gibi yan taraftaki bir kapıdan geçip, idam odasını çevreleyen dairesel bir koridora yöneldiler.

Jon Nunn şahitlerin muhafızlar gibi yerlerini almalarını izledi. Beş pencerenin her birinin perdeleri kapalıydı. Hepsi camlara, kendilerinin soluk ve çarpık görünen yansımalarına baktılar. Jon Nunn sadece bir defaya mahsus olmak üzere sessiz olan bölge savcısını, savcıya dava boyunca yeterince yüklenmiş bir kadın olan ve gergin bir şekilde ellerini sıkıp duran yargıcı, yalnızca birkaç dakika önce kendisine çarpmış olan Rosemary'nin nefesi içki kokan erkek kardeşi Peter'ı ve Muhabir Hank Zacharius'u sırayla inceledi. Salonda başka muhabirler, gardiyanlar ve devlet memurları da vardı. Rosemary'nin duygularına yenik düştüğü için kızarmış yüzüyle ağlayan arkadaşı Belle McGuire dışında herkes katı ve ciddi görünüyordu.

Nunn, Rosemary'yle ilk tanıştığında onun ne kadar dayanıklı görünmeye çalıştığını hatırladı ve aynı cesareti bugün de toplayabilmesini umdu; zira kendi rezervleri çoktan tükenmişti.

O akşamın erken saatlerinde Nunn ve Sarah dava ve işlenen suç hakkında kavga etmişlerdi. Gerçi bu ilk kez olmuyordu. Sarah bu davanın Nunn'da saplantı haline geldiğini söylemişti. Nunn ise birçok gece olduğu gibi artık onun suçlamalarına cevap verecek ya da inkâr edecek durumda değildi; bu yüzden burnundan soluyan Sarah'yı bırakmış ve kapıyı çarpıp çıkmıştı. Kapanana kadar bir barda takılmış, sonra da bütün gece açık olan başka bir bar bulmuştu. Yani nefesi içki kokan yalnızca Peter Heusen değildi.

"Sabitleme takımı" narin bir kadını zapt etmek için görevlendirilen beş iri adamdan oluşuyordu. Rosemary'yi sedyeye bağladılar. Bir tanesi başucunda dikilirken, birer kişi de kollarının ve bacaklarının yanında durdu. Artık göğsünün, bileklerinin ve karnının da üzerinde kayışlar vardı. Açılıp kapanan bandajların sesi hâlâ Rosemary'nin kulaklarında yankılanıyordu.

Adamlardan biri, "Kafanı yastığa yasla," dedi.

Rosemary, k*afamı yaslayayım mı? Dalga mı geçiyorlar,* diye düşündü ama yine de söyleneni yaptı, hatta her zamanki düzgün yetişmiş cici kız tavrıyla, "Teşekkür ederim," bile dedi. Annesini ve babasını düşünerek ilk defa, ölmüş oldukları için memnuniyet duydu.

Zihnini meşgul etmek için her şeyi yaptı. Tavana, duvarlara bakıp beyaz seramiklerin arasında kaç tane gri seramik olduğunu saydı. Sonra kamerayı gördü ve, *ölümümü kaydediyorlar,* diye düşündü. Ağırbaşlı görünmek, çığlık atmamak ve vücudunun ona ihanet ederek spazm geçirmemesi için dua etti. Bunun düşüncesine bile katlanamıyordu.

Başucundaki adam, "Tamam," dediğinde ayakucundaki de bileğine öyle nazik ve kibar bir biçimde dokundu ki, Rosemary gözyaşlarını kontrol etmek için çaba harcadı.

"Sabitleme takımı"nın yerini tıbbi bir ekip almıştı. Teknisyenler kollarının etrafına tüpler sarıyor ve damar bulmak için tenine fiskeler vuruyorlardı.

Rosemary kateterleri fark edince titredi.

Rosemary, adamlardan biri, "Yumruğunu sıkabilir misin?" diye sorduğunda söyleneni yaparken yalnızca kan aldıklarını farz ederek evlenmeden önce yaptırdığı kan testini ve Bayan Christopher Thomas olacağı için ne kadar heyecanlı olduğunu düşündü. Bu evlilikle ilgili ne kadar büyük umutları vardı ve ne kadar azı gerçekleşmişti. Uyanık ve küçük düşürülmüş bir halde Christopher'ı beklediği, onun başka bir kadının yatağında olduğunu bilerek ölmesini dilediği ve onu öldürmek istediği geceleri düşündü.

Teknisyenlerden biri damarı bulamayınca Rosemary irkildi ve gözyaşları kendiliğinden gözlerine hücum etti.

Rosemary içinden, *hayır ağlama,* diyerek gözlerini sımsıkı yumdu.

Teknisyenler birkaç deneme yapıp yanıldıktan sonra nihayet içlerinden biri, diğeri Rosemary'nin kolunu delik deşik etmeyi sürdürürken, "İşte, şuradaki uygun," dedi. "Damarlar tamamen düzleşmiş."

Teknisyen, *damarları* değil, *damarlar* demişti.

Rosemary, *ben hâlâ yaşıyorum*, diye çığlık atmak istedi.

Diğer teknisyen, "Dur yardım edeyim," dedi. İki kara gölge üzerine eğilerek kolunu didiklemeye başlayınca, Rosemary'nin aklına bir sahne geldi. Yıllar önce, kansere teslim olan yaşlı Cocker Spaniel cinsi köpeğini veterinerin muayenehanesinde uyutmak zorunda kalmıştı. Köpek hiç acı çekmemiş gibi görünüyordu. Veteriner ilacı damardan verdiğinde huzurlu bir şekilde Rosemary'nin kollarına yerleşmiş durumdaydı. Rosemary gözlerinde yaşlarla, "Yalnızca uyuyacaksın," demiş, zavallı köpek daha önce hiç duymadığı, derinden ve gırtlaktan gelen bir şekilde havlayana kadar da buna inanmıştı. Köpeğin yumuşak ve yaşlı gövdesini hareket etmemesi için tutmak zorunda kalmış, ilaç kana karışıp vücudu gevşeyene kadar, "Tamam, tamam," diye fısıldayarak onu sakinleştirmeye çalışmıştı. Rosemary o ana dönüp odada bulunan insanlar grubuna bakarak, *beni kim teselli edecek,* diye düşündü.

İkinci damar yolunu da Rosemary'nin koluna takan teknisyen, "Tamam, nihayet bulduk," dedi.

Rosemary, *lütfen Tanrım, çabucak bitsin,* diye düşündü.

Teknisyenler gidince, hapishane müdürüyle papaz geldi.

Hapishane müdürünün elini kaldırmasıyla birlikte perdeler açıldı ve Rosemary insanları gördü.

Kalbi hızla çarpan Rosemary, *seyircilerim bazıları ölümüme şahit olacak, bazılarıysa yalnızca katılımcı,* diye düşündü.

Erkek kardeşinin kızarmış gözlerinden sarhoş olduğunu anlamıştı. O sabah Peter'ı görmeyi reddetmişti. Yalnızca vicdanını temizlemeye çalıştığını biliyordu.

Seyirciler arasında tanımadığı başka yüzler de vardı. Bir de camın arkasından ağlayarak onu seyreden Belle vardı.

Jon Nunn da onu ziyaret etmek istemişti ama Rosemary daha önceki seferlerde olduğu gibi onu yine geri çevirmişti. Göz göze gelince Nunn gömleğini düzeltti ve dalgın bir biçimde kirli sakalını sıvazladı. Sanki aniden bu darmadağınık görüntüsünden rahatsız olmuş gibiydi.

Rosemary kalabalığı tarayınca gözleri, arkadaşı olan gazeteci Hank Zacharius'a takıldı. Ardı ardına yazdığı birçok haberde, hırslı bir savcı ve yargıç tarafından zorlanan masum bir kadının infaz edilmek üzere olduğunu yazmıştı. Rosemary, onun delilleri sorgulamak için harcadığı çabayı hâlâ hatırlıyordu.

Hank Zacharius kendini oraya bir arkadaş olarak değil de yalnızca bir şahit ve muhabir olarak geldiğine inandırmaya çalıştı. İdam cezasının korkunçluğunu detaylandıran son bir yazı yazacak, bu yazı onu olaydan biraz olsun uzaklaştıracaktı fakat kalbi hızla çarpıyordu ve ağzı kurumuştu. Camın ardından Rosemary'ye bakıp birkaç derin nefes aldı. Ne kadar zayıfladığı gözünden kaçmadı. Bir zamanlar narin bir kemik yapısı olan yüzü, şimdi bir kurukafayı andırıyordu. Kemikli kollarında –teknisyenlerin 14 birimlik kateterleri ve Rosemary'nin kalbini durduracak olan uyuşturucu-zehir karışımını iletmesi için piyasanın en büyük iğnelerini acemice takmaya çalıştıkları yerlerde– çürükler oluşmuştu. Hank bunun olmasını önlemek için ne kadar çaba sarf ettiğini hatırladı. Aklı dava hakkında yazdığı makalelere gidip duruyordu:

Christopher Thomas'ın cesedi ileri derecede çürümüş bir halde bulunmuştur. Ceset, demir giyotin olarak bilinen mekanizmanın içine konduğu için sıkışmış, bu mekanizma bir nevi düdüklü tencere görevi görmüştür. Bu mekanizma ayrıca maktulün dişlerini de ezmiş ve demir giyotinin dibinde tanımlanamayan bir maddeye de rastlanmıştır.

Bu muhabir, zan altındaki 58 kiloluk bir kadının, 1.80 metreden uzun ve 80 kiloluk bir adamı tek başına kaldırıp demir giyotinin içine koymasının imkânsız olduğunu iddia etmiştir. Eyalet yönetimiyse, McFall Sanat Müzesi'nde görünmesinin ardından ortadan kaybolan, tanıdık bir uyuşturucu kaçakçısından yardım aldığını iddia etmiştir.

Eğer Rosemary Thomas sonradan yerleştirilen delillere dayanarak idam edilirse, bu bir cadı avının, devlet adamlarının yerlerini koruma ve zenginlerin de en az fakirler kadar kötü muamele görebileceğini gösterme çabalarının bir sonucu olacaktır.

Ne var ki Zacharius'un Rosemary'yi üniversiteden beri

tanıyor olması, yazılarına gölge düşürüyordu. İnsanlar, aralarındaki arkadaşlık ilişkisini Zacharius'un itibarını sarsmak için kullanarak, *o, taraf tutuyor. Kadının arkadaşı. Delilleri çarpıtıyor,* demişlerdi. Yalnızca birkaç ay önce *Rolling Stone* dergisi için idam cezası aleyhinde bir dizi makale yazmış olmasının da bir yararı olmamıştı; sanki savunduğu fikri tekrar gündeme getiriyormuş gibi anlaşılmıştı.

Zacharius, Rosemary'nin arkasına, karşı taraftaki cama doğru bakınca Peter Heusen'i gördü. Sanki düşecekmiş gibi zikzaklar çiziyordu.

Zacharius, *adam sarhoş. Rosemary'nin lanet olası erkek kardeşi sarhoş,* diye düşündü.

Peter Heusen, kahvaltıda iki kadeh viski eşliğinde yuvarladığı yumurtalı ekmekleri midesinde tutmakla zorlanıyordu. Midesi bulanıyor, başı ağrıyordu. Sürekli yutkunuyor ve kusacağından korkuyordu. Tanık kürsüsündeyken, kız kardeşinin birkaç sefer kocasının ölmesini istediğini söylediğini anlatmıştı. Tabii ki bunu yalnızca lafın gelişi söylediğini belirtse bile, "Gerçi o uçkur düşkünü hergeleyi *gerçekten* öldürseydi kız kardeşimi kim suçlayabilirdi ki?" demişti.

Peter Heusen tekrar yutkundu. Bir bardak viski daha içmek için neler vermezdi. Dudaklarını yalarken Rosemary'nin o sırada dadılarıyla birlikte evde olan küçük çocukları Leila ile Ben'i ve onlara sonradan ne söyleyeceğini düşündü. İçinden, a*h şu zavallı anneniz,* diye geçirdi. Ablasına baktı ve onun, kendisine her zaman nasıl göz kulak olduğunu düşündü. Ona, *Sorumluluk Sahibi Rosemary,* derdi. Peter tüm vücudunun ürperdiğini hissetti. Ablası şimdi bile sorumluluk sahibi ve kontrollü görünüyordu. *Her zaman benim tam tersim olmuştur,* diye düşünerek tekrar yutkundu ve Rosemary' yle göz göze geldi.

Hapishane müdürü, Rosemary'nin başucunda yerini aldı.

Yanı başındaki papaz, "Söyleyecek bir şeyin var mı?" diye sordu.

Rosemary tekrar pencerelerin diğer tarafındaki insanlara baktı ve bölge savcısıyla yargıcı, adaleti sağlamak için hiçbir engel tanımayan bu insanları gördü.

Adalet mi?

*Acaba söyleyecek bir şeyim var mı, d*iye düşündü.

Başını sallamış olmalıydı çünkü tavandan uzun saplı bir mikrofon uzandı.

Ancak konuşmak yerine gözlerini kapadı ve gözünün önüne çocukluğundaki yatak odasını ve annesinin, yatağının yanı başında çömeldiğini getirdi.

"Şimdi uykuya dalıyorum..."

Sözleri mikrofon sayesinde daha yüksek bir şekilde duyuldu. Rosemary koluna dokunan bir el hissetti ve bunun papazın eli olduğunu bilmesine rağmen bir an için annesine ait olduğunu hayal etti.

"... eğer şeyden önce ölürsem..." diye devam etti ama sözleri hiçbir anlam ifade etmiyordu çünkü *eğer* diye bir şey yoktu.

Rosemary zihnini boşaltmaya çalıştı, fakat çocuklarının hayali gitgide belirginleşen fotoğraflar gibi çiçek açtı. Onların güzel ve masum yüzleri gözünün önüne geldiğinde, onları bir daha asla göremeyeceğini, büyüdüklerine tanık olamayacağını, gençlik ve üniversite yıllarını, evliliklerini ve torunlarını kaçıracağını düşünmeden edemedi. Her ne kadar engellemek için çaba harcasa da ağzından boğuk bir hıçkırık çıktı.

Melissa Franklin Forrest hıçkırığı duyunca irkildi. Rosemary'nin başının üzerindeki bir noktaya bakıyordu. Kadınla göz göze gelmemek için ne gerekiyorsa yapıyordu, fakat şimdi hıçkırığı duyup Rosemary'nin yüzündeki yaşları görünce, kendi gözyaşlarının da toplandığını hissetti.

Forrest hayatının yarısından fazlasını bir yargıç olarak geçirmişti ve adil biri olarak anılıyordu. Birden fazla kez tekrar seçilmek için uğramıştı, ama sanki yaptığı bütün iyi işler geride kalmış gibi geliyordu; yalnızca hayatı boyunca peşini bırakmayacak olan bu kararıyla hatırlanacaktı.

Burada olmayı ve bu olaya şahit olmayı istememişti ama eyalet yönetimi ısrar etmişti. Forrest parmağındaki düz altın yüzükle oynayıp durmuş, kalbi hızla çarpmasına ve başı dönmesine rağmen normal bir şekilde nefes almaya çalışmıştı.

Keşke o tecavüzcüye o kadar müsamaha göstermeseydi, keşke onun başkasına tecavüz etmesini göze alarak serbest bırakmasaydı, keşke şu tecavüz davası bundan önceki olmasaydı...

Fakat Forrest tecavüzcünün serbest kalmasına izin *ver-*

mişti ve bu dava Rosemary'nin davasından hemen öncekiydi.

Yargıç Forrest, kendini Rosemary'ye, onu kapana kısılmış bir hayvan gibi yerinde tutmaya yarayan kayışlara ve zehri aktarmak için koluna takılan iğnelere bakmaya zorlayıp, *artık ben de cinayet suçlusuyum,* diye düşündü.

Rosemary soğuk ve tuzlu çözeltinin damarlarına hücum ettiğini hissetti.

Sonra hapishane müdürü gözlüklerini çıkararak başını bir aynaya doğru eğdi ve Rosemary bunun bir sinyal olduğunu, infazın başlaması için verilen *o* sinyal olduğunu anladı.

Aynalı camın ardındaki infazcı işlemi başlattı.

Rosemary'ye önce anestezi niyetine, hızlı bir şekilde etkisini gösteren bir yatıştırıcı olan *sodyum tiyopental* verildi. Ardından kasları gevşeten, diyaframı felç eden ve solunumu durduran elli miligramlık *Pavulon* geldi. Son olarak da kalbi durduracak olan *potasyum klorür* verildi.

Papaz, Rosemary'ye tekrar söyleyecek bir şeyi olup olmadığını sordu. Rosemary kafasını hayır anlamında iki yana sallarken ağzından şu sözcükler döküldü: "...ölümün gölgesinin vadisinde yürüsem de korkmayac..."

Sonra Rosemary dilinin arka tarafında acı bir tat aldı, sözcükler boğazına takıldı ve kollarında hissettiği hafif yanma hissi yerini bir yangına bıraktı. Tüm vücudu titriyor, kıvranıyordu. Rosemary'nin soluğu kesilmeye ve öğürmeye başlamıştı.

"Aman Tanrım! Aman Tanrım!" Belle McGuire elleriyle yüzünü kapadı. "Neler oluyor?"

Perdeler çabucak çekilmişti, fakat Belle ile diğerleri inlemeleri ve çığlıkları camın ardından bile duyabiliyorlardı.

Solgun benizli Zacharius, Nunn'a bakarak, "Bu, taşlanarak ölmekten bile beter," dedi.

Jon Nunn gözlerini sımsıkı yumdu. Camı yumruklayıp kırmamak için kendine hâkim olması gerekiyordu.

Tıbbi ekip ve sabitleme takımı ölüm odasına daldı.

İriyarı siyah bir adam, "Lanet olsun!" diyerek Rosemary'nin şiddetli bir biçimde sarsılan vücudunu zapt etmeye çalıştı.

Teknisyenlerden biri, "Kolu yüzünden! Şu şişliğe bakın. Aman Tanrım!" diye bağırdı.

Hapishane müdürü, "Kayışlar fazlasıyla sıkı. Sıvının yalnızca bir bölümü damara ulaşıyor. Onu yavaşça öldürüyorsunuz! Çıkarın şunu, *şimdi*!" dedi.

Sabitleme takımındaki adamlardan biri kayışı Rosemary'nin kolundan o kadar hızlı bir şekilde çekti ki, damar yolu ve iğne, tıpkı zehrini püskürten bir yılan misali havayı kırbaç gibi yardı.

Hapishane müdürünün yüzü kızardı. "Sizin *neyiniz* var böyle?" Dışarıda bu sahneyi izleyen devlet memurları *ve* muhabirler var! Yüce Tanrım!" Felç eden Pavulon'la dolu bir yüzden kaçınmak için geri çekilmişti.

Rosemary'nin kalbi tekrar normal bir şekilde atmaya

başladığında, etrafında olan bitenleri adeta bir kara mizah oyunuymuş gibi izliyordu. Eklemleri ağrıyor ve kasları yanıyordu ama zihni şaşırtıcı derecede açıktı.

Teknisyen, "İyi misin?" diye sorunca Rosemary onaylar biçimde kafasını salladı.

Papaz geri gelmiş, elini onun alnına koymuştu. "Geçti tatlım, geçti," dedikten sonra, teknisyen kateterleri yerine takıp, Rosemary yastığa başını dayarken tekrar dua etmeye başladı.

Belle McGuire, Nunn'a döndü. Hâlâ ağlıyordu. "Durdur onları. Lütfen durdur onları!"

Muhabirlerden biri kafasını sallayarak, "Bu, bir şeylerin ters gittiğini gördüğüm ilk sefer değil," dedi.

Belle acıyla yüzünü buruşturdu ama Jon Nunn birkaç dakika daha bekleyemedi. Yumruğunu cama vurup, "Durdurun şunu! Derhal durdurun!" diye bağırdı.

Saniyeler içinde yanında bir gardiyan belirdi. "Bayım, eğer durmazsanız gitmek zorunda kalac..."

Nunn tam cama doğru bir yumruk daha savurmak üzereydi ki, hızlı ve derin nefesler alarak elini indirip yere baktı.

Perdeler açıldı ve Rosemary bir kez daha şahitlere baktı. Belle'e gülümsemeye çalıştı, sonra pencereleri tarayınca Jon Nunn'ı gördü. Nunn öne doğru yaslanmış ve elini cama dayamıştı. Bunu yapmaması gerekiyordu fakat bu sefer onu kimse durdurmadı.

Bu hiç de hayal ettiği gibi, ilaca bağlı bir sersemliğin ardından gelen bir uyku değildi. Rosemary Thomas daha ziyade vücudunun, ciğerlerine girip çıkan havanın, damarlarında ve atardamarlarında dolaşan oksijen kabarcıklarının, yüksek sesle ve net bir şekilde çarpan kalbinin ve beyninde kıvılcımlar gibi beliren anıların farkındaydı. Babası yatağa düşmüştü, annesi cenazesinde sigara içiyordu, çocukları Ben ve Leila kendisine sesleniyorlardı. Sonra gözünün önüne demir giyotin, kana bulanmış bluz, Christopher'ın yüzü, parmağı, sözcükler, renkler, geldi. Her şey hızla ve dönerek birbirine giriyordu. Bölge savcısının yüzündeki ciddi ifadeyi, yargıcın yüzündeki acıyı, gardiyanları, doktoru, kendisine boş boş bakan fakat görmeyen muhabirleri fark etti.

Artık neler olduğunu anlamıştı. Soluk alıp verişi yorucu bir hale gelmiş ve kalbinin çevresini aniden bir soğukluk kaplamıştı. Gözleri kapanmadan hemen önce ağlayan Belle McGuire'ı ve Jon Nunn'ın yüzünü gördü; parmak uçları beyaz, uçuşan pervaneler gibi cama dayanmıştı. Sanki Nunn'ın eli, kolunun üzerindeydi.

Rosemary bağırmak istedi fakat bu imkânsızdı, konuşamıyordu. Bir balondan dışarı çıkan havaya benzer bir ses kulaklarını doldururken, bunun son nefesi olduğunu anladı. Ardından kalbi buz tuttu, çatladı ve parçalara ayrıldı. Sonra dünya parlak beyaz bir renge büründü ve Rosemary uçmaya başladı.

1998

1

JEFF LINDSAY

McFall Sanat Müzesi gece boyunca kapalıydı. Aşağı kattaki ana salonlarda yanan ışıklar, kapılarda ve koridorlarda parlak ve şekilsiz yansımalar bırakıyorlardı. Bu ışıklar, odaları dolduran tabloları ve heykelleri en iyi şekilde, üzerlerinde herhangi bir parlama veya gölge olmadan göstermek için sevgiyle yansıtılan, yönü özenle ayarlanmış gündüz aydınlatmalarından çok farklıydı. Gece ışıklarının sağladığı aydınlatma haşin ve sert köşeliydi. Sağladıkları cafcaflı ışık öbekleri, müzeyi her nasılsa daha karanlık ve muhteşem sanat eserleriyle dolu bir binadan çok daha tuhaf ve tehditkâr gösteriyordu.

Burası çok büyük bir müze değildi fakat San Francisco'da kendi çapında bir isim yapmıştı. İnsanlar, "neredeyse her döneme ait sanat eserlerini barındıran keşfedilmemiş bir hazine koleksiyonu" olan bu müzeye "Körfez Bölgesi'nin cevheri" derdi.

İkinci kata çıkan mermer merdivenlerin yakınında, elinde yarısı kırılmış bir mızrak tutan çıplak bir atlet heykelinin keskin hatlı gölgesi yere yansıyordu. Bu atlet neredeyse 2500 yıldır ölüydü ve mızrağı da 1700 yıldır kırıktı fakat hâlâ atış yapmaya hazırmış gibi bir hali vardı. Heykelin mermer yüzeyine vuran güvenlik ışıklarının parıltısı altında kaçınılmaz gibi görünen bu atış, kötü bir şeylerin olacağının habercisi gibi duruyordu.

Arka taraftaki salonun en dibinden gelen tuhaf bir ses, karolarla kaplı lekesiz zemin boyunca dalga dalga yayıldı. Bunun ne sesi olduğunu anlamak neredeyse imkânsız hale gelene kadar yerdeki sert yüzeylere ve duvarlara çarparak yankılandı. Ses, bir maç yayını yapan ucuz bir radyodan geliyordu. Biraz sonra ona, ön kapıdaki güvenlik kulübesine geri dönmekte olan gece bekçisinin ayak sesleri de eklendi. Bekçi radyoyu bir dizi video ekranının yanına koyup sandalyesine yerleşti. Tam o sırada, radyoda yüksek sesle yayınlanan ve anlaşılmaz bir konuşmanın eşlik ettiği bir araba lastiği reklamı başladı.

Radyonun gürültüsü mermer merdivenlerin ilk sahanlığına kadar yankılandığı halde, nasıl olduysa köşeyi dönüp ikinci kata ulaşmayı başaramadı. Merdivenlerin en tepesinde, daha büyük bir karanlık bu ani sessizliğe eşlik etmek üzere bekliyordu. Bekçinin ofis kapılarının yan yana dizildiği bir koridorun yarısını aydınlatan feneri, gölge öbeklerini silip süpürmüştü. Buranın tamamı, tek bir lambadan yayılan o cılız ve çirkin ışık nedeniyle yarı loş, yarı aydınlık bir halde gölgelerin tutsağı olmuştu.

Koridorun en dibinden, köşedeki ofisin yarı aralık duran kapısından dışarı bir ışık huzmesi daha yayıldı. Bu çok daha yumuşak bir ışıktı ve korkunç derecede parlak değildi ama sonra oldukça ani bir şekilde söndü. Birkaç saniye boyunca başka hiçbir şey olmadı: Ne bir ses duyuldu ne de köşedeki ofisin yakınlarında herhangi bir yaşam belirtisi olduğunu gösteren bir hareketlenme oldu. Ancak dikkatli bir gözlemci, odanın içinden tuhaf, koyu mavi-mor renkli bir parıltı yayıldığını fark edebilirdi. Bu parıltı hiçbir şeyi doğru dürüst aydınlatmadan, ofisin kapısının üzerindeki harflerin neredeyse üç boyutlu bir şekilde öne çıkmasına neden oluyordu:

CHRISTOPHER THOMAS
Küratör

Kapı aralığından bakınca, müdürün odasının karanlığında neredeyse görecek hiçbir şey yoktu. Duvarlar, varlığı hayal meyal belli olan yüzlerce kitabın oluşturduğu bir doku tarafından kaplanmıştı. Kitaplar odanın zemininden başlayıp, normal bir insanın erişemeyeceği bir yüksekliğe kadar uzanıyordu. Sanki odanın üzerinde bir karaltı gibi duruyorlar, bu gece bu müzeyi esir alan yoğun boşluk duygusunun etkisini artırıyorlardı. Loş mavi-mor ışık altında, deri bir koltuğun bir ucu belli belirsiz seçiliyordu.

Odanın diğer tarafında büyük bir tasarımcı masası vardı. Üzerinde "S" şeklinde bir gövdesi olan masa lambası duruyor, parıltı bu lambadan geliyordu. Işık, masaya yayılmış olan tuvali aydınlatırken, garip bir biçimde tuvalin üzerine eğilen adamın kalın, kare camlı gözlüklerine yansıyordu. Yanındaki genç kadın hırıltılı bir nefes almak üzere ağzını açtığında, aynı ışık dişlerini göz kamaştırıcı ve uhrevi bir pırıltıyla aydınlattı.

"Ultraviyole ışık altında oldukça net," dedi adam. Sözcüklerin ağzından çıkış biçimi onlara yapmacık bir hava veriyordu. Sanki bir senaryoyu okur gibiydi ama genç kadın bunun farkına varmadı. Adamın tuvalin üzerinde gezinen ellerine bakıyordu. Adamın kendisi gibi elleri de uzun, kemikli ve güçlüydü. "İşte burada. Burada da var," dedi. Elini tuvalin aşağıda kalan köşesi üzerinde değişken bir daire çizerek gezdirdi.

Genç kadın dilini dışarı çıkarıp altdudağını yalayarak adama yakından baktı. Işık normalde yakışıklı sayılmayacak olan yüzüne garip gölgeler yansıtmıştı. Hafif kemerli bir burnu ve oldukça ince dudakları olmasına rağmen adamda hoş ve tehlikeli olan bir şeyler vardı.

Genç kadına, "Beni dinliyor musun?" diye çıkıştı. Kadının normalde bakır rengi olan teni, ultraviyole ışığa yaklaşınca mora çaldı.

"Evet evet, tabii ki," dedi genç kadın.

Adam, "Bak," diye hükmetti. Tuvalin üzerini sıvazlar gibi bir hareket yaptı. "Bu çok iyi. Ressam eski keten bezi ve gerçek Prusya mavisi boya kullanmış. Bu çok pahalı fakat kısa ömürlü bir boyadır; bu yüzden siyaha dönmüş ve resme hoş bir hava vermiş." Elini çevirirken, genç kadın da büyülenmiş gibi onu izliyordu.

Adamın hareket halindeki parmaklarına bakarak, *ne kadar dokunaklı,* diye düşündü.

Adam, "Fakat," dedikten sonra ellerinden birini oldukça ani bir şekilde geri çekip normal ışığı açtı. "Soutine* tablon *sahte*. Müzenin parasının bir hayli büyük bir kısmını *sahte* bir tabloya harcamışsın."

Kadını can evinden vuran bu açıklama, gözlerini adamın ellerinden yüzüne kaydırmasına neden oldu. Kafasını şaşkınlıkla sallayarak, "Sahte mi? Ama elimde kaynakçası var. Üstelik tablonun 1939'da Soutine'in Fransa'daki atölyesinden çıktıktan sonra adım adım nerelerde bulunduğunu da gösteriyor," dedi.

Oldukça uzun olan adam sırtını dikleştirerek kadına yaklaştı. Hareketleri de sözleri gibi, rolünü nasıl oynayacağından emin olamayan kötü bir aktör olduğu izlenimini veriyordu. "Kaynakçanı okudum. Tutarsızlıklar var."

"Fakat aileyle konuştum."

"Senin konuştuğun insanlar dolandırıcıydı."

Kadın nefesi kesilerek, "Ne?" diye sordu.

Adam, "Kaynakçanın tamamı sahte. Tablonun kendisi gibi," diye ısrar etti.

"Aman Tanrım." Uzun zamandır sahip olmayı istediği ümit vaat eden kariyeri, şimdi yerle bir olmuştu. Yüksek lisans eğitimine harcadığı yılları, böyle saygın bir işi olmasına rağmen güçlükle ödediği öğrenci kredilerini düşündü, ama

---

* *1893-1943 yılları arasında yaşamış dışavurumcu ressam. (ç. n.)*

artık her şey bitmişti. İşinden kovulacak, rezil olacak, sonsuza kadar işsiz kalacaktı. Yetişkin hayatı boyunca uğrunda çalıştığı her şey darmadağın olmuştu. Bu utancı, müzenin ilk Afrika kökenli Amerikalı koleksiyoncusu olduğu ve kendi toplumunu arasında hiç istemediği halde bir tür sembol haline geldiği için kendisiyle gurur duyan ailesiyle paylaşmak zorunda kalacaktı.

Adam uzun ellerini önünde birleştirdi. "Korkarım bu konuda en ufak bir şüphe bile yok."

"Aman Tanrım."

"Kariyerin için hiç de iyi olmadı değil mi, *Justine*?" İsmini sanki tırnak içinde kullanırmış gibi vurgulayarak söylemişti.

"Ben... mutlaka yapabileceğimiz bir şey..."

Adam gülümsedi. Dişleri büyük, beyaz ve sağlam görünüyordu. Genç kadınla alay ederek, "Yapabileceğimiz bir şey olmalı mı demeye çalışıyorsun? Yani böyle bir şeyin hiç olmadığını mı farz edeceğiz?" diye sordu.

Genç kadın yalnızca başını salladı.

Adam, "Ya da kariyerini kurtarmak, hatanı saklamak ve heba olmana engel olmak için için benim yapabileceğim bir şey olup olmadığını mı kastediyorsun?" diye devam etti.

Genç kadın pat diye sordu: "Peki var mı?"

Adam uzunca bir süre genç kadına baktı. Sonra doğrulup ona yarım adım daha yaklaştı. "Bir yolu olabilir ama..." diyerek kafasını salladı.

"Ama ne?" diye sordu Justine, güçlükle nefes alarak.

"Bu benim için çok büyük bir risk. Hem kişisel hem de mesleki olarak. Sana tamamen güvenebileceğimi bilmem gerekiyor."

"Bana güvenebilirsin. Kariyerim zaten senin ellerinde."

Adam, "Tabii ki ama bu yeterli değil," dedi. İri ellerinden birini, *benim bundan ne kazancım olacak,* der gibi salladı. Justine birkaç saniye boyunca gözlerini o elden ayıramadı. Nihayet göz göze geldiklerinde, Justine'e söyleyecek tek bir şey kalıyordu.

"Ben kapıyı kilitleyeyim," dedi.

Justine'in gitmesinin ardından Christopher Thomas büyük deri kanepede oturup üstünü başını düzeltti. Halinden oldukça memnundu. Kendini tazelenmiş gibi hissediyordu ve gecenin esas işi için hazırdı. Ayağa kalkıp gerindikten sonra masasının başına geçti. Justine keyifli bir ara vermesini sağlamıştı, fakat hâlâ o gece yapması gereken bir sürü işi vardı.

Masanın üzerindeki sabit hatlı telefon, içinde karısı Rosemary ve iki çocuklarının bir fotoğrafı bulunan on üçe on yedi santimlik bir çerçevenin yanında duruyordu. Bu, mutlu bir aile tablosuydu. Thomas üçü için de hafif bir şefkat hissetti; fakat bu tabii ki diğer kadınlara sık sık ilgi duymasına engel değildi. Müze müdürlüğü görevi ve diğer özel projelerinden dolayı, küçük ailesine nadiren zaman ayırıyordu. Yine de insanın arka planda bir ailesinin olması güzeldi. Bu sayede kendini çok daha güvenilir ve kusursuz hissediyordu. Özellikle de varlıklı ve ayrıcalıklı bir ailenin çocuğu olan Rosemary'yle birlikteyken. Onunla evlenmek, yaptığı en doğru hareketlerden biri olmuştu. Tabloya kısaca bakıp yapmacıklı bir şekilde gülümsedi. Bu artık tamamen refleks haline gelmişti. Sonra telefonu alıp hafızadan bir numara çevirdi ve hattın ucunda ters bir, "Evet?" sesi duyduktan sonra konuştu.

"Elimde ilgini çekebilecek üç tablo var." Thomas'ın dudaklarının kenarı yine mekanik bir biçimde yukarı doğru kıvrıldı. "İçlerinden biri de nadir rastlanan bir Soutine," diye ekledi.

Telefonun ucundaki kişi bir an sustuktan sonra haşin bir şekilde nefes aldı; belki de sigarasının dumanını üflüyordu. Sonra sesin sahibi, "Şunu bana tarif et," dedi.

Bunun üzerine Thomas tabloyu tarif etmeye başladı. Fırça darbelerinin vahşi, neredeyse başka bir dünyadan gelmiş gibi duran ve izleyicisinin kalbine işleyen coşkunluğundan bahsetti. Tabii burada bahsi geçenler, bir kalbi olan izleyicilerdi; bu da Thomas'ın sahip olmadığı bir şeydi ancak bu eksiklik, tablonun diğer insanlar üzerindeki etkisini ölçmesine engel değildi.

Telefonun diğer ucunda tekrarlanan uzun bir sessizlik, iki haşin nefesle noktalandı. Nihayet adam hafifçe ve kulak tırmalayan bir sesle, "Pekâlâ," dedi.

Thomas yine gülümsedi. Bu seferki gerçek bir gülümsemeye daha çok benziyordu, çünkü çok fazla para kazanmak üzereydi ve paraya ihtiyacı vardı. Zengin karısına ve üst düzey işine rağmen, Christopher Thomas'ın fena halde ve çabucak paraya ihtiyacı vardı.

"Yarın öğleden sonra üç buçukta restorasyon atölyene üç tane tuval gönderiyorum," dedi Thomas. "Kenarında müzenin adının ve logosunun bulunduğu beyaz kasalı bir kamyonla gelecekler. Tamam mı?"

Bir tane daha uzun ve haşin nefesin ardından karşıdaki ses hafifçe, "Güzel," dedi ve sonra hat kesildi.

Christopher Thomas halinden memnun bir şekilde telefonu kapattı. Yarın öğleden sonra, üç adet tablo temizlenmeleri için yüklendikleri kamyondan kaybolacaktı. Müze bundan doğal olarak rahatsızlık duyacaktı, fakat aynı zamanda sigorta şirketinden yüklü miktarda bir çek de alacaklardı. Bir yerlerdeki bir koleksiyoncu da üç tane güzel sanat eserine sahip olacak ve Thomas da bol miktarda nakit paraya kavuşacaktı. Bir de ek ödülü vardı: Kanepesini az önce terk etmiş olan genç kadın, işine devam etmesini sağladığı için Thomas'a minnettar olacaktı. Ayrıca bunun karşılığında emektar deri kanepede bir müsabaka daha yaşanacağı ufukta açıkça görünüyordu.

Böylece Christopher Thomas, kendinden memnun bir şekilde ofisinin kapısını kilitleyerek koridor boyunca ilerleyip mermer merdivenlere geldi. Her şey tam zamanında düzelmeye başlamıştı. Merdivenlerden aşağı inerken, alacağı parayı zihninde sayıyordu. Sahanlığa ulaşıp etrafında döndükten sonra müzenin zemin katına doğru aşağı inmeye devam etti. Kulağına bekçinin radyosunun sesi geldi. Gürültülü bir kalabalığın sesi yankılanarak karmakarışık bir uğultuya dönüştü ve Christopher'ın mermer merdivenler üzerindeki ayak seslerini bastırdı. Bir anlığına kalabalığın kendisi için tezahürat yaptığını farz etti. Başarmıştı. Ödeme günü yakındı. *Yaşasın,* diye düşündü.

Thomas mızrak atan mermer heykelin yanından geçip ön kapıdaki güvenlik kulübesine doğru yürüyerek bekçiye, "İyi geceler, Artie," dedi.

Bekçi başını kaldırdı. Yüzü etrafını saran yarım düzine video ekranı nedeniyle ürkütücü bir içimde aydınlanmıştı. "Hey, Bay Thomas, paydos mu ediyorsunuz?" diye sordu.

"Evet, ara sıra hepimizin eve gitmesi gerekir." Artie Ruby'nin inişli-çıkışlı geçmişine rağmen, ona müzedeki bu güvenlik işini Thomas ayarlamıştı. Thomas'a göre, hilekâr bir eski polisin güvenlikte çalışmasının bir zararı olmazdı; hatta bazen işe bile yarayabilirdi.

Artie gülümsedi. "Ne kadar doğru. Pekâlâ, iyi geceler, Bay Thomas."

Thomas başını sallayıp ön kapıya yöneldi ve bekçi otomatın düğmesine basmadan önce sadece bir saniye bekledi. Sonra çift camlı kapıdan çıkıp gecenin karanlığına doğru adım attı.

Thomas binanın ön cephesindeki göz kamaştıran turuncu güvenlik ışıkları boyunca yürüyüp, binanın çevresinde dönerek arka taraftaki personel otoparkına yöneldi. Bu uzun yürüyüş sinir bozucuydu; özellikle de yorucu bir günün sonunda, ancak sigorta şirketi arka kapının kilitli kalması konusunda ısrar etmişti. *Bu kez bunun da bir yararı olmayacak,* diye düşünürken tekrar Soutine'in tablosunun ne kadar kazandıracağını merak etti.

Otopark, binanın ön tarafından çok daha karanlıktı. Normalde her biri bir uçta bulunan iki büyük lamba tarafından aydınlatılıyordu, ancak Thomas bunlardan arabasına yakın olanın sönük olduğunu gördü. Suratını asıp kafasını salladı. Bakım-onarım ekibinin ışıkları sürekli kontrol etmesi gerekiyordu –bu da sigorta şirketi tarafından dikte edilmişti– ve birisi işini ihmal etmişti. Thomas sabah olunca bakım-onarım ekibine fırça çekeceğini aklının bir köşesine yazdı. Sigorta şirketiyle başının belaya girmesini kesinlikle istemiyordu; özellikle de müzeye yüklü bir çek yazmak üzerelerken.

Bu dikkatsizlik nedeniyle hâlâ kafasını sallarken, cebinden araba anahtarını çıkararak iki yaşında bir BMW olan arabasının yanına geldi. Kilidi açıp kapıya açmak üzere uzandığında, tam olarak göremese de bir gölgenin binanın çöp konteynerinin olduğu yönden süzülerek arkasına geçtiğini hissetti ama geriye dönmesine, hatta doğrulmasına fırsat kalmadan boynunun arkasına soğuk ve sert bir cisim dayandı ve bir ses, "Arabaya bin," dedi.

Thomas donup kaldı. Bir an için düşünemedi, hatta nefes bile alamadı.

Soğuk cisim ensesine daha da gömüldü. Arkasındaki gölge, "Arabaya bin. Hemen," diye tekrarladı.

Thomas kendini toparladıktan sonra ani bir hareketle kapıyı açıp direksiyonun başına geçerken gölge, arka koltuğa süzülerek kapıyı hızla ve sessizce kapattı. Thomas soğuk cismi tekrar ensesinde hissetti.

Gölge, "Nasıl gidiyor, Chris?" diye sordu. Adam dostane sözcükler seçse de sesi soğuk ve boştu.

"Kimsin sen?"

"Bir arkadaşının arkadaşı. Durup da sana merhaba, dememi isteyen bir arkadaşın."

"Ben... hangi *arkadaş*? Benden ne istiyorsun?"

Sesin sahibi aşağılık herif eğlenerek, "Ah, bence ikimiz de ne istediğimi biliyoruz," dedi. "Ne zamandır ortak arkadaşımızı ihmal ediyorsun ve o bundan nefret ediyor. Hem de aşırı derecede." Bunu vurgulamak için de, silahın namlusuyla Thomas'ın boynunu dürtünce, Thomas'ın canı yandı. Adam, "İyi bir arkadaşa böyle mi davranırsın? Hem de gönlünden koptuğu için sana o kadar fazla borç veren birine?" diye ekledi.

Thomas artık onu kimin gönderdiğini anlamıştı. Adam gölgelerin içinden çıkarak kendisine saldırdığında bir tahmini olmuştu, fakat artık oldukça emindi. Parayı ödünç aldığından beri, bir bakıma böyle bir şeyi bekliyordu. O parayı almak gerçekten de aptalca bir hareketti –yaptığı bir-iki aptalca şeyden biriydi– ama paraya ihtiyacı vardı.

"Parayı bulabilirim."

"Bu iyi haber, Chris. Neden bunu yapmıyorsun?"

"Benim sadece zamana ihtiyacım var."

"*Hepimizin* zamana ihtiyacı var, Chris ancak herkesin böyle bir zamanı olmuyor."

"Hayır, dinle," dedi Thomas. "Gerçekten. Çok yakında

elime geçecek olan yüklü miktarda bir para var."

"Senin adına çok sevindim fakat benim şimdi bir şeylere ihtiyacım var."

"Şimdi yanımda değil ama olacak... çok yakında hepsine sahip olacağım."

Arka koltuktaki adamdan yükselen yumuşak kahkahanın hiçbir komik yanı yoktu. "Bunu ne kadar sık duyduğumu biliyor musun?" diye sordu adam.

Thomas, "Doğru söylüyorum," diye ısrar etti. Adama isteksizce yakında kayıplara karışacak olan tablolardan ve tabloların yerini alacak olan para dolu büyük çantadan bahsetti.

Arka koltuk, uzun süren rahatsız edici bir sessizliğe gömüldü. Sonra, "Peki bu ne zaman olacak?" diye sordu.

"Yarın. Parayı bir hafta içinde almış olurum. Tamamını."

Ardından başka bir uzun sessizlik geldi ve arabanın içi buz gibi olmasına rağmen, Thomas bir ter damlasının boynundan aşağı doğru süzüldüğünü hissetti.

Adam nihayet konuşarak, "Benimle kafa bulduğunu düşünmekten nefret ediyorum, Chris," dedi.

"Yemin ederim."

"Çünkü gerçekten kellifelli bazı insanları kızdırıyorsun."

Thomas, "Yemin ederim," diye tekrarladı.

"Bana elini ver."

Thomas bu garip isteği yerine getirmekten kaçınarak, "Neden?" diye sordu.

Adam ise, "Bana *elini* ver," diye ısrar etti.

Thomas elini yavaşça ve acemice arka koltuğa uzattı. Adam uzanan eli alıp tuttu ve Thomas'ın ensesindeki küçük ve sert çelik halka bir anlığına kayboldu.

"Yalnızca bir sefere mahsus sana inanacağım ve umarım böyle yaparak aptallık etmiyorumdur," dedi adam.

Thomas, "Hayır, ben gerçekten," diye cevap vermeye yeltendi ama adam onun küçük parmağını yakalayarak araya girdi.

"Beni hayal kırıklığına uğratma," dedi. Küçük parmağı yukarı doğru çekerek asıldı ve arabayı parmağın çıtırtı sesi doldurdu.

Thomas, "Ahhhhhhh," diye haykırdı. Duyduğu acı çok yoğundu. İncinmiş elini çekmeye çalışsa da adam asılmaya devam etti.

Adam kırık parmağı kıvırmayı sürdürüyordu. "Ne dediğimi anlıyor musun?"

"Ben... ben, ahhhhhhh... evet, evet anlıyorum."

Adam parmağı daha kuvvetli bir biçimde sıkarak, "*Emin misin?*" diye sordu.

"Evet, ah... eminim."

Adam, "Bir haftan var," diyerek parmağı bıraktıktan sonra arabanın arka kapısını açtı ve gecenin karanlığında kayboldu.

Christopher Thomas paralanmış parmağını tutarak, adamın gidişini izlerken, elinin tamamı bileğine kadar zonkluyordu. Uzunca bir süre elini göğsüne bastırıp dudaklarını ısırmaktan başka bir şey yapamadı, ama acısı dinmemişti. Thomas nihayet anahtarı kontağa sokup arabayı çalıştırdı, ardından da dikkatli bir biçimde oradan uzaklaştı.

2

ALEXANDER McCALL SMITH

"Ne kadar cömert bir ev sahibi."

Justine böyle söylediğinde, Thomas, *ne kadar toy,* diye düşünmüştü. Justine uçak havalanmadan hemen önce, ona daha önce iki kez Avrupa'ya gittiğini söylemeyi ihmal etmemişti. Üniversitenin ikinci yılındayken Londra'da, Austin yakınlarındaki şu yerde –Thomas adını hatırlayamıyordu– bir ay kalmıştı. Bir de Amsterdam'daki Rijk Müzesi'nde bir tür staj yaparak dört ay geçirmişti. Justine tablolar hakkında bildiklerini ya da bildiğini iddia ettiklerini –Thomas'ın bu konuda şüpheleri vardı fakat bunları hiçbir zaman açıkça dile getirmemişti– burada öğrenmişti. Gerçi açıkça belirtmesine pek gerek yoktu. Sanat dünyasında çoğu zaman insanın kaşını kaldırması az çok yeterliydi.

Christopher Thomas kafe masasında karşısında oturan Justine'e baktı ve gülümseyerek, "Zenginler her zaman cömerttir," dedi. "Parası olan insanların, nasıl desem, *pintilik* yaptıkları tek bir davete bile katıldığımı hatırlayamıyorum. Ya sen?"

Justine cevap vermeyince Christopher bunun nedeninin onun gerçekten böyle davetlere gitmemesi olduğunu düşündü. Justine müze aracılığıyla bu tür insanlarla tanışmıştı fakat onlarla tanışmak başka bir şeydi, sosyal çevrelerinde kabul görmek ise bambaşka. İşler Thomas için farklı gelişmişti. Bu yalnızca Rosemary'yle evlenmesinden dolayı değildi; sanat dünyasında yükselmek için çalışmıştı. Kendini yoktan var etmişti, fakat bu gibi bir bukalemun için dezavantaj değildi. Yerel renklere bürünmüş, oradaki düşünce tarzını benimsemişti. Kolay olmuştu. Sanat dünyasındaki insanlar onu dinler, ona saygı gösterirlerdi. Justine kafe sahibinin masaya bıraktığı Chablis* şişesine uzanıp, Thomas'ın bardağını doldurduktan sonra bir miktar da kendi bardağına koydu.

"Eh, sanırım buna pek alışkın değilim," dedi. Ortama ayak uydurmakta güçlük çekiyor ve kendini bu hayal âleminin dışında gibi hissediyordu. Yüksek lisans yaptığı üniversitede ve hemen hemen her kurumda da böyle hissetmişti. "Ama hoşuma gittiğini söylemeden geçemeyeceğim," diye ekledi.

Thomas şarabından bir yudum aldı. "Tabii ki. Kimin hoşuna gitmez ki?"

"Kesinlikle işten iyi," dedi Justine.

Thomas bandajlı parmağının bulunduğu elini, Justine'i yapmacık bir şekilde ikaz edermiş gibi salladı. "Dinle, bu

** Fransa'nın Burgundy bölgesinde şarap üretilen bir bölgenin adı. (ç. n.)*

zaten *iş*. Unutma, bu bir konferans ve müzenin namına burada bulunuyoruz; Fransa'da beş gün geçirmek istediğimiz için değil. Château Bellepierce'de kalmak istediğimiz veya bunun gibi kafelerde oturup Chablis içmek istediğimiz için de değil. Bunların *hepsini* yapmak için Napa'ya* gidebiliriz."

Justine gergin bir şekilde gülerek, "Tabii ki. Bazen unutuyorum işte," dedi.

"Unutma."

"Bana eline ne olduğunu tekrar anlatır mısın?"

"İlk sorduğunda da anlatmadım ki."

Sessizliğe gömüldüler. Kadın bir an Thomas'ı bulanıklaştırarak, omzunun üzerinden meydanın diğer yanındaki budanmış küçük ağaçlar dizisine baktı. Ağaçların altında, dikdörtgen şeklinde, beyaz zemini tırmıklanmış bir alanda kasketli bir grup adam *boules*** oynuyordu. Justine birinin kazandığı için sırtının sıvazlandığını gördü; bu küçük bir zafer, ufak bir şeydi. *Boules* oyuncularının ve ağaçların arkasında, kilisenin köşesinde, siyahlar giymiş olan iriyarı bir kadın kapı aralığında durmuş, Justine'in olduğu yöne bakıyordu.

Christopher saatine bakıp, "Eski şatoya dönsek iyi olacak. Saat dört olmuş. Saat beşte bir konuşma var. Bence orada olmalıyız," dedi.

Herkes –ev sahipleri tarafından davet edilen sekiz eksper ve on iki bilirkişinin hepsi– orada olacaktı. Dinleyecekler, birkaç soru soracaklar ve yemekten önce içki içmek üzere toplanana kadar ayrılacaklardı. Pek de zor bir görev değildi.

Justine bardağını boşalttı. Amerika'da olsa alsa akşamü-

---

* *ABD'nin Kaliforniya eyaletinde yer alan bir şehir. (ç. n.)*
** *Bowlinge benzeyen bir Fransız açık hava oyunu. (ç. n.)*

zeri saat dörtte şarap içmezdi, fakat burası Fransa'ydı ve bunu yapmak son derece doğal karşılanıyordu. Justine neredeyse mutlu sayılırdı. Christopher bu geziye gelmesini teklif ettiğinde, ilk başta tereddüt etmişti. Hem daha önce onunla birlikte yolculuğa çıkmamıştı hem de bunu yapmak istediğinden emin değildi. Christopher patronuydu ve birkaç sefer çizgiyi aşmalarına rağmen o, evli bir adamdı, ayrıca Justine, Rosemary'yi tanıyordu. Kendisi böyle bir şeyi asla başlatmazdı; bunu Christopher yapmıştı, onu hassas bir anında buna zorlamıştı ve Justine de boyun eğmişti. Başka ne yapabilirdi ki?

Buna karşın Christopher, onu bu yolculuğa katılması için davet etmekle işi ciddiye bindirip ilişkilerini sergilemek ister gibiydi. Eh, eğer Christopher bunun için hazırsa, o zaman belki kendisi de hazırdı. O sırada hayatında başka kimse yoktu. Thomas'ın tabii ki kız arkadaşları vardı, bunu Rosemary dahil herkes biliyordu ya da insanlar böyle diyorlardı.

Justine bu yolculuk hakkında yaptıkları konuşmayı düşündü...

Christopher, "Carl Porter'ı duydun mu? Porter Vakfı'nı?" diye sormuştu.

Justine, "Evet," demişti. Aslında adamı Google'da araştırana kadar adını hiç duymamıştı.

"İnsanlar bazen bu vakıfların ardında gerçek kişiler olduğunu unutuyorlar. Carl yıllardır Fransa'da yaşıyor. Para kozmetikten, rujlardan ve onun gibi şeylerden geliyor. Ucuz şeyler. Her neyse, Carl ve karısı Palm Beach'ten sıkılıp Fransa'ya taşınmaya karar vermişler. Carl büyük bir koleksiyoncuymuş ve ne yaptığını biliyormuş. Şimdi harika bir koleksiyona sahip ve bunu paylaşmak istiyor," demişti.

Justine, Christopher'ın ne demek istediğini anlamaya başlamış, "Paylaşmak mı? Koleksiyonu bize, yani müzeye vermesi gibi bir şeyden mi bahsediyorsun?" diye sormuştu.

Bu soru üzerine Christopher başını sallayıp, "Hayır, Carl'ın eli sıkıdır. Kendini bu şekilde meşgul etmenin yollarını arıyor," diye cevap vermişti.

"O halde, bu davet ne için?"

Christopher durumu ona izah etmişti. "Carl'ın paylaşmaktan anladığı, insanların ona ne kadar harika tabloları olduğunu söylemeleri için onları davet etmektir. *Konferans* dediği birtakım etkinlikler düzenler. Bu etkinlikler yaklaşık beş gün, bazen de tam bir hafta sürer. Carl başka koleksiyoncuları, galeri ve müzelerde çalışan uzman dediği bir grup insanı davet eder. İşte *bizim* dünyamız."

"Ve böylece emeğimizin karşılığını almış mı oluyoruz?"

Christopher gülümsemişti. "Kesinlikle. Hiçbir şey yapmana gerek yok fakat davetiye müzeden iki kişi için gönderilmiş. Tabii senin yerine bir başkasını götürmemi tercih edersen..."

Justine, "Ben gelirim," diye sözünü kesmişti.

Kadın içinde bulundukları ana geri dönüp Christopher Thomas'ın kemikli yüzüne ve dudaklarındaki daimi alaycı gülümsemeye baktı.

Adam halinden memnun görünüyordu. Justine, onun

neden kendisiyle birlikte geziye gelmesini istediği konusunda kuruntuya kapılmıyordu. Christopher'ın eğlenmeye ihtiyacı olacaktı. Hatta Christopher, aralarındaki ilişkiyi tarif etmek için daha önce bu kelimeyi kullanmıştı. Justine onun *eğlencesiydi*. Aslında buna kızarak tepki vermesi doğaldı, fakat Justine kendini de şaşırtan bir şekilde sinirlenmemişti. Bir bakıma onun –yani muhteşem Christopher Thomas'ın– kendisini eğlenceli bulması gururunu okşuyordu. Zaten elinde başka ne vardı ki? İnsanların bazen çok sonradan kazandıkları bir önsezi yeteneğine sahip olan Justine, bunun olacağını çok önceden kavramıştı; bu kaçırılmayacak kadar iyi bir fırsattı. İnsanın hayatta yalnızca tek bir şansı olurdu ve kendisine sunulan bu şansa dört elle sarılması gerekirdi. Justine bulunduğu konuma, görkemli sanat dünyasındaki hiç kimsenin haberdar bile olmadığı koşulların içinden yükselerek gelmişti. İşini Christopher sayesinde korumuştu. Birtakım davetlerin kendisine yapılma sebebi, adamın onu bunlara uygun görmesiydi ve Christopher Thomas ondan böyle bir yere davet edecek kadar hoşlandığı için Fransa'daydı. Eğer bu aynı odayı paylaşacakları anlamına geliyorsa, bu o kadar da büyük bir bedel sayılmazdı. Justine istekli bir katılımcıydı ve bunu birkaç haftadır kendi kendine söylüyordu.

Christopher kiraladıkları Peugeot'yla şatoya geri dönmek üzere yol almaya başladı. Şato, köyden ancak sekiz kilometrelik bir mesafede olduğu için, yolları fazla uzun değildi. Güzel bir araziydi. Uçsuz bucaksız Charente manzarası, Poitou-Chorentes'ın engin gökyüzünün altında uzanıyordu. Aralarda tek tük şehirler bulunsa da etraf çoğunlukla ayçiçekleri, buğday tarlaları, üzüm bağları ve ormanlarla çevrelenmiş küçük köylerle doluydu. Şato, Carl onu adeta kör bir Fransız albay olan son sahibinden satın almadan önce neredeyse harabeye dönmüştü. Albay beş asırdır orada yaşayan seçkin bir ailenin işlevini yitirmiş bir üyesiydi. Şatodaki mobilyaların çoğunu satmaya dayanamadığı için korumuş ve Carl ile karısı Terry'ye her odayı gezdirirken ağlamıştı.

Christopher, Carl koleksiyonu son on sekiz aydır bulunduğu Philadelphia yakınındaki güvenli depodan alıp şatoya taşıdığından beri, burayı birkaç kez ziyaret etmişti. Carl yalnızca sahip olduğu tablolarla ilgili değil, edinmeyi düşündüğü eserlerle de ilgili onun tavsiyesini istemişti. Christopher görüşlerini memnuniyetle iletmiş, hatta onu değeri şüpheli olan veya şaibeli bir kaynakçası bulunan birtakım tabloları satmaya ikna etmişti. Bu tavsiyeleri, bir ücretle –hem de cimriliğiyle nam salmış Carl için oldukça cömert sayılabilecek bir miktarla– ya da küçük bir tablo hediyesiyle ödüllendirmiş, uzun süredir peşinde koştuğu bir eseri satın almasında aracılık eden Christopher'a minnettarlığını belirtmek için, vasat olduğu kuşku götürmeyen Vuillard* imzalı bir pastel boya tablosunu hediye etmişti.

Christopher, Vuillard'ın tablosunu bir yıl boyunca elinde tuttuktan sonra, gizlice Paris'teki bir tüccara satmıştı. Tüccar da ona tablonun özel bir müşteriye satılacağına ve açıkartırma salonlarında sergilenmeyeceğine dair teminat vermişti. Christopher, Carl'ın Christie's, Sotheby's ve Phillips gibi tüm

* *1868-1940 yılları arasında yaşamış Fransız ressam. (ç. n.)*

kataloglara baktığını ve eğer Vuillard piyasaya çıkarsa Carl'ın bunu görmekten memnun olmayacağını biliyordu.

Christopher ve Justine, Fransa'ya önceki gün gelmişlerdi. Charles de Gaulle Havaalanı'ndan hızlı trene binmiş ve Angoulême'de bir araba kiralamışlardı. Justine şatodan çok etkilenmiş ve nedense kendi odası olduğu için biraz olsun rahatlamıştı ama o gece, Christopher yemekten sonra kapısını çalınca onu içeri almıştı.

Christopher, "Bu çok eski bir ev ve ben de *çok* yalnızlık çekiyorum," diye fısıldamıştı.

Esas konferans, ertesi gün Carl'ın en son aldığı tablolardan ikisi –Dürer* ve Hopper'ın** ilk zamanlarına ait eserler– hakkındaki tartışmayla başlamıştı. Dürer'in tablosu, Berlin'den gelen ve tüm detaylara yer veren bir kadın tarafından tanıtılmıştı. "Şu yüze bakın. Arka plandan dışarı nasıl fırladığına ve ışığa yakalandığına dikkat edin. Bunun dışındaki her şey gölgede kalmış, yalnızca yüz aydınlatılmış."

Christopher, Justine'i dürttü. "Ressam bir karanlık oda kullanıyormuş. Hockney'nin*** bu konuda yazdıklarını okudun mu?"

Yakınlarda oturan bir adam, onaylamadığını belirten bir şekilde ona bakınca, Christopher adamın bakışına karşılık olarak başıyla selam verdi ve Justine gülmemek için kendini zor tuttu. Bir arkadaşının şöyle dediğini hatırladı: "Bak Jus-

** Albrecht Dürer: 1471-1528 yılları arasında yaşamış Alman ressam, matematikçi ve matbaacı. (ç. n.)*
*** Edward Hopper: 1882-1967 yılları arasında yaşamış Amerikalı ressam ve grafiker. (ç. n.)*
**** David Hockney: 1937 doğumlu, Kaliforniya'da yaşayan İngiliz ressam. (ç. n.)*

tine, o adam seni kullanıyor. Bu çok bariz." Justine ise arkadaşının haklı olduğunu bilmesine rağmen, "Ama o çok matrak biri. Her şeye eğlence katıyor. Bunu anlamıyor musun?" diye cevap vermişti.

Hopper'ın tablosu daha heyecan vericiydi. Çok tanınmış bir parça değildi ve Carl onu yalnızca dört milyon dolara satın alma şansına erişmeden önce, otuz yıl boyunca gösterişsiz bir özel koleksiyonda çürümeye yüz tutmuştu.

Geceleyin bir otel odasında rüzgârdan uçuşan bir perdenin resmedildiği bu tablo, her an bir şeyler olacakmış havasının hâkim olduğu tipik bir Hopper eseriydi. Konuşmayı Carl'ın kendisi yaptı; o haftaki esas performansı buydu. Seyirciler de onu dinlemeleri için para alanlardan beklendiği üzere tüm dikkatlerini vererek; para almayanlar ise, içinde ne olacağı belli olmayan boş bir odanın resmine dört milyon dolar veren bir adamın bir haftalık ücretsiz konaklama hediye ettiği misafirleri olarak, Carl'ı can kulağıyla dinlediler.

Christopher'ın dikkati dağıldı ve kendini Dürer hakkında konuşan Alman kadının ensesinin arkasına bakarken yakaladı. Kusursuz, biraz kibirli ve bilgili bir Almandı. Bu kadın San Francisco'da olsaydı aşırı detaycı, münasebetsiz ve katı olarak nitelendirilirdi. Yine de böyle kadınlar insanda mücadele isteği uyandırıyordu; ulaşılabilir fakat elde edilmesi mümkün olmayan tiplerdi ve bu da onları çok daha ilginç kılıyordu. Bu Alman kadın, ortada hiçbir sebep yokken kafasını hafifçe çevirip Christopher'a bakarak onunla göz göze geldikten sonra bir o yana bir bu yana bacak bacak üstüne attı –biçimli bacakları vardı– ve Christopher'a gülümsedi.

Christopher da kadına gülümsedi.

Justine, Christopher'a, "Yemekte senin yanına oturmuyorum," dedi.

"Ama birbirimizi sonra göreceğiz, değil mi?"

Justine hafifçe Christopher'ın kolunun ön kısmına dokunarak, "Evet. Neden olmasın?" diye cevap verdi.

Adamın aklından bunun olmaması için birçok neden geçiyordu. Hepsi de iyi nedenlerdi ama tabii ki hiçbirinin açığa vurulmaması gerekiyordu. Doyurulması gereken bir iştaha sahipti ve şimdilik güzel Justine ihtiyaçlarını gerektiği gibi tatmin ediyordu.

Christopher uzunca ve kubbeli tavanında ilahi bir resim bulunan yemek salonunda ilerlerken, Alman kadına baktı.

Zekice bir hamle yaparak yanına oturduğu Alman kadının diğer yanında da Carl vardı ve ikisi de avantajlı bir konumdaydı.

Christopher tavanı işaret ederek, "Carl, daha önce anlatmıştın ama umuttum. Şu başımızın üzerindeki ilahi figür... kimdi o?" dedi.

"Cennete doğru taşınan kişi mi? Yoksa resmi yapan kişi mi?"

"Cennete doğru taşınan kişi."

"Bu şatoyu satın aldığım albayın büyük büyük babası," dedi Carl.

Alman kadın boynunu yukarı uzatarak, "Peki cenneti hak ediyor muymuş?" diye sordu.

Carl, "Kendi görüşüne göre evet," dedi.

Hep birlikte güldüler. Sonra Alman kadın, Christopher'a dönerek, "Ben de sizinle konuşabilmeyi umuyorum," dedi.

Christopher kaşını kaldırdı. Alman kadın yakından daha çekiciydi ve aksanı onun ilgisini çekmişti; bir Almandan çok, İsveçliyi andırıyordu.

Bu bir teklifti ya da bir teklifin imasıydı. Berlin'de, Christopher'ın müzesinde bir eseri bulunan Flaman bir sanatçının sergisini açmayı planlıyorlardı. Acaba Christopher onlara bir iyilik yapar mıydı? Tabii ki fırsat olunca bu yardımın karşılığını vereceklerdi.

Alman kadın açık konuşuyordu. "Bu iş için zaman ayıracak birini bulamazsanız tabloyu ben gelip alabilirim."

"Tabii. Ben de size San Francisco'yu gezdiririm."

"Ne kadar naziksiniz."

Christopher kadının tenine bakınca, bazı Kuzey Avrupalıların çabucak bronzlaştıkları zaman sahip oldukları ve dayanılmaz bulduğu o yumuşak altın rengi fark etti. Kadının kendisinden birkaç yaş küçük olduğunu düşününce refleks olarak sol eline baktı ve lal taşından bir yüzük gördü, fakat yüzükparmağında değildi. Yalnızca bir aksesuvardı.

Zevkli ve samimi bir konuşmaya daldılar. Carl sol tarafında oturan kişiyle ilgileniyordu; bu sayede ordövrler bitip ara sıcaklar gelene dek konuştular. Kadın, Christopher'la flört ediyordu, verdiği sinyaller şüphe götürmezdi. Christopher ayartıldığını ve gururunun okşandığını hissetti.

"Nerede kalıyorsun? Yani burada demek istiyorum. Ben

şatonun arka tarafındayım. Odamın muhteşem bir manzarası var; nehre bakıyor ve çayırın sonunda süs olarak yapılmış bir tür bina var," dedi.

"Ben de o tarafta kalıyorum, " dedi kadın. "Sanırım koridorda birkaç kapı daha ilerideyim. Tam olarak söylemek gerekirse, *iki kapı* ileride," diye ekledi.

Christopher neresi olduğunu tam olarak anlamıştı. Şaşırmış fakat mutlu olmuş ve kadının odasını kolayca bulmuştu.

Ertesi sabah kahvaltıda Justine'i görmedi. Saat onda bir konuşma vardı; Londra'daki National Gallery'den bir adam Carl'ın usta ressamlara ait tabloları hakkında konuşacaktı. Justine de orada olacaktı, onunla konuşup işleri yoluna koyabilirdi. Kendi kendine, *benim üzerimde hiçbir hakkı yok, hem de hiç,* dedi.

Ama Justine neredeydi? Artık sinirlenmeye başlıyordu; sonuçta işleri söz konusuydu, bu konuda konuşmuşlardı ve Carl'ın özenle tertiplenmiş etkinliklerine katılmayarak onu gücendirmesini istemiyordu. Sonra hafifçe arkasını döndü ve onu gördü. Arka sıranın ucunda oturuyordu ve gözleri konuşmacının üzerinde kilitlenmişti. Christopher, Justine'in ona baktığını fark ettiğini sandığı halde, kadın onunla göz göze gelmedi.

Konuşma bittikten sonra, birtakım sorular ve misafirler arasındaki kıpırdanmaların ardından, Carl manidar bir şekilde saatine baktı. Ardından, sıra terasta servis edilen sabah kahvesine geldi.

Dışarıda güneş parlıyordu. Christopher kahvesini yudumlarken güneş gözlüğünü taktı. Justine dışarı çıkıp çabucak etrafına bakınırken Christopher yine kendisini gördüğünü düşündü, ancak Justine başka biriyle konuşmaya yeltendi. Christopher kahve bardağını teras boyunca uzanan taş korkuluğun üzerine koydu ve Justine'in yolunu kesmek için yürümeye başladı.

"Günaydın."

Justine ona soğuk bir şekilde bakıp, "Günaydın," diye cevap verdi.

Christopher etrafına baktı; diğer misafirler birbirleriyle sohbet etmekle meşgul olduğundan onu kimse duyamazdı. "Beni ihmal ediyorsun," dedi.

Justine şaşırmış gibi yaptı. "Böyle düşünmeni sağlayan nedir?"

"İkiyüzlülük yapma. Az önce içeride beni görmezden geldin."

Justine bir an duraksadı; sanki gerginliği ne kadar hızlı bir şekilde ve ne kadar ileri götürüp artırabileceğini tahlil eder gibiydi. "İhmalkârlık eden biri varsa o da sensin.

Gözlerini Christopher'a dikmeyi sürdürdü. Kendisi güneş gözlüklerine bakmasına karşın Christopher onun gözlerinin içine baktığı için avantajlıydı.

Justine, "Alman arkadaşın nasıl?" diye sorunca Christopher, "Ne?" diye tepki gösterdi.

"Şu yeni Alman arkadaşını kastediyorum. Onunla bu sabah görüştüm. Konuşma başlamadan hemen önce."

"Sen... ne yaptın?"

Justine, "Buraya *benimle* birlikte geldiğini duyunca şaşırdı. Sanmış ki..." derken, Christopher arkasını dönüp uzaklaştı.

Justine onu takip edip kolundan yakaladı. Kavrayışı şaşırtıcı derecede sıkıydı; Christopher kadının tırnaklarının koluna battığını hissetti. Onu silkelemeye çalıştı ama Justine kolunu epey sıkı tutuyordu.

Christopher, "Sen ne yaptığını sanıyorsun? Herkesin önünde olmaz," diye tısladı.

Justine, "Kimse bakmıyor," diye fısıldadı. "Dinle Christopher, hiç şunu düşündün mü? Bir gün kullandığın insanların canını yakacak bir şey yapacaklarını? Yani, gerçekten canını yakacak bir şey," diye ekledi.

Christopher sesini alçalttı. "Neden bahsettiğini bilmiyorum."

Justine, "Ah, bilmiyor musun?" diye kinaye yaptı.

Christopher, "Hayır," diye cevap verdi.

Kadın yanından ayrılınca Christopher, Justine'in kolunu kavradığı yeri ovaladı. Bu yaptığının bedelini ona ödetecekti.

O akşam Carl yemekten sonra ona, "Chris, çok ilginç bir şeye bakmak üzere yukarı gelsene. Yalnızca sen," dedi.

"Tabii ki, Carl. Şimdi mi?"

Carl başını salladı ve önden giderek ikinci kata çıkıp, Christopher'ın daha önce hiç görmediği bir odaya girdi. Küçük ve özel oda, kulede kapladığı yer nedeniyle altıgen şeklindeydi. Odanın genel olarak samimi bir havası vardı: İçeride büyük bir kitaplık, duvarda küçük resimler ve şöminenin üzerinde asılı duran bir duvar halısı mevcuttu.

Carl kırsal bir alanda oturan bir adamın bulunduğu resmi işaret ederek, "Poussin,"* dedi. "Şirin ve küçük bir resim. Blunt bunun hakkında bir yazı yazmıştı biliyor musun? Bu resme o dikkatimi çekti," diye ekledi.

Carl dışarıdaki koridorda dolaşan herhangi birinin göz hapsinden kurtulmak için kapıyı kapattı. "Tedbiri elden bırakmamak gerek. Şuna bak," dedi. Pencerenin yakınındaki sandığın bir çekmecesini açıp, altın yaldızlı, dar bir çerçevenin içinde duran, yaklaşık büyük bir kitap ebadında bir resim çıkardı.

Christopher resme dikkatle bakmak için eğilirken, "Ne hoş," dedi. Resimde bir kadın ve iki genç, daha doğrusu melek vardı: meleklerin yüzleri açıkça belli oluyordu. Bu tek bir sanatçıya ait olabilirdi. Christopher tekrar doğrulup, "*Çok* hoş," dedi.

Carl ona bakıyordu. "Bunun ne olduğunu..." Christopher sözünü kesti. Sessizce konuşuyordu.

"Ne olduğunu görebiliyorum," diyerek duraksadı. "Peki, ne dememi istiyorsun? 'Evet, işte bu' dememi mi?" diye sordu.

Carl omuz silkti. "Bunun ne olduğu hakkında hiçbir şey söylemeni istemiyorum. Tek istediğim, bunu benim için San Francisco'ya götüreceğini ve oradaki restoratör arkadaşına teslim edeceğini söylemen. Kim olduğunu biliyorsun. O, ge-

---

* *Nicolas Poussin: 1594-1665 yılları arasında yaşamış Fransız ressam. (ç. n.)*

rekeni yapacaktır," dedi.

Christopher yüzünü astı. "Neden benim götürmemi istiyorsun? Kendin yanına alamaz mısın?"

Carl tabloyu bir masaya koyup ona şefkatle baktı. "Bunu yapamam. Tabloya el konulması riskini göze alamam. Bunu yapamayacağımı biliyorsun," dedi. Sonra Christopher'a baktı ve bir süre gözlerini ondan ayırmadı.

Christopher biliyordu. Sandro Botticelli'nin atölyesinden ve muhtemelen sanatçının elinden çıkan bu tablonun gümrük görevlilerinin eline düşemeyeceğinin farkındaydı.

Carl, "Bu yüzden, sen mükemmel bir seçimsin. Sana daha önce tipik bir dürüst adam yüzüne sahip olduğunu söyleyen oldu mu, Christopher? Sen, Fransa'daki bir toplantıdan dönen başarılı küratörsün. Kimse seni durdurup, 'Valizinize sakladığınız o küçük tablodan bahsetmenizin bir sakıncası var mı, Bay Thomas?' diye sormaz," dedi.

Christopher yüzünde şaşkın bir ifadeyle, yoğun bir şekilde kendisini inceleyen Carl'a baktı.

Carl, "Bunu eski bir arkadaşa söylemek zorunda kaldığım için üzgünüm Christopher, fakat benim güvenimi kazananlar ve sonra da bunu sürdürmeyi unutanlar kötü duruma düşerler. Hem de oldukça kötü bir duruma," diye devam etti.

Christopher, Carl'ın kendisini tehdit ettiğine inanamıyordu. Gitmek üzere kapıya doğru yöneldi.

"Ee?" diye sordu Carl.

Christopher, "Evet demek zorundayım, öyle değil mi?" diye cevap verdi.

Carl tabloyu kadife bir kılıfın içine sokup ona verdi.

Christopher tabloyu odasında güvenli bir yere sakladıktan sonra çizim odasına gitti. Diğer misafirler de burada oturmuşlar, gece geç saatte içilen kahveler eşliğinde sohbetin tadını çıkarıyorlardı. Christopher oturdu. Ne Justine ne de Alman kadın oradaydı. Birkaç dakika sonra izin istedi. Carl'la yaşadıklarını hâlâ hazmedememişti.

Ertesi sabah Justine'in kapısını çaldı ve kadın kapıyı açınca öne eğilip onu öptü.

Justine yanağını çevirip bakışlarını kaçırdı.

"Lütfen, çocukluk etmeyelim," dedi Christopher. Justine'in elini tutarak. "Senin yapmanı istediğim bir şey var. Sır saklayabilir misin?" diye ekledi.

"Tabii ki tutabilirim. Bunu *biliyorsun.*"

Christopher, "Bir tabloyu tekrar Amerika'ya götürmemiz gerekiyor. Onu kabin çantana koyabilir misin? Tablo büyük değil."

"Neden ben?"

Christopher, Carl'ın repliğini kullandı. "Sana daha önce kimse yüzünün ne kadar masum ve şirin göründüğünü söylemedi mi?"

"Bu ne tür bir tablo?"

"Görünce anlarsın." Bir an durakladı. "Yani yapacak mısın?"

Justine bir an düşünerek, "Evet, yapacağım," dedi.

3

RAYMOND KHOURY

Christopher Thomas cam duvarlı ofisinden aşağıdaki marinaya bakarken, “Onu bu akşam göreceğim. Saat altıda oraya gidiyorum,” dedi.

Telefonun diğer ucundaki ses, “İşin bitince beni ara,” diye cevap verdi.

Küratör karşı çıktı. “Seni aramak için geç olacak. Seni sabahleyin, yani sana göre sabahleyin arayıp görüşmenin nasıl geçtiğini anlatırım,” dedi.

Telefonun diğer ucundaki kişinin sessiz kalarak buna razı olduğunu anlayınca, dudaklarının kenarları hafifçe yukarı kıvrılarak gülümsedi. Mantıksız davranmıyordu. Carl Porter, Fransa’daydı; Christopher ise San Francisco’da. Aralarında dokuz saatlik bir zaman farkı vardı ve Christopher biriyle sabahın üçünde ya da dördünde konuşmaktan kaçınılması gerektiğini gayet iyi biliyordu; özellikle de böyle hassas bir durum söz konusuysa. Tabii bunun yalnızca mantıklı olmakla ilgisi yoktu. Bundan çok daha fazlası vardı. Christopher'ın derdi üstünlük sağlamak, kontrolü ele almaktı ve eğer Christopher Thomas'ın iyi yaptığı bir şey varsa, o da kontrolü sağlamaktı. Hem de bunun gibi zorla dahil edildiği durumlarda bile.

Porter, "Saat yedide aramanı bekleyeceğim," diye homurdandı. Kendisine bir şeylerin dikte edilmesinden hoşlanmadığı çok açıktı.

Christopher telefonu kapatmadan önce, "Buna emin olabilirsin," dedi. Nabzı, karışık duygular nedeniyle hızlı bir şekilde atıyordu.

Porter tarafından Botticelli tablosunu Amerika'ya sızdırması için zorlanmak –hatta tehdit edilmek– hiç hoşuna gitmemişti. Christopher Thomas kimse için bir şey yapmaya zorlanmaya alışkın değildi, buna karşın açgözlü bir şekilde bu işin potansiyel sonucunu düşündüğünde, kızgınlığı azar azar geçmeye, neşelenmeye başlamıştı. Tablonun satışından yüklü miktarda para kazanmak için buna katlanıyordu ve bunun kızılacak bir tarafı yoktu; özellikle de şimdi, paraya ihtiyacı olduğu bir dönemde.

Christopher'ın gözü ofisinin dışındaki manzaraya takıldı. Bu saygın, insanın bulunduğu statüyü belirten ve yalnızca iş hayatında belirli bir başarıya ulaşmış bir adamın sahip olmayı umabileceği bir manzaraydı. Bu başarıyı elde etmiş bir adamın manzarasıydı.

McFall Sanat Müzesi'nin de saygın bir konumu vardı.

Şehrin kuzey kıyısında, Marina Bulvarı'nın tam üzerindeydi. Yıldız küratör olan Christopher'ın da burada bir köşe ofisi vardı. Christopher masasının arkasındaki yerden tavana kadar uzanan cam duvarın önünde durdu ve aşağıdaki marinadan dışarı süzülen saray yavrusu gibi beyaz bir yat gördü. Bakışları az ötede uzanan muhteşem Golden Gate Köprüsü'nü es geçerek, yatın arka güvertesinde hoplayıp zıprayan iki tane bronz, bikinili kızın üzerinde kilitlendi. Bu görüntü içinde bir şeylerin kıpırdanmasına neden oldu. Bu, kendini bildi bileli hareketlerine yön veren, daha büyük ve daha iyi şeylere duyduğu bir açlıktı. Kartlarını doğru oynadığı takdirde, Carl Potter'la yaptığı konuşma hiç olmazsa bu açlığı doyurmasına yardımcı olabilirdi.

Yatın uzaklaşmasını izleyip saatini kontrol ettikten sonra dönerek masasına oturdu ve ofisinde kendisi için yarattığı gösterişli dünyayı inceledi. Bu ortam ziyaretçilerini şımartmaya ve varlıklı bir imaj vermeye yarasa da tüm bu ihtişam Christopher'ın gözüne eskisine göre daha sönük göründü. Bu oda, kutsal dünyasına davet edilenleri etkilemekte asla başarısız olmamıştı. İçerisi zarif sandalyeler, şık bir Ross Lovegrove marka cam ve çelik masanın etrafına yayılmış sehpalarla dekore edilmişti. Göz alıcı bir raf sistemi, kusursuz biçimde dizilmiş, içinde eserleri bulunan sanatçılar tarafından Christopher için imzalanmış ciltli sanat kitapları muhafaza ediyordu. Duvarları, Christopher'ın yıllar boyunca modern sanatın en önemli isimlerinin eserlerini bir araya getirerek düzenlediği geçmiş sergilerin posterleri süslüyordu.

Müzenin koleksiyonundan ödünç alınan ve dönüşümlü olarak değişen sanat eserlerinin sergilendiği alanda ise o günlerde Chuck Close'un* devasa bir oto portresi duruyor; karmakarışık renk motifleri göz kamaştırıyor, ofisin görkemine görkem katıyordu. Burası çalışmak için müthiş bir yerdi, fakat yeterli değildi. Christopher daha fazlasını istiyordu.

Çok daha fazlasını…

Saatini tekrar kontrol edip derin bir nefes verdi. Dört saat kalmıştı.

Beklemekten nefret ediyordu ama başka bir seçeneği yoktu. Konforlu masa koltuğunda arkasına yaslandı ve gözlerini kapatarak yakında eline geçecek olan paraya odaklandı.

Christopher restoratörün mülküne erkenden geldi ve tedbir olarak arabayı bir sokak öteye park edip, hızla deponun girişine doğru yürüdü. Elindeki siyah deri resim çantasını sıkıca tutuyordu. Restoratör zile kendisi cevap verip onu içeri aldı ve stüdyonun ağır çelik kapısı madeni bir ses çıkararak Christopher'ın ardından kapandı.

Nico Bandini, Christopher'ın elini içtenlikle sıkarak, "Seni görmek her zaman büyük bir zevk dostum. Üstelik tam vaktinde geldin; geceye başlamak için birer kadeh *grappa*** içeriz," dedi.

Christopher gülümseyerek, "*Perfetto,*"*** dedikten son ra, "Geleneklere nasıl karşı çıkabilirim ki?" diye ekledi.

---

* *Büyük boyutlardaki fotografik portre çalışmalarıyla tanınan Amerikalı ressam. (ç. n.)*
** *Üzüm posalarının damıtılmasıyla yapılan İtalyan içkisi. (ç. n.)*
*** *İtalyancada "mükemmel" anlamına gelen sözcük. (ç. n.)*

Girişken sanat restoratörü yüksek tavanlı stüdyoya girerken Christopher peşinden gitti. Her yanda beyaz önlüklü, küçük bir zanaatkâr ordusu vardı. Çalışma köşelerinde kamburları çıkarak oturmuşlar, bir ortaçağ manastırı yazıhanesinde bulunan keşişler gibi çalışıp çabalıyorlardı. Büyüteçleri sayesinde azami derecede odaklandıkları tablolara dikkatle bakıyorlar, değerli sanat eserlerini titizlikle temizleyip onarıyor, tavan arasını andıran bu mekânı havasızlığa boğan sersemletici boya, yağ ve vernik kokusundan etkilenmemiş gibi görünüyorlardı.

Christopher, "Meşgulsün demek," dedi. Aslında bu bir sorudan çok bir gözlemdi.

"İdare ediyorum. Güzel sanatlar için her zaman bir talep var; özellikle de ekonomi bu kadar iyiyken."

Christopher, "İşte bu doğru, sanat söz konusu olunca her zaman bir alıcı bulabilirsin," diyerek, kendini bilinçli bir şekilde olacaklar için hazırladı.

Bandini, "Bazılarına sanat eseri bile demek güç," diye dalga geçti. "İnsanlar Damien Hirst'ün* yardakçılarından biri tarafından baskısı yapılan saçma sapan puantiyeler uğruna kazıklanmaya razılar," dedi ve kafasını sallayarak ekledi: "Tüm dünya çıldırmış olmalı, öyle değil mi?"

"Hem de birçok açıdan ama ben şikâyet etmiyorum. Elimdekini görünce sen de şikâyet etmeyeceksin."

Bandini gülümsedikten sonra Christopher'ı ofisine alıp kapıyı kapattı.

Christopher, "Şu kilidi de çevirir misin?" diye sordu.

---

* *İngiliz ressam ve sanat koleksiyoncusu. (ç. n.)*

Restoratör, "Tabii ki," diyerek kapıyı kilitledi. "Buranın bir eğlence odası olmadığını biliyorum. Pekâlâ, bu sefer bana ne getirdin?"

Christopher resim çantasını restoratörün dağınık masasının üzerine koyup, "Gel de bir göz at," dedi.

Bandini siyah deri kılıfın fermuarını açarak küçük paketi dışarı çıkardı. Koyu kahverengi bir kadifeyle sarmalanmış olan paket, büyük ve resimli bir kitap ebadındaydı. Bandini elini kılıfın içine sokup çerçevelenmiş tuvali dışarı çıkardı ve iki eliyle tutup ağzını büzerek inceledi.

Christopher, adamın kaşlarının yukarı kalktığını görüp, tabloyu beğendiğini belirten bir ıslık çaldığını duyunca gülümsemesini bilinçli olarak bastırdı.

Bandini, "Menşei nedir?" diye sordu.

Christopher kendine güvenli bir biçimde, "Birinci sınıf," diye cevap verdi. "Özel bir satıcıdan. İlgili tüm belgeler yanımda."

Bandini tabloyu merakla inceliyordu. "Eh, o halde bunu her kim satın alırsa salonuna asabilir."

Christopher gülümsedi. Bandini'ye getirdiği eserlerin çoğu, müzenin koleksiyonundan "ödünç aldığı" parçalardı. Yokluğu fark edilmeyecek tabloları seçmiş ya da fark edilebilecek olanları Bandini'nin kendi zanaatkârlarının yaptıkları sahte kopyalarla değiştirmişti. Botticelli ise farklıydı. "Bana sorarsan ön taraftaki verandalarına bile asabilirler. Tabii bu zevki tatmaları karşılığında yeterli ödemeyi yaptıkları sürece," diye karşılık verdi.

Restoratör, “Peki sence bu zevkin bedeli nedir?” diye sordu.

“Bu harika bir parça ve kuşkusuz ustanın kendi elinden çıkma; stüdyosundaki bir yardımcısının elinden değil. Eminim bunu fark etmişsindir.”

Adam somurttu. “Bana caka satma, Christopher. Bunun ne olduğunun farkındayım.”

Küratör omuz silkti. “Bence 3 oldukça adil. Açıkartırmada biraz daha fazla edebilir fakat bu şartlar altında ve işi çabucak bitirmek istediğimiz için 2,8 alabilirim.”

Christopher restoratörün mimiklerine yansıyan ufacık bir tepkiyi ölçmek istercesine yüzünü inceledi. Doğru fiyatı verdiğine dair bir teyit arıyor, fakat bu miktarı almayı da beklemiyordu. Tahmin ettiği gibi, restoratör gözünü bile kırpmadı. İkisi de bunu daha önce defalarca yapmıştı ve dört dörtlük poker oyuncuları gibi, oyunun nasıl oynanması gerektiğini biliyorlardı.

Bandini sessizliğini korudu. Konsantre olduğu için yüz ifadesi hiç değişmiyordu.

Christopher, “Mümkün mü?” diye sorarak onu sıkıştırdı. Zihni kendi alacağı kesintiyi hesaplamakla meşguldü. Porter, “İki buçuğun üzerindeki her şey senin,” demişti. 2,8 milyon dolar söz konusu olduğunda, Christopher’ın 300.000 dolar alması gerekiyordu. Hem de vergiden muaf olarak.

Bir öğleden sonra işi için fena sayılmazdı.

Restoratör soruyu bir süre kafasında evirip çevirdi. Bakışları hâlâ incelediği tablodan başka bir yöne kaydı, sonra da yüzü gevşedi. "Olabilir. Sanırım bu tablo için elimde mükemmel bir alıcı var," dedi. Bandini küratöre bakıp sırıttı. "Anavatanımdan bir centilmen," diye ekledi.

"Botticelli buna memnun olurdu," dedi Christopher.

Restoratör tabloyu tekrar portföyün üzerine koydu. "Onu bu gece arayacağım," dedi. Yüzünde meraklı bir ifade belirmişti. "Sanırım bu işi bir an önce bitirmek için acele ediyorsun. Bunun nedenini öğrenebilir miyim?"

Christopher bu soruya, "Acele eden ben değilim, satıcım. Zamanı kısıtlı," diye cevap verdi.

"Ya," dedi Bandini.

Christopher, "Demek... bu işi makul bir şekilde yapabileceğine dair kendine olan güvenin tam, öyle mi?" diye sordu.

"Öyle düşünüyorum."

"Peki bana bir avans verebilir misin?"

Restoratör yüzünü buruşturup, "Ödeme almak için bu kadar acele etmeyeceğini sanıyordum."

"Acele etmiyorum ama..." diye konuşmaya başlayan Christopher tereddüt etti ve Bandini'nin sorusunu bir süreliğine dikkate almayıp, alnında belirmeye başlayan ter damlalarını hissetti. "Bu işleri bilirsin..." dedi.

Bandini damdan düşer gibi, "Parayla ilgili sorunlar mı yaşıyorsun?" diye sordu ve adamın bandajlı parmağına baktı.

Christopher ise elini arkasına götürürken, "Hayır, sana söyledim ya, böyle bir şey yok," diye karşı saldırıya geçti. Bir saniye sonra biraz fazla tepki verdiğini düşünse de artık çok geçti. Kaygısız bir gülümseme takındı. "Bak, bu o kadar büyütülecek bir şey değil, tamam mı? Yalnızca bunu elden çıkarmakta çok zorlanmayacağını ikimiz de bildiğimize göre, küçük bir avans sorun olmaz diye düşündüm."

Restoratör bir süre sessiz kalarak Christopher'ı inceledi. "Ben avans vermem, dostum. Bunu bilmen ve bu soruyu hiç sormaman gerekirdi. Peki neden avans vermediğimi biliyor musun?"

Christopher şakaklarının ısındığını hissetti. "Neden?" diye sordu.

Bandini, "Çünkü avans isteyen insanların para sıkıntıları vardır ve para sıkıntıları olan insanlar çaresiz olurlar, çaresiz olunca da gamsız bir tavır takınırlar. Bu da beni endişelendirir, hem de çok," diyerek gözlerini kıstı. "Seninle uzun yıllar birçok iş yaptık. Senin hakkında endişelenmeli miyim?"

Küratör, "Hayır, hayır, hayır," diye ısrar etti. "Saçmalama. Öyle olsun. Parayı tabloyu satınca ödersin, sorun değil. Tamam mı?" dedi. Christopher birden göz alıcı ve çekici bir biçimde gülümsedi. Bu gülümseme, hayatı boyunca elde etmek istediklerini sağlama konusunda hiç de azımsanmayacak bir rol oynamıştı.

Restoratör onu uzun bir süre soğukkanlılıkla izledikten sonra, yüzü sanki kaslarını tutan gergin ipler kopmuş gibi gevşedi. Christopher'ın omzuna hafifçe vurup, "Tabii ki. Zaten uzun sürmez," diyerek, "şimdi, şu *grappa*'nın tadına bakmaya ne dersin?" diye sordu.

***

Bandini, Christopher Thomas'ın gitmesinin ardından ofisine dönerken derin düşüncelere dalmıştı.

Tablo iyi bir parçaydı, bu konuda bir şüphesi yoktu. Ona üç milyon dolardan yüksek bir değer biçebileceğini biliyordu. Hatta ufak çapta bir teklif verme savaşı başlatabileceğini bile düşündü. Bu kalitede bir Botticelli eseri çok sık satışa sunulmazdı fakat onu rahatsız eden başka bir şey vardı.

Küratör her zamankinden daha gergin görünüyordu. Bandini bunu hissetmişti. Gerginliğin de ileride oluşabilecek, kaçınılması ya da saf dışı bırakılması gereken bir sorunun sadık bir habercisi olduğunu biliyordu.

Bandini ardı ardına en gözde iki müşterisini arayıp tabloyu onlara tarif etti ve ertesi sabah tabloyu götürüp göstermek üzere gerekli ayarlamaları yaptı. Sonra da kesinlikle müşteri olmayan ve bir Botticelli tablosuyla Bansky* baskısını ayırt edemeyen bir adamı aradı.

Bandini, adama, "Benim için birine göz kulak olmanı istiyorum. Benim tedarikçim. Kimden bahsettiğimi biliyorsun," dedi.

Adam, "Onu ne kadar yakından izlememi istersin?" diye sordu.

Bandini, adamı kendini endişelendiren konu hakkında bilgilendirmeden önce, "Mikroskopla bakar gibi," diye cevap verdi.

Christopher Thomas ofisine dönerken son derece tedirgindi. Görüşmenin olumlu taraflarına yoğunlaşmaya çalıştı.

* *Yaptığı farklı duvar resimleriyle ünlenen İngiliz sanatçı. (ç. n.)*

Bandini istediği fiyatı vermekten çekinmemişti. Christopher restoratörün çok yakında ödeme yapacağından oldukça emindi. Çoğu zaman yapardı ama Bandini de Christopher'ı ısrarcı sorgulaması ve derinlemesine incelemesiyle ürkütmüştü. Christopher, Bandini'nin sünepe biri olmadığını biliyordu. Bir zanaatkâr ve sahtekâr olarak fevkalade yetenekli olabilirdi fakat aynı zamanda taş kalpli ve insanı endişelendirecek derecede acımasızdı. Christopher buna ilk elden şahit olmuştu.

Artık müzedeki çoğu ofis boşalmıştı; Christopher'ın personelinin yalnızca bir kısmı etraftaydı. Bunlar da belli ki Uzakdoğu'yla ilgilenenler ve yıldırıcı zaman farkı nedeniyle geç saatlerde çalışmak zorunda olanlardı. Christopher kutsal odasına girdi ve parıldayan bir tepside duran, yan yana dizilmiş şişelere doğru yürüdü. Kalın bir kristal bardağa üç parmak kalınlığında *Tyrconnell* tek malt viski doldurdu. Bardağını havaya kaldırıp ışığın, keskin hatlı köşeleri dolduran amber renkli sıvı boyunca dans ettiğini gördü. Ardından bardağı dudaklarına götürdü ve sıvı boğazından kayıp gitmeden önce burun deliklerini baharatlı bir vanilya ve meşe kokusuyla gıdıkladı. Sonra onun sesini duydu. Ses ofisinin kapısının olduğu yerden, arkasından geliyordu.

"Nereye gittin? Seni elinde bir portföyle dışarı çıkarken gördüm."

Christopher arkasını döndü. Justine karşısında duruyordu.

Davetsiz bir misafirdi.

Christopher arkasını dönerken, "Çoğu insan kapıyı çalar," diyerek bir yudum daha viski içti. "Hayır, geri alıyorum. Çoğu insan değil, bütün insanlar. Herkes," diye ekledi.

Christopher kapının kapandığını duyduktan sonra Justine, "Çoğu insan da on beşinci yüzyıldan kalma küçük bir sanat eserini gümrükten gizlice sokmana yardım etmez, değil mi?" diye cevap verdi.

Christopher tekrar arkasını döndüğünde, Justine'in yüzüne halinden memnun olduğunu belirten bir sırıtmanın yayıldığını gördü.

Justine, "Aslında, geri alıyorum. Bunu kimse yapmazdı. Sanırım bu da bazı kurallardan muaf olmamı sağlıyor, sence de öyle değil mi?" diye devam etti.

Christopher yavaşça nefesini verdi. "Ne istiyorsun, Justine?"

"Beni başından savıyorsun. Küçük anlaşmamızın raydan çıkacağından korkuyorum."

Christopher gözlerini kısarak, "Anlaşmamız mı?" diye sordu.

Justine ona bir adım daha yaklaşırken, "Hey, o lanet olası şeyi ben içeri soktum. Çantayı fiilen taşıyan bendim. Beni o kahrolası tablo için her şeyi riske atmaya zorladın," diye devam etti.

Christopher bu fikirle alay ederek, "Ne riski? Ne kadar kolay olduğunu gördün. Tıpkı söylediğim gibi," dedi ve sesine daha keskin, kızgın bir hava vererek baskı yapmaya devam etti: "Ayrıca, seni hiçbir şey yapmaya zorladığımı hatırlamıyorum."

Justine'in gözlerindeki şüphe pırıltısı, Christopher'a tatmin duygusu olarak geri döndü.

Justine, "Tablo nerede?" diye sordu.

"Bu senin üstüne vazife değil."

"Üstüme vazife değil mi? O lanet şeyi kendim yapmış olsaydım bile beni bu kadar ilgilendiremezdi. Bu işte ortağız Chris. Bunu aklından çıkarma. Hoşuna gitsin ya da gitmesin, bana hakkım olanı vereceksin."

Christopher kızgın bir sesle, "Vermezsem ne olur?" diye sordu. Gözlüklerini masaya koyup, Justine'e tehditkâr bir ifadeyle yanıp tutuşan gözlerle bakarken nabzının hızlandığını hissedebiliyordu.

Justine felç edici bir korku dalgası hissetti. Daha önce onun bu yanını hiç görmemişti. Christopher sandalyesinden kalkıp ışık hızıyla yanına gelince nefesi kesildi. Odayı dört hızlı adımda aşarak Justine'i şaşırtmıştı. Onu iki eliyle yakaladı ve ikisi de ofisin kapıya yakın bir duvarına çarparak durana kadar geriye doğru itti.

Bir eliyle Justine'in boynunu sıkmaya başlamıştı.

"Beni tehdit etmeden önce, bu işin sonunu getirmek için gereken her şeye sahip olduğundan emin olman gerekir tatlım," diye tısladı.

Justine donakaldı. Christopher'ın yüzü kendi yüzünden yalnızca birkaç santimlik bir mesafedeydi. Nefesi yanaklarını ısıtıyordu. Bir tür Gotik canavar gibi dişlerini gösteriyor ve gözlerini kısarak bakışlarıyla Justine'in gözlerini deliyordu.

Justine'in dudakları titriyordu. "Neler yapabileceğimi bilmiyorsun, Christopher," diye fısıldadı. Sesine sert bir hava vermeye çalışıyor fakat beceremediğini biliyordu.

Christopher'ın boynunun etrafındaki parmaklarını daha da sıktığını hissetti. Christopher'ın şakağındaki bir damar çılgınca bir öfkeyle atıyordu ve bakışları giderek daha çok yaklaştığı Justine'e kilitlenmişti. Dudakları artık Justine'in kulakmemesine değiyor, kirli sakalı boynuna sürtündükçe tenine batıyordu. Justine, "Ah, ikimiz de çok şaşırtıcı birtakım şeyler yapabileceğini biliyoruz, değil mi?" diye sordu.

4

JONATHAN SANTLOFER

McFall Sanat Müzesi'nin ana salonunda bir uğultu vardı. Sanat dünyası güç gösterisi yapmak için bir araya gelmişti. Küratörler ve koleksiyoncular, sanatçılar ve satıcılar lüks giysiler içindeydiler ve son moda çılgınlığına uyarak sırtlarına dövmeler yaptırmışlardı. Genç ve o kadar da genç olmayan adamların ve kadınların kollarına girip yanlarına sokuluyorlardı. Kimse sanat eserlerine bakmıyordu; herkes kendi özgeçmişini anlatmakla ve sıkılmış numarası yapmakla meşguldü. Gözleriyle oradan oraya uçuşan sinekkuşları gibi etrafı tarıyorlar ve konuşmak üzere daha önemli herhangi birini arıyorlardı.

Rosemary Thomas bir an soluklanmak için durarak, çoğu kara kediler gibi siyahlara bürünmüş, havalı ve sofistike misafirler topluluğunu incelemek üzere duvara yaslandı. Çoğunu yıllardır tanıyordu, fakat aralarından kime güvenebilirdi ki? Acaba biliyorlar mıydı? Haline gülüyorlar mıydı?

Zavallı Rosemary, şu kocası var ya, anlarsın işte...

Şaka konusu haline gelen ve acınacak biri olduğu düşüncesi bile çekilmezdi.

Rosemary gözlerini o geceki davetin göz alıcı ve münferit en önemli parçasına dikerek, *ironik,* diye düşündü. Bu, üç metre boyunda, 1947'de Jackson Pollock tarafından damlama tekniği kullanılarak yapılan ve sanatçının manik yaratıcı yeteneğinin doruğundayken ortaya çıkan bir tabloydu. Rosemary çok nadir bulunan bu tablonun müzeye armağan edilmesi konusunda Christopher'a yardım etmişti.

Christopher buraya, *bizim müzemiz,* demeyi severdi. Ne şaka ama. Christopher yirminci yüzyıl sanatının mühim ve başarılı bir küratörü haline gelirken, Rosemary yalnızca köhne bir salonun, daha da köhne yaşlı adamları ve ayaktakımı gençleri cezbeden *Silahlar ve Zırhlar* bölümünden sorumlu bir ortak olarak kalmıştı.

Fakat her şeyi böyle planlamamışlar mıydı? Önemli olan Christopher'ın kariyeri değil miydi?

Bunu sensiz başaramazdım bebeğim.

Acaba Christopher bunu kaç kez söylemişti? Rosemary de ona inanmıştı. Sessiz ve destekleyici eş rolünü oynamaktan memnundu. Rosemary ideal bir şecereye sahipti; Shaker Heights'lı* bir ailenin kızıydı, sosyeteye tanıtma partilerine katılan, Wellesley Koleji ve New York'un prestijli Güzel Sanatlar Enstitüsü mezunuydu.

Müze, saygınlığının büyük bir bölümünü ona borçluy-

** ABD'nin Ohio eyaletinde yer alan bir şehir. (ç. n.)*

du. Rosemary, ailesinin köklü geçmişi sayesinde edindiği sosyal bağlantılar aracılığıyla kolaylıkla Avrupa'daki eski ailelerle temas kurabilmiş ve müzesine Kaliforniya'daki daha şatafatlı örneklerin aksine, nadide parçalar bağışlamalarını sağlamıştı. Şimdi de Christopher müzenin modern koleksiyonunu oluşturmakla meşguldü. Bu koleksiyon, zırhlar ve gotik kupalarla, eski ve yavan yalıtımlı parçalarla pek ilgilenmeyen bir topluluğa hitap ediyordu. Rosemary de kendini bugünlerde bir kalıntı gibi eski hissediyor ve ilginç olmadığını düşünüyordu. Müzenin bir zamanlar belkemiği olan Rosemary artık ihmal ediliyordu ve elden çıkarılmak üzereydi.

Artık birbirimize yabancılaştık.

Herhalde benden bıktığını söylemeye çalışıyorsun.

Boşanmak istiyorum.

Rosemary onca şeye –kadınlara, küçük düşürülmeye– tahammül etmesine rağmen, boşanmak isteyen *Christopher* olmuştu.

Beni boşamana izin vermeyeceğim.

Bana nasıl engel olabilirsin ki?

Christopher'ın yüzü ve sırıtışı Rosemary'nin zihnini yakıp kavururken, başka bir adamın yüzü görüş açısına girdi.

Hızla nefes alarak, "Ah, sen misin, Tony?" dedi.

Tony, "Sen iyi misin?" diye sordu.

"Ben mi? Evet iyiyim. Tabii ki." *Acaba yüzümdeki utancı görebiliyor mu?*

Tony, "Yüzün kızarmış," dedi.

"Hayır, ben... ben iyiyim. Sadece bu etkinlikler yüzünden, anlarsın ya."

"Evet, bunda sıkı çalışan bir küratörün emeği var fakat müzenin bu kadar muhteşem bir parçaya sahip olduğunu görmek benim için büyük bir zevk."

"Bu senin sayende oldu." İçinden, *evet, söylenmesi gereken bu,* diye geçiriyordu.

Tony Olsen alçakgönüllü bir şekilde ya da öyle görünmeye çalışarak, "Eh, bütün çaba bana ait değil," dedi ve omuz silkti. Cömert bir bağışçı, aynı zamanda son dört yıldır yönetim kurulu başkanı olarak, müzenin gidişatına yön vermişti ve bu süreçte Rosemary'yle iyi arkadaş olmuşlardı. Tony, "Christopher'ın da bu işte büyük payı var. Onunla gurur duyuyor olmalısın," diye ekledi.

"Evet… tabii ki," dedi Rosemary. Güçlükle yutkunurken, kanın beynine sıçradığını hissetti ve midesi bulanmaya başladı.

Adam bir elini omzuna koyarak, "İyi olduğuna emin misin, Rosemary?" diye sordu.

Rosemary, Christopher'ın yüzü hâlâ gözünün önünde olduğu ve sözleri midesini asit gibi yaktığı halde gülümsemeye çalıştı.

Ama çocuklar…

Zamanla alışırlar.

Tony, "Sana bir içki getireyim," dedi.

Rosemary, "Bu, ihtiyacım olan son şey, Tony. O kadar yoğunduk ki akşam yemeğini atladım. Bu yüzden içki pek de iyi bir fikir değil, ama ben iyiyim, gerçekten," diye yanıt verdi.

Tony gözlerinin içine baktı. "Rosemary, hepimiz bu satın alma için ne kadar yardım ettiğini biliyoruz. Aslında bu senin biriminin işi bile değil, ama bütün övgüleri Christopher topluyor. Bu hiç de adil değil."

"Şey, aslında... ben sosyalleşmektense hibe teklifleri yazma ve bağış talebinde bulunma konusunda daha iyiyim."

Tony, "Sen bundan çok daha fazlasısın. Adeta buranın çapası gibisin," diye devam etti.

Bu benzetme –altında kalan şeyleri sürükleyen bir ağırlık olmak– Rosemary'nin gururunu okşadı.

Rosemary, Tony'nin koluna dokundu ve parmak uçlarıyla üzerindeki lüks kaşmiri hissetti. "İnsanların arasına karışmalısın. Bu senin görevin," dedi.

Tony Olsen, Rosemary'nin özendiği ama asla sergileyemediği rahat bir tavırla kalabalığa karışmadan önce yanağına bir öpücük kondurup samimi bir şekilde gülümsedi.

Rosemary, *ben bir çapayım, ölü bir ağırlık gibiyim,* diye düşündü.

Ama Christopher'a iyi bir eş olmuştu. Ona cesaret vermiş, arka planda olmaya razı gelmiş, onun parlamasına ve yıldız olmasına izin vermişti. Christopher'ın bunu istediğinin hep farkında olmuştu.

Rosemary kalabalığa baktı; sanatseverlerin neredeyse yarısı Pollock'un başyapıtına sırtlarını dönmüşlerdi.

Peter Heusen şampanya bardağının üzerinden kız kardeşine bakarak, "Aman Tanrım, berbat görünüyorsun. Bir hayalet kadar beyazsın. Neyin var?" dedi.

"Hiçbir şey."

"Şu yaltakçı milyarder Olsen'ın söylediği bir şey yüzünden mi?"

Rosemary gözleriyle Tony Olsen'ı izledi ve tek seferde yarım düzine insanla ustalıkla sohbet ettiğini görerek, "Tabii ki de hayır," dedi.

"İlk milyonlarını savaş malzemeleri satarak kazandığını biliyorsun, değil mi?"

"Buna inanmıyorum."

"Senin şu saflığın aralıksız bir şaşkınlık kaynağı." Peter burnunu çekti ve ekledi: "Eh, ben o adamı sevmiyorum," diye ekledi.

"Senden çok parası olan kimseyi sevmiyorsun."

"Bu da demek oluyor ki, hiç kimseyi sevmiyorum, değil mi?"

"Ah, lütfen. İkimiz de aynı servete sahibiz; bu yüzden nasıl bir gelire sahip olduğunu tam olarak biliyorum. Bolluk içindesin. Bunun için minnettar olmalısın."

"Benim sevgili kardeşim, minnettar rolünü sen, benden çok daha iyi oynuyorsun."

Rosemary içini çekerek, "Şimdi bu konuya girmeyelim, burada olmaz," dedi.

Peter, "*Hangi* konuya girmeyelim? Şu senden istediğim ama vermeyi reddettiğin borçtan mı bahsediyorsun?" diye sordu.

Rosemary fısıldamaya çalıştı ama sesi daha çok tıslama gibi çıkmıştı. "İkimiz de aynı aylığı alıyoruz, Peter. Yalnızca ben kendi paramı senin gibi harcamıyorum."

Peter, "Orası kesin," dedi ve kız kardeşini baştan aşağı süzdükten sonra, "Bu etkinlikler için şık giyinmek gerekmiyor mu?" diye iğneledi.

Rosemary düz bej renkli elbisesindeki hayali kırışıklıkları düzeltirken, "Çok komik," dedi.

Peter çenesiyle odanın merkezini işaret ederek konuştu: "Hiç de komik değil. Son moda bir smokin giyinip kuşanan şu kocana baksana. Belli ki senin paranı harcamakta hiç zorluk çekmiyor. Neden onun kolunda değilsin?"

Rosemary, "Hokkabazlık yapması gereken çok insan var," dedi.

Peter alaycılığını sürdürüyordu: "Evet, Christopher'ın uzmanlığı *hokkabazlık*, değil mi? Aslında sirkte çalışması gerekirmiş."

Rosemary, "*Şimdi olmaz,* Peter," diye terslendi.

"Tanrım, Rosemary. O kaba herif seni aptal yerine koyarken onu savunarak, mağdur rolünü minnettar eş rolünden çok daha iyi oynuyorsun."

"Sesini alçalt, Peter." Rosemary kimsenin dinleyip dinlemediğini görmek için yakındaki kalabalığı taradı, fakat herkes onları fark edemeyecek kadar kendi aralarındaki konuşmaya dalmıştı.

Peter, "Neden? Herkes biliyor. Christopher ilişkilerini pek saklamıyor," diye itiraz etti.

Rosemary'nin bacakları gevşemiş, yüzü ateş gibi yanmaya başlamıştı ama bir şey demedi.

"Eh, yalnızca kenarda durup somurtacaksan ben yokum," dedi Peter.

Rosemary giderek tizleşen sesiyle, "Ne kadar iyi bir fikir," diyerek, birkaç adım geriledi. Arkasını dönüp koşmak istedi fakat donup kalmıştı; zihni sanki tekrar düğmesi takılı kalan eski bir kaset gibiydi:

Başka biri mi var, Christopher?

Konu bu değil.

Benim için öyle.

Bu seninle ilgili değil.

Bilmeye hakkım var.

Bu beni ilgilendirir, seni değil.

Beni böyle küçük düşürmene izin vermeyeceğim!

Peki, ne yapacaksın?

Gözünün önüne, Christopher'ın bunu söylerken yüzünde beliren o soğuk, alaycı gülümseme ve dudaklarının küstahça yukarı doğru kıvrılışı geldi.

Rosemary önce buz kesti, sonra içi yanmaya başladı. Spotlar gözünü kamaştırıyordu ve içeride boğulacak gibi oluyordu. *Buradan çıkmam gerek.*

O sırada eline manikürlü bir el dokundu. Kadının tırnakları Rosemary'nin tenini gıdıklıyordu.

Kadın, "Sen Christopher'ın karısısın, öyle değil mi?" diye sordu.

Bunu soran genç kadın, Rosemary'ye kaypak ve aşağılık bir hafiyeyi hatırlattı. Kadın makyajlı gözlerini kısmıştı; yüzünde gergin ve yapmacık bir gülümseme vardı.

Rosemary, "Evet," diyerek başını salladı.

"Siz beni tanımıyorsunuz. Adım Haile Patchett. Los Angeles'taki Ulusal Tarih Müzesi'nde çalışıyordum," dedi ve uzun kızıl saçlarını savurdu.

Rosemary, kadının üzerine yapışan elbisesini, on beş santimlik topuklarını, bileğindeki bir yığın gümüş ve altın bileziği inceledi. Bu, Rosemary'nin asla rekabet edemeyeceği ve Shaker Heights'ta asla rastlamayacağı türden bir kadındı. Daha çok New York, Los Angeles ya da San Francisco'da sıkça rastlanan ve Christopher'ın her zaman bayıldığı tarzda bir kadın...

Kadına öylece bakarken, ona sert bir şekilde çıkışmamak için kendini kontrol etmek zorunda kaldı. "Ah, seni tanıyorum ama müzeyle ilgili yaptıkların dolayısıyla değil," dedi. Derin bir nefes alarak, "Buraya gelmeye nasıl cüret edersin?" diye sordu.

Haile gülümsemeyi sürdürerek, "Bu da ne demek oluyor?" diye sordu.

Rosemary, "Bence gitmelisin," diye cevap verdi.

Haile kusursuz biçimde çizilmiş kaşlarından birini kaldırarak, "Hiç sanmıyorum," dedi ve Rosemary'nin ardındaki kalabalığa göz attı. Birilerine kapağı atmak için uygun bir kalabalık olduğunu düşünse de o akşam sırası değildi. O daha özel birini arıyordu. Rosemary'yi baştan aşağı süzerek, bir kahkaha kopardı ve sonra arkasını dönüp gitti.

Rosemary, Haile Patchett'ın bir yılan gibi kıvrılarak kalabalığa karışmasını izlerken yüzünü ateş bastı. Sonra gözüne kalabalığın ortasındaki Christopher takıldı. Aynı anda ustalıkla altı ya da yedi kişiyi idare ediyordu. Güzel iş arkadaşı Justine Olegard görev aşkıyla yanında duruyordu.

Christopher, Justine'le de yatıyordu, Rosemary bunu biliyordu.

Tanrım, acaba yatmadığı bir kadın var mı?

Rosemary hâlâ altın çocuk rolünü oynayan Christopher'ın gülüşünü, alnındaki sarı saçları kenara itişini izlerken, göğsünde soluğunun kesilmesine neden olan bir ağrı hissetti. Sonra kızıl kafalı Haile Patchett da gruba katılıp, elini Christopher'ın kolunun üzerine koydu.

Rosemary o an ortadan kaybolmayı ve görünmez olmayı diledi fakat zaten her zaman böyle olmamış mıydı?

Bu benim hayatım, Rosemary ve yanımda bir yüke ihtiyacım yok.

Yani Rosemary bir yük müydü?

Senin için çok şey yaptım Rosemary, ama artık bitti.

Benim için çok şey mi yaptın? Benim için ne yaptın ki?

Gürültülü ve ışıklı salon Rosemary'nin üstüne üstüne geliyordu. Vahşi fırça darbeleri ve renklerden oluşan ufak Jackson Pollock çalışmaları beyaz duvarlarda nabız gibi atıyordu.

Sonra birden her şey durur gibi oldu, etraftaki gürültü hafif bir uğultuya dönüştü, kalabalık yok oldu ve içeride yalnızca üçü kaldı: kendisi, Christopher ve Pollock tablosunun önünde spot ışığı altında duran o korkunç kızıl kafalı. İki siluet, ışıldayan boyalardan oluşan bir fonun önünde gösterilerini sergiliyor, Rosemary de onları izliyordu. Ne dediklerini duyamasa da vücut dillerini okuyordu. Kadın, kalçasını geriye atarak öne eğildi, Christopher onun kulağına fısıldadı ve kadın, Christopher'ın kolunu kavradı.

Ama kadın uzanıp Christopher'ın saçına dokununca, hem de orada, müzede, Rosemary onları izlerken ve herkesin gözü önünde, film koptu.

Salon, Rosemary'nin etrafında Jackson Pollock'un tablolarındaki damlalar gibi dönüyordu. Rosemary hareket ettiğinin farkındaydı ve kalabalığın içinde ilerlerken, "Affedersiniz, affedersiniz," diye mırıldandığını duyuyordu. Kendi nefesi kulaklarında yüksek sesle yankılanıyordu. Christopher'a ve o kadına giderek yaklaştıkça ve onları daha net gördükçe kalbi çarpıyordu. Christopher'ın sarı saçının tutamları ve kadının koyu bordo ojeleri öne çıkmış ve etraflarındaki diğer her şey bulanıklaşmıştı.

Christopher Thomas etrafındaki küçük hayran topluluğuna gülümsedi, sonra bakışlarını başka bir yöne çevirince onu gördü. Karısı kalabalığın çevresinde acınacak bir halde, başıboş biri gibi dolanıyordu.

Rosemary'nin cansız bir şekilde omuzlarına dökülen kahverengi saçlarını ve biçimsiz bej elbisesini inceledi. Bu gösterişsiz ambalajın ardındaki güzel kadını görmeyeli çok uzun zaman olmuştu. Christopher ona karşı duyduğu hisleri tahlil etmeye çalıştı fakat bunu yapamadı.

Peter Heusen, kayınbiraderinin omzuna vurarak, "Hey

hokkabaz," dedi.

Christopher, "Ne?" diye cevap verdi.

Peter, "Hokkabaz işte," dedi ve mimikleriyle hokkabaz taklidi yaptı.

Christopher Thomas, Peter'a küçümseyerek bakarken, *palavracı, otlakçı bir işe yaradığını sanan Peter,* diye düşündü ve kayınbiraderinin sırtını sıvazlayıp arkasını döndü.

Sonra Tony Olsen'a, "Söylesene, Pollock gözüne nasıl görünüyor?" diye sordu.

Tony, "Göz alıcı, muhteşem ve pahalı," diye cevap verdi.

Peter Heusen ise iki adamın arasına sızdı ve dili sürçerek, "Ya pasaklıya ne dersin?" diye sordu.

Christopher sesli bir şekilde içini çekti. "Kayınbiraderim, Pollock'un kurduğu içsel yapıyı, damlaların oluşturduğu koreografiyi ve neredeyse dans eden renk sarmallarını fark etmekte zorlanıyor," dedi.

Peter burnundan bir ses çıkarınca Christopher onu dirseğiyle dürttü ve hızlı bir şekilde aksi yöne döndürüp hiddetle kulağına fısıldayarak, "Defol git, Peter, *şimdi.* Buraya hiç gelmemen gerekirdi," dedi.

Peter, "Of, siktir git Thomas, seni tanıyorum," diye cevap verdi. Alkol kokan nefesi Christopher'ın yüzüne nemli bir sünger gibi çarpmıştı.

O sırada birisi, "Chris," diye seslendi.

Christopher, kayınbiraderini bırakıp bu yabancı sese doğru döndü.

Kadın, "Senin için bir sürü mesaj bıraktım," dedi.

Sesin sahibi Haile Patchett'dı.

Christopher etrafındaki kalabalığın üzerine geldiğini hissetti. Koleksiyonerler, sanatçılar, çalışanları, hatta patronu, baş koleksiyoner ve espri anlayışından yoksun bir adam olan Alex Hultgren ve Yönetim Kurulu Başkanı Tony Olsen vardı.

Christopher, Haile'e, "Şimdi konuşamam. Seni ararım," diye fısıldadı.

Haile, "Her zaman böyle diyorsun ama aramıyorsun," dedi.

Justine Olegard, Haile Patchett'ın önüne doğru bir adım atarak, "Bu kim Chris?" diye sordu.

Haile dudaklarını büküp göz ucuyla Justine'i süzerek, "Ben de sana aynı soruyu soracaktım," dedi.

Christopher bir Justine, bir Haile'e bakıp Haile'in kulağına, "Bunu yapamam, Haile, burada olmaz," diye fısıldadı.

Kadın, "Ah, demek adımı hatırlıyorsun," diyerek sahte bir kahkaha atınca, Chris kolunu sıktı.

"Rahatla, burada olay çıkarmaya niyetim yok," dedi Haile.

Christopher, "Çıkardın bile," diye cevap verdi. Etrafına bakınca baş koleksiyonerin, Toy Olsen'ın ve Justine'in kendisini izlediğini gördü.

Haile Patchett, Christopher'ın saçını düzeltmek için elini uzattığında, Christopher yapmacık bir şekilde gülümseyerek o anı geçiştirmeye çalıştı. Bu, kuşkusuz Haile'in bir filmde gördüğü eski bir alışkanlıktı; zaten o her bakımdan abartılı bir kadındı. Christopher bulundukları ortamda tamamıyla uygunsuz olan bu harekete bir son vermek üzere elini Haile'in eline doğru uzatmıştı ki, kızgınlığı yüz hatlarına yansıyan Rosemary'nin kalabalığı yararak kendisine doğru ilerlediğini gördü.

"Yeter!"

Rosemary Thomas sesinin beklediğinden bu kadar yüksek çıkmasına şaşırmıştı. Haile Patchett'ın koluna vurup onu kocasının üzerinden uzaklaştırdı.

Haile şaşkınlıktan ağzı açık bir şekilde ona dik dik bakarak, "Sen ne yaptığını sanıyorsun?" dedi.

Rosemary, Christopher'a bağırarak, "*Sen benim* için ne yaptın? *Benim* için?" diye sordu. Titriyordu ama bunun bir önemi yoktu; hiçbir şeyin önemi yoktu. "Senin için feda ettiklerimi düşünüyorum da... sana yıllarımı, *hayatımı* verdim! Peki, *ne* için?" diye devam etti.

Christopher büyük elleriyle Rosemary'ye sakinleşmesini işaret ederek, "Rosemary, lütfen," dedi. Gülümsemesi dudaklarında donup kalmıştı.

Etraflarındaki herkes susmuştu. Sanki kalabalıkta ne kadar insan varsa birbirini izleyen dalgalar halinde sessizleşmişti. Geriye yalnızca kalabalığın en dış tarafında bulunan, müzenin çevresinde nabız gibi atan bir koro kalmıştı.

Christopher, Rosemary'ye uzandı fakat Rosemary eline vurup geri çekildi.

"Rosemary..."

"Seni adi herif! Sana bütün bunları ben verdim. Şimdi şu haline bak..."

"Rosemary, *lütfen*. Çok fazla içtin sevgilim, kendinde değilsin." Christopher bir kolunu kadının omzuna atmayı başardı fakat Rosemary elinden kurtuldu.

Rosemary, "Hiçbir şey içmedim. Hiç daha ayık olmamıştım," diye devam etti. Kendi sesi ve ağzından çıkan sözcükler onu şaşırttı, fakat kendine engel olamadı. "Boşanmak mı istiyorsun, Christopher? Bunu görüşeceğiz!" dedi. Sonra salon dönmeye, tavan meyilli bir açıyla yan yatmaya ve zemin de tavana yaklaşmaya başladı. Rosemary, Justine'in gözlerini kıstığını, Haile Patchett'ın gülümsediğini, Tony Olsen'ın suratını astığını, tüm sanatçıların, satıcıların ve koleksiyonerlerin bir Daumier* baskısındaki acayip karikatürler gibi kendisine baktığını gördü. Sonra bir anda, sanki biri elektrik düğmesini açmış gibi salon tekrar canlandı. Herkes laklak edip duruyordu fakat utandıkları için başka yöne bakıyorlar ve sanki hiçbir şey olmamış gibi davranıyorlardı ama artık çok geçti. Serginin orta yerinde, müzedeki herkesin gözü önünde yaptığı şeyin farkına vardı. Gözlerinde yaşlar vardı ve yanakları yanıyordu. Rosemary kalabalığı yararak salondan çıktı.

---

* *Honoré Daumier: 1808-1879 yılları arasında yaşamış Fransız ressam, heykeltıraş, karikatürist ve baskı resim sanatçısı. (ç. n.)*

5

SANDRA BROWN

"Anne?"

Rosemary uyanalı henüz beş saniye olmuştu ve daha şimdiden günün geri kalanından korkmaya başlamıştı. Sırtüstü uzanarak, zorla gözlerini açtı. Kızı yatağın yanı başında, ayakta duruyordu. Pijaması hâlâ üstündeydi ve kolunun altında da bir *Barbie* bebek vardı.

"Uyanık mısın anne?"

"Evet tatlım."

"Babam nerede?"

Yatağın Chris'e ait olan tarafı dikkat çekici bir biçimde boştu. Rosemary boğazını temizleyip, "Bugün işe erken gitmek zorunda kaldı," diye cevap verdi.

Bu, bir çocuğa bile söylenmemesi gereken, bariz bir yalandı. Rosemary bu yalana çok sık başvuruyordu.

Leila yüzünü asıp sitemkâr bir şekilde Rosemary'ye bakarken, "Gözlerin şişmiş," dedi.

"Öyle mi?" Rosemary gözlerinin şiştiğini hissedebiliyordu. "Ben… çok uzun süre uyudum," dedi ve gülümsemeye çalıştı.

"Parti güzel miydi anneciğim?"

Rosemary bu soruyu duymamış gibi yaptı. "Erkek kardeşin kalktı mı?"

"Aşağıda. Karnımız acıktı."

"Elsie'den size kahvaltı hazırlamasını isteyin."

"Ama biz *senin* pankeklerini daha çok seviyoruz anne."

Kızı ayakta dikilip Rosemary'nin kalkmasını bekledi. Rosemary örtüyü üzerinden atıp yataktan çıktı. Dün gece olanlar önünde sonunda yakasına yapışacaktı ancak o zamana kadar, sanki sıradan bir günmüş gibi davranmalıydı.

Çocukların hatırı için.

Kendi akıl sağlığı için.

Bunun Rosemary Heusen Thomas'ın hayatında normal bir gün olmayacağının ilk göstergesi saat on birde, pankekli kahvaltının ardından geldi. Çocuklar kahvaltılarını etmiş, Rosemary ise bir şeyler yer gibi yapmıştı. Yardımcısı Elsie'ye nelerin kuru temizlemeye verileceğini söylemiş, gelecek hafta içinde bir güne pencere temizleme şirketini ayarlamasını istemiş ve dişçiden bir hatırlatma kartı alması üzerine arayıp kendisi ve çocuklar için randevu almıştı.

Bunlar olağan şeylerdi.

Hayatın gerektirdiği günlük rutin şeylerle uğraşıyordu

ama tam gülleri budamak için bahçeye çıkmak üzereyken, Elsie kablosuz ev telefonuyla yanına gelerek, "Müzeden arıyorlar, Bay Thomas'ı soruyorlar," dedi.

Rosemary, Elsie'nin onu duyamayacağı kadar uzaklaşmasını bekledikten sonra, "Alo," diye cevap verdi.

"Günaydın, Bayan Thomas." Arayan Chris'in sekreteriydi. Cilveli bir şekilde, "Bay Thomas'ı evden rahatsız etmekten nefret ediyorum fakat derhal ilgilenmesi gereken bir şey oldu. Onunla konuşabilir miyim lütfen?" diye sordu.

"O burada değil," diye cevap verdi Rosemary.

Sekreter, "Hımm," dedi.

Tek bir hecede bile değişen ses tonunda birçok anlam gizliydi. Rosemary'nin yanakları kızgınlık ve hınçla yanmaya başladı, ama dün akşam sergilediği cesaret, o sabah dikkatli davrandığı için yerini ürkekliğe bırakmıştı. Rosemary fazla istekli olmamaya ve mümkün olduğunca az konuşmaya karar verdi.

Sakin olmak için büyük bir çaba sarf ederek, "Ceptelefonundan aramayı denediniz mi?" diye sordu.

"Defalarca. Bay Olsen kendisiyle konuşmak için can atıyor. Ona nereden ulaşabileceğim konusunda bir fikriniz var mı?"

"Üzgünüm ama yok."

"Ya da ne zaman müsait olabileceğini biliyor musunuz?"

"Hayır."

"Peki, *siz* bugün müzeye gelecek misiniz, Bayan Thomas?"

İşgüzar sekreterin vazgeçmeye hiç niyeti yoktu. Rosemary'nin müzede çalıştığı bölüm, sekreterin üstüne vazife değildi. Belli ki Chris hakkında bilgi almaya çalışıyordu.

"Hayır, bugün gelmeyeceğim. Şimdi izin verirseniz..."

Sekreter, "Yani kocanızı nerede bulabileceğime dair bir fikriniz yok mu?" diye tekrarladı.

Rosemary soruyu duymamış gibi yaptı ve başka bir şey söylenmesine fırsat bırakmadan telefonu kapattı.

Rosemary kapının açıldığını ya da gelen ayak seslerini duymadı.

O gün görmek ya da hoş tutmak istediği son insan olan erkek kardeşi, davetsiz misafir olarak içeri süzüldü. Çocukluklarından beri Rosemary'ye en dayanıksız anında işkence etme konusunda Peter'ın üzerine yoktu. Peter içeri girip, "Birer kokteyl içsek fena olmaz, değil mi?" demiş ve kız kardeşinin isteksizliğine rağmen Elsie'den likör arabasını getirmesini istemişti.

Başka bir şansı olmadığından, Rosemary çocukların akşam yemeği verme işini Elsie'ye bırakmış ve Peter'a katılmıştı. Evindeymiş gibi davranan Peter kendine bir içki koydu.

"Beni hiçbir kuvvet buradan uzak tutamazdı. Bundan sonrası için neler planladığını öğrenmek için bekleyemezdim. Belki de Chris'in kafasına bir vazo fırlatırsın ya da arabasını yüzme havuzuna sokarsın. Her ne yaparsan, umarım inanılmaz derecede dramatik bir şey olur. Sen de bir şeyler içer misin, Rosie? Açıksözlülüğümü bağışla ama seni birazcık canlandıracak bir şeye ihtiyacın var."

Rosemary bu sözlerle, "Hayır, teşekkürler. Akşamdan kalma olmamana şaşırdım. Dün gece epey sarhoştun," diye cevap verdi.

Peter, "Fakat senin gösterinin yarattığı etkinin tadını çıkaramayacak kadar da sarhoş değildim. Tanrım, Rosie," dedi ve bardağını alaycı bir şekilde kaldırdı, "beni gururlandırdın. Chris'e karşı geldin ve her suçlayıcı sözünle geçmişteki ve sürmekte olan yasak aşklarını ima ettin. Müzedeki kodamanlar da olan biteni ağızları açık bir şekilde izlediler. Bu çok fazlaydı, hem de çok. Dürüst olmam gerekirse, bu kadar cesur olduğunu bilmiyordum," diye devam etti ve göz kırparak, "Başka neler yapabileceğini merak ediyorum doğrusu," diye ekledi.

Rosemary kızgın bir şekilde, "Kapa çeneni, Peter," dedi.

Peter içkisini yudumlarken kokteyl bardağının üzerinden Rosemary'ye gülümsedi. "Üçkâğıtçı pislik de içkilerimizi içerken bize katılacak mı?" diye sordu.

Rosemary, "Pek emin değilim," dedi.

Peter güldü. "Artık günahları afişe olduğuna göre bugün kendini nasıl savundu? Tövbe mi etti? Sana bir çiçek ya da pahalı bir mücevher mi aldı?" diye sordu.

"Onu bugün görmedim," dedi Rosemary.

Peter bardağını masaya koyup öne doğru eğildi. "Gerçekten mi?"

"O... dün gece eve gelmedi."

"Hımm. İlginç. Onun kuyruğunu kıstırıp kaçan biri olacağını tahmin etmezdim." Peter küçümser bir şekilde Rosemary'ye baktı. "Tabii sen onu herkesin içinde aşağıladıktan sonra dışarıda kaldığı için onu kim suçlayabilir ki? Tahminimce mağdur tarafı oynuyor."

"Bu tam da Chris'e uygun bir hareket, öyle değil mi?"

Peter tekrar bardağına uzandı ve düşünceli bir şekilde Rosemary'yi izlerken içkisini yudumladı. "Senin Chris'ten kötü bir şekilde bahsetmen alışılmadık bir durum. Onun zina yapan, yalancı ve fırsatçı bir pislik olduğunu bildiğin halde, şimdiye kadar hep onu savunmuşsundur. Bu değişikliğin sebebi nedir?"

"Boşanmak istediğini söyledi." Artık sır açığa çıkmıştı. Herkes onu duymuştu ve bunu daha fazla saklamanın bir anlamı yoktu. "Boşanmakta *ısrar* etti," diye ekledi.

"Sen de kendini kaybettin. Dün gece yaşanan sahneden bunu anlıyorum."

"Belki de bir içki alsam fena olmaz." Erkek kardeşinin kendisine eğlenerek baktığından habersiz, kendine bir bardak beyaz şarap koyup yudumlamaya başladı. Peter'ın ellerinin titrediğini fark edip etmediğini merak etti.

Peter kıkırdayarak, "Chris'in bu sabah müzeye gittiğini düşünsene. Acaba çalışanlarla nasıl yüzleşti? Arkadaşın Tony Olsen onu öldürmeye hazır gibi görünüyordu. Muhtemelen acilen yönetim kurulunu toplantıya çağırmıştır, fakat bahse girerim Chris'i kendisi karşılamıştır," dedi.

Rosemary, "Chris bugün işe gitmemiş. En azından sabah

orada değilmiş," diye cevap verdi ve Chris'e sabah gelen telefondan bahsetti.

Peter, "Peki, sence günü nerede geçirmiştir?" diye sordu.

"Dürüst olmam gerekirse umurumda değil," dedi Rosemary.

Peter, "Acaba sevgililerinden biriyle yatakta mıydı?" diye devam etti.

Rosemary onu duymamış gibi yaptı.

Peter, "Belki de güzel Justine'le sarmaş dolaştır," dedi.

Justine. Christopher'ın son keşfini düşününce Rosemary'nin kanı kaynamaya başladı. Müzedeki herkes Christopher'ın yakın zamanda gittiği Fransa gezisine Justine'i de götürdüğünü biliyordu. Christopher tarafından bir sürü güzel koleksiyoner arasından özel olarak seçilmişti.

Peter tahminlerine devam etti. "Belki de o kızıl saçlı fahişeyle beraberdir; hani şu uzun tırnakları olan ve harekete geçtiğin sırada Christopher'a sırnaşan şu kadınla," dedi.

Rosemary, "Birbirlerini hak ediyorlar," diye geveledi. Sonra kendini toparlayıp, "Christopher'ın nerede olduğunu bilmiyorum. Onu dün gece müzeden ayrıldığımdan beri görmedim," dedi.

Peter, "Peki evliliğinizin durumu ne olacak?" diye sordu.

Rosemary'nin gözü yaşlarla doldu. Boğuk bir sesle, "Çocuklarım... bu onlar için çok kötü olacak," dedi.

Peter ellerini birleştirdi ve ters çevirip kollarını başının üzerine kaldırarak abartılı bir şekilde gerindi. İçini çekerek, "Eh, belki de karmaşık bir boşanma için endişelenmene gerek kalmamıştır. Belki de Chris'in diğer günahları çoktan yakasına yapışmıştır," dedi.

Rosemary gözlerini silerek, "Hangi diğer günahları?" diye sordu.

"Hadi ama Rosemary. *Bu* kadar da saf olamazsın. Eğer evlilikle ilgili sözlerini tutmuyorsa, diğer anlaşmalarına sadık kalacağına inanıyor musun?" dedi Peter.

Rosemary, "Sen neden bahsediyorsun?" diye sordu.

Peter eliyle pantolonundaki hayali bir iplik parçasını silkeledi. "Bunu söylemek bana düşmez. Belki de Stan'e sormalısın," diye yanıt verdi.

Stan Ballard, onların avukatı ve mal varlıklarının idarecisiydi.

"O benim bilmediğim neyi bilebilir ki?"

Rosemary erkek kardeşinin sinsice sırıtmasından bunu söylemek için can attığını görebiliyordu. Peter, "Chris'in yakın zamanda kırılan parmağını hatırlıyor musun?" diye sordu.

Rosemary başını salladı.

Peter, "Parmağını söylediği gibi araba kapısına sıkıştırmadı," dedi. Bakışları, sisler içinde kalmış olan Golden Gate Köprüsü'ne yöneldi. Zoraki bir şekilde gülümsedi. "Eğer Chris yakında ortaya çıkmazsa, belki de birisi körfezde cesedini aramaya başlamalı," diye ekledi.

***

San Francisco Emniyet Müdürlüğü'nde, Dedektif Jon Nunn'ın ceptelefonu çaldı. Arayan Tony Olsen'dı.

"Bay Olsen, Ne..."

"Şu Bay Olsen faslını geçtiğimizi sanıyordum," dedi Tony.

Birbirlerini birkaç yıldır tanıyorlardı fakat nedense Jon Nunn, Tony Olsen'ı yalnızca *Bay Olsen* olarak düşünebiliyordu ama bu yorum onu güldürdü. "Pekâlâ *Tony*. Epeydir görüşemedik. Ne var ne yok?" dedi.

Tony, "McFall Sanat Müzesi'ni hatırlıyor musun?" diye sordu.

"Tabii ki," dedi Nunn. Orada sudan çıkmış balık misali geçirdiği sıkıntılı saatleri gayet iyi hatırlıyordu. Olsen, Nunn'ı ve karısı Sarah'yı McFall'daki bir hayır etkinliğine gönüllü olarak yazdırmıştı. Müze sokaklarda suç işlemeye meyilli olan çocuklara yönelik bir yaz programı düzenleyip topluma hizmet etmek üzere sonuç vermeyecek olan bir çaba içindeydi. Olsen orada boy göstermesinin Nunn'ın kariyeri için harika bir reklam olacağını söylemişti. Ayrıca müzeye şaibeli kişileri davet ettiğinden, Nunn'ın ve birkaç başka polisin orada bulunması kendini daha güvende hissetmesini sağlıyordu. Sarah bu daveti hiç düşünmeden kabul etmiş ve her dakikasından zevk almıştı.

Tony, "Eh, biliyorsun müzenin yönetim kurulundayım. Hatta yönetim kurulu başkanıyım," dedi. Bir an duraksayıp, "Bir durumla karşı karşıyayız ve senin yardım edebileceğini umuyordum," diye devam etti.

Nunn, "Tabii ki Tony," diye cevap verdi. Değerli bir tablonun çalındığını ya da zarar gördüğünü sanıyordu.

Tony, "Konu Christopher Thomas'la ilgili; koleksiyonerlerimizden biri," diye açıkladı.

Nunn bu ismi hatırlamıştı. Thomas'ın o yardım toplama etkinliğinde karısına ve diğer tüm çekici kadınlara arzuyla baktığını nasıl unutabilirdi ki?

Tony, "Onu bir haftadır gören olmadı. Görünüşe bakılırsa ortadan kayboldu," diye ekledi.

Nunn kendinden daha büyük adamın sesindeki ciddiyeti fark edince, Vahşi Suçlar Birimi'ndeki sesleri kesmesi için kendi ofisine girdi. Bir iş üzerinde çalışmayan dedektifler ya telefonda konuşuyorlardı ya da birbirleriyle şakalaşıyorlardı.

Nunn bir hafta önce müzedeki resmi bir davette Christopher ve Rosemary Thomas arasında geçen tatsız bir olayı anlatan Tony'yi dinledi.

Olsen, "Çalışanların dediğine göre, Christopher ertesi gün işe gelmemiş. Tabii bu anlaşılabilir bir şey. Salondaki herkes tartışmayı duymuş. Bu yüzden utandığını ve Rosemary'yle arasını düzeltmek için biraz zamana ihtiyaç duyduğuna inanmışlar," dedi.

Nunn, "Rosemary karısı mı?" diye sordu.

Olsen, "Evet. Kendisi sevdiğim bir arkadaşımdır. O da müzede çalışıyor. Değerli bir çalışan ve çok bilgili bir kadındır," diye cevap verdi.

Nunn, "Demek aralarında sorunlar varmış," diye devam etti.

Olsen küçümseyici bir tavır takındı. "Eh, Christopher'ın

gönül maceraları sır değildi. O pek de iyi bir adam sayılmaz, Jon. Onunla oldukça farklıyız."

"O halde neden endişeleniyorsun?"

"Adam ortadan kayboldu. Onu o geceden beri gören olmadı. Rosemary diyeceklerini dedikten sonra koşarak salondan çıktı. Chris de özür dileyip onun peşinden gitti. Kendisi en son bu şekilde görüldü."

"Karısı, adam hakkında kayıp ihbarında bulundu mu?"

"O, Meksika'ya gitti."

"Ne?"

"Düşündüğün gibi değil. Oraya müzenin adına gitti. Meksiko Şehri'nde İspanya'nın fethinden kalan silahlarla ilgili bir sergi var. Rosemary müzenin Silahlar ve Zırhlar bölümünü yönetiyor; bu yüzden sergide neler olduğuna bakmaya gitti."

"Yani öylece gitti mi?"

"Oradaki müzeyle bir süredir temas halindeydi ama evet, gitme kararı biraz ani oldu; gerçi onu destekledim. Pollock etkinliğinde kendi deyimiyle kendini aptal yerine düşürdüğü için çok üzgündü. Bana sorarsan, o orospu çocuğu bunu çoktan hak etmişti. Rosemary'ye birkaç gün uzaklaşmasının ona iyi geleceğini söyledim."

"Peki Rosemary kocasını azarladıktan sonra ortadan kaybolduğunu biliyor mu?"

"Olayın olduğu gece eve gelmediğini söylemişti fakat bu konuda o kadar da endişeli değildi. Sanıyorum Chris'in geceyi dışarıda geçirmesi alışılmadık bir durum değildi.

Özellikle de Rosemary onun bir kadın düşkünü olduğunu afişe ettikten sonra, Chris'in o gece eve gitmemiş olması şaşırtıcı olmasa gerek."

Nunn konu hakkında düşünüp taşındı. "Yani kimse resmi olarak kaybolduğunu bildirmedi, öyle mi?"

"Hayır."

"Ben cinayet birimindeyim, Tony."

"Bunun farkındayım fakat polis konuyla resmi olarak ilgilenmeye başlamadan önce, durumu gözden geçirmeni umuyordum. Chris Thomas ile benim aramda zarar görmüş bir dostluk filan yok; buna karşın Rosemary'nin kalbinin kırıldığının herkes tarafından duyulmasını hiç istemem. Zaten yeterince incindi. Müzenin itibarıysa ayrı bir mesele. Yönetim kurulunun endişesi ise bunu korumak."

"Anlıyorum. Bağışçılar müze personelinin dahil olduğu bir skandalı hoş karşılamazlar ama evlilikte sorunlar olur Tony. Bu, yaygın ve pek de skandal yaratacak bir durum değil."

Tony kısa bir süre tereddüt etti. "Chris'in boş zamanlarında karısını aldatmasının dışında başka aktivitelerle de ilgilendiğinden şüpheleniyorum."

"Bunu biraz açabilir misin?"

Olsen bir an duraksadı. "Mecbur kalana dek olmaz."

"Pekâlâ, nerede olduğuna dair bir tahmin yürütebilir misin?"

"Beş günün ardından, Chris hâlâ işe gelmeyince müze çalışanları bana geldiler. İşler yığılıyordu. Chris'in ilgilenmesi gereken konular vardı. Ayrıca, onun için endişelenmeye başlamışlardı. Rosemary'yi Meksika'daki otelinden aradım. Chris'le hâlâ temas kurmamıştı. Onu bulmak istiyorsam, kız arkadaşlarından biriyle konuşmam gerektiğini söyledi."

"Benim tam olarak ne yapmamı istiyorsun?"

"Chris'in ortadan kayboluşunu araştırmanı istiyorum. Sen şahsen tanıdığım ve konuyu gizli tutacağına güvendiğim tek polissin."

"Anlıyorum fakat yakında dönmezse…"

"Biliyorum."

Birkaç dakika daha konuştular. Nunn yakında Tony'yi arayacağına söz verdi.

Etrafı şöyle bir yoklayacak, Chris'in kız arkadaşlarıyla görüşecek, bazı şeylere burnunu sokacak ve bu arama muhtemelen Christopher Thomas'ı özel bir plajda bebeklerinden biriyle güneşlenirken, bir eli kızın kalçasında, diğer elinde de tropikal bir içki varken bulmasıyla sonuçlanacaktı.

Fakat Nunn, Tony Olsen'la yaptığı ilk konuşmanın üzerinden –o zamandan beri birçok kez konuşmuşlardı– bir hafta geçtikten sonra, Rosemary Thomas tekrar Birleşik Devletler'e girdiğinde Nunn gümrükte onu bekliyordu.

Nunn valizini çekerek yürürken bakımsız görünen Rosemary'nin yolunu kesti. "Rosemary Thomas siz misiniz?"

"Evet."

"Benim adım Jon Nunn." Rosemary'ye rozetini gösterdi. “Sizinle kocanız Christopher Thomas’ın ortadan kaybolması hakkında konuşmak istiyorum.”

6

FAYE KELLERMAN

Rosemary'ye sabrı öğreten bir şey olduysa, o da geçen son birkaç haftaydı. Görünüşe göre, Meksika yolculuğu sömürgeci İspanyol İmparatorluğu dönemine ait muhteşem bir zırh koleksiyonuna göz atmak için bir fırsattı, ama Rosemary'nin ani gidişinin esas nedeni, yıllardır eksikliğini duyduğu bir şeyi kazanma arzusuydu.

Bu da bir bakış açısıydı.

Rosemary yolunu kesen adamı çabucak ve soğuk bir şekilde süzdü. Birkaç yıl önce satın alınmış ve modası geçmiş ceketi üzerine bir beden küçük gelmişti. Saçları sanki miyop bir berber tarafından kesilmiş gibi duruyordu ve traş olması gerekiyordu. İnce dudakları, fazlasıyla uzun bir burnu vardı ama yine de çekici ve zeki görünüyordu. "Siz kimsiniz?" diye sordu.

Nunn tekrar şiltini gösterdi ama Rosemary omuz silkti.

"Bunu beş dolara veya daha ucuza taklit edebilecek zanaatkârlar tanıyorum," dedi ve valizini çekerek yürümeye başladı. İçinden, *güçlü görün,* dedi. "Şimdi gidin ve beni yalnız bırakın," diye ekledi.

Nunn ona yetişmek için iki uzun adım attı. "Sizinle bir dakika konuşabilir miyim?"

Rosemary, "Bir saniye bile olmaz," diyerek Nunn'ı tersledi. Durup ona baktı. "Hangi cüretle yanıma gelerek rozetinizi gösterip imalarda bulunuyorsunuz?"

"Ben herhangi bir imada bulunduğumu hatırlamıyorum, Hanımefendi."

Rosemary yürümeye devam etti ama Nunn adımlarını sıklaştırıp ona yetişti. Kadın, büyük çantasını omzunun arkasına savururken neredeyse Nunn'ın yüzünü sıyıracaktı.

"Kocanız kayıp."

"Yaa, öyle mi?"

"Bu sizi endişelendirmiyor mu?"

Rosemary yutkundu. "Kocamın ne yaptığı beni ilgilendirmiyor."

Nunn, "Gerçekten mi?" diye sorarken Rosemary'yle göz göze gelmeye çalıştı, ama bu imkânsızdı.

"İki hafta önce ilgilendirebilirdi ama artık değil. Christopher bana kuşku götürmez bir şekilde onu hem iş yaşamında hem de kişisel olarak yıkıma uğrattığımı söyledi. Madem öyle, neden onu umursayayım ki?" Art arda iki kez derin derin nefes alarak, "Nerede olduğunu bilmiyorum ve umurumda da değil," diye ekledi. Ardından otomatik kapıya ilerleyip kapı açılınca dışarı çıktı. Dışarıda yoğun bir trafik vardı ve etraf insanı sağır edecek kadar gürültülüydü. Rosemary polisten kurtulmak için kırmızı ışıkta karşıya geçmeyi düşündü, ama bu riski almaya değmeyeceğine karar verdi. Yaya geçidini bulup yeşilin yanmasını beklerken, "Lütfen, artık gidin buradan," dedi.

"Kavga ettiğinizi duydum. Başka neler oldu?"

Rosemary başı zonklamaya başladığı halde, sahte cesaret gösterisini sürdürüyordu. "Eğer bir dedektifseniz bilmeniz gerekir."

"Pekâlâ. Size neler *bildiğimi* söyleyeyim. Kocanız boşanmayı talep etti ve o gece bir kriz yaşadınız."

Rosemary, "Ve?" diyerek devam etmesini teşvik etti.

Nunn, "Ve herkesin içinde kavga ettiniz," diye ekledi.

"Tam bir aptal gibi davrandım. Kendimi rezil ettim." Gülümsemeye çalıştı. O sırada yeşil ışık yanınca valizini sürükleyerek dört şeritli yolda yürümeye başladı. "Hem de ne için? Beni veya daha açık konuşmak gerekirse paramı uzun yıllardır kullanmakta olan kendini beğenmiş, zina yapan, ukala bir budala uğruna mı? Tanrım, o adamdan nefret ediyorum!" dedi. Yine de bunu söylerken bir yanı sızladı.

Rosemary caddenin karşısında geçtiğinde kendini park yerine atıp, derin bir nefes aldıktan sonra hızlandı. Nunn'ın ise onu takip etmekten başka seçeneği yoktu.

"Peki, nerede olduğuna dair hiçbir fikriniz yok mu?"

"Hayır, ortadan kaybolması da beni hiç ilgilendirmiyor. Tanrı, vaizlerin dedikleri kadar müşfikse, onun ortaya çıkmaması için ne gerekiyorsa yapar." Bunu söyledikten sonra durup Nunn'a neredeyse burun buruna gelecek kadar yaklaştı. Koşarak uzaklaşmak istedi fakat sonra vazgeçti. "Kendimi yeterince ifade edebildim mi, Memur Bey?"

"Bakın, Bayan Thomas, hoşunuza gitse de gitmese de, bu durumla uğraşmak zorunda kalacaksınız."

"Size artık Christopher'ın beni ilgilendirmediğini *söyledim*."

Nunn, "Korkarım ki ilgilendiriyor," dedi ve kadının açık mavi, hüzünlü gözlerinin içine baktı. Onun sert kadın numarasını yutmamıştı. "Bu konuyu bir fincan kahve eşliğinde konuşmaya ne dersiniz?" diye sordu.

"Bakın Bayım, ben..."

"Ben *Dedektif* Jon Nunn. San Francisco Emniyet Müdürlüğü, Cinayet Bürosu'ndayım."

Rosemary onu tekrar süzdü. "Neden sizinle konuşmak isteyeyim ki?"

Nunn bu soruya, "Buradayım çünkü sizin de arkadaşınız olan bir arkadaşım beni ikna etti," diyerek cevap verdi.

"Bu arkadaşınızın adı nedir?"

Nunn, "Tony Olsen," dedi ve Rosemary'nin gözlerinin hayretle açıldığını gördü. "Tony kocanız için kaygılanıyor."

"Eh... ben kaygılanmıyorum," dedi Rosemary.

"Kocanızın ortadan kaybolması sizi biraz da olsa endişelendirmiyor mu?"

"*Kaybolmak* sözcüğü oldukça abartılı."

"Bu gayet yerinde bir sözcük, Bayan Thomas. Kocanızdan iki haftadır kimse haber almamış. İşe de gitmemiş. Telefonlara cevap vermiyor. Ceptelefonu mesaj kutusu dolu. Ona gönderilen e-postalara cevap gelmiyor."

Rosemary altdudağını ısırıp, "Ben... ben nerede olduğunu bilmiyorum, Dedektif. Üzgünüm ama size yardımcı olamam," dedi.

Nunn, "Onu en son sağ olarak gören sizsiniz," diye devam edince Rosemary, "Beni yine tehdit mi ediyorsunuz?" diye sordu.

"Yalnızca bariz bir gerçeği ifade ediyorum. Jackson Pollock etkinliğinde müzedeki herkes sizin koşarak dışarı çıktığınızı, kocanızın da peşinizden geldiğini görmüş. Bununla birlikte, o zamandan beri kimse –ama hiç kimse– ondan haber alamamış. Bunu biliyorum çünkü herkesle tek tek görüştüm... siz hariç." Rosemary'ye söylediklerini sindirmesi için biraz zaman tanıdı. "Elinizde benimle *gayriresmi* bir biçimde hemen şimdi konuşmak için bir fırsat var," dedi ve omuz silkerek, "Bu durumun ne kadar süreceğini bilmiyorum..." diye ekledi.

Rosemary güçlükle yutkundu. "Tony'yi nereden tanıyorsunuz?"

"Çok eskiden tanışıyoruz. Bu uzun bir hikâye." Rosemary'nin valizinin sapından tuttu. "Arabanız nerede?"

Rosemary valizini Nunn'ın elinden geri aldı. "Bu sizi hiç ilgilendirmez."

"Bu son şansınız, Bayan Thomas. Resmi olarak mı görüşmek istersiniz, yoksa gayriresmi olarak mı?"

Rosemary bir an için konuşmadı. Sonunda, "Buraya yaklaşık beş dakikalık mesafede bir kafe var; kuzeye doğru on sokak sonra. Sizinle orada buluşuruz," dedi.

Nunn'a, Rosemary'nin ürkek ve silik bir kadın olduğunu söylemişlerdi ama Nunn'ın edindiği ilk izlenime göre Rosemary hiç de böyle birine benzemiyordu. Yine de onun rol yaptığını hissetmişti; Rosemary güçlü görünmeye çalışan örselenmiş bir kadındı. Ayrıca hoş bir kadındı; tam olarak bir afet sayılmazdı ama güzel ve hüzünlü mavi gözleri vardı. Rosemary'nin düzgün fiziği de Nunn'ın dikkatinden kaçmamıştı. Bir süre Meksika'da kalması sayesinde de hafifçe bronzlaşmıştı. Konuşurken doğruca yüzüne bakması Nunn'ın hoşuna gitmişti. Gözleri hassasiyetini ele vermemeye çalışıyordu.

Rosemary, Nunn'ın muhatap olmaya alıştığı şüphelilere hiç benzemiyordu.

Nunn Olsen, beni nasıl bir işe bulaştırdın böyle, diye düşündü.

Rosemary kafeye Nunn'dan beş dakika sonra geldi ve karşısındaki kırmızı yapay deri koltuğa yerleşip yüzünü plastik bir mönünün arkasına sakladı.

Nunn mönüdeki yiyecekleri inceledi. Fiyatlar tipik bir kafedeki gibiydi. Kadroda ise saçlarına fileler geçirmiş, üzerlerinde beyaz kabarık etekler ve önlükler olan garsonlar vardı. Rosemary'ye, "Size ne ısmarlayayım?" diye sordu.

Rosemary, "Huzur ve sessizlik," diye cevap verdi.

Nunn güldü.

Rosemary mönüyü elinden bıraktı. "Aç değilim ve bu yağ kokusu midemi bulandırıyor. Yalnızca sorularınızı sorun ve bitsin lütfen."

Nunn, "Bir dakika; burayı ben değil, siz seçtiniz," diye cevap verdi.

Rosemary, "İşe yaramaz olanları seçmekte üstüme yoktur," dedi ve gözleri yaşlarla doldu. Bir süre sonra, "Ben genellikle cadaloz değilimdir. Edepsiz olan Christopher'dı. Artık kendisi yok olduğuna göre, kötü yanımı keşfetmiş olmalıyım," diye ekledi.

"Artık *yok olduğuna* göre mi?" diye sordu Nunn.

Rosemary, "Hayatımdan *çıkmasını* kastediyorum; sonsuza kadar yok olmasını değil, diye açıkladı. Gözyaşlarını bir peçeteyle sildi. "Görüyorsunuz ya, sizinle bu yüzden konuşmak istemedim. Tek bir şey söyledim ve bunu çarpıtıp bir suçlamaya çevirdiniz."

"Bakın, Bayan Thomas, kocanıza ne oldu bilmiyorum ama gerçekten bir şey olduysa, bu ufacık görüşme bir prova gibi kalacaktır. Yani aslında size bir iyilik yapıyorum."

Rosemary tekrar katılaştı. "Size minnettar mı olmam gerekiyor?" dedi.

"İsterseniz iğneleyici yorumlarınıza devam edebilirsiniz ya da kocanıza ne olduğunu çözebilmek için işbirliği yapabiliriz."

Rosemary, "İşte tam da bu noktada anlaşamıyoruz. Ona

ne olduğu umurumda değil. Christopher o korkunç gecede hayatımdan çıktı ve bunun için *memnunum,*" dedi ve sözlerini vurgulamak için omuzlarını dikleştirdi.

"Peki, o *korkunç* gecede neler oldu?"

"Tüm bilgilere sahip olan sizsiziniz. O halde neler olduğunu bana siz söyleyin."

"Siz salondan bir hışımla dışarı çıktınız ve Christopher da sizi izledi. İnsanlar kavga ettiğinizi ve birbirinize suçlamalar yönelttiğinizi duydular."

"Ben ona acınacak halde olduğunu söyledim; o da benim soğuk ve duygusuz olduğumu söyledi fakat beni esas çileden çıkaran, ona ayak bağı olduğumu söylemesiydi. Sanki ben ona engel oluyormuşum gibi. Christopher bulunduğu konuma *benim* param ve *kendimi* onun kariyerine adamam sayesinde geldi."

"Bu sizi gerçekten kızdırmış olmalı."

"Bunu zaten söylemiştim." Bir an duraksadı. "Şimdi de psikiyatrist rolüne mi soyundunuz?"

Nunn gülümsedi. O sırada siparişlerini almak üzere bir garson geldi. Rosemary yanındaki bütün garnitürleriyle birlikte bir hamburger, çift porsiyon patates kızartması ve kola ısmarlayarak Nunn'ı şaşırttı. Kendisine yalnızca sade kahve söyledi.

Nunn, "Kavga ettikten sonra ne oldu?" diye sordu.

"Ben eve gittim, Dedektif. Christopher'ın ne yaptığını bilmiyorum ve umursamıyorum da."

Nunn, Rosemary'ye hikâyeye bir şeyler eklemesi için

son bir şans daha verdi. Konuşmasını bitirince, "Atladığınız bir şey yok mu?" diye sordu.

"Evet, o adi heriften ne kadar nefret ettiğimi söylemeyi unuttum," dedi Rosemary.

Nunn sesini alçalttı. "Bayan Thomas, size söyledim. İnsanlarla konuştum; hem de her tür insanla. Önünde sonunda eve gittiğinizi biliyorum." Arkasına yaslandı ve Rosemary'nin gözlerinde beliren paniği gördü. "Bekçilerle konuştum. İkiniz de pek tedbirli değilmişsiniz. Sizi kavga ederken duymuşlar," diye ekledi, öne eğildi ve fısıldayarak, "Neden söyleyip kurtulmuyorsunuz? Hadi, anlatın bana," dedi.

Rosemary formika masanın üzerindeki aşınmış bir noktaya baktı. "Anlatacak hiçbir şey yok."

Nunn, "Ama müzeye geri döndünüz," diye devam etti.

Rosemary anlatmaya başladı. "Bir parça huzur ve sakinlik için ofisime gittim. Ben..." Tekrar gözleri sulandı. "Davranışımdan ötürü çok utanmıştım."

Nunn onu anladığını belirterek başını salladı. Bir yandan da, Rosemary'yi polis merkezine götürmediği ve ona resmi bir şekilde haklarını okumadığı için kendi kendine küfrediyordu, ama Rosemary konuşmaya başladığı için, sözünü kesmek de istemiyordu.

Rosemary, "O kadar alçaldığıma inanamıyordum," diyerek Nunn'a baktı. "Boşansak bile ne fark ederdi ki? Zaten uzun zamandır normal bir çift değildik. Kızgındım, kin doluydum ve bezgindim. Salonun dışında kavga ettikten sonra, eğer çekip gitmeseydim gerçekten pişman olacağım bir şey yapacağımı biliyordum. Bu yüzden arabama binip ondan uzaklaştım. O durumda eve gidemezdim; bu sebeple geri döndüm."

"Ve müzeye, ofisinize gittiniz, değil mi?"

Rosemary başını sallayarak onayladı. "Fakat Christopher her zamanki gibi konuyu kapatamadı. Bana eziyet etmesi gerekiyordu. Mutlaka son sözü kendisi söylemek istiyordu."

"Demek Christopher sizi takip etti."

Rosemary biraz nefesi kesilerek, "Konuyu kapatamadı," diye yineledi.

"Ofisinize mi geldi?"

"İlk hatam, medeni bir konuşma yapacağımızı sanmaktı," dedi Rosemary.

"Ama Christopher delirmiş gibiydi," dedi Nunn.

Rosemary, "Çok öfkeliydi," diyerek içini çekti. "Bir şekilde kafam yerine gelmişti. O korkunç sahneyi kafamda tekrar canlandırdım ve bilhassa Christopher'ın çocukluk seviyesine varan tehditler ve hakaretler savurmasına boyun eğmemeye karar verdim. Evliliğimiz bitmişti ve bunu ne kadar çabuk kabul edersem, o kadar mutlu olacaktım." Nunn'ın yüzünü inceledi. "Meksika'ya gitme nedenlerimden biri de buydu. Artık kendime iyi davranmanın vakti gelmişti. Eski Rosemary'yi, muhtemelen ilk başta Christopher'ı çeken halimi, tekrar keşfetmem gerekiyordu."

Nunn, "Christopher sizi ofisinize kadar takip edince ne oldu?" diye sordu.

"Kavga ettik. İkimiz de bazı şeyleri fırlattık. Çıkan gürültüler utanç vericiydi. Bekçilerden biri ne olduğuna bakmak için geldi. O sırada o kadar allak bullak olmuştum ki, çantamı alıp çıktım."

Rosemary gözlerini Nunn'ın gözlerine dikti. Nunn o sırada kadının mavi gözlerindeki elmas tozuna benzeyen gümüş rengi lekeleri fark etti. Çok güzellerdi.

Rosemary, "Christopher'ı en son o zaman gördüm," dedi. Neredeyse gülümsüyordu. "Ne görüntüydü ama: pancar gibi kıpkırmızı ve ter içindeki yüzü, ağzının hırlamayı andıran şekli ve titreyen elleri... Tıpkı çirkin bir yaratığa benziyordu." Hüzünlü bir şekilde güldü. "O zamandan beri o hali gözümün önünden gitmiyor. Ne zaman yaklaşan boşanmamızı düşünsem ve korksam, sadece o yüzü gözümde canlandırıyorum. Beni sakinleştiriyor." Altdudağını ısırdı. "Ve onu bırakıp çıktığımda hayattaydı, Dedektif. Hayattaydı."

Bu doğru olabilirdi ama Nunn, Rosemary'nin bir yalanını yakalamıştı bile. Bekçi neler olduğuna bakmak üzere gelmiş ve Rosemary'nin gidişi hakkında hiçbir şey söylememişti. Hatta bekçi, Rosemary'nin gülümsediğini ve ona az önce ufak bir evlilik tartışması yaşadıklarını söylediğini belirgin bir şekilde hatırlıyordu, fakat Nunn, Rosemary'yle yüzleşmek istemiyordu, henüz sırası değildi.

Nunn karşısında oturan kadına baktı. "Sizden bir iyilik yapmanızı isteyeceğim," dedi. Rosemary ona baktı fakat konuşmadı. "Polis merkezine gelip bir ifade vermeniz gerekiyor. O zaman her şeyi açıklığa kavuşturacağım ve sizi bir daha rahatsız etmek zorunda kalmayacağım."

Rosemary, "Neden bunu yapayım ki?" diye sordu.

Nunn ise, "Fakat neden yapmak istemeyesiniz ki? diye karşılık verdi. "Şu işi açıklığa kavuşturun ve adınızı temize çıkarın."

"Adımın lekelendiğini hiç fark etmemiştim."

Nunn, "Yalnızca basit bir ifade," diye üsteledi.

Rosemary, "Söylenenleri bir kez yazıya döktünüz mü, asla basit olamaz," diye cevap verdi.

Nunn, Rosemary'nin o kadar da kolay pes etmeyeceğini görebiliyordu. "Bakın, siz ofisinizden çıktınız; yani teknik olarak Christopher'ı canlı olarak gören son kişi bekçiydi."

Rosemary, "Kesinlikle," diyerek onayladı. "O halde onunla konuşun."

Hamburgeri geldiğinde, Rosemary eline bir patates kızartması aldı ama sonra tabağa bırakarak, "Bunu neden sipariş ettiğimi bilmiyorum," diyerek tabağını kenara itti. Gözleri karardı ve ayağa kalktı. "Ben gidiyorum."

Nunn masaya bir yirmilik bırakıp dışarı çıkan Rosemary'yi takip etti. "Bayan Thomas, bekleyin!" diye seslendi.

Fakat Rosemary durmadı. Arabasına vardığında, kapının kilidini açamadı. Elleri fena halde titriyordu. Yanaklarından yaşlar süzülüyordu. Anahtarını yere atıp yüzünü ellerinin arasına gömdü. "Lütfen... gidin artık," dedi.

Nunn sesine elinden geldiğince yatıştırıcı bir hava vermeye çalıştı. "Ben gidebilirim, Bayan Thomas ama olup bitenler peşinizi bırakmayacak. Kocanızı bulana kadar hiçbir sorun ortadan kalkmayacak."

"O halde gidip onu arayın ve beni rahatsız etmekten vazgeçin!"

Rosemary bu noktada artık hıçkırıklara boğulmuştu. Nunn araba anahtarını yerden alıp cebine koydu. "Araba kullanamayacak kadar üzgünsünüz."

Rosemary ellerini yavaşça yüzünden çekti. "Lütfen, lütfen beni rahat bırakın."

Nunn elini Rosemary'nin omzuna koydu. "Kendinize fazla yüklenmeyin. İzin verin sizi polis merkezine götüreyim de bütün bu yükten kurtulun."

"Size her şeyi anlattım."

Nunn sakin bir şekilde, "Anlattığınızı biliyorum. Son derece açıksözlüydünüz ve bu iyi bir şey. Tek ihtiyacım olan bana söylediklerinizin yazılı bir ifadesi. İşte bu kadar basit."

Rosemary, "Hayattaki hiçbir şey basit değildir," dedi. Yüzü birden daha yaşlı göründü.

"Bakın, sizin ifadenizi alır almaz Tony ve amirlerim yakamdan düşecekler, işte bu kadar."

"Reddedilen bir eş olabilirim ama ahmak değilim, Dedektif."

"Bunu görebiliyorum ancak işler bu kadar karmaşık olmak zorunda değil." Nunn'ın beyni tek bir düşünce üzerinde yoğunlaşıyordu: Rosemary'yi sorgu odasına nasıl kendi isteğiyle getirebileceğini bulmaya çalışıyordu. "Bakın, ifadeyi unutun, hiçbir şey yazmayın. Yalnızca polis merkezine gelin ve *konuşalım*. Hepsi bu kadar. Yalnızca siz ve ben. Konuşacağız. Ne diyorsunuz?"

Rosemary gömleğinin koluyla gözyaşlarını kuruladı ve derin bir nefes aldı.

Nunn, Rosemary'nin bir cevap vermesini bekledi ama hiçbir şey söylemeyince onu dirseğinden nazikçe tutup kendi arabasına yönlendirdi.

Jon Nunn'ın Günlüğü

ANDREW F. GULLI

Rosemary sorgu odasına girdiğinde, gözlerindeki o ifade her şeyin nasıl gelişeceğini anlatıyordu.

İfadesini verdi. Kafedeki konuşmamızın aksine, artık sesi titriyordu. Ne yapacağını kestiremedi ve kendisiyle öncekinden bile çok çelişti ama her polis size masumların asla tutarlı olmadıklarını söyleyecektir; esas dikkat etmeniz gerekenler size gözlerini kırpmadan bakanlar ve sanki bir senaryo metnini okurmuş gibi konuşanlardır.

Ona karşı elimde olmadan sempati duydum. Daha önce uğraştığım şüphelilere hiç benzemiyordu. Ara sıra ona yardımcı olmak ve bazı şeylerin açığa çıkmasına yardımcı olmak istiyordum ama bir yararı olmuyordu. Gidişat tek bir yönü gösteriyordu ve ben de gönülsüz bir katılımcı olmak zorundaydım. Tanrı akıntıya karşı ilerleyip ezilen enayileri kutsamalı. Ben o zaman gerekeni yapmadım ve şimdi şu halime bakın.

Rosemary ifadesini vermeyi bitirdikten sonra, sorgu odasına özgü tipik gri sandalyeden kalktı ve eteğini düzeltti. O köhne ofise ait değildi. Arabasını alabilsin diye onu kafeye geri götürdüm ve herhangi bir şey olursa beni araması için telefon numaramı verdim.

Üç gün sonra herhangi bir ipucu olup olmadığını sormak için aradı. Bu durumu, onu görmek için bir bahane olarak kullandım. Kendi kendime sadece polislik yaptığımı söyledim. Zaten yapıyordum da.

Buna karşın, davaya daha da derinlemesine gömüldükçe, ilerleyen günlerde ve haftalarda, hikâyesi tutarlı olmasa bile Rosemary'nin etrafında olmaktan hoşlandığımı fark ettim.

O günü asla unutmayacağım. Hava parlak ve güneşliydi; bir polis olarak bile kötü bir şeyin olamayacağını hissettiğiniz türden bir gündü.

Sarah'yla aynı saatte uyandık. "Seni rahatsız eden bir şey mi var?" diye sordu. On yıllık bir evliliğin ardından, eğer bir şeyle mücadele ediyorsam, uykumda ne kadar huzursuz olduğumu anlayabiliyordu.

"Hayır, sadece şu müze hakkındaki davayı düşünüyorum," dedim. Kollarımı uzatıp gerindim. "Ortada henüz bir ceset ya da kan yok, ama adam ortaya çıktığında pek de hoş görünmeyecek," dedim.

Sarah şaşırdı. Davalarım hakkında pek konuşmazdım ve

görüşlerimi nadiren söylerdim. Bir polis olarak daima mesafeli duruşumu korumamla övünürdüm, ama Thomas davasıyla ilgili bir şey bana dokunmuştu. İnkâr ettiğim halde, Sarah bunun kişisel bir durum haline geldiğini görebiliyordu.

Sarah yataktan çıkarken, "Bu adamı sahil şeridinde, hiçbir şey hatırlamadığını iddia eder bir halde bulmayacağına emin misin?" diye sordu.

Onu, "Canlı olarak döneceğini sanmıyorum," diyerek yanıtladım.

Sarah, "Karısı yapmış olmalı," dedi. Asla insanları yargılayan biri olmadığından, çok şaşırdım. Pencereye doğru yürüyüp perdeleri açışını izledim.

Yatakta doğrulup, "Böyle düşünmene sebep olan nedir?" diye sordum.

Sarah bana bakmak için arkasını döndü. "Havalı ve çapkın bir adamın kendi halindeki karısı, kendisiyle parası ve konumu için evlenen kocasına yeterince katlandığını düşünmüş ve onu öldürmüş olabilir," diye cevap verdi.

"Adam hakkındaki onca şeyi nereden biliyorsun?"

Sarah gülümsedi. "*Onca şeyi* bana milyonlarca kez anlattın." Tekrar yatağa doğru yürüyüp içine girdi ve bana sokuldu. "Bu senin parlamana yardımcı olacak bir fırsat, Jon. Eğer üzerinde çalıştığın sansasyonel bir dava mahkemeye taşınırsa hayallerimiz gerçek olabilir. Sen emekli olup bir kitap yazabilirsin ve dünyalar senin olur."

Keşke başka bir şey söylemiş olsaydı.

***

O gün işten eve dönerken, Rosemary'nin evinde durdum. Bunun nedenini ya da ne söylemeyi planladığımı bilemesem de onu görmek istiyordum. Bir yanım onun bana tamamen açılıp her şeyi itiraf etmesini istiyordu; böylece her şey bitecekti fakat bunu yaptığı takdirde, kendimi tüm bu olanlar yüzünden kirlenmiş hissedeceğimi de biliyordum. Rosemary, kocasını gerçekten öldürdüyse, onun sonunu hazırlayan kişi rolünü oynamış olmaktan nefret edecektim.

Hizmetçi beni içeri aldı. Rosemary'nin saray yavrusunu andıran salonuna doğru yürürken, bir erkek sesi duydum: "Kodamanların onu yakalamaları an meselesiydi..."

Bunu söyleyen uzun saçlı, dağınık sakallı, koyu renk ve çarpıcı gözleri olan bir adamdı. Kanepede oturuyordu; elinde bir bardak viski vardı ve kendi evinde gibiydi. Rosemary bana doğru dönüp, oraya geliş nedenimi ele veren bir işaret arayarak yüzümü inceledi. Rosemary söyleyecek pek fazla bir şeyim olmadığından gülümseyerek, "Hank Zacharius'la tanışmanızı istiyorum," dedi.

Araştırmacı gazeteci Zacharius'un adını duymuştum. San Francisco Emniyet Müdürlüğü'ndeki üst düzey yetkililerle ilgili bir yolsuzluğu ortaya çıkardığından beri, emniyet teşkilatında ona bir baş belası gözüyle bakılıyordu.

"Jon Nunn," diyerek kendimi tanıttım. Neyin nesi olduğumu anlamaya çalışır gibi bana baktıktan sonra gevşekçe elimi sıktı, Rosemary'yi yanağından öptü ve çıkıp gitti.

Etrafıma bakındım, salon benim dairemin dört katı büyüklüğündeydi; her yer mermerle kaplıydı ve tavanda kristal avizeler, duvarlarda pahalı sanat eserler vardı. Cam kapının ardına bakınca yüzme havuzunu gördüm. Burası Sarah'yı mutlu edecek türden bir yerdi. Ne var ki tüm bunlara sahip olan kadın hiç de mutlu değildi. Rosemary, Zacharius gittikten sonra tekrar kanepeye oturdu ve neredeyse sorgularcasına bana baktı. İlk görüşmemizden bu yana yüzü süzülmüş, gözleri de daha irileşmiş ve güzelleşmişti.

"Şu k*odamanlar* kim, Rosemary?" diye sordum.

"Ha, Hank Zacharius'u bilirsin. O tür işlerle ilgilenir. Kendine göre teorileri vardır," dedi ve durakladı. "Peki siz niye buradasınız? Hiç haber var mı?"

"Hayır, hiçbir şey yok," dedim. Birden orada bulunmamın uygunsuz olduğunu hissettim. "Sanırım nasıl olduğunuzu görmek istedim," diye ekledim.

Rosemary'nin yüzü kızardı. "Size bütün bildiklerimi anlattım, Dedektif," dedi.

Pencerenin yanına gidip, ağaçlarla kaplı vadiye baktım. Christopher Thomas'ın olduğum yerde dikildiğini düşündüm. Hiçbir şey onun için yeterli değildi: parası, karısı ve gücü; bazı insanlar asla doymak bilmiyordu. *Ne kadar adi bir herif,* diye düşündüm. Eğer Rosemary kocasını öldürdüyse bile onu suçlamazdım. İçimde bir şeyler kıpırdandı. Kodamanlar... Zacharius ve klişeleri...

Tekrar kanepeye doğru yürüdüm ve Rosemary'nin karşısına oturtarak, "Rosemary, benimle açık konuşmalısın," dedim.

Rosemary gözlerini benimkilere dikip, "Zaten yeterince

açık konuştum," diye cevap verdi.

"Bana kocanızın karanlık işlerinden haberdar olup olmadığınızı söylemeniz gerekiyor," diye devam ettim ama Rosemary taviz vermiyordu. "Artık gerçekten gitmelisiniz; avukatım sizinle hiç konuşmamam gerektiğini söyledi," dedi.

"Bakın, işler muhtemelen bu noktadan sonra daha da karışacak. Kocanızın ortadan kaybolmasıyla ilgili baş şüpheli sizsiniz. Kendisinin canlı olarak ortaya çıkma olasılığı sıfır. Bana polisi başka bir yöne yöneltmeye ve dikkatleri üzerinizden çekmeye yarayacak bir bilgi vermeniz gerekiyor. Şimdi ailenizin adını korumak için endişe etmenin sırası değil," diye ısrar ettim.

Rosemary içini çekti. "Sanırım sahtecilik ve uyuşturucuyla ilgili birtakım dedikodular varmış. Christopher dedikodulardan haberdardı; gülünç olduklarını düşünüyordu. Asla hiçbirini ciddiye almadım," diye yanıt verdi.

Hava kararmaya başlamıştı. "Peki, Zacharius neyin peşindeydi?" diye sordum.

Rosemary arkamda bir yere baktı. Ben de arkamı döndüm. Hizmetçi içeri girmişti. Arkasında da emniyet teşkilatından tanıdığım iki adam vardı; Grygera ve Swanson.

"Ne oldu?" diye sordum. Her nedense benimle konuşmak için geldiklerini sanmıştım, ama hayır, aradıkları kişi Rosemary'ydi. Rosemary'ye döndüm. Gözlerindeki o ifadeyi asla unutmayacağım.

Grygera şöyle dedi: "Bayan Thomas, elimde sizin için çıkarılmış bir tutuklama emri var."

7

JONATHAN SANTLOFER

Joseph Arthur Kroege, yaz mevsiminden nefret ediyordu. Yalnızca hava sıcak olduğu için değil; yaz, müzedeki çalışanları arasında profesyonellik yoksunluğunu körüklediği için. Sanki sıcak hava dalga geçmek için geçerli bir mazeret olmasının yanı sıra, sorumluluklarını tümüyle boşlamaları için bir gerekçe gibiydi. Çalışanlarının yarısının her yıl Avrupa'daki sahillerden birine tatile gittiklerini bilirdi ama tam olarak nereye gittiklerini bilmezdi ve umursamazdı da.

Neredeyse yirmi yıl önce müdürlüğü devraldığından beri, tek meşgalesi Berlin'deki Alman Tarih Müzesi olmuştu. Kroege bir akademisyen olarak eğitim aldığı için ve biraz da *yapısı* nedeniyle sıkı çalışmaya ve rutine inanırdı.

O gün de her gün olduğu gibi Mitte ilçesindeki Yukarı Friedrich Caddesi üzerinde bulunan dairesinden tam olarak 8.12'de çıkmış, saat tam dokuzda Müzeler Adası'na giden metroya binmişti. Amerika'dan gelen sandığın hâlâ bodrumdaki bir atölyede durduğunu ve bir haftadır orada olduğunu hatırladığında, günlük programına göz atmak için her zamanki gibi on dakika yerine altı dakika geçirmişti. Tepesi attı. Bu kadarı da fazlaydı. Çileden çıkmıştı. En değerli parçasının ve müzenin ziyaretçilerinin de en sevdikleri eserlerden birinin, rutubetli bir atölyede öylece durması onu deli ediyordu.

Telefonuna uzandığı sırada müzenin montaj ekibinin de herkes gibi tatilde olduğunu hatırladı.

Bodrum katına inen koridor, müzenin havalandırma sistemi geceleri kapatıldığı için sıcaktı. Bu, yönetim kurulunun kararına rağmen Kroege'nin tasvip etmediği bir enerji tasarruf yöntemiydi. Özellikle de kolalanmış beyaz gömleği o sırada vücudunun üst kısmına yapıştığı için, bu durum daha da sinir bozucu bir hal almıştı.

Kroege her şeyden önce demir giyotini Amerika'daki müzeye ödünç verdiği için pişman olmuştu. Zaten küratör ona ardı ardına mektuplar yazmasa ve sonunda da arayıp yalvararak ısrar etmese, bunu yapmazdı. Ne var ki, kadın demir giyotinin vahşi işkence aletlerine ayrılan bir serginin en önemli parçası olacağını iddia etmiş ve kibar ancak dobra tavrıyla Kroege'yi buna mecbur bırakmıştı. Kroege'nin muhatap olduğu, her şeyi yapmaya yetkileri olduğunu zanneden çoğu Amerikalı küratörün aksine, Rosemary Thomas son derece yumuşak başlı, inandırıcı olduğu kadar nazik de olan bir kadındı. Ayrıca sözünün eriydi; McFall Sanat Müzesi'ndeki sergi basının ciddi anlamda ilgisini çekmiş, bu parçayı ödünç verdiği için de müzesinin itibarına katkı sağlamıştı. Belki de demir giyotini ödünç vermiş olması o kadar da kötü bir fikir değildi. Gerçi Kroege artık onu tekrar sergilemeye başlamak için sabırsızlanıyordu.

Atölye tıpkı bir mezarı andırıyordu. Devasa sandıkların, onarılmayı bekleyen sanat eserlerinin, bir tezgâhın üzerine saçılmış malzemelerin ve yerdeki talaşların arasında insan varlığına dair hiçbir iz yoktu. Sıcak ve boğucu hava yüzünden oda daha da basık gibi görünüyordu.

Bu manzaradan iğrenerek homurdandı. Çalışanları, odayı bu halde bırakmaya nasıl cüret ederlerdi? Kendisinden 1,5 metre daha uzun ve iki katı genişliğindeki en büyük sandığa doğru yürürken kafasını salladı.

Kroege sanki uzay boşluğundan gelen bir nesneyi teftiş eder gibi sandığın çevresinde gezindi ve kontrplakta otuz santimlik bir çatlak görünce donup kaldı. Acaba giyotin nakliyat sırasında zarar mı görmüştü?

Tezgâhın üzerindeki elektrikli bir matkabı alarak panelin bir tarafı açılana kadar birkaç vidayı çabucak çıkartmasıyla birlikte içeriden insanı bayıltacak bir çürük yumurta ve meyve kokusu geldi.

Yüzü allak bullak olan Kroege, gerizekâlı bir Amerikalı işçinin değerli giyotinle birlikte öğle yemeğini de kazara paketlediğini hayal etti.

Giyotinin açıkta kalan tarafına baktı. Sağlam görünüyordu ama başka bir yerinin hasar görüp görmediğini öğrenmesi gerekiyordu.

Birkaç vidayı daha gevşetince kontrplağın kalan parçaları da açıldı ve tek parça halindeki ürkütücü ve etkileyici siyah demir giyotin tüm haşmetiyle ortaya çıktı.

Kroege giyotinin içini, yaşayan kurbanlarının üzerine kapanan demir çatalları gözünün önünde getirdi. Bu işkence aletinden tek kaçış yolu ölümdü.

Elini sert ve pürüzlü yüzeyde gezdirirken, giderek güçlenmekte olan kokuya aldırmıyordu. Koku çürük meyve ya da yumurtadan ziyade çürük eti andırıyordu, ama eserin kendisi iyi durumda ve hasarsız görünüyordu.

Tam o sırada yere baktı ve dipten sızan sıvıyı gördü.

Bu da neyin nesi?

Kroege birikintiye parmağını değdirmek üzere eğilse de yapamadı. Pis koku o kadar güçlü ve iğrençti ki, derhal doğrulup kusma dürtüsünü kontrol etmeye çalıştı.

Demir giyotine bakıp, yavaşça ve güçlükle kapağını açmaya başladı ancak çok fazla yol alamadı.

Giyotinin içindeki, Kroege kadar büyük, kalın ve içini göstermeyen plastik bir ambalaj malzemesiyle sarılıp bantlanarak etrafı iplerle bağlanmış olan nesne dışarı yuvarlanıp büyük bir gümbürtüyle yere çarptı. Sonra, ambalajın içindekiler yerli yerine oturunca plastiğin üst tarafı patlayarak açıldı ve dışarı süte benzer bir sıvı sızmaya başladı. İçinde yer yer topaklar, limon sarısı ve koyu kırmızı lekeler vardı. Sıvı Kroege'nin ayakkabılarının etrafında birikirken, yakıcı bir asit ve çürük kokusu burnunu doldurarak boğazının gerisine yapıştı. Adam hipnotize olmuş gibi önündekine daha yakından bakmaya cesaret edince, bir insan kafatası ve hareket ediyormuş gibi görünen siyah bir ağız boşluğu gördü.

Eliyle burnunu kapatıp daha yakından baktı fakat o hareketin oynaşıp duran larvalardan kaynaklandığını anlamak için çok geç kalmıştı.

Sonra başı dönmeye, sendelemeye, ayakkabıları o ilkel sıvının içinde patinaj yapmaya başladı ve kayıp yere düştü. Yüzü o korkunç kafatasından yalnızca birkaç santim uzaktaydı. Telaş içinde kaçmaya çalışırken, bir adet karanlık ve jölemsi göz çukuru ona bakıyordu. Kroege bir şekilde kendini toparlamayı başardığında, midesindekiler nihayet boğazına kadar yaptıkları yolculuğu tamamlamışlardı. Atölyeden koşarak çıkarken, ağzından kusmuklar fışkırıyordu.

Polis Raporları

KATHY REICHS

MERKEZ	KOD	BERLİN EMNİYET MÜDÜRLÜĞÜ (BERLİN POLİSİ)	DAVA NUMARASI
			08443

Mitte İlçesi	Birlik	Merkez	Dava No.
Şikâyetçinin Soyadı, Adı, Göbek Adı	C	**BSS**	**98-234**
Kroege, Joseph Arthur (Alman Tarih Müzesi, Berlin)			

Kurbanın Soyadı, Adı, Göbek Adı	Davanın Türü	
Meçhul Ölü	Şüpheli Ölüm	
İlgili Eşya	Değeri	Belirlenebilen
"Demir giyotin" olarak nitelendirilen düzenek	**Bir milyon Alman markından fazla**	

18 Temmuz 1998'de saat 09.40'ta, Berlin Emniyet Müdürlüğü Soruşturma Birimi'nden kıdemli müfettiş MAX REIMAR, Alman Tarih Müzesi'nden gelen telefonda, San Francisco, A.B.D'den gönderilen bir düzeneğin içinde ceset bulunduğunda dair bir ihbar almıştır. Çürümüş insan bedeni kalıntılarının teyit edilmesinin üzerine, müzedeki atölyenin içi ve dışı, düzeneğin ise dışı fotoğraflanmıştır. Müze müdürü JOSEPH ARTHUR KROEGE'nin ifadesi alınmıştır. Bölge korumaya alındı ve Adli Tabip DAGMAR ZEPPER'a bilgi verilmiştir. Doktor Zepper olay yerine saat 11.50'de gelmiştir. Saat 13.10'da düzenek ve kalıntılar otopsi ve kimlik tespiti için Berlin Adli Tıp Kurumu'na gönderilmiştir.

Ekler: Genel 1-Delil Kaydı

Genel 1-Tanık İfadesi

Genel 34-Fotoğraf Kaydı

İmza ve Rütbe	Rozet No. 2417	Onaylandı Saldırı İzine Rastlanmadı	Davanın Durumu	Dava Analizi	Tasnif **Delil kontrolü**	Açık	Rapor Tarihi **18/7/1998**
Müfettiş Max Reimar							

Sadece laboratuvar kullanımı	Sadece Laboratuvar Kullanımı	Merkezin / Şubenin Adı **Berlin Emniyet Müdürlüğü**	Evrakların Devamı **1/1**
		Dava Numarası **08443**	Dönem, Mesaj Numarası & Dosya

	Olayın Gerçekleşme Tarihi **18/7/1998**	Laboratuvar Dava Numarası	Olayın Gerçekleştiği İlçe **Mitte**
	Soruşturmayı Yürüten Görevli **Müfettiş Max Reimar**	Gönderen Kişi **Müfettiş Max Reimar**	
	Kurbanın Adı (Soyadı, Adı, Göbek Adı) **Bilinmiyor**	Şikâyetçinin Adı **Joseph Kroege** **Ulusal Berlin Müzesi**	

KANIT

PARÇA NO.	TARİFİ	İNCELEME TALEBİ	NO	MERKEZDE KALSIN	BİRLİĞE GİDECEK	LABORATUVARA GİDECEK
	Aşağıda belirtilen parça Alman Tarih Müzesi'nden temin edilmiştir.					
519	**İçinde insan kalıntıları bulunan bir adet demir giyotin**					X

TRANSFER RAPORU

TARİH & SAAT	İLGİLİ PARÇALAR	GÖNDEREN	ALICI	İMZA
18/7/1998 13.10	**519**	**Max Reimar**	**Dagmar Zepper, Adli Tabip**	Dagmar Zepper, ***Adli Tabip***

MERKEZ	KOD	**BERLİN EMNİYET MÜDÜRLÜĞÜ (BERLİN POLİSİ)**	DAVA NUMARASI 08443
Mitte İlçesi			

TANIK – SOYADI, ADI, GÖBEK ADI	BİRLİK	MERKEZ	DOSYA NO
Kroege, Joseph Arthur	**C**	**BSS**	**98-234**

KURBAN – SOYADI, ADI, GÖBEK ADI	DAVANIN TÜRÜ
Meçhul Ölü	**Şüpheli Ölüm**

Tanığın İfadesi: KROEGE, JOSEPH ARTHUR

18/7/1998 tarihinde, saat 09.40'ta, Berlin Emniyet Müdürlüğü Soruşturma Birimi'nden kıdemli müfettiş MAX REIMAR, Alman Tarih Müzesi Müdürü Joseph Kroege'yle direkt olarak konuşmuştur. Bay Kroege saat dokuza doğru müzeye vardıktan sonra ofisine gittiğini, ardından 14-B numaralı malzeme odasına giderek kendilerine gönderilen bir sandığı açtığını belirtmiştir. Bay Kroege'ye göre, sandık A.B.D'nin San Francisco şehrindeki bir müze tarafından iade edilmiş ve yaklaşık bir hafta boyunca müzede beklemiştir. Bay Kroege sandığın açılmasındaki gecikmeyi, yaz tatili nedeniyle müze çalışanlarının birçoğunun görev başında olmamalarına bağlamıştır.

Bay Kroege dış paneli açtığında bir sıvı gördüğünü ve alışılmadık bir koku duyduğunu ifade etmiştir. "Demir giyotin" olarak nitelendirilen, insan boyutundaki ve şeklindeki düzeneğin varlığını teyit etmek üzere, iç kısımdaki ambalajı da açmaya devam etmiştir. May Kroege bu parçanın on sekizinci yüzyıla ait bir işkence düzeneği olduğunu ve sergilenmesi için A.B.D'nin San Francisco şehrindeki bir müzeye ödünç verildiğini belirtmiştir.

Bay Kroege demir giyotinin kendisini açtığında, kalın plastik bir malzemeyle sarmalanmış, insan vücuduna benzer bir objenin yere düştüğünü bildirmiştir. Bunun üzerine Bay Kroege her şeyi bırakıp derhal Berlin Emniyet Müdürlüğü'nün acil durum hattını aramıştır.

İMZA VE RÜTBE Müfettiş Max Reimar	ROZET NO. 2417	ONAYLANDI Saldırı İzine Rastlanmadı	DAVANIN DURUMU	DAVA ANALİZİ	TASNİF DELİL KONTROLÜ	AÇIK	RAPOR TARİHİ **18/7/1998**

Adli Tıp Kurumu

OTOPSİ İNCELEME RAPORU

MERHUMLA İLGİLİ BİLGİLER

Belge Numarası: C1998073042

Otopsi Türü: Tıbbi Muayene

Merhumun Adı: Bilinmiyor (Tahminen 19/09/1952 doğumlu Christopher Thomas)

Yaş: 35-50 arası

Irk: Beyaz

Cinsiyet: Erkek

Boy: +/- 183 cm.

YETKİLENDİRME

Yetki veren: Doktor Dagmar Zepper

Gönderen: Berlin Şehir Polisi, 3. Bölge

TESİS

İnceleme Tarihi: 20/7/1998 **İnceleme Saati:** 09.15

Otopsi Yapılan Tesis: Berlin Adli Tıp Kurumu

Hazır bulunanlar: Adolph Munger, Mette Brinkman

TASDİKNAME

Ölüm Sebebi

Belirsiz

Ölüm Şekli

Cinayet

Burada yer alan bulgular bilgim ve inançlarım dahilinde doğrudur.

İmza

Bruno Muntz, Tıp Doktoru, 20/7/1998, saat 14.29

TANILAR

Çürümüş yetişkin insan

KİMLİK TESPİTİ

Cesedin kimliği şu yöntemlerle tespit edilmiştir:

Kişisel eşyalar, sol elinin küçük parmağına ait kısmi parmak izi

DIŞ GÖRÜNÜŞÜN TARİFİ

Cesedin Durumu: Çürümüş/iskelet gibi

Saçlar: Renk değiştirmiş, orijinal renk tespit edilemiyor

Dişler: Eksikler var, bir parça saklandı

Giysiler yetişkin erkeklere göre; bir pantolon,ceket, gömlek ve iç çamaşırlarından ibarettir. Üzerinde CT harflerinin bulunduğu, etrafı elmaslardan oluşan bir çemberle süslenmiş olan altın bir kemer tokası bulunmuştur. Düzeneğin içinden çıkarıldığında, kalıntıların ağırlığı 60 kilogram gelmiştir. Organlar erimiştir. Beyin ve yumuşak dokular çürümüştür. Bazı kemikler bağdoku sayesinde birbirlerine bağlı kalmışlardır. Parmaklardan biri sol kalça eklemine derin bir şekilde gömülmüş ve eklemin en ucundaki dokuyu korumuştur. Böcek örnekleri toplanmış ve incelemeye gönderilmiştir. Bunun için ayrı olarak hazırlanan entomoloji raporuna bakınız.

YARALANMALAR

Kabuk bağladığı halde, deri ve eklemler gövdeye birden fazla keskin cismin saplandığını göstermektedir. Çürümelerine rağmen, gövdedeki kaslar ve eklemler de gövdeye birkaç keskin cismin saplandığını doğrulamaktadır. Kafatasında ve arkasında elli üç tane çatlak saptanmıştır. Herhangi bir iç kanama saptanmamıştır. Sivri ya da küt objelerin yol açtığı travma, demir giyotin düzeneğindeki çivilerin ölüm sonrası içe doğru saplanması nedeniyle meydana gelen yaralanmayla tutarlıydı.

GİYSİLERİN VE ÖZEL EŞYALARIN ELDEN ÇIKARILMASI

Giysiler atılmıştır. Kemer tokası, kalıntılarıyla birlikte aileye iade edilmiştir.

İŞLEMLER

Röntgen Filmleri

Otopsi için seçilen diş ve uzun-kemik röntgenleri, cesedin kimliğini ve ölüm sebebini belirlemek üzere temin edilmiştir.

KİMLİK TESPİTİ

Ayrı olarak yazılan parmak izi raporuna bakınız.

İÇ ORGANLARIN İNCELENMESİ

Vücuttaki Çürükler

Organlar erimiştir. Hiçbir örnek alınamamıştır.

İSKELETİN İNCELENMESİ

Genel Bakış

Kemiklerin tamamı bir yetişkin iskeletinden oluşmaktadır. Elli üç noktada delikler ve kırıklar tespit edilmiştir. (Bkz. Ekteki iskelet şeması) Boy uzunluğunu belirlemek için kalça kemiği ölçümü yapılmıştır.İskeletin incelenmesi ve ölçümlerin ardından, üst ve altçene kemiğinin, gövdenin, kolların ve bacakların uzun kemiklerinin röntgenleri çekilmiştir. Küt veya sivri aletlerin neden olduğu travmanın elli üç noktada belirgin olduğu görülmüştür. Hiçbir travma noktasında bununla bağlantılı bir iç kanama gözlenmemiştir. Röntgen filmlerinin radyolog ve diş hekimi tarafından incelenmesinin ardından,kemikler Amerika Birleşik Devletleri'ne gönderilmek üzere paketlenmiştir.

ÖZET VE DEĞERLENDİRME

Bulunduğu zaman merhumun kimliği bilinmemektedir. Ceset kalın bir plastik malzemeyle sarmalanmış ve bantlanmıştır.

San Francisco Polis Teşkilatı'ndaki yetkililer ise Christopher Thomas adındaki şahsın kayıp olduğunu ve canlı olarak en son 20/06/1998 tarihinde görüldüğünü bildirmişlerdir. Berlin'deki Adli Tabip Dagmar Zepper cesedi inceleme görevini üstlenmiş ve otopsiye izin vermiştir. Christopher Thomas'ın tıbbi kayıtlarının gözden geçirilmesi üzerine beyaz, 1.80 metre boyunda ve ortadan kaybolduğunda kırk beş yaşında bir erkek olduğu anlaşılmıştır.

Otopsi incelemesi sonucunda, bir yetişkin cesedinin iskelete dönüştüğü, iç organlarının eridiği, beyninin ve kas sisteminin çürüdüğü görülmüştür. Uzun kemik ölçümleri, yaklaşık 1.80 metre boyunda beyaz bir erkeğinkiyle tutarlıdır. Bulgular, cesedin ölüm gerçekleştikten sonra demir giyotin düzeneğinin içine konduğu yönündedir.

Parmak izi analizi, merhumun Christopher Thomas olduğunu doğrulamıştır. Bkz. parmak izi raporu.

Entomoloji analizi, ölümden sonra geçen sürenin on sekiz günden fazla olduğunu ileri sürmektedir. Bu zaman dilimi, en son 20/06/1998 tarihinde canlı olarak görülen Christopher Thomas'ın cesedi 18/07/1998 tarihinde bulunduğunda aradan geçen süreyle tutarlıdır.

Bkz. entomoloji raporu.

Benim görüşüme göre, bu durumda ölüm sebebi en uygun şekilde "belirsiz" olarak sınıflandırılabilir. İskelet kalıntılarının incelenmesi, ölümün zatürree gibi doğal bir hastalık sonucu mu, yoksa havasızlıktan boğulma gibi travmatik olmayan bir dış faktör nedeniyle mi gerçekleştiğini ayırt etmemize imkân vermemektedir.

Cesedin maruz kaldığı şartlar, ölüm şeklinin "cinayet" olarak sınıflandırılmasını gerektirmektedir.

Bruno Muntz — 20 Temmuz 1998

Bruno Muntz, Tıp Doktoru — 20 Temmuz 1998

ŞEMALAR

1. İskelet (ön/arka)

İLGİLİ RAPORLAR

Entomoloji
Parmak İzi
Odontoloji
Radyoloji

ŞİMDİKİ ZAMAN

8

JOHN LESCROART

Sis bastırmıştı.

Kırk iki yaşındaki gayrimenkul avukatı Stan Ballard, arabasını San Francisco'nun efsanevi turistik merkezi olan Cliff House'un yaklaşık 90 metre güneyinde bulunan ve şehrin batısını sarmalayan gri bulut yüzünden neredeyse tümüyle görünmez hale gelen Ocean Beach'teki açık bir otoparka çekmişti.

Ballard uzunca bir süre kozasındaki bir ipekböceği gibi Lexusunun konforunda, direksiyonun başında oturmuş ve motoru açık bırakarak buğunun ön camı kaplamasını izlemişti; sanki sahiden yağmur yağıyor gibiydi ama aslında yağmur filan yağdığı yoktu, yalnızca o lanet olası ve kalıcı sis vardı. Stan torpidonun üzerindeki göstergeye bakınca dışarısının kırk üç derece olduğunu gördü ve tiksinerek kafasını salladı.

Yazın ilk günü tam bir rezaletti.

Ballard ince, antrasit renkli ve üzerinde belli belirsiz kahverengi ince çizgileri olan bir takım elbise giymişti. Barcelino'dan 1900 dolar verip aldığı bu takım, kendisine pahalıya patlamıştı. Ayrıca kolunda *TAG Heuer* marka bir saat vardı. Özel olarak dikilmiş, manşetlerinde adının ve soyadının baş harflerini taşıyan 200 dolarlık bir gömlek giymişti. Giysilerinin aşırı muhafazakâr görüntüsünü dengelemek için *Jerry Garcia* marka bir kravat takmış ve parlak bir çift *Brioni* makosen ayakkabı giymişti. Bilek hizasındaki ipek çorapları bile çok değerliydi ve bir çiftin fiyatı 18 dolardı, fakat Ballard müşterilerine güven vermek istiyorsa, uygun şekilde giyinmesi gerektiğini biliyordu; sanki para kendisini ya da müşterilerini kaygılandıran son şeymiş gibi.

Gerçi Ballard şık giysileri ve aksesuvarları olmadan da yeterince etkileyici görünüyordu. Spor salonuna çevirdiği bodrum katında her sabah bir buçuk saat spor yaptığından, 1.80'lik cüssesi hâlâ seksenli yıllarda Kaliforniya beyzbol takımında atış yaparken olduğu gibi görünüyordu. Ela renkli gözlerinin etrafında birkaç kırışıklık belirlemeye başlamıştı ama açık kahverengi saçları hâlâ gürdü, teniyse sağlıklı ve pürüzsüzdü. Çıkık ve hafif eğri burnu bile, güçlü erkek imajına katkıda bulunuyordu.

Sonunda, kaçınılmaz olanı daha fazla erteleyemedi. Kontağı kapattı, ısı şokuna karşı yatıştırıcı bir nefes aldı ve kapıyı açtı.

Karısı kendisini bekleyeceğini söylediği yerde, plajdaydı. Hippilerin ya da evsizlerin geceleyin kullandıkları, iri taşlarla çevrelenmiş ateş çemberinin yanına kıvrılmış karısının siluetini güçlükle tanıdı. Ballard, Sarah'yla sekiz yıldır birlikteydi ve evliliklerinde birtakım sorunlu dönemler geçirmiş olsalar da –çocuklarının olmaması birlikte geçirdikleri o yılların yarısı boyunca kapanmayan bir yara olmuştu– yakın zamana kadar, ortada soğukluk ve suçluluk duygusu dışında hiçbir belirgin sebep olmadığı halde, ilişkilerinin boşanmayla sonuçlanacağını düşünmemişti.

Bununla birlikte, henüz o noktaya gelmemişlerdi; en azından Ballard öyle olduğunu umuyordu.

Şimdi Stan, Sarah'nın ısrarıyla okyanusun bir ucuna kadar gelerek sorumluluk sahibi koca rolünü oynuyordu; çünkü Sarah ona ihtiyacı olduğunu söylemişti. Karısı ona hâlâ bariz bir şekilde ve aniden ihtiyaç duyduğuna göre, Stan kendini pek de rol yapıyormuş gibi hissetmiyordu. Stan, Sarah'nın hayatında ve kalbinde hâlâ önemli bir yere sahip olduğunu düşününce, aralarında sönmeye yüz tutmuş olan ateş tekrar alevlenir gibi oluyordu. Bu alevin sıcaklığı ise onu hem şaşırtıyor hem de kafasını karıştırıyordu.

Dalgalar kıyı setine çarpıp kırıldıkça, akşamın erken saatlerinin çökmesiyle birlikte okyanus melankolik bir şekilde uğulduyordu.

Stan, Sarah'nın yanına gitti. Kadın kot pantolonunu, yürüyüş botlarını ve o bilindik, üzerinde *Bay to Breakers** yazan uzun kollu tişörtünü giymiş ve kapüşonu kafasına geçirerek omuz hizasına gelen saçlarını örtmüştü. Stan boğazını temiz-

---

* *Kaliforniya eyaletinin San Francisco şehrinde her yıl mayıs ayının üçüncü pazar günü düzenlenen koşu. (ç. n.)*

leyince Sarah ona baktı ve omuzları rahatladığını belli eden bir şekilde aşağı indi.

Stan, "O kayada başka yer var mı?" diye sordu.

Sarah birkaç santim yana kayıp eliyle az önce oturduğu noktaya hafifçe vurarak oturmasını işaret etti. Stan, kadının yanına oturdu.

"Bunun için üzgünüm," dedi Sarah. "Aşırı duygusal olmak istemiyorum. Seni bu işten uzak tutmaya çalışıyordum fakat olayın üzerinden birkaç gün geçti ve bunu nasıl başaracağımı bilmiyorum."

Stan, "Zaten tutamazsın ama bu olay tam olarak nedir?" diye sordu.

Sarah ellerini önünde sıkıca birleştirip dirseklerini dizlerine dayadı. "Bu yılın 23 Ağustos tarihinin ne özelliği var biliyor musun?"

"Bilmeli miyim?"

"Belki. Eğer bilseydin bir şeyler ifade edebilirdi."

Stan, "Peki bilmiyor olmam da bir şey ifade ediyor mu?" diye karşılık verdi.

Sarah dönüp Stan'in yüzüne baktı. Buz mavisi gözleri, küçük gözenekli ve açık renk teni, kusursuz biçimde öne çıkan elmacıkkemikleriyle, Sarah hangi açıdan bakılırsa bakılsın çekiciydi ama bu kadar yakından bakınca, yüzünün güzelliği insanın dikkatini dağıtabilirdi. "Bilmiyorum, Stan. Dürüst olmam gerekirse bilmiyorum," dedi. Biraz duraksadıktan sonra, "Bu tarih Rosemary Thomas'ın idam edilişinin onuncu yıl dönümü," diye ekledi.

Stan başını sallayarak birkaç saniye sessiz kaldı. "Sanırım bu doğru."

"Doğru. Google'da arayıp teyit ettim. Hiçbir şüphem olmasa da."

"Peki bu nasıl gündeme geldi?" diye sordu Stan.

"Zaten beni bu kadar üzen de bu ya. Tony Olsen'dan bir mektup aldım. Dikkatini çekerim, bir e-posta değil, gerçek bir mektup," dedi Sarah. Sanki dalgakıranları görebilirmiş gibi başını kaldırıp ileriye baktı. "Aslında, mektup sana gönderilmişti," diye ekledi.

Stan, "Bu ne zaman oldu?" diye sordu.

"Bilmiyorum. Sanırım pazartesi günü."

Stan sesindeki kızgınlığı saklamaya gayret etti. "Ve sen de mektubu açtın mı?"

"Açmak zorundaydım. Şeyden korkuyordum... korkuyordum işte."

"Neden korkuyordun?"

"Tony'nin yapacaklarından. Sana bunca zaman sonra yazmış olmasından. Senden ne istediğinden."

"Tony Olsen'ın benimle hiçbir alıp veremediği yok. Rosemary ve Chris Thomas'ı tanıyordu, onları ben de tanıyordum. Hepsi bu kadar."

Sarah, "Biliyorum ama ifaden... Tony'nin bu yüzden seni asla affetmediğini biliyorum ve o güçlü bir adam," diyerek, tekrar yalvaran gözlerle yüzüne baktı.

"Peki ne istiyormuş?" diye sordu Stan.

"Eğer okumak istersen mektup yanımda."

Stan, "Belki biraz sonra. Özel olarak ne diyor?" diye devam etti.

"Bir anma töreni düzenlemek istiyor."

Stan şaşkına dönmüş bir şekilde güldü. "Rosemary için mi? Bu delilik. Neden insan böyle bir şey yapmak istesin ki? Anma töreni Chris için yapılacak olsa bunu anlardım, ama onu öldüren kadın için değil." Stan o sırada Rosemary'nin vasiyetinde böyle bir istekten bahsettiğini hatırladı, fakat bunu kimsenin ciddiye alacağını sanmamıştı.

"Gerçi Chris'i kimse sevmezdi," dedi Sarah.

"Ben yeteri kadar severdim. Sanırım şu metresi... adı neydi, Haile de onu seviyordu. Tabii başkaları da vardı."

Sarah, "Evet, kız arkadaşları vardı ama Jon'a göre adam tam bir pislikti. İnan bana. Soruşturma sırasında Christopher Thomas'ın bulaştığı akıl almaz pis işlerle karşılaştı. Haile'e gelince; o yalnızca Christopher'ın parasıyla ve gücüyle ilgileniyordu.Thomaslar senin için yalnızca ilerlemeni sağlayan eski birer müşteriydi ama Christopher kimsenin gözünde iyi bir adam değildi. Hem belki de onu Rosemary öldürmemiştir," dedi.

"Yanlış. Eski kocan gibi konuşuyorsun. Bunda belki denecek bir taraf yok. Chris'i bal gibi o öldürdü. Jüri bu konuda karar verirken hiçbir tereddüt yaşamadı. Bu konuda hiçbir şüphe yoktu..." Cevap verirken aniden durup karısına döndü. "Aslında esas sorun Tony değil, öyle değil mi?"

Sarah uzun kollu tişörtünün içine daha da gömüldü.

"Belki de şu mektuba bir göz atmalıyım," dedi Stan.

Sarah, "Pekâlâ," dedi ve tişörtünün içinden bir zarf çıkardı. "Ama göreceksin, Jon'dan hiç bahsetmemiş," diye ekledi.

"Etmez tabii, hiç eder mi? Özellikle de bize. Artık benimle evlisin. Bizi bir araya getiren şey bu dava. Bariz olan bir şeyin fazla üzerinde durmaya gerek yok, ama Jon her zaman o davayı yüzüne gözüne bulaştırdığına inandı –bunu herkes biliyor– nihai olarak sonunu getiren de bu oldu.

Sarah, "Nihai olarak değil," diye itiraz etti.

"Öyle mi? Ama seni bana kaptıracak kadar kendini dağıttı."

"Biliyorum. Keşke buna başka bir şey sebep olsaydı."

Stan, "Başka bir sebep olduğunu sanıyordum. Hiçbir şey olmasa bile aramızda bulunan hayvani cazibe gibi," dedi.

Ancak Sarah bu ufak espri girişimine bir tepki vermedi. "Bazen başka bir sebep olup olmadığını merak ediyorum."

Stan, "Eh, çok teşekkür ederim, hele ki bunca yıldan sonra," diye sitem etti.

Sarah uzanıp onun elini tuttu. "Kızma, Stan. Öyle demek istemedim. Yalnızca bu suçluluk duygusundan kurtulup kurtulamayacağımı bilmiyorum."

"Niçin suçluluk duyuyorsun? Kocan lağım çukuruna düşüp bir daha çıkamayınca sana tapan başka birine âşık olduğun için mi? Esas ironik olan ne biliyor musun? *Jon en başından beri haklıydı.* Soruşturmayı yüzüne gözüne bulaştırmış olması ona büyük acı ve sıkıntı veriyordu. Bana bu kadar yüklenme. Rosemary, Chris'i öldürdü. Ortada başka hiç kimseyi ne beni ne de başkasını hedef gösteren bir delil vardı."

Sarah başını kaldırıp Stan'e baktı. "Deliller ne diye *seni* hedef gösterecekti ki?"

Stan omuz silkti. "Yalnızca... lafın gelişi öyle dedim," diye cevap verdi.

"Tamam, Stan. Dediğin gibi olsun. Zaten bu konuyu defalarca konuştuk." Belli belirsiz içini çekerek, "Belki de mektuba bakmalısın," diye ekledi.

Stan, "Belki de bakmalıyım," diyerek onayladı.

Sırf kendine sakinleşmek için zaman tanımak adına, zarfı inceledi. Bu, Tony Olsen'ın şahsına özel olarak bastırdığı zarflardandı. Adres dolmakalemle ve Olsen'ın özenli elyazısıyla yazılmıştı. Pul, San Francisco'nun süper zenginlerinin oturduğu bir semt olan Seacliff'e aitti. Tanınmış bir risk sermayedarı olan Olsen, son yirmi beş yıldır burada oturuyordu.

Stan mektubu okumayı bitirdiğinde ayağa kalktı ve karısından birkaç adım uzaklaşarak okyanusa doğru yürüdü. Kalp atışlarının sesi neredeyse okyanusun uğultusunu bastıracak gibiydi. Ellerini ceplerine koyup ayakta durdu. O kadar uyuşmuştu ki, sisin getirdiği serinliği hissetmedi bile. Nihayet nefes alıp verişini kontrol altına alınca tekrar Sarah'nın oturduğu yere yürüyüp, "Tony bundan ne elde etmeyi umuyor? Neden insanlar böyle bir etkinliğe katılsınlar ki?" diye sordu.

"Eğer gitmezsen, umursamıyormuş gibi görünebilirsin."

Stan bunun üzerine yapmacık bir şekilde sırıttı. "Sana

bir haberim var, Sarah. Gerçekten *umursamıyorum*. Bütün bunlar on yıldan uzun bir süre önce oldu. Suçlu olan kişi mahkûm edildi, hüküm giydi ve idam edildi. Şimdi Olsen, Chris'in kaybolduğu gece orada olan herkesi bir araya getirip tam olarak ne yapmak istiyor? Rosemary'nin kaybı için yas mı tutacaklar? Hiç sanmıyorum."

Sarah, "Bunun gerçekten Jon'la ilgili olduğunu mu düşünüyorsun?" diye sordu.

"Başka ne olabilir ki? Jon hâlâ büyük bir hata yaptığını düşünerek kendini cezalandırıyor. Aslında hata filan yapmadı."

"Tony bundan hiç bahsetmemiş."

Stan, "Çünkü bahsetseydi, bir anma töreni –ya da adı her neyse– düzenleme gerekçesi, davetliler arasında Jon'u tanımayan insanlar için bile apaçık ortada olurdu. Her halükârda çok bir şeyin değişeceğini sanmam," diye yanıtladı.

"Peki neden?"

"Bu etkinliğe kim gider ki?"

"Ne demek istiyorsun?"

"Az önce dediğim gibi. Böyle bir şeye kim gider ki?" dedi Stan.

"Herkes. Hepinizin gitmesi gerekir."

"Yoksa ne olur?"

"Yoksa... ne bileyim, belki de suçlu gibi görünürdünüz."

Stan, "Bizi neyle suçlayabilirler ki? Ortada sırrı çözülmemiş bir suç yok sevgilim. Tony bu konuyu basına taşımazsa...” diye cevap verirken, Sarah lafa girdi.

“Ki bunu gözünü kırpmadan yapar.”

Stan bir elini kaldırıp, “Öyle olsa bile, ne olmuş ki? Ben meşgul bir adamım. Cinayetin işlendiği gece orada olan insanların yarısı de öyle. Anma törenine gidemeyiz. Çiçek göndeririz. Bu hikâye de burada biter; tabii ortada bir hikâye varsa. Böyle bir şeyin olması zaten çok düşük bir ihtimal, neredeyse imkânsız,” diye devam etti.

“Yani gitmeyecek misin?”

“Hiç ihtimal yok.”

“Peki ya ben?”

“Ne olmuş sana?”

“Jon emin değilken onu bu işe ben ittim. Bu benim hatamdı,” dedi Sarah.

“Hayır, sen yalnızca sadık bir polis eşi olmaya çalışıyordun, hepsi bu kadar. Bir suç ortağı değildin.”

Sarah, “Fakat hâlâ kendimi suçlu hissediyorum,” dedi ve ayağa kalkıp kocasının kollarını tutarak, gözlerinin içine baktı. “Onu *idam ettiler*. Onun hakkında istediğini söyle, ama ikimiz de Jon’un aptal olmadığını biliyoruz. Jon, Rosemary’nin bunu yapması için gerçek bir sebebi olmadığına inanmış olmalı,” diye devam etti.

“Pekâlâ, diyelim ki bunun doğru olduğuna inandı. Yine de bu, haklı olduğu anlamına gelmez. Bence kanıtlar konuşur ve boş laflar unutulup gider, Sarah. Buna hüsnükuruntular ve her şey olup bittikten sonra yürütülen tahminler de dahil. Benim fikrimi sorarsan, bence Jon’da her ikisinden de biraz mevcut," dedi Stan.

Peter Heusen sürekli St. Francis Yat Kulübü'nden henüz demir aldığı *Désirée* adındaki yirmi iki metrelik bir yolcu gemisinde yaşıyordu. O perşembe sabahı saat on biri biraz geçerken, birinci güverte zabiti Roger'ı, filikayla birlikte Stan Ballard'ı almaya göndermişti. Haziran ayının bulanık ve kasvetli havası, Golden Gate Köprüsü'nün burnunu inatçı bir örtü gibi sarmıştı. Ancak geminin arka güvertesinde, öğle yemeği masasını kurdukları yerde, güneş ışığı önünde hiçbir engel olmadan parlıyordu. Havada hafif bir esinti vardı. Üzerinde gömlek bulunmayan Peter için yeterince sıcak sayılırdı; hatta Ballard bile takım elbisesinin ceketini çıkarmaya ikna olmuştu.

İki adam ne tam olarak akran sayılırdı ne de yakın arkadaştı, ancak bir tür mali ve kişisel bir geçmişleri vardı. İkisi de yerlerini alırken ve Roger şarap servisi yaparken, havadan sudan sohbetleri, içtikleri şarap gibi rahatlıkla akıp gidiyordu.

Ne var ki, zabit geminin ambarına girip ortadan kaybolduğunda, Heusen şarap kadehini masaya koydu ve bakışlarını beyaz masa örtüsü, gümüşler ve kristaller üzerinde gezdirdi. "Şu davetiyeye gelirsek. Korkarım ben bu durumda senin gibi bir aciliyet görmüyorum, Stan. Bu fikir bana oldukça uçuk geliyor, bunu kabul ediyorum ama Tony'nin daima böyle bir yanı olmuştur. Nunn, Rosemary'nin boynuna ilmeği özellikle geçirdikten sonra, önünde sonunda nasıl onun koruyucusu ve kurtarıcısı haline geldiğine baksana. Buna 'çıkar çatışması' diyebilir misin? Ancak böyle bir tutarsızlık onu hiç de rahatsız ediyor gibi görünmüyordu. Biri Chris'i öldürdüğü için yeterince memnundu; buna eminim. O adamdan gerçekten nefret ediyordu ama diğer yandan, Chris'in katilinin Rosemary olmasını ya da onun bu yüzden cezalandırılmasını istemiyordu," dedi ve omuz silkti. Adam dram bağımlısı, hepsi bu kadar. Belki de son zamanlarda işler bu açından kesat gitmiştir," diye ekledi.

Stan masadan rahatça bacak bacak üstüne atabileceği bir şekilde uzak oturmuştu. Şarap kadehini ince sapından tutmuş, yavaşça döndürüyordu ve o an içinde bulunduğu zihinsel karmaşayla hiç de bağdaşmayan bir kayıtsızlık imajı çizmeyi umuyordu. "Yani bu işte Nunn'ın parmağı olduğunu düşünmüyorsun, öyle mi?" diye sordu.

Bu soru Heusen'i şaşırtmışa benziyordu. "Hem de hiç. Onun bu işle ne ilgisi var ki? Nunn bu anma törenine hiç gelmemeyi tercih ederdi, sence de öyle değil mi? Rosemary'nin hüküm giymesine neden olan kişi olduğunu düşünürsek..."

Heusen şarabından birkaç yudum daha aldı. "Nunn'ı aklından çıkardığımı sanmıştım. Tabii Sarah'yla evli olduğundan, bu senin için daha zor olabilir."

Stan endişelerine rağmen, bu yorum üzerine biraz olsun gülümsedi. "Çok hassas bir noktaya değindin," diyerek ekledi: "Sarah bunun Nunn'la ilgili olduğuna ve bu sefer doğruyu bulacağına o kadar inanmış ki."

Heusen buna itibar etmediğini belli eden bir şekilde kafasını salladı. "Nunn geçen sefer doğruyu buldu zaten."

"Ben de Sarah'ya bunu söyledim."

"Fakat buna inanmıyor mu?"

Stan bir an durakladıktan sonra, "Hâlâ cevaplanmamış bazı sorular olduğunu düşünüyor," dedi.

Peter, "Mahkemenin, üst mahkeme kararının ve infazın ardından mı?" diye sorduktan sonra şarabını güçlükle yuttu ve kendine bir bardak daha koydu. Alnında ter damlaları birikmişti.

"Yine de bu eyalette son kırk yıldır en hızlı biçimde gerçekleşen infazdı," dedi Stan.

Heusen tek elini kaldırıp ağzını tiksintiyle buruşturdu. "Lütfen. Her şeyi gayet iyi hatırlıyorum ama davayı bir yirmi yıl daha temyize de gönderselerdi, sonucun aynı olacağına inanmam gerekiyor. Neden biliyor musun? Çünkü benim sevgili merhum kardeşim gerçekten kocasının katiliydi; bu kanıtlandı." Peter ikinci şarap kadehini de kafasına dikip, kadehi sertçe masaya koydu.

Roger tekrar ortaya çıkıp içkilerini tazelerken ve içinde dilbalığı, lahana salatasıyla küçük havuçlar bulunan tabaklarını önlerine koyarken, konuşma sekteye uğradı. Zabit işini bitirip tekrar güvertenin altına indiğinde Stan, "Peki anma törenine gelecek misin?" diye sordu.

"Eh, Rosemary benim kız kardeşimdi. Katılmamazlık edemem, değil mi?"

"Peki yatırımlarımız göz önüne alınırsa, bu sence de biraz garip olmaz mı?"

Heusen bu itirazı bir el hareketiyle reddetti. "Bizim yatırımlarımız maddi şeyler değil ki. Neyi ima ettiğini anlamıyorum. Ben mal varlığıyla ilgili vasiyetin hükümlerini uygulamakla yükümlüydüm. Sen de benim danışmanımdın. Tek yaptığımız para kazanmaktı. Bunun hem çocuklara hem bize yararı dokundu. Kimse bunda herhangi bir art niyet bulamaz."

"Doğru." Ballard bir nefes alıp, ayağını yavaşça sallamaya başladı. Şarabından bir yudum aldı. "Ama aynı zamanda kendi adımıza hatırı sayılır bir kâr elde ettik, öyle değil mi? Yani; Chris ve Rosemary ölünce, Heusen servetinin tamamı..."

Peter, "Servetin tamamına ne olduğunu biliyorum: Hepsi benim oldu Stan, sen de komisyon olarak yüklü bir miktar aldın. İyi ki de servet benim oldu. Bu konuda suçluluk duymayı reddediyorum," dedi ve başını eğdi. "Bugün buraya gelip konuşmak istemenin sebebi bu muydu?"

Stan, "Evet. Başlıca sebebin bu olduğunu söyleyebilirim," dedi.

Peter'ın yüzü asıldı. "Sence birisi çıkıp da bunca yıl sonra ikimizden birinin Chris'i öldürmek için geçerli bir sebebi olduğunu iddia edebilir mi?"

"Eğer biri konuya bu açıdan bakıyorsa... ve ben Jon Nunn'ın böyle düşündüğüne inanıyorum."

"Bırak düşünsün o zaman. Olay olduğu zaman hiçbir şey bulamamıştı. Şimdi de bulamayacak."

Stan, "Ama olay olduğunda, Rosemary ve Chris'in parası dava boyunca emaneten sendeydi. Rosemary idam edilene kadar –ki bu da Chris'in ölümünden iki yıl sonra oldu– para tamamen sana ait değildi, Peter," diye itiraz etti.

"Öyle bir konuşuyorsun ki, olay sabırlı bir adamın işlediği mükemmel bir cinayet gibi görünüyor fakat herhalde kimsenin, sırf parasını ele geçirmek için kendi kız kardeşimin idam edilmesine göz yumacağıma inanacağını düşünmüyorsun, değil mi Stan?"

"Hayır!" Stan cevap vermekte çok acele etmişti. Arkasına yaslandı, yüzüne bir gülümseme kondurdu ve tekrar lafa girdi. "Hayır, tabii ki öyle düşünmüyorum. Gerçi o zamanlarda maddi olarak sıkıntılı bir dönem geçirdiğini de itiraf etmelisin. Yalnızca Jon Nunn bu nedenle..."

Heusen, "Jon Nunn, Jon Nunn, Jon Nunn," diye bağırdı. "Adam sarhoş ve işe yaramaz herifin teki. Eski karısıyla evli olmasaydın, senin ilgi alanında bile olmazdı; zaten olmamalı da." Öne eğilip gözlerini masaya dikti. "Biz bunca yıldır yanlış hiçbir şey yapmadık. Aslında oldukça iyi şeyler yaptık. Rosemary kendi zaaflarının, yumuşaklığının ve isabetli kararlar verme konusundaki yetersizliğinin kurbanı olan saf bir kadındı. Aile servetimizin hiçbir kısmı ona emanet edilmemeliydi. Tabii ki ölmeyi hak ettiğini söylemiyorum, fakat servetin önünde sonunda bana dönmesinde –hem de tam seninle birlikte bundan yarar sağlamaya hazırlandığımız sırada– ilahi bir adalet olduğunu kastediyorum." Sözünü bitirince kadehini kaldırdı; alkol etkisini göstermeye başlamıştı. "Hatta işbirliğimize ve süregelen başarımıza kadeh kaldırmayı öneriyorum," diye ekledi.

Bu öneriye uymaktan başka çaresi olmayan Stan Ballard kadehini en varlıklı müşterisininkiyle tokuşturmak üzere kaldırdı.

McFall Sanat Müzesi'nde küratör olan Justine Olegard, uzanıp masasındaki not defterinin kenarına sıkıştırdığı zarfı aldı. Bu zarf önceki gün postayla geldiğinde, içine kötü bir his doğmuştu. Tony Olsen müzenin gelişmeye devam etmesinde hep önemli bir rol oynayan cömert bir bağışçı olsa da özellikle bu zarf nedense Justine'e uğursuz gibi gelmiş ve onu açmayı geciktirmişti.

O perşembe günkü öğle arasında kapısını kilitlemiş ve zarfı açmıştı. Mektubu arkasına yaslanarak çabucak okuduktan sonra düz bir şekilde önündeki masaya koyup tekrar okumuştu.

Haberler daha kötü olamazdı.

Tony, Rosemary'nin ölümü anısına –hem de idam edildiği halde– bir tür anma töreni düzenlemek için müzeyi kullanacaktı. Müzenin yeni sezonunun başlangıcında olan Justine'in en son ihtiyacı olan şeyse, böyle bir etkinliğin dikkatini dağıtmasıydı.

Aslına bakılırsa, bir daha asla Rosemary ve Christopher Thomas isimlerini duymak istemiyordu.

Tabii ki Thomasların vefatı, Justine'in müzedeki yükselişinin başlıca nedeniydi. O zamanlar otuzlu yaşlarının başındaydı ve hâlâ gençliğin diriliğine sahip olduğuna, Chris Thomas kadar karizmatik ve güçlü bir adama vücuduyla, yüzüyle, zekâsıyla, bilgeliğiyle ve organizasyon yeteneğiyle çekici gelebileceğine inanmak istiyordu.

Justine, Chris'in yardımcı küratörüydü ve evet, Chris evliydi. Bunu hiç gizlememişti ama Justine'e Rosemary'yle göstermelik bir evliliklerinin olduğunu söylemişti. İkisi de çocuklarla görüşme ve birtakım finansal detaylar gibi konuları çözmek için çalışıyorlardı; sonra da boşanacaklardı ama Chris bu arada cinsel yönden aktif ve güçlüydü. Bir de Justine'in müze adına temin edilmesine yardımcı olduğu şu sahte Soutine tablosu vardı. Söz konusu kişi Chris olmasaydı, neyse...

Justine bunu düşününce utançtan hâlâ yanakları kızarıyordu.

Zihninden bu utanç verici ve acı dolu anıları atmak için kafasını sallayan Justine gözlerini tekrar zarfa dikti. Bir süre sonra, çenesini sıktı ve telefonu alıp ezbere bildiği numarayı çevirdi. Tony'nin telesekreterine şu mesajı bıraktı:

Merhaba Tony, ben Justine. Rosemary Thomas'ın anma töreniyle ilgili notunu alalı birkaç gün olduğunu biliyorum ama bunun harika bir fikir olduğunu düşündüğümü bilmeni istedim. Müzenin birçok sponsorunun tekrar bir yerde toplanması müthiş olacak. Eminim yıllar içinde kaydettiğimiz gelişmeden etkilenecekler ve muhteşem bir organizasyon olacak.

Sonra Justine eli titreyerek telefonu kapattı.

***

Stan Ballard küçük bir okaliptüs korusunun içinden geçtikten sonra, mezar taşlarıyla dolu ormanın içinde yokuş yukarı ilerleyip, diğerlerinden ayrı bir yerde duran mermer bir mezarın yanına geldi. Önünde uzanan Pasifik Okyanusu, ufuk çizgisine dek ışıldıyordu. Stan bilinçli olarak buraya gelmeyi planlamadığı halde kendini Colma'da mezarlıkta bulmuş ve arabasını oldukça aşağıda bulunan otoparka park etmişti. İlk başta amaçsızca dolaşmış, Rosemary'nin gömülü olduğu noktaya gelene kadar da Peter'la yediği öğle yemeğinin etkilerinin çoğunu üzerinden atmıştı. Rosemary, anne babasının, büyükanne ve büyükbabasının ve bazılarını tiksindirecek ve dehşete düşürecek şekilde, kocasının yanında yatıyordu.

Stan tek dizinin üzerine çöküp, bir avucunu açarak altında Rosemary Heusen Thomas'ın kemiklerinin bulunduğu mermer levhanın üzerine koydu ve okyanusa baktı.

Mezar taşlarının arasında saklanan adam, vücudunu gizleyecek büyüklükte ve Rosemary Thomas'ın mezarı başında diz çöken adamı kuşbakışı izleyebileceği bir mezarın ardına çömeliyor.

Ölü bir kadın üzerinden milyonlar kazanan bir adamın böyle bir şey yapması ne saçma, diye düşünüyor.

Adamın pahalı takım elbisesini ve mezarlıktaki kir ve toz yüzünden birazcık matlaşmış olan parlak ayakkabılarını inceliyor.

Kendi kendine, *bu adam burada ne yapıyor?* diye soruyor. Adamın, elini mermer plağın üzerinde –sanki mermeri temizliyormuş gibi– gezdirişini izliyor. Adam bir şeyler de diyor fakat sözleri havaya karışıp kayboluyor.

Adam değerli birkaç parça ıvır zıvır, bir küpe ya da kolye bulma uğruna toz toprağın, otların ve taşların arasından mezarı kazmaya başlasa, ölü kadından bir şeyler daha koparma umuduyla kemiklerini darmadağın etse, buna hiç şaşırmaz.

Ah şu parazitler, diye düşünüyor.

İçinden adamın yanına gidip, "Söyle bana, neden parasını kendi hesabına hortumladığın bir kadının mezarını ziyaret ediyorsun?" diye sormak geliyor.

Adamın vereceği cevabı duymak istiyor; çünkü bazı insanların bu denli kötü bir şey yaptıktan sonra aptallık derecesine varacak kadar duygusal davranmaları ve suçluluk duymaları onu gerçekten şaşırtıyor ve bunun sebebini merak ediyor.

Dizleri ağrımaya başlıyor. Yorgun ve ayağa kalkması ya da gerinmesi gerekiyor ama buna cesaret edemiyor.

O sırada avukat ayağa kalkıyor ve ince çizgili takım elbisesindeki tozları silkeliyor. Saçını düzeltiyor. Sanki bir şey arıyormuş gibi mezarın ardına göz atıyor, sonra da arkasını dönüp sanki tam olarak yukarından gözetlendiği noktaya bakıyor.

9

T. JEFFERSON PARKER

Mektup yazın ilk gününde, karımın adına gelmişti. Pek de hazzetmediğim bir adam olan Tony Olsen'dan geliyordu. Zarf fildişi renginde ve kare şeklindeydi; bu belki de bir duyuru ya da davetti. Bu zarfı da diğer gelenlerle birlikte Laguna Kanyon Yolu üzerindeki posta kutumuzdan topladım ve elimdeki şişkin tomarı bir çantaya tıkıştırıp, evimize çıkan dik sokakta yürümeye başladım.

Güneşli ve ılık bir öğleden sonraydı. Kıyıdan esen sert bir rüzgâr, okyanusun kokusunu vadinin yukarısına taşıyordu. Çalıların arasında hâlâ açan birkaç kır çiçeği vardı. İki şahin gökyüzünde daireler çiziyordu. O kocaman pisibalığının hâlâ Dalgıçlar Koyu'nda olup olmadığını merak ettim; belki de o akşam oraya gidip onu tekrar yakalamaya çalışabilirdim. Balık en az doksan santim uzunluğundaydı. Onu dün elimden kaçırdım ama genellikle ıskalamam.

Evimize çıkan yolda yürürken, profesyonel sörfçünün, tarih öğretmeninin, rock şarkıcısının, ağaç uzmanının ve patent avukatının evinin önünden geçtim. Burada şirin ve güzel bir muhitimiz var. Bahçeler mükemmel durumda ve çöp bidonlarını caddede bekletmeden derhal içeri alıyoruz. Belle ve ben, iki çocuklu bir çift olarak, sanatçı ve fotoğraf makinesi dükkânı sahibi olduğumuzdan, mahallenin yoksulları sayılırız.

Belle arsamızın sonunda yer alan stüdyosundaydı. Burası bir zamanlar atölye olan metal bir binaydı; cam bir tavanı vardı ve içerisi oldukça genişti. Resim sehpasının önünde ayakta durmuş, bir resim üzerinde çalışıyordu. Şortu ve yürüyüş botları boyalarla kaplamıştı, fanilasına boya sıçramıştı ve sarı saçlarını atkuyruğu yapmıştı. Üstü başı darmadağınık olduğu halde harika görünüyordu.

"Mektubun var," dedim.

"Hiç çek gelmiş mi?"

"Hayır. Victoria's Secret kataloğu filan da yok."

"Ne korkunç."

Elimi çantaya daldırdım ve Tony'nin mektubunu çıkarıp üzeri boyalarla, çözeltilerle ve alçıtaşıyla dolu olan tezgâhın üzerine koydum.

"Açsana," dedi Belle.

Mektubu açtım. "Rosemary Thomas için düzenlenecek olan bir anma törenine davetliyiz. Ölümünün onuncu yıl dönümünde."

Belle şaşırmış gibi görünmedi. Bir dakika daha resmine

devam etti, sonra bana bakıp elinde boya fırçası olan elini aşağı indirerek, "Geçmişin sadece yakamıza yapışmak üzere geri dönmekle kalmayıp, bizi asla terk etmediğini kim söylemişti?" diye sordu.

"Hayır deriz olur biter," diye cevap verdim.

Belle, "O iyi bir insandı ve bana yardım etti. Ona yaptıkları şey affedilemez. Bütün bunlar hakkındaki hislerimi biliyorsun, Don," dedi.

Evet biliyordum. Rosemary Thomas, Belle'in resimlerini Laguna Sanat Festivali'nde on üç yıl önce keşfetmiş ve onları küratör olan kocası Christopher'ın dikkatine sunmuştu. Christopher, San Francisco'daki McFall Sanat Müzesi'nin sergilerini yönetiyordu. Rosemary'yle birlikte bir yaz buraya uçtular ve Belle onlarla birlikte iki gün geçirdi. Onlara çalışmalarını ve stüdyosunu gösterdi, festivalde vakit geçirmelerini ve ortamım gözlemlemelerini sağladı. Ben de bir bölümüne katılmıştım. İkinci gecenin ardından buraya gelip içki içtik. Rosemary, Belle'in çalışmalarından övgüyle bahsediyordu. Özellikle de *27. Dalga* isimli, küçük bir tuval üzerine yağlıboya çalışmasını seviyordu. Bu resimde kocaman siyah dalgaların arasında duran, hem güzel hem de dehşet verici bir gemi vardı. Belle'in yakın zamanda koleksiyonuna eklenen en iyi parçalardan biriydi. Rosemary'nin infazının ardından kısa bir süre daha salonumuzda asılı kaldı; sonra da Rosemary'nin, resmi daimi koleksiyonun bir parçası olarak McFall Müzesi'nde sergilemek üzere Olsen'la birtakım görüşmeler yaptığını öğrendik.

O gece Rosemary hevesle sanattan, özellikle de Belle'in çalışmalarından bahsederken, Chris yüzünde alaycı bir gülümsemeyle öylece oturdu. Sonradan iyice kafayı çekince, Chris çoğu Laguna sanatçısını küçümsediğini itiraf etti. Çalışmalarının korktuğundan da kötü olduğunu söyledi. Belle' den ve Sanata Giriş dersinden çok şey öğrenebileceklerini ekledi. Belle'in resmini bir grup sergisine dahil etmeyi düşünebileceğini belirtti. Bunun Belle için ne anlama geldiğini tahmin edersiniz; kariyerinde o kadar da büyük bir sıçrama değildi.

O sırada, Christopher daha açık bir şekilde, sanki Belle' in dikkatini çekmiş gibi onunla flört etmeye başladı. Rosemary'ye ise ayakkabısına yapışan bir fazlalıkmış gibi davrandı. Bütün bunları gözlemleyip bir süreliğine tolerans gösterdim.

Bir ay sonra, Chris yanında Rosemary olmadan geldi ve Belle'i Newport Beach'te şık ve yeni bir restorana götürmek istedi. İkimiz de Chris'in oynadığı oyunun farkındaydık ve Belle'in yine de yemeğe gitmesi gerektiğine karar verdik. Öyle de yaptı. Yemek güzel geçmişti. Yemeğin ardından Chris, Four Seasons'ta iyi seçenekler bulunduğunu söyleyip, Porto şarabı içmelerini önermişti. Böylece Belle onu kendi arabasıyla takip etmiş ve şehrin diğer ucuna gitmişlerdi. Tabii ki şarap içtikten sonra Chris, Belle'i süitine davet etmişti. Belle ise evli olduğunu ve benim de o kadar kötü bir adam sayılmadığını söylemişti. Doğruyu söylemek gerekirse bu, hak ettiğimden de iyi bir yorumdu. Chris'in yüzü kızarmış ve gülümsemişti. Tatlıdan sonra Chris, Belle'e o güzel lobi boyunca eşlik ederek onu valeye doğru götürmüş ve bir kolunu ona dolayarak kulağına yeteneğinin göğüslerine ve kalçasına kıyasla bir hiç olduğunu fısıldamıştı. Değersiz eserlerinin McFall'un duvarlarını süslemesi halinde ondan bin kat daha iyi olan ressamlar tarafından hezimete uğrayacağından, resimlerini Laguna'daki turistlere satmasının daha yerinde olacağını söylemiş ve kalçasını sıkıp onu vale standında bırakmıştı.

Belle bana bütün bunları o akşam eve geldiğinde anlatmıştı. Küçük düşmüştü ve çok öfkeliydi.

Arabayla Four Seasons'a gidip Chris'i otel telefonundan aradım. Kendimi Rudy adındaki vale olarak tanıttım ve görünüşe bakılırsa birinin Jaguarını kurcaladığını söyledim. Chris, "Ne olmuş yani? O lanet olası kiralık bir araba," deyince, "Siz bilirsiniz, efendim. Ancak ya Newport Beach polisine başvurup rapor tutmak zorundayız ya da arabayı kiraladığınız acentenin sorun çıkarmaması için sizden bir imza almamız gerek," diye devam ettim.

Böylece Christopher Thomas, sorumluluk sahibi bir adam olarak telefonu yüzüme kapattı.

İki dakikadan kısa bir sürede resepsiyona ineceğine dair kendi kendime bahse girdim. Nitekim bir buçuk dakika sonra aşağıdaydı. Beni gördüğünde ise artık çok geçti; onu beş yaşındaki bir çocukmuş gibi kulağından tutup dışarı sürükledim. Dışarıdan bakınca çok komik görünüyor olmalıydık; üzerine 2000 dolarlık krem renginde ipek bir takım elbise olan bir adam, Four Seasons'ın lobisinden kulağından tutularak dışarı sürükleniyordu. Bir yana eğilmiş bir halde ellerini sallıyor, sızlanarak avukatlardan ve ona zarar verdiğim için beni tekrar hapse attıracağından bahsediyor ve ömrümün sonuna kadar orada kalacağımı söylüyordu.

Dışarı çıkıp vale standını geçince onu sırtüstü yere yatırdım ve bir ayağımla sabit tutarak, ceptelefonundan Belle'i aradım. Chris'in kalp atışlarını botumun altında hissediyordum. Telefonu Chris'e verip, karımdan özür dilemek isteyebileceğini söyledim. Düşünmeden ayak bileklerinden birini yakalayıp, onu Four Seasons'ın girişindeki çiçeklik boyunca, şakayıkların, gelinciklerin, düğün çiçeklerinin ve Tanrı bilir orada dikili olan başka hangi çiçeklerin arasında sürükledim. Chris yol boyunca zıplıyor ve Belle'e bir şeyler geveliyordu. Belle'in durmam için bana yalvardığını duyuyordum, fakat onu dinlemiyordum. Chris oldukça tatminkâr bir şekilde özür diledi. Etrafta güvenlik görevlileri olduğu için Chris'in bacağını bıraktım ve arabama doğru yürümeye başladım. O sırada kiralık güvenlikçilerden birinin telsizine yüksek sesle ve şaşkınlıktan gözleri fal taşı gibi açılmış halde bir şeyler geveledeğini duydum. Pek de gözümün korktuğu söylenemezdi. Yarım saat sonra evde, Belle'in yanındaydım.

Kendimi biraz olsun daha iyi hissetmem gerekiyordu, ama bunu yapamıyordum.

Bu yüzden, bir yıl sonra Chris'in cesedi Berlin'deki bir müzede, demir giyotin denen bir işkence aletinin içinden çıkınca polislerin bana bazı sorular yönelttiklerini sanırım tahmin edersiniz.

Mesela, Chris'in ortadan kaybolduğu gece nerede olduğum gibi. (Şans eseri San Francisco kıyısından 32 kilometre açıkta, bir arkadaşımla takılıyordum.)

Chris'i neden Four Seasons'ta tartakladığım gibi. (Çünkü o sırada bunu yapmamın doğru olacağını düşünmüştüm.)

Onlara Corcoran Eyalet Hapishanesi'nde geçirdiğim dönemi anlatmamı istemeleri gibi. (Sahtecilik ve tutuklanmaya direnç nedeniyle maruz kaldığım bir kör talih.)

Ayrıca arkadaşlarım kimlerdi? Neden Laguna'daki bir gece kulübünde fedai olarak çalışıyordum? Belle'le olan ilişkim nasıl başlamıştı? En çok bunu anlamakta güçlük çekiyorlardı. Benim gibi bir dolandırıcı nasıl olur da Belle gibi güzel, kibar, yetenekli ve revaçta olan bir kadının kalbini kazanabilirdi? Onlara doğruyu söyledim: Hiçbir fikrim yoktu.

Bu o zamanlar doğruydu. Hâlâ da öyle.

Halbuki Belle'in bir sırrı vardı: Rosemary'ye bir söz vermişti. Bu kadarını biliyordum. Belle bana bu sırrın ne olduğunu bilmememin daha iyi olacağını söylemişti; ben de onu zorlamamıştım ve isteklerine saygı duymuştum.

"Bu sana bağlı, Belle," dedim. "Anma törenine gidip Rosie'ye saygılarını sunmak istersen, bunu yap. Bunun dezavantajıysa sanat dünyasının şarlatanlarını görecek olman. Ben kocan olarak sana eşlik ederim, yanında olurum. Tavırlarıma çok dikkat eder, son derece resmi giyinirim. Senin için paltomu San Francisco'nun çamurlu çukurlarına sererim, seni iyi restoranlara götürürüm ve yakaladığım her fırsatta seninle sevişirim."

Belle, "İşinde her zaman olduğu gibi," dedi fakat gözlerindeki endişeyi görebiliyordum.

"Bana kalsa burada kalıp zıpkınla balık avlardım. Dün doksan santimlik bir pisibalığını kaçırdım ama seninle geleceğim," diye cevap verdim.

Belle, "Yirmi dört saattir o balığı kara kara düşünüyorsun, Don," dedi. Gülümsedi ve kafasını salladı. Eğer sözlükte *güzel gülümseme*'nin karşılığına bakacak olsaydınız, Belle'in fotoğrafıyla karşılaşırdınız. "Gitmem gerekiyor. Ona bir söz verdim. Ayrıca Tony Olsen'la da herhangi bir alıp veremediğim yok," diye ekledi.

Hiçbir şey söylemedim ve karımın hiçbir alıp veremediği olmadığı yakışıklı milyonere karşı olan kıskançlığımı bastırdım. Ben kıskanç bir kocayım ve bunu itiraf ediyorum. Yıllar önce Chris Thomas'ı küçük düşürmek için, egomu tatmin etmek dışında gerçek bir neden yoktu. Belle için işleri düzeltmeye, sanatını görünür hale getirmeye ve şu McFall işinin olmasını sağlamaya çalışıyordum. Chris onu reddettiğinde, benim düşmanım haline geldi. Ben de durumu kızıştırdım. Bu, hapishaneden kalma bir alışkanlık. Bir başkası sana saldırmadan, sen önce davranırsın. O akşam Four Seasons'tan eve geldiğimde duyduğum tek pişmanlık, Chris'e *yeterince* yüklenmediğimdi.

"Kamyoneti alırız," dedim.

Belle, "Böylece sen de Morro Körfezi'nde ve Point Arena'da dalabilirsin," diye cevap verdi.

"Bu da aklımdan geçti tabii," diye devam ettim.

Belle, "Peki ya Farallon Adaları?" diye sordu.

"Onu Rusty için yaptım," diye yanıtladım.

San Francisco açıklarındaki Farallon Adaları, dünyadaki en tehlikeli dalış noktalarından biridir. Burada beyaz köpekbalıkları cirit atar, su soğuktur ve görüş mesafesi de sınırlıdır. Siz ne olup bittiğini bile anlamadan ölüm dişlerini size geçiriverir. Eğer köpekbalıklarına yakalanmazsanız, akıntıya yakalanırsınız. Kayalar jilet gibi keskindir ve karaya çıkmak için bir tekneyi bağlayacak bir yer bile yoktur. Burası bana lanet olası sanat dünyasında gördüklerimi hatırlatıyordu; köpekbalıklarını ve dişlerini.

Rusty eski bir arkadaşımdı. Cesur ve bazen de deli bir adam olarak, geçimini o ölümcül suda dalış yapıp denizkestaneleri çıkararak kıt kanaat sağlıyordu. Corcoran'da hayatımı kurtarmıştı ve ben de onunkini kurtarmak için hemen hemen her şeyi yapardım. Rusty ömür boyu benim hayatımda olacak. Ben de onun hayatında olacağım.

Christopher Thomas'ın ortadan kaybolduğu gün, Rusty'yle birlikte Farallon Adaları'nın güneyine gitmiştim. O gece Rusty'yle birlikte çetin bir yolculuk yapmış ve sabah da denizkestanesi çıkarmak üzere dalmıştık. O dipsiz karanlığın içinde beyaz bir köpekbalığı belirip bana doğru gelirken yön değiştirip geri döndüğünde, on iki metre derinlikteydim. Dişlerini ve gövdesinin altındaki beyaz deriyi hatırlıyorum. O an bir kez daha, mucizelerin günlük olarak gerçekleştiğini fark etmiştim. O gün iki yüz yetmiş kilo ağırlığında denizkestanesi yakaladık. Bu hiç de fena sayılmazdı; Japonların bulabildiklerinden çok daha kaliteliydi ve Rusty için büyük miktarda bir para demekti.

Polisler bu hikâyeye inanmakta güçlük çekmişlerdi. Hüküm giymiş birinin, bir suç işlendiğinde başka bir yerde olduğu mazeretine nadiren güvenilir; özellikle de başka bir hükümlü tarafından destekleniyorsa.

Belle'e, "Eğer sen o sanat meraklısı züppelere dayanabilirsen, ben de Farallon Adaları'na dayanabilirim," dedim.

Belle bana baktı ve sonra yeniden tuval üzerinde çalışmaya koyuldu. Endişeli bir ifade güzel yüzüne gölge düşürmüştü.

O gece bulutlar yoğunlaşıp geceye bir serinlik getirseler de, akşam yemeğini yazın ilk gününün şerefine bahçede yedik. Arka bahçede, bir mercanağacının altında kurulmuş eski bir piknik masamız vardı. Ayrıca bir barbekü ve hamak da bulunuyordu. Çocuklarımız Jimmy ve Elsa şimdiden bulaşıkları kaldırmaya ve kalıntılarla köpekleri beslemeye koyulmuşlardı. Çocuklar beni henüz bilmiyorlardı. Bunun da zamanı gelecekti. Onları pencereden görebiliyordum. Mutfaktaki sarı ışık altında, lavabonun önünde dikilmişlerdi. Masum, hayat ve umut doluydular.

Belle bana, "San Francisco'ya gitmek zorunda değilsin, bunu biliyorsun. Oradakiler pek de senin tipin insanlar değil," dedi.

"Senin tipin değiller," diye cevap verdim.

Belle, "Bu yalnızca ve tamamen Rosie için. Ona bir söz verdim," diye devam etti.

"Sen gidiyorsan, ben de gidiyorum. Birini yumruklamak, olay çıkarmak ve hapse girmek için bir şansım olabilir," dedim.

Belle gülümseyerek kafasını salladı. "Sana izin veriyorum."

"Ben izin filan istemiyorum," diye itiraz ettim.

"Rusty'yle görüşmene bir itirazım yok. Bunu anlıyorum fakat şu Farallon Adaları beni ürkütüyor," dedi Belle.

"O adalar herkesi ürkütüyor; hatta Rusty'yi bile," diye cevap verdim.

Belle, "Ama yine de orada dalıyor," diye devam etti.

"Evet," dedim.

Belle "Sen de aynı şeyi yapıyorsun ve bu da beni daha çok ürkütüyor," diye yanıt verdi.

Önce karıma, sonra da Laguna şehrine doğru baktım. Şehir tepelerin ardına saklanmıştı ama solgun bulut örtüsünün arasından sızan şehir ışıklarının parıltısını görebiliyordum. Aşağıda, Laguna Kanyon Yolu boyunca ilerleyen arabaların gürültüsü bize uzaktan bir tıslama gibi geliyordu.

Belle eve girip birer yudumluk iki konyak kadehiyle birlikte geri döndü.

Yokuş yukarı yürüdükten sonra tepede bir düzlüğe gelerek şehri seyrettik.

"Keşke hiç olmasaydı," dedi Belle. "Keşke hiçbiri olmasaydı, artık her şey bitseydi, ama bitmiyor. Asla bitmiyor."

"O zaman biz de uzak dururuz," diye cevap verdim.

"Duramayız. Bu korkakça bir davranış olur. Orada olmak *zorundayım*," dedi Belle.

Uzun bir yolculuk yapmış ama sonunda Laguna Kanyon Yolu'nu bulmuştu.

Şimdi de belirli bir mesafeden karıkocayı takip ediyor, yabani çiçeklerle ve çalılarla kaplı geniş bir arazide kestirmeden giderlerken onları izliyordu.

Küçük bir ek binanın önüne gelince duruyorlar. Adam bir ağacın arkasına saklanarak onları izlemeye devam ediyor. Dürbünü gözlerine yaklaştırıyor ve her şey belirginleşene kadar mercekleri ayarlıyor. Kadının yüzünü, sarı saçlarını ve mavi gözlerini artık çok net görebiliyor.

Sonra dikkatini adama yöneltiyor; kaslı kollarına, hapishane işi yılan şeklindeki bulanık dövmesine yoğunlaşıyor ve oradan ne zaman uzaklaşacağını merak ediyor.

Dürbünü tekrar onu ilgilendiren kişiye, yani kadına yöneltiyor. Bu endişeli ve masum yüzlü güzel kadın bir şeyler biliyor.

10

LORI ARMSTRONG

Hiçbir zaman sabahları erkenden ayılan bir insan olmadım, ama o sabah, tembel ilham perisinin poposunu kaldırıp hemen buraya gelmesini ve üzerime ilham tozlarını serpmesini dört gözle bekliyordum. Komisyon gelecek hafta toplanacaktı. Yetişmek için mücadele veriyordum fakat son teslim tarihini kesinlikle kaçıramazdım. İnsanlar kendime meslek olarak hiç kimseyi ve hiçbir şeyi ciddiye almayan sanatçılığı seçtiğimi farz etseler de olayları akışına bırakan bir kadın değilim. Plan yaparım. Endişe ederim. Ödemem gereken faturalar olduğundan, sadık kalmam gereken bir programım vardır. İlhamın gelmesini beklemekse, göze alamadığım bir lükstür.

Daha gençken, yaratıcılığın normal mesai saatlerine ve tek bir mekâna bağlı olmadığını öne sürerdim. En iyi resimlerimden bazılarını gecenin bir yarısı, berbat bir apartman dairesinde, gözüm saatte olmadan yapmıştım. Yalnızca ben, boyalar ve tuvalim bir mücadeleye girişmiştik, zihnimde canlandırdığım olası bir eser, var olmak için gerçeklikle savaşıyordu. Deforme olmuş şekiller, uyumsuz renkler ve hizası tutmayan çizgiler süreçle ilgili hayal kırıklığımı beslemekle beraber, bu kavganın sonunda elle tutulur bir şeye sahip olmam için yaratıcı ruhumu besliyordu.

Gençliğimde sahip olduğum idealistliğim, yıllar içinde sanat dünyasındaki bolluk ya da kıtlık durumu nedeniyle körelmişti. Artık uyandırmam, özenle bakmam ve okula göndermem gereken iki çocuğum, beslemem ve dolaştırmam gereken iki köpeğim olduğundan, gece yarısı resim yapma seanslarım en az o berbat apartman dairesi, penceremin dışında öten kulak tırmalayıcı siren sesleri ve çalışma yerimi aydınlatan o iğrenç mavi-yeşil floresan ışık kadar uzak bir anı. Artık bir tüp *Sennelier** daha alabilmek için rehin verebileceğim eşyalar aradığım günler de geride kaldı.

Bugünlerde, atölyemin tavanından girip içerisini dolduran gün ışığının keyfini çıkarıyorum. Gençken dudak bükeceğim, yaratıcılığa ithaf edilmiş bu mekânda pencerelerden sızan nemli ve tuzlu okyanus esintilerine maruz kalıyorum. Tuvaller rulo şeklinde duvarlara dayanmış halde, çerçevelere gerilmiş biçimde bütün yatay zeminleri kaplıyorlar ve etrafta akla gelebilecek her tonda bir sürü boya tüpü var. Yine de, çevre duyarlılığım nedeniyle –gençliğimden kalan tek inancım bu– hepsi *çevreyle dost* boyalar. Artık yerim, ışığım ve zamanım var. Sonuncusu ise en azından okul otobüsü kal-

** Fransız yapımı bir boya markası. (ç. n.)*

kana kadar geçerli.

Fakat iç huzurum yok.

Çok fazla düşünüyorsun, Belle.

Don'ın kafamın içinde yankılanan sesini duymak beni gülümsetti. Don benim nevrozlarımı herkesten iyi anlıyor, fakat onlara teslim olmama nadiren razı oluyor.

Son on beş yıldır bir sanatçı olarak yaşamayı başardıktan sonra bile, on yol öncesine ait bazı sözleri hatırladığımda, hâlâ kendime güvenimi yitirdiğim günler oluyor. O sözler zaten zayıf olan özgüvenimi hırpalayıp, yıpranmış ve kopmak üzere olan bir ipe çeviriyor. Böyle kötü günlerde, eleştirilerin haksız olduğunu kanıtlamak üzere bir köşeye çekildiğimde, çalışmak yerine daha çok saklanıyor gibiyim.

Tuval üzerindeki boya kabarcıklarına gözlerimi kısarak bakarken, beni ünlü bir sanatçı yapacak ya da en azından başarılı bir galerinin duvarını süsleyecek nitelikte bir başyapıt yaratmayı umarak köle gibi çalıştığım o zamana geri döndüm. Rosemary kocasının beni mahvetme girişimine rağmen bana bu şansı vermeye çalışmıştı; hem de birden çok şekilde.

İşin garibi, tüm bunlar hâlâ yakamı bırakmıyor. Bu yeni komisyon için *27. Dalga*'nın bir eşini yapmaya çalışıyorum. Thomasların etrafını saran trajediye, sırlara ve yalanlara son derece uygun olan karamsar bir parça. Bu resim üzerinde çalışmak bir dizi anıyı canlandırdı. İçlerinde en çok acı verense, Rosemary'yi hapishanede son kez ziyaret ettiğimde *27. Dalga* hakkında konuşmuş olmamızdı. Resmin gölgeli astarı önümdeyken ve Tony Olsen'ın davetinin yansımaları kafamda dönüp dururken, içime sanki kötü bir şey olacakmış gibi garip bir his doğmuştu; sanki nihayet vaktin geldiğini ve gerekeni yapmak zorunda kalacağımı biliyordum.

Silah sesi kadar yüksek ses çıkaran bir şey, *bang-bang-bang-bang* diye metal binaya çarpıp sekti. Yerimde sıçrayıp arkamı döndüm. Rüzgâr nedeniyle pencerenin pervazından yuvarlanarak yere düşen teneke sprey boya kutularından daha tehditkâr bir şey görmeyi bekliyordum. Pencerelerden birini açık bırakmıştım.

Sakinleşince, içimde bir nebze kızgınlık hissettim. Korkuya teslim olursam, hiçbir şey başaramayacaktım; ne Rosemary'ye söz verdiğim şeyi yerine getirmeyi ne de komisyonu ikna etmeyi. Böylece karşılıklı bir hava akımı oluşması için yan taraftaki kapıyı da açtım ve rahatlayarak derin bir nefes aldım.

Hah. İşte. Gördün mü? Korkmuyorum.

Boya kutularını düştükleri yerde bırakıp, çöpe doğru yürürken keten tohumu yağına bulanmış temizleme bezlerini, üzerlerine boyalar bulaşmış ve buruşturulmuş kâğıt havluları, bitmiş ve kapağı bulunmayan metalik mavi ve bakır yeşili boya tüplerini topladım.

Tuvalin önünde oyalandım. Şekillerden ve kendimden hoşnut değildim. Kendimi kınamaya o kadar dalmıştım ki, yanağımın yanından bir hava akımı geçene kadar içeri giren davetsiz misafiri fark etmedim. Bir salise sonra ise yüzümün önünde metal bir cisim parıldadı. Boya bıçağımı hemen tanıdım. Don'ın bileme konusundaki yeteneği sayesinde inanılmaz derecede keskindi. Bıçağın ucu boynuma dayanmıştı. Sol kolumsa bir tavuk kanadı gibi arkaya doğru kıvrılmıştı. Bu sırada bileğimden omzuma kadar uzanan dayanılmaz bir acı duydum ve bağırdım.

"Sakın başka bir ses çıkarayım deme," dedi adam.

Kulak tırmalayan bir sesi vardı; bir fısıltı gibi kısık, ancak boğazıma dayanan bıçak kadar ölümcüldü.

"Sağ elini kot pantolonun sağ cebine sonuna kadar sok. Yavaşça," diye emretti.

Dediğini yaptım. Bir çiftlikte büyümüş olabilirim ama pek de kavgacı ve sert bir kız sayılmam. Ağzım kupkuruydu. Kalbim deli gibi çarpıyordu. Sürekli gözlerim sulanıyordu. Ciğerlerime yeterince hava çekemiyordum.

Adam pürüzlü sesiyle fısıldadı: "Aferin sana, Belle."

Adımı biliyor.

Aman Tanrım. Adımı biliyor.

Don'ın eski arkadaşlarından biri olup olamayacağını merak ettim. Onunla evlendiğimde Don'ın eski bir mahkûm olduğunu biliyordum. Her ne kadar Don artık beladan uzak durduğunu iddia etse de, birkaç sefer yoldan çıktığından şüpheleniyordum, ancak her âşık kadın gibi, ben de onun hatalarını görmezden geliyordum.

Adamın Don'ı arıyor olabileceğini düşünerek pat diye, "Don burada değil," dedim. Sonra yalnız olduğumu itiraf ederek ne kadar aptalca bir şey yaptığımı düşündüm. "Ne istiyorsun?" diye sordum.

Adam, "Cevaplar," dedi. Arkama geçtiği için yüzünü görmeme imkân yoktu. Vücudunu benimkine öyle bir şekilde dayadı ki, tüylerim ürperdi.

"Onu görmeye gittiğini biliyorum," dedi.

İlk önce, kimi kastettiğini anlayamadım.

"Rosemary Thomas'tan bahsediyorum. İdam edilmeden önceki gece onu ziyaret ettin," diye devam etti.

Zihnim telaş içinde adamın söylediklerinden bir anlam çıkarmaya çalıştı.

Adam, "Demek inkâr etmiyorsun," diye fısıldadı.

Yutkunduğumda, bıçağın keskin yanı boğazıma daha da yaklaşır gibi oldu. Boğuk bir sesle konuşarak, "Evet, onunla görüştüm," dedim.

Adamın nefesini saçlarımda hissettim. Burnu ise kulağımın üst tarafına değiyordu. "Ne hakkında konuştunuz?" diye sordu.

"Önemli şeyler değildi," dedim.

"Yalancı," dedi. Arkamdaki kolumu daha da yukarı kaldırdı ve acı içinde haykırdım. "Baştan alalım," diye ekledi.

"Biz... ah... çocuklar hakkında konuştuk," diye cevap verdim.

Adam, "Sana inanmıyorum. Bana doğruyu söyle," dedi.

"Zaten doğruyu söylüyorum," dedim.

"Emin misin? Demek sen ve Rosemary sadece konuştunuz öyle mi?" diye sordu.

"Evet." Cevabım ağzımdan adamın fısıltısına benzeyen ve yılgınlığımı belirten bir tıslama şeklinde çıktı.

Adam, "Sana o gece bir şey vermediğine emin misin?" diye sordu.

Tanrım, nereden bilebilir ki, diye düşündüm. "Yalnızca nasihat etti," dedim.

Belli ki adam cevabımla tatmin olmamıştı. Kolumu aniden bıraktı, boşta kalan eliyle saçımın bir tutamını kavrayıp kafamı yana yatırdı ve bıçağı gözümün önünde tehditkâr bir şekilde salladı. "Yalan söylüyorsun."

"Hayır. Lütfen..." diye direndim.

Bıçağı boğazıma bastırdı ve tenim bu baskıya daha fazla dayanamadı. Bıçağın keskin ucunu hissedince nefesim kesildi.

Adam, "Ya bana her şeyi anlatırsın ya da bir sonraki darbe canını acıtır," diyerek beni tehdit etti.

Peki, Rosemary'nin bana ne verdiğini söyleseydim ne olacaktı? Yaşamama izin verecek miydi?

Hiç şüphesiz beni öldürecekti; muhtemelen de ortalığı batırarak. Birden gözümün önüne böyle bir sahne geldi. Yerde kıvrılmış yatıyordum, gözlerim boş boş gökyüzüne bakıyordu ve boynumda bir kesik vardı. Cesedimi Don ya da çocuklar bulacaklardı. Belki de köpekler. Zihnimde neredeyse beni uyandırmak için havladıklarını duyar gibi oldum.

Ancak duyduğum havlamalar yalnızca zihnimde değildi, giderek yükseliyorlardı. Demek ki birisi köpekleri evin dışına salmıştı.

Korkudan boğulacak gibi olmama rağmen, bir çığlık atmayı başardım. O kadar güçlü ve uzun bir çığlıktı ki, kendi kulaklarım acıdı ve boğazım yandı.

Saldırganım geri çekildi. Bıçak paldır küldür yere yuvarlandı. Dizlerimin üzerine düşüp öğürürken, ayak seslerinin giderek uzaklaştığını duydum. Sonra kulaklarımda atan nabzımdan ve deli gibi çarpan kalbimden başka bir şey duymadım. Yere kapaklanıp her ihtimale karşı bıçağı elime aldım ama duyduğum yalnızca kalp atışlarım değildi. Ayak sesleri giderek yaklaştı ve biri başımın yanında durdu. Sırtımda bir el hissedince çığlık attım.

"Belle?"

Dehşet içinde, tekrar saldırganı görmeyi bekleyerek yukarı baktım. "Don, Tanrı'ya şükür sensin."

Don, "Neler oldu böyle? Bunu sana kim yaptı?" diye sordu.

"Bilmiyorum. Kapıdan çıkıp kaçtı ama lütfen..."

Don cümlemi bitirmeden gitmişti ve ıslık çalarak köpekleri çağırıyordu.

Nefesimi boşuna harcamamalıydım. Don bana saldırmaya cüret etmiş birine zarar verme şansını yakalamışken, bana sarılıp teselli edecek bir adam değildi. Bir yandan Don'ın adama neler yapabileceğinden korkuyordum, bir yandan da bunu yaparken onu izleyebilmeyi diliyordum.

İki büklüm bir halde yerde kaldım. Bıçağı sımsıkı kavramıştım. Ağlayamayacak kadar afallamış ve hareket edemeyecek kadar korkmuştum.

Don oflaya puflaya, kızgınlığı yüzünden okunur bir halde geri dönüp kapıyı çarptığında, adamı yakalayamadığını anladım.

Kendimi onun kollarına attım. Güçlü kollarıyla beni sarmalayıp sıkıca tuttu. "Ah Tanrım. Don, sen gelmeseydin..."

Don, "Şşşşt. Geçti bebeğim. Seni kurtardım. Her zaman olduğu gibi," dedi.

Birlikte yıllar geçirip insanların nasıl olup da birlikte olduğumuz hakkında yönelttikleri sayısız sorunun ardından, bunu açıklayamıyordum. Kimse Don'ın yaptığı gibi arkamı kollamamıştı. Don beni mutlu etmek için ne gerekiyorsa yapardı ve "ne gerekirse" anlayışının oldukça geniş olduğunu ilk elden deneyimlemiştim.

Titremem geçince, beni süzmek için geri çekildi. Bakışları boynumdaki kesiğe takıldı. "Kanaman var," dedi.

"Yalnızca bir kesik," dedim.

Don çenesini sıkıp, "Polisi arayacak kadar sakinleştin mi?" diye sordu.

Don polislerden nefret ederdi. 911'i aramayı düşünmüş olması, gerçekten endişelendiği anlamına geliyordu. Hâlâ bıçağı tuttuğumu unutarak, ona dokunmak ve onu sakinleştirmek için elimi kaldırdım. Bıçak yüzüne o kadar yaklaşmışken irkilmedi bile. Yalnızca gözlerini benimkilerden ayırmadan, sapın etrafındaki parmaklarımı gevşeterek bıçağı yere fırlattı. "Sorun değil. Sana bunu yapan adamı yakalayacağız," dedi.

"Polisler olmadan," dedim.

Don, "Belle, sağlıklı düşünemiyorsun. Olan biteni polise bildirmek zorundayız," diye karşılık verdi.

"Hayır, değiliz," diye ısrar ettim.

Don ise, "Yüce Tanrım. Lanet olası, seni kesmiş! Seni öldürebilirdi. Kaçmasına izin vermene inanamıyorum. Ya çocuklar evde olsaydı? Onların güvenliği için de kendininki kadar dikkatsiz mi davranırdın?" diye devam etti.

Zihnini boşaltmasına yardımcı olacağını umarak başımı salladım. "Don, dinle beni. Bu rastgele bir saldırı değildi," dedim.

Kocam donup kaldı. "Ne?"

"O saldırgan... beni tanıyordu. Adımı biliyordu. İdam edilmeden önceki gece Rosemary'yi ziyaret ettiğimi biliyordu ve bana bir şey verdiğinden şüpheleniyordu," diye açıkladım.

Don, "Tanrı aşkına. O zaman durum çok daha kötü. Bu adam seni yakalamak için fırsat kolluyorsa, o halde bunu kesinlikle polise bildirmeliyiz," diye kükredi.

Sonra sessizliğe gömüldük.

Birbirimize bakıp ne yapacağımızı ölçüp biçtik.

Bir-iki dakika sonra, Don pes ederek ellerini havaya kaldırdı. "Tamam, polise haber vermek yok ama bu olay haklı olduğumu kanıtlıyor. O anma törenine gidemezsin, Belle. Hayatta olmaz. Bu lanet olası durum gereğinden fazla tehlikeli olmaya başladı," dedi.

Don'ın dikkati benim üzerimden, havlayan ve kapıyı tırmalayan köpeklere kaydı.

İkimiz de Don'ın bu çıkışı laf olsun diye yaptığını biliyorduk. Rosemary'nin anma törenine gitmekten başka seçeneğim yoktu; bana saldıran her kimse orada olacağından şüphem olmasa bile.

11

MATTHEW PEARL

Uyandığınız zaman, bazen bir gün önceki o iğrenç insan olup olmadığınızı merak edersiniz, ancak bu o kadar güçlü bir histir ki, kafanıza bundan yoğun başka hiçbir şey giremez. Sabah olunca sersemlemiş ve tükenmiş bir halde, *nasıl yani,* diye düşünürsünüz. Sonra hiçbir şey olmaz.

Jon Nunn, Rosemary'nin ölümünden sonraki yıllar boyunca, harap bir halde uyandığı her sabah kim olduğunu hatırlamaya çalışmıştı. Yıllar boyunca, günlerini erdemli bir davranış sergileme dürtüsüyle birilerini kurtarmaya çalışarak (sivil hayatı yoklamaya çalışan eski bir polis için tipik bir davranış) ya da kötü birinin boğazına yapışıp onu mahvetme dürtüsü arasında gidip gelerek geçirmişti. Tabii ki karısını elinden alan Stan Ballard olası kurbanlardan biriydi ama bazen de kendisinin sahip olamadığı mutluluğa ve özgürlüğe sahip olan herhangi biri de kurban yerine geçebiliyordu.

Bu yoğun suçluluk duygusu Rosemary'nin ölümünden kaynaklanıyordu (bir türlü huzur bulamayan zihni ise, *o idam edildi seni ahmak,* diye dırdır ediyordu) ama artık iyice ilerlemişti. Jon bununla da yetinmeyip, Christopher Thomas cinayetine dönerek kendini bu konuda da suçlu hissetmeye başladı. Sanki Thomas'ın demir bir giyotinin içine tıkılmasından, Rosemary'nin ölümünden önce ve sonra meydana gelen bütün belalardan kendisi sorumluymuş gibi. *(İdamından, Jon, i-da-mın-dan.)*

Her şey ufak ufak, olaylar hazmedildikten birkaç yıl sonra, Jon farkına varmadan başlamıştı. Her şeyini kaybetmişti: kariyerini, karısını ve dengesini. Christopher'ın cinayete kurban gitmeden önceki haftalarda görüldüğü yerlerde yürüyüşlere çıkmaya başlamıştı. Müzenin etrafındaki sokaklarda, sanatseverlerin diğer sanatseverlerle öğle yemeği yemek, kahve içmek ve buluşmak üzere randevulaştıkları yerlerde dolaşıyordu. Arabasıyla Rosemary'nin çocuklar için alışveriş yaptığı markete gidiyor, onun tek başına ağlamak ve her şeyden uzaklaşmak için gittiği sinemalarda oturuyordu. Böyle zikzaklar çizmesine kim engel olabilirdi ki? Kimseye silah doğrultmuyor ya da sahte bir rozet göstermiyordu, bir zamanlar Chris'in yaptığı gibi çapkınlık yapmıyor veya çıkarları doğrultusunda hareket etmiyordu. Yalnızca yürüyor, konuşuyor, dinliyor ve bakınıyordu. Görüşmeler arasındaki vaktini değerlendiriyordu. Bu, içki içmekten daha iyiydi; bunu herkesin kabul etmesi gerekirdi.

Şehrin, turistlerin Golden Gate'e giderken görmezden

geldikleri Tenderloin, Mission ve şehrin gerçek nabzının attığı vahşi bir yer olan, artık kimsenin gerektiği gibi hatırlamadığı 1970'lerin New Yorkunu andıran eski Çin Mahallesi'nin karanlık köşeleri gibi bazı yerleri vardı. Bazen şehir ona hiç de gerçekmiş gibi gelmiyordu. Adeta *Yaşayan Ölülerin Gecesi* gibiydi. Sanki en kötü dışlanmışların ve bağımlıların kendi bölgelerinden çıkmamak üzere yaptıkları bir tür gizli anlaşma vardı. Yalnızca arada bir şehir merkezinde alışveriş yapan turistlerin etrafında görülürlerdi ve kafeslerinden kaçmış zombileri andırırlardı.

Yoksa kaçak zombi Jon Nunn mıydı?

Nunn tehlikeli ve ıssız arsalara kondurulan küçük konutların olduğu sokaklarda gezinirken gördüğü bir yazının anlamını, sanki hayatın sırrıymış gibi çözmeye çalışmıştı: BİR DAHA EVİMİN CİVARINA DIŞKINI YAPARSAN, DIŞARI ÇIKIP SENİ SİLAHIMLA VURACAĞIM.

Nunn, *bu da nesi,* diye düşünmüştü.

Eski Dedektif Nunn, San Francisco'ya bir sivilin gözünden bakmayı hâlâ öğreniyordu. Burası hoşgörülü bir şehir olarak bilinse de, içten içe yargılayan ve yakıp kavuran gözler her yerdeydi. Zombi bölgelerindeki sokakları mesken tutan evsizler sürüsü bile insanları yargılıyor gibiydi. En çok da bir zamanlar tanıdığı polisler, insanları en acımasız şekilde yargılıyorlardı.

"Jon, sana yardım edemeyeceğimi biliyorsun."

Nunn o gün, rozetini teslim etmesinin üzerinden altı yıl geçtikten sonra, neredeyse gülümseyerek, "Yalnızca yürüyüş yapıyorum," diye cevap vermişti. *Yardım etmek mi? O sırrı ortaya çıkarana kadar kimse bana yardım edemez,* diye düşünmüştü. Diğer polise, "Yalnızca etrafta turluyorum," demişti.

Nunn'ın on beş yıl önce birlikte iki-üç davayı yürüttüğü bir polis muavini olan Todd Drainer, "Tabii, nedense *burada* yürüyorsun," diye karşılık vermişti. İkisi de aynı anda gözlerini Nunn'ın yöneldiği, dağılmak üzere olan Çin Mahallesi boyunca uzanan harap binaların en kötüsüne çevirdiler. Burası Jon'un apartmanından epey uzaktaydı ama yine de ona huzur bulmak için biraz olsun umut veriyordu.

Nunn sanki varlığından yeni haberdar oluyormuş gibi, "Burada bir şans kurabiyesi imalathanesi varmış," diyerek, "turistler orayı seviyor," diye ekledi ve Drainer'a döndü. "Burada ne yapıyorsun, Drainer?"

"Bir dava için biraz destek bulmaya çalışıyorum. Ve sen de öfkeli bir sarhoş yerine bir uyuşturucu bağımlısı olmadığın sürece ..." Nunn ona ters ters baktı. Belki Drainer'ın yüzüne bir yumruk atmak üzereydi, belki de değildi. "Üzgünüm, Nunn. Bir şey ima etmemiştim. Ortağım emekli olduktan sonra zor zamanlar geçirdi. Batman ve Robin gibi fahişeler mahallesinde dolanırdı. Bence şans kurabiyesi imalathanesi de buna benziyor. Seni bir daha asla orada görmemeyi tercih ederim."

Nunn, "Ben de seni görmesem iyi olur, Todd," diye cevap verdi.

Drainer uzaklaşırken kıs kıs gülerek ağzında bir şeyler

gevelemişti ve Nunn ona yumruk atmadığı için üzülmüştü.

Nunn imalathanenin arka tarafından içeri girdiğinde, köhne bir koridorda dikilerek öksüren insanlarla ve dumanla dolu bir salon görmüştü; belli belirsiz vücutlar yavaş çekimde çürümekteydi. Nunn'ın yıllar önce Christopher Thomas'ı ararken buraya geldiği o son seferden beri hiçbir şey değişmemişti. Christopher cinayete kurban gitmeden önceki aylarda birkaç kez burada görülmüştü. Nunn, *ama neden?* diye düşündü. Bir uyuşturucu alışkanlığı vardıysa bu, başına her türlü belayı açmış olabilirdi ama buradaki tanık listesi son derece güvenilmezdi ve kafaları soruşturma ya da dava sırasında bu ipucundan bir anlam çıkarmak için fazla dumanlıydı.

Bu arada, o bölgedeki esas uyuşturucu taciri olan ve önüne çıkan her şeye –bir televizyona, bir arabaya veya nadide bir sanat eserine– el koymasıyla tanınan Hong adında bir adam, birkaç adamıyla birlikte uyuşturucu satıcılığı suçlamasıyla tutuklanmışlardı. Nunn, Thomas'a ne olduğunu soruştururken, baskını biraz geciktirmesi için Drainer'a yalvarmıştı, ama Drainer onu dinlemeyip baskını yapmıştı. Hong'un hesap defteri, kargacık burgacık bir yazıyla not edilmiş olan *Tuhaf Vücut* lakaplı birine yapılan ödemeler olduğunu gösteriyordu. Hem de Chris ortadan kaybolmadan iki gün önce. Nunn arada bir bağlantı olup olmadığını merak ediyordu. Emin değildi ama birtakım tahminleri vardı. Müzenin kayıtlarını taramış ve Christopher'ın ölümünden önceki yıllarda birkaç sanat eserinin ortadan kaybolduğunu görmüştü. Eğer Christopher'ın Hong'la ciddi bir ilişkisi vardıysa, ona çalıntı sanat eserleriyle ödeme yaparak mı hayatta kalıyordu, yoksa Hong eserleri Christopher için mi araklıyordu? Nunn, Christopher'ın eğlence amaçlı uyuşturucu kullanmasının dışında başka bir kanıt bulamamıştı. Hong'un ağzından tek bir laf bile alamamıştı. Sonra da Hong nezarethanedeyken başka bir mahkûm tarafından geçmişten kalma bir kin yüzünden boynundan bıçaklanmış ve kanamadan ölmüştü. O zaman olay çıkmaza girmişti. Hâlâ da öyle sayılırdı; en azından şimdilik.

Nunn aramasına rağmen Tuhaf Vücut adında kimseye de rastlamamıştı.

Jon Nunn uyuşturucu yüzünden sersemlemiş olan amcasını arar gibi yaparak oradan geçerken, bazı bağımlılar boş gözlerini üzerine dikmiş ve dışarı çıkana kadar onu izlemişlerdi.

Nunn yine o amaçsız günlerden birinde eve döndüğünde aklına bir şey gelmiş ve Regina Cooper'ı aramıştı.

Hayır, Jon Nunn davayı tekrar ele almıyordu. Aslında onu tamamen ele alan, davanın ta kendisiydi.

Regina, Nunn'ın yüzündeki inatçı ifadeyi görünce, "Yemezler," dedi.

Nunn içinde soda ve yabanmersini suyu olan kadehini kaldırdı. Eski bir alkolik olarak en sevdiği içecek buydu, çünkü içinde alkol varmış gibi görünüyordu. Fazla göze çarpmıyordu. "Telefonlarıma cevap vermiyorsun," dedi.

Regina, *Mad Dog in the Fo*g'da her zamanki yerini alırken, önüne istemesine gerek bile kalmadan her zaman içtiği *Jameson* marka sek viski ve *Bud* bira kondu. Aydınlık yüzlü Regina esprili bir şekilde suratını asarak, "Sanırım artık takıldığım yerleri değiştirmem gerekecek," dedi. "Gerçek hayat hakkında bir şeyler hatırlıyorsun, değil mi? Ölmek üzere olan her eski polisi eğlendirecek olsam ne kadar iş çıkaracağımı bir düşünsene," diye ekledi. Regina Cooper, San Francisco'nun baş adli tabibi olarak görev yaptığı dönemde çözülmesine yardımcı olduğu önemli davalar hakkında birçok kitap yazmıştı. Bu kitaplar adli tıp alanında birer başyapıt sayılıyorlardı ve Regina da suçlarla ilgili bir televizyon programının baş konuğu olmuş, ancak bundan çabucak sıkılmıştı. O dönemde bir televizyon şebekesi Regina'nın hayatını film yapma haklarını satın almış ve Regina rolünü oynaması için eski bir mayo mankenini seçmişlerdi. Filmde daha komik ve kurnaz bir Regina portresi çizilmişti. Aslında Regina gerçek hayatta daha komik, kurnaz ve zekiydi.

Nunn, İrlanda barının gümbürtüsü ve şamatası arasında kendi kahkahalarını duyarak, "Hakkımda ne duydun ki? Ben ölmüyorum," dedi. Ortam karton ve yıllanmış bira kokuyordu. Elinin altındaki ahşap tezgâh, üstünkörü temizlenmekten pürüzlü ve biçimsiz bir hale gelmişti.

"Evet öyle; beni aradığına göre sıkıntıdan ölüyor olmalısın. 'İyi vakit geçirmek için San Francisco şehrinin baş adli tabibini aramalıyım,' diye düşünmüş olmalısın," dedi Regina.

Nunn ayık bir şekilde, "Neden aradığımı biliyorsun," diye cevap verdi.

Regina gözlerini kapayıp kafasını salladı. "I-ıhh. İmkânı yok dostum."

"Ama ne zararı var ki?"

"On yıl önce kapanan ve tüm orijinal incelemelerin Almanya'da yapıldığı bir davaya tekrar bakmak mı? Bu, başımı ağrıtıyor, Jon."

"Beni vurmadan önce biraz oyalanıyorsun demek."

"Senin olayın ne biliyor musun dostum? Sen belirli bir çağa ait değilsin. Yüz yıl önce de yaşamış olabilirdin; bundan yüz yıl sonra da yaşayabilirsin ve insanlar yine de senin içinde bulunduğun durumu anlarlar."

Nunn, "Neymiş o durum, Regina?" diye sordu.

Regina, "Sen kaybolmuşsun," diye cevap verdi.

"Masum bir kadını ölüme gönderme sürecinde bir payımız olabileceğini umursamıyor musun?"

Regina, "Sanırım benim televizyon versiyonumu arıyorsun," dedi ve ayağa kalkıp el çantasında birkaç dolar arandı.

Nunn, "Bekle!" dedi ve samimi bir Bob Dylan şarkısı çalmaya başladığında elini Regina'nın bileğinin üzerine koydu. Regina donup kaldı.

Toparlak ve heybetli barmen Mick, Nunn'ın yanında biterek, "Her şey yolunda mı, Regina?" diye sordu.

Regina, "Evet iyiyim," dedi.

Barmen tedbirli bir şekilde yerine geçince Nunn, Regina'ya, "Lütfen. Eskiden içgüdülerime güvenirdin," diye ısrar etti.

Hiçbir şey, kişisel etkileşimlerini mizah üzerine kuran bir

kadına ciddiyet kadar rahatsızlık veremezdi.

Regina, "McGee," dedi.

Nunn, "Ne?" diye sordu.

Regina, "Ignatius McGee. Kendisi adli antropologdur. Kimse eski kemikleri onun kazdığı gibi kazamaz ama ulaşılması zor bir adamdır. Boston'da yaşıyor ama programı o kadar yoğundur ki, bir yılı tek bir seferde doluverir. Ayrıca, yaşayan insanları pek sevmez," diye açıkladı.

Nunn, "Tüm bunlara bir son vermeme az kaldı. Buna ihtiyacım var, Regina. Bana en azından şu McGee ile bir konuşma ayarlayamaz mısın?" diye devam etti.

Regina omuzlarını düşürerek teslim oldu, taburesine döndü ve viskisini kenara itti.

Rutin artık iyice pekişmişti. San Francisco'da hava, sabahları ve akşama doğru insanın kemiklerini sızlatacak kadar soğuk olurdu. Bu da geriye, günün ortasında havanın açık ve güzel olduğu ufacık bir zaman dilimi bırakıyordu. Nunn o can sıkıcı sise maruz kalmak yerine havanın güzel olduğu saatlerde uyanmak için, sabah saatlerinin büyük bir bölümünü uyuyarak geçirirdi. Bunun geçici bir rahatlama yöntemi olduğunu biliyordu, ama en azından ayağa kalkmasına yardımcı oluyordu.

Bazen akşamüzeri Stan Ballard'ın peşine takılırdı. Stan motor gücü artırılmış spor arabasının onu ölümlü insanların ulaşamayacakları bir noktaya taşıdığını sanmış olmalıydı; fakat aksine, daha da kolay bir hedef haline gelmişti ve her zamanki kibirli piç kurusu kimliğiyle göze batıyordu. Nunn uzaktan Stan ve Peter Heusen'in Peter'ın teknesindeki şarap ve peynir buluşmalarını izliyordu.

Nunn, Stan'i hâlâ Sarah'nın kocası olarak düşünemiyordu. Onun için yalnızca Sarah ve o... *piç kurusu, orospu çocuğu, aşağılık herif* vardı. Stan'e yakıştırdığı tüm bu sıfatlar, *koca* sözcüğünü perdeliyordu.

Nunn bu orospu çocuğu, piç kurusu aşağılık herifi takip etmiş ve yüzünde iğrenç bir gülümsemeyle, Rosemary Thomas'ın mezarını ziyarete gelerek ne halt ettiğini merak etmişti.

İşte. Bu her şeyi kanıtlıyor. Ondan yalnızca karımı çaldığı için nefret etmiyorum. Adam gerçek kimliğini saklıyor. Aslında kim olduğunu benim Sarah'mdan ve tüm dünyadan saklıyor.

Bu arada, o beş para etmez yılan Peter da, ailesinin yıllanmış ve kaynağı kurumakta olan servetinin tek vârisi olması sayesinde kurduğu sefahat dolu hayatı nedeniyle onu en az Stan kadar kızdırıyordu.

Nunn şans kurabiyesi imalathanesine gitgide daha çok uğramaya başlamıştı. Her şeye teklifsiz bir enjektör paylaşımıyla başlayan eroin ve metadon bağımlıları, buranın arka tarafında kamp kurmuşlardı. Ot içenler havayı zehirliyordu. Aslında ot içenlerin ve şırıngacıların koridorda ayrı odalarda kalmaları gerekiyordu ama durumdan kim şikâyetçi olacaktı ki? Kirli ve perişan bir köpek Nunn'a bakarak ümitsizce viyakladı; sonra tıkanır gibi oldu ve öksürdü. Hayvan, hızmalı ve dövmeli bir adamın bileğine bağlıydı. Bir zamanlar orta sınıfa mensup olan bu kaçak, köpeği yalnızca Haight'ta* saldırganca para dilenmek için kullanıyor, hayatta kalması için onu mümkün olduğunca az besliyordu.

Müdavimlerden biri Nunn'a neler sattığını sorunca, yine kafası karışmış amcasıyla ilgili o bayat senaryoyu tekrarladı, yıllar önce Christopher Thomas'ı ararken de böyle derdi. Bunu daha önce söylediği zamanlar orada bulunan kişilerin benzerleri etrafta olduğu halde, Nunn kimsenin bundan bir sonuç çıkarmasından endişe etmiyordu.

Nunn, "Söyle bana. Onu burada gördün mü?" diye sordu.

"Kimi?"

"Amcam," dedi Nunn ve Chris Thomas'ın bir fotoğrafını gösterdi.

Nunn'ın omzunun üzerinden bakıp yeni gelenlerin olduğunu gören adamın beti benzi attı ve titremeye başladı. Başını öne eğip, koridor boyunca sendeleyerek kaçmaya başladı.

Batakhanenin girişinde yapılı, uzun boylu ve iyi giyimli iki Asyalı adam duruyordu. Dinç ve sağlıklı auraları, mekânın müdavimleriyle derin bir çelişki oluşturuyordu. Bunlar, Hong'un kontrolü elinde tuttuğu yıllardan kalma, güçsüz düşmüş adamlardı.

İki adamdan daha zayıf olanı, "Yolunu mu kaybettin, yoksa polis misin?" diye sordu.

"İkisi de doğru değil."

"O zaman buraya ait değilsin. Bu bir sorun ve buranın sorunu benim sorunum demektir," dedi. Boynunun üst kısmı bo-

---

** San Francisco şehrinin Haight ve Ashbury caddelerinin kesişiminde yer alan bir bölgesi. (ç. n.)*

yunca uzanan beyaz bir yara izi vardı; sanki birisi onun adına intihar etmeye çalışmıştı.

Nunn gülme taklidi yaparak, "Belki de bana nihayet güzel haberler verecek bir şans kurabiyesi arıyorumdur," dedi.

Adam tekrar, "Polis misin?" diye sordu. Daha iriyarı olan adamın eli, solgun renkli ceketinin cebindeydi. Nunn, adamın kolunun duruşundan bir silaha doğru uzanmadığını görebiliyordu, belki de eline bir bıçak ya da muşta alacaktı.

Jon bir polis olsaydı bu adamlar için her şey daha kolay olacaktı. Orada bulunma sebebine göre, ya ona rüşvet verebilirler ya da onu görmezden gelebilirlerdi. İşte Jon'un isimsizliği burada işe yarıyordu; kim olduğunu bilmeden ona saldırmaları tehlikeli olabilirdi.

Nunn, "Komik şey. Ben amcamı arıyordum. Onu tanıyor musun?" diye cevap verdi. Chris Thomas'ın fotoğrafını tutarak, dikkatli bir biçimde adamların yüzünü izledi. İki adam da gözlerini mümkün olduğu kadar hafifçe kırptılar ve hiçbir şey söylemediler. Konuşmuyorlardı ama yine de Jon' un ziyareti adeta arı kovanına çomak sokma görevini görmüştü. Jon son on yıldır kendini hiç bu kadar hayat dolu hissetmemişti.

İçinden, *Rosemary, bunu izliyor musun?* diye sordu.

Adama ise, "Sanırım tanımıyorsun. Her neyse. Yanlış tahmin," dedi.

Adam, "Amcan burada değil, hiçbir gelişinde de burada olmadı. Bunu görüyorsun. Artık gitmelisin," diye cevap verdi.

Jon ellerini sonuna kadar pantolonunun ceplerine soktu.

İğrenç batakhaneye doğru bakarak, "Bu işin en komik kısmı şu: Buraya uzun süredir kayıp olan amcamı aramak için geliyorum ve birinin bahçemden çaldığı köpeğim Max'i görüyorum. Tam da onu alnında İsa dövmesi bulunan şuradaki kaçığın elinden geri almak için polisi arayıp yardım istemek üzereydim," dedi.

Muhatabı, "Zahmet etme," diye cevap vererek, cebinden sustalı bir bıçak çıkaran ve Jon'a doğru kocaman bir adım adan ortağına baktı. Jon'un çığlık atmasını veya koşarak kaçmasını bekledi ama Jon ikisini de yapmadı ve olduğu yerde durdu. Kas yığınından ibaret olan adam Jon'un yanından geçerek şuursuz bağımlının yanına gitti ve bileğindeki ipi kesti.

Jon, "Max, gel buraya oğlum!" diye seslendi. Çaresiz haldeki küçük köpek koşup Jon'un kollarına atıldı ve ellerini yaladı. Köpek muhtemelen adını arkadaşça bir biçimde söyleyen herhangi bir insana da koşardı, ama buna ilaveten Jon ellerini şehirdeki uzun yürüyüşleri için ceplerinde tuttuğu birer parça kurutulmuş ete sürtmüştü ve köpek de bunun kokusunu bir buçuk kilometre öteden alabiliyordu. Jon'un eskiden bir hayvan-kontrol memuru olan bir arkadaşı vardı. Max birkaç gün içinde yeni bir eve kavuşacaktı.

Jon köpeği aşağı indirip tasmasını eline alarak, "Şimdi kendimi daha iyi hissediyorum," dedi ve "Hadi oğlum, seninle bir yürüyüşe çıkalım," diye ekledi.

12

MICHAEL PALMER

Hank Zacharius takip edildiğini her zaman anlardı. Kendisini takip edenlere alıcı gözle bakmamış olmasına rağmen, kim olabileceklerine dair en ufak bir şüphesi yoktu.

Serbest çalışan bir araştırmacı gazeteci olarak, çoğu zaman tek seferde birçok dava üzerinde çalışıyordu. Oakland belediye binasındaki yolsuzluk, 41 numaralı iskelenin onarımının temelinde yatan ek parça ve seçkin stüdyo yetkililerinin en çılgın fantezi ihtiyaçlarını karşılayan ve işin sonunda ortaya çıkan uygunsuz fotoğrafları filmlerde rol kapmak için şantaj unsuru olarak kullanan genç yıldız adaylarından oluşan haz odaklı topluluk gibi. Yıllar önce, Los Angeles Polis Merkezi'ndeki üst düzey yetkililerle, Los Angeles'taki en güçlü çeteler arasındaki bağlantıyı ortaya çıkardığı için Pulitzer Ödülü'ne aday gösterilmişti.

Hikâyelerinin basılmasına, sahtekâr politikacılar ve şehrin en az körfez boyunca uzanan Golden Gate Köprüsü kadar bir parçası haline gelen güç tacirleri tarafından sık sık engel olunmasına şaşırmamak gerekirdi. Dairesinden çıktığından beri sekiz kez takip edilmiş olmasına da şaşmamak lazımdı. Zacharius çok şey biliyordu ve etrafında her zaman bildiklerini öğrenmek isteyen birçok insan olurdu.

Yine de o gece yalnız olduğundan emin olması gerekiyordu.

O gece en iyi bilgi kaynağıyla bir görüşme ayarlamıştı. Kimliğini bu kadar iyi saklayan bir adamla herhangi bir buluşma ayarlamak zaten yeterince zordu. Adam, adını Zacharius'a bile asla vermemişti. *Bana Calvin diye hitap et. Bu herhangi bir isim kadar güzel,* derdi. Calvin, Zacharius'un bildiği kadarıyla bir polis ya da belki de bir çete üyesiydi. Zacharius'un bu konuda hiçbir fikri yoktu. Bazı tahminleri vardı ama hiçbirini kanıtlayamamıştı ve bu da büyük olasılıkla iyi bir şeydi. Görevi her neyse, sektörde dedikleri gibi, Calvin nüfuzlu biriydi. Bir soru sorup gerekli parayı bulduğunuzda, adam ya cevabın kendisini ya da onu nasıl bulacağını bilirdi.

Zacharius, Calvin'in bazı iyi bilinen gazeteciler, polis, hatta federal ajanlar için bilgi toplayarak çok daha fazla para kazandığının farkındaydı. Bilgi kaynağı ona asla "hayır" demiyordu ve şu aralar çoğu kez olduğu gibi Zacharius'un hikâyeleri prim yapmadığında, Calvin ona yardım etmek için elinden geleni yapıyordu.

O gece, Zacharius yalnızca işini bilen muhbirini ele vereceğinden değil, aynı zamanda başını belaya sokacağından da korkuyordu. On yılın ardından, Zacharius, Rosemary Thomas'ın anma töreniyle ilgili her türlü reklamı, ilk soruşturmasında ve haberinde de her zaman belirttiği gibi, Rosemary' nin kocasını öldürmediğini göstermek için kullanacaktı. Makaleleri meslektaşları ve halk tarafından büyük ölçüde kulak ardı edilmişti, fakat Zacharius hikâyenin bilinmedik başka yönleri olduğunu hep biliyordu ve yalnızca bu davayı bir türlü çözememiş olması şaşırtıcı değildi.

Zacharius, Rosemary'yi yirmi yıldır tanıyordu. Chris'i bile tanıyordu. Düğünlerine, çocuklarının vaftiz törenlerine, doğum günü partilerine gitmişti. Rosemary, Chris'in ilk sadakatsizliklerini öğrendiğinde Zacharius'un omuzunda ağlamıştı.

Zacharius bir hayli ses getiren bu cinayet hakkında dört makale yazmıştı. Bir tanesinde suçun fiziksel boyutu üzerinde yoğunlaşmış, Christopher Thomas'ın boyunun ve kilosunun altını çizerek, vücudunu iki buçuk metre uzunluğunda ve doksan kilo ağırlığında bir demir giyotinin içine yerleştirmenin zorluğundan bahsetmişti. Ardından, cesedi ve işkence aletini cinayet mahallinden bir tür kamyona, oradan da cesedi yurtdışına çıkaracak olan Lufthansa uçağına taşımanın başlı başına bir iş olduğunu vurgulamıştı. Başka bir makalede, Rosemary Thomas'ın kocasının cinayete kurban gitmesinden bir hafta önceki hareketlerinin izini sürmüştü ve Christopher'ın boşanmak istediğini beyan etmesinin ardından çıkan ve herkesin duyduğu o sözlü tartışmaya kadar gelmişti.

Olay örgüsü, Rosemary'nin kocasını öldürmeden önce sakinleştirici ilaç verip onu müzenin demir giyotininin içine yatırdığı iddiasıyla son buluyordu.

Son makale tahmin niteliğindeydi ama Zacharius bunun içlerinde en iyisi olduğunu düşünüyordu. Bu yazı, Christopher Thomas'ın hayatının detaylı bir incelemesinden ibaretti. Zacharius, Christopher'ın sürekli değişen mali durumu, pasaport fotokopilerinden anlaşıldığı üzere sık sık yurtdışı seyahatlerine gitmesi, bir yeraltı dünyası haydudu, sanat eseri hırsızı ve muhtemel uyuşturucu baronu ve ölü olarak bulunan şahitlerden biri olan Roger Hong adındaki Çinli bir adamla olan ilişkisi üzerine yoğunlaşmıştı.

Bununla birlikte Zacharius saygınlığını, kısmen Thomaslarla olan tanışıklığı ve özellikle de Rosemary'yle olan arkadaşlığı yüzünden büyük ölçüde yitirmişti. Olay öyle bir noktaya geldi ki, başlıca haber ajansları bırakın Zacharius'un yazılarını satın almayı ya da en azından gerçekliğini kontrol etmeyi, onları okumaz hale geldiler.

Zacharius on yıl sonra meslektaşlarının ve halkın gözünde itibarını yeniden kazanmayı umuyordu.

Calvin'in seçtiği buluşma noktası, Zacharius'un sunduğu ve öneriler arasında Castro, Mission ve Haight bölgelerinin yer aldığı on maddelik listede altıncı sıradaydı. Zacharius tam olarak akşamüzeri saat dörtte, Divisadero Caddesi üzerindeki demir bir parmaklığın ucuna küçük bir kâğıt parçası yapıştırarak bir toplantı başlatma girişiminde bulunurdu. Birkaç saat içinde, aynı noktaya listedeki numaralardan birinin ve buluşma saatinin yazılı olduğu bir kâğıt iliştirilirdi. O akşam, kâğıttaki numara Zacharius'u Golden Gate Parkı'ndan yalnızca birkaç sokak ötedeki havalı ve her zaman kalabalık olan bir kafeye yönlendirmişti.

"Siz Bay Zacharius olmalısınız." Birbirlerini yıllardır tanıyorlardı ancak Calvin her buluştuklarından ona bu şekilde hitap ediyordu. Muhbir, Zacharius'un hemen arkasındaki bir sandalyeye ilişti.

Zacharius adama yüzünü döndü.

Calvin ellili yaşlarını süren, zayıf bir Afrikalı-Amerikalıydı. Koyu renk ve yabani gözleri dışında, fiziksel olarak hemen hemen her açıdan silik bir tipti. Bir an karşısındakini inceliyor, sonra etrafı tarıyordu. Daima kırmızı alarm durumundaydı ama vasat görünümü toplum içinde dolaşmasına, geçtiği yerlerde konuşulanları dinlemesine ve kimin kiminle konuşmak üzere durduğuna dikkat etmesine imkân tanıyordu.

"Yorgun görünüyorsun," dedi Calvin.

Zacharius, "*Yorgunum* zaten. Bazen çok zorlanıyorum." diyerek somurttu. "Ben piyasanın en iyisiydim, anlarsın ya, en iyisi."

"Biliyorum. Sen çok başarılıydın, Hank."

Zacharius içini çekti. "Beni mahvetmeye çalıştılar, Calvin. Rosemary Thomas'ın masum olduğunu iddia ettiğimden beri. Önce, davayla ilgili gerçekleri detaylandırdığım ve Rosemary'nin neden kocasını öldürmüş olamayacağını yazdığım makalem sansürlendi. Ardından, beni dengesiz bir adam gibi göstererek, cinayeti işlemek için üç nedene de –yöntem, güdü ve fırsat– sahip olan insanlar grubu hakkımdaki teorimi gözden düşürdüler.

"Artık bu sözlerin modası geçti dostum. Muhtemelen bunlar doğru ama yine de modası geçti," dedi Calvin. Sonra öne eğildi. "Peşime mızmızlanmak için düşmedin, öyle değil mi Hank?"

Zacharius düşük omuzlarındaki gerginliğinin bir kısmını atmaya çalışarak, "Şu anda sana verebileceğim bir yüzlük ve de buçukluğum var, ama bu günlerde iki yakamı bir araya getirmekte zorlanıyorum," diye cevap verdi.

"Paraya ihtiyacım olduğunda sana bir işaret gönderirim. Bilmek istediğin şey nedir?" dedi Calvin.

Zacharius, "Teşekkürler," dedi ve ellerine bakarak utancından kurtulmaya çalıştı.

Calvin, "Demek bir takım gelişmeler olmuş, öyle değil mi?" diye sordu.

Zacharius bir garsona işaret edip onu yanlarına çağırdı ve hafif bir kahve sipariş etti.

Ardından davetiyeyi ceketinin cebinden çıkardı ve kafeye bir kez daha göz attıktan sonra Calvin'e uzattı. "Bu davetiye bugün evime geldi. Üzerinde bir pul var ancak postalanmamış, yalnızca dairemin kapısının altından atılmış," dedi.

Calvin tek kaşını kaldırarak, "*Bildiğimiz* Tony Olsen'dan mı?" diye sordu.

Zacharius, "Evet. Kendisi Rosemary'nin bir arkadaşıydı," diye cevap verdi.

Calvin bir ıslık çaldı. "Sence Tony Olsen neden bu eski yarayı kaşımak istiyor?"

"Ben de bu yüzden buradayım. Senin bazı teorilerin olacağını umuyordum."

Muhbir başını salladı. "Herhangi bir teorim yok ama bazı tahminlerde bulunmam uzun sürmez. İnsan kendi halinde bir hayat sürerken, birkaç gübre yığınında debelenmeden Tony Olsen kadar zengin olamaz," dedi.

Zacharius, "Yani?" diye sordu.

O sırada garson kahveyi getirdi ve Zacharius tek bir yudumda yarısını içti.

"Belki Rosemary'nin idamının ardından kafayı yiyen o eski polise bir iyilik borcu vardır. Jon Nunn'dan bahsediyorum. Belki bu anma töreninin o zavallıya yeni bir şans vermesini bekliyorlardır; failleri bir araya getirip neler olacağını görmeyi umuyorlardır," dedi Calvin.

Zacharius, "Olsen'ın Nunn'la ne işi olabilir ki?" diye sordu.

Calvin, "Bu kadar saf adam rolünü oynama dostum. Bu şehirdeki polislerin nasıl olduklarını sen de en az benim kadar iyi bilirsin. Birçoğu ikili oynar," diye cevap verdi.

Zacharius sessiz kaldı.

Calvin, "İkili oynayan polislerden konu açılmışken, Artie Ruby adını duydun mu hiç?" diye sordu.

"Artie, ne?"

"Artie Ruby, yıllar önce delilleri kararttığı için başı derde giren polis. Hatırlayabildiğim kadarıyla bu delil beyaz bir tozdan ibaretti. Adam birdenbire pat diye polisliği bıraktı ve McFall Müzesi'nde bekçi olarak çalışmaya başladı.

Zacharius adrenalinin damarlarına hücum ettiğini hissetti. "Bir müze neden güvenliği sağlamak için düzenbaz bir polisi işe alsın ki?" diye sordu.

Calvin pis pis sırıttı. "Chris Thomas'ın namussuz bir adam olduğunu biliyorsun. Uyuşturucu ve sahtecilikle ilgili dedikoduları duymuşsundur," dedi.

"Ve..."

"Rosemary Thomas'ın kocasını öldürmediğinden bu kadar eminsen, Ruby'yle konuşmak isteyebilirsin. Duyduğuma göre az bir miktar para karşılığında müsait oluyormuş," dedi Calvin.

Zacharius, "Onu nerede bulabileceğim konusunda bir fikrin var mı?" diye sordu.

Calvin omuz silkti. "Steve'in Yeri denen mekânı biliyor musun?" diye devam etti.

"Embarcadero yakınındaki uyuşturucu hırsızlarının takıldığı yeri mi kastediyorsun?" dedi Zacharius.

Calvin, "Ben olsam oradan başlardım," diye cevap verdi.

Etraf neon ve siyah renklere boyanmıştı.

Zacharius, Steve'in Yeri yönetiminin karanlık bir hava yaratma girişiminin fena halde başarısız olduğunu hissetti. Yine de leş gibi kokan bayat içkiler, vücut kokuları ve ucuz parfüm aromalarına rağmen –ya da bu sebeple– mekân oldukça hareketliydi. 20 dolara patlasa da, barın en sonundaki taburede oturan sahtekâr görünümlü bir adam, Zacharius'u arka tarafta bulunan, sigara dumanı nedeniyle puslu hale gelen bir odaya yönlendirdi. Zacharius, Artie Ruby'yi hemen gördü. Artie bir deri bir kemik, yeraltı dünyası mensuplarına benzeyen, gözlerinin altında belirgin torbalar olan bir adamdı. Ağzının kenarından dışarı çıkan bir izmarit vardı. Eski polisin yanındaki yıpranmış deri koltuk boştu. Koltuğun yanındaki bir ayaklığın üzerinde duran kül tablası o kadar dolmuştu ki, taşmak üzereydi.

Zacharius kül tablasını birkaç metre öteye iterek koltuğa yerleşirken, "Kaliforniya'nın o çok korkulan sigara yasağı buraya uğramamış," dedi.

Ruby ileriye bakarak, "Polis rüşvetleri cezalardan yüksek değil," diye cevap verdi. "Aslına bakarsan, şurada sigara içen iki kişi de dedektif. Bu arada sen kimsin?" diye devam etti.

Zacharius kendini tanıttı.

"Evet, adını duymuştum," dedi Ruby.

Zacharius batan gözlerini ovuşturdu. Sigarayı on sekiz yıl önce bırakmıştı ve artık sigaranın kokusunu alan bir tazıya dönüşmüştü; birinin sigara içip içmediğini üç metre öteden anlayabiliyordu. Ruby henüz kendisiyle direkt göz teması kurmamıştı, buna karşın adamın bu açıdan bile acınası bir hali vardı. *Küçük.* Zacharius'un birden aklına gelen sözcük buydu. Bu küçük ve sınırlı kapasiteye sahip bir adamdı.

"Cebimde üç adet yirmilik var," dedi Zacharius. "Bu dumanlı ortamdan çıkıp benimle bir dakikalığına konuşmak üzere dışarıya gelirsen senin olabilir," diye ekledi.

Zacharius daha fazla para teklif edip etmemesi gerektiğini merak etti, ama Ruby'nin hali ve tavrı, ona cebindeki son yüzlük ve buçukluğu azar azar dağıtması gerektiğini söylüyordu.

Acınacak halde olan adam, "Bundan daha fazla verebilir misin?" diye sordu.

Zacharius, "Söylediklerin hoşuma giderse veririm," diye cevap verdi.

Adam, "Bana Artie de," diyerek aniden ayağa kalktı ve koridor boyunca yürümeye başladı.

Kalabalık gece kulübünün içinde, ultraviyole ışıkla aydınlatılmış bir köşede unutulmuş gibi görünen küçük bir masaya doğru ilerlediler.

Bu, gözü seğiren, üzgün bakışlı, içi boşalmış bir çuvalı andıran adamın bir zamanlar polis olduğuna inanmak zordu.

"Bir zamanlar McFall Müzesi'nin güvenliğinde çalışıyordun. Müzeyi ve Rosemary ile Christopher Thomas'ı çok iyi tanıyor olmalısın," dedi Zacharius.

Artie kalabalığa bakmaya devam etti. "Biliyor musun, o kokaini katiyen delil odasından çalmadım. Ben dürüst bir polistim. Ha, arada bir işin kolayına kaçtığım ve daha büyüklerini yakalamak için ufak çaplı sahtekârlarla anlaşma yaptığım oluyordu, ama başıma geleni asla hak etmedim," diye yanıt verdi.

Zacharius konudan sapmamaya çalışarak, "Seni müzede çalışman için kim işe almıştı?" diye sordu.

Artie, "Lanet olası bir münzeviye dönüştüm," diye söylendi. Gözlerindeki hüzün yoğunlaştı ve Zacharius bir an için Artie'nin ağlayacağını sandı, fakat bunun yerine hesabı Zacharius'a ödetmeyi garanti altına aldıktan sonra, bir bardak viski ve bira ısmarladı.

"Artie, bana Chris Thomas'tan bahset," dedi Zacharius.

Artie, "Ben hiçbir şey bilmiyorum. Thomas bir küratördü, ben de güvenlik görevlisiydim. Bu ikisi pek kaynaşmaz. Geceleri müzeden çıkarken ona iyi geceler dilerdim, hepsi bu," diye cevap verdi.

Viski geldi ve garson arkasını bile dönmeden kadeh boşaldı. Zacharius, Artie'nin oraya gelmeden önce de içmiş olduğunu sezdi.

Zacharius, "Thomas hakkındaki dedikoduları duymuşsundur..." dedi.

"Evet, ne olmuş ki? Karısını aldatıyordu; bunu birçok erkek yapar," dedi Artie. Hâlâ Zacharius'un gözlerinin içine bakmıyordu.

"Hayır, bunu kastetmiyorum. Uyuşturucu, sahtecilik ve hırsızlıkla ilgili bazı söylentiler varmış..." diye devam etti.

Artie, "O konuda sana hiçbir şey söyleyemem. Dediğim gibi, işimi yapıp evime dönerdim," diye cevap verdi.

Zacharius yararlı bir şeyler öğrenme şansının hızla kaybolduğunun farkındaydı. Heineken de bitmişti ve Artie lafları ağzında gevelemeye başlamıştı. Zacharius tereddüt ederek, bir yirmilik dışındaki bütün para tomarını çıkarıp masanın altından uzattı ve gitmeye hazırlandı.

"Bununla, içtiklerini ödersin," dedi.

Artie Ruby boğazını temizleyip ona bakarak hırıltılı bir sesle fısıldadığında, Zacharius henüz bir adım atmıştı. "Uyuyan yılanı uyandırmamalısın, Zacharius. Bir lağım çukurunda debeleniyorsun ve her şeyi yüzüne gözüne bulaştıracaksın. Sence bu şekilde nasıl bir imaj çizmiş olursun?" dedi.

Jon Nunn'ın Günlüğü

J. A. JANCE

Çin Mahallesi'nden sonra bir toplantıya gittim. O, işe yaramayınca, ikinci bir toplantıya daha gittim. Tarih giderek yaklaştıkça, Sarah'yı anma töreninde görecek olma fikri midemin burulmasına neden oluyordu. Onu görmeyi hem istiyordum hem de istemiyordum. Stan Ballard'ın yüzüne bir yumruk indirmek istiyordum. Hayır, aslında bu doğru değil. Kalbine bir kurşun sıkmak istiyordum. Bu şekilde ödeşmiş olurduk. İkimizin de kalbinde birer delik olurdu.

Bütün o şerefsizlerin kutlama için anma törenine geleceklerini biliyordum. Gelmek zorundaydılar. Yılanlar hayatları boyunca kayaların altında saklanamazlar. Saklayacak bir şeyleri olmadığı görüntüsünü vermek için hepsi orada olacaktı; ben de buna güveniyordum. Rosemary'nin işe yaramaz erkek kardeşi de muhakkak gelecekti. Nasıl uzak durabilirdi ki? O gece tanık odasındayken, onunla ilgili başka kimsenin yakalayamadığı bir şeyi fark etmiştim. Oradaki diğer insanlar nezaketen bir-iki gözyaşı dökmüşlerdi ya da en azından üzgünlermiş gibi davranmışlardı. Peter Heusen hariç. Adamların, kız kardeşinin koluna iğneyi batırmasını suratında gaddar bir ifadeyle ve kupkuru gözlerle izlemişti. Belki de içki yüzündendi. Bilmiyorum. O ılık ve karanlık gecede benimle otoparka kadar gelmişti. Bir-iki laf etmiştik. Daha doğrusu Peter konuşmuştu. Sonra kız kardeşinin idam mahallinden eski model bir Lincoln ile uzaklaşmasını izlemiştim. O gittikten sonra ben de tamamen sarhoş olmak niyetiyle arabamla oradan ayrılmıştım. Belli ki bunu fazlasıyla yerine getirmiştim. Nihayet ayılana kadar Sarah temelli gitmişti ve işim de tarihe karışmıştı. Peki ya Peter Heusen? Kız ve erkek yeğenlerinin yasal vâsii ve Thomas mal varlığının koruyucusu olarak, toplum içindeki statüsü epey yükselmişti. Sarah ve yeni kocası Stan'e gelince; onlar da çok daha iyi koşullarda yaşıyor gibi görünüyorlardı. Hepsi de Rosemary'nin yası tutulmayan yokluğunu atlatmış gibiydiler ve görebildiğim kadarıyla hepsinin refah düzeyi yükselmişti.

İkinci İsimsiz Alkolikler toplantısı bitince, bir üçüncüsüne gittim. Sorun yalnızca içki de değildi. Doymak bilmeyen likör arzumu kontrol altına almıştım. O günlerde tercih ettiğim hap türüyse suçluluk duygusuydu. En yoğun, saf ve katıksız haliyle. Bağımlılığımdan kurtulmak için, doksan gün içinde doksan toplantıdan çok daha fazlasına ihtiyaç duyacaktım. Yalnızca tek bir tedavi vardı ve hiç değişmemişti: Rosemary'nin ölümünden gerçekten sorumlu olan kişiyi bulmam gerekiyordu. Bunu yapmak için de, Christopher'ın gerçek katilini bulmam gerekiyordu. Yapmakta olduğum şey işte buydu. Artık ok yaydan çıkmıştı ve onu durdurmanın bir yolu yoktu.

Rosemary ve Christopher Thomas'ı, nasıl bir mantık evliliği sürdürerek yaşayıp öldüklerini düşündüm. Bu da onların cehennemiydi; en azından Rosemary'nin fakat bir şekilde ben de bu girdaba doğru sürüklenmiş ve istemeden de olsa, birçok başka insanla beraber Christopher'ın kurbanlarından biri haline gelmiştim.

13

GAYLE LYNDS

Haile Patchett polise yakalanmak istemiyordu. Kilit altında tutulmaktan kaçınmak için elinden geleni yapardı, fakat suç onun kanında vardı. Tehlike, korku ve para... Bunlar onu daima heyecanlandırıyordu.

Yüzüne bir gülümseme kondurdu ve mümkün olduğunca neşeli adımlarla Pasifik Okyanusu'nun yamacındaki kayalıklar boyunca uzanan, klasik bir mimariye sahip ve kiremitlerle kaplı bir tesis olan Ritz-Carlton'a doğru yürüdü. Otelin dört bir yanı yemyeşil geçitlerle, derli toplu bir biçimde kıvrılan araba yollarıyla, aralıklı selvilerle ve engin denizle çevrilmişti.

Haile içeri girdiğinde etrafına bakındı ve sanki oraya aitmiş gibi, valelere üstünkörü bir selam verdi. Yüksek topuklu sandaletleri ve uzun bronz bacaklarını sergilemek için giydiği, dizlerinin hemen üzerinde biten kısa ve seksi yazlık elbisesiyle, oraya ait olabilirdi. Hatta olmalıydı da ama bu, eski bir hikâyeydi.

Haile güneş gözlüklerini çıkarıp lobiye girdi. Omzuna astığı çantasını sıkıca tutuyordu. Resepsiyonda görevli olan erkekler, ellerinde kredi kartlarıyla sırada bekleyen ve karılarını unutmuş, yaşlanmakta olan kocalar onu ışıldayan, umut dolu gözlerle izlediler. Haile aslında güzel sayılmazdı, buna rağmen kendine has bir havası vardı ve içindeki ateş dışına yansıyordu.

Haile otelde konaklayan misafirlerin, nefes kesen kayalık ve körfez manzarasına karşı yerleştirilmiş olan minderli hasır koltukların önünden geçti ve karanlık, ahşap panellerle kaplı bir bara girdi. Otuz sekiz yaşında, ince, yeşil gözlü, kızıl saçları omuzlarına dökülen ve Angelina Jolie'yi kıskandıracak kadar düzgün bir buruna sahip olan bir kadındı. O gün doğum günüydü ama o sabah aldığı tek kart, Tony Olsen'ın Rosemary Thomas'ın anma töreni için gönderdiği bir davetiyeydi. Haile, *yüce Tanrım,* diye düşündü. Tony neden Rosemary'nin doğumunu değil de idamını onurlandırıyordu ki? Bu, amacından sapmış bir törene benziyordu ve onu endişelendiriyordu.

Haile, Christopher Thomas'ı, bir zamanlar onunla ilişki kurmanın vaat ettiklerini ve nasılsa hiçbirinin gerçekleşmediğini düşündü. İçinden, *lanet olsun*, dedi. Aslında üzerine düşeni yapmış ve rolünü iyi oynamıştı. Christopher'ın müzeden büyük bir dikkatle aşırdığı sanat eserlerini dışarı çıkarmasına ve yurtdışında satmasına yardım etmişti. Hatırı sayılır bir miktarda para kazanmış olması, ihtişam içinde yaşaması gerekirdi. Bundan daha iyi bir yaşamı hak etmiyor muydu?

Haile bara arkasını dönüp gözlerini kapadı.

Christopher'ın cinayetinin ardından kaçmıştı. Aracılık yaptığı hırsızlıklarla ilişkilendirilmemek için göze batmaması gerekiyordu.

Ve şimdi de eski numaralarını uyguluyor, ucuz bir yankesici ya da daha kötüsü gibi hayatını kazanmaya çalışıyordu.

Derin bir nefes alıp saatini kontrol etti. Saat henüz dördü gösteriyordu, biraz erkendi. Beklediği gibi, masalarda birkaç içkici oturuyordu ve barda kimse yoktu. Bu onun için iyiydi. Her halükârda gideceği bara yöneldi. Hilal biçimindeki kiraz renkli ağaçtan yapılmış olan barda, derli toplu siyah bir pantolon ve kısa kollu beyaz bir gömlek giymiş ve bilmiş bir şekilde sırıtan bir barmen duruyordu. Her şeyi görmüştü fakat gördükleri hoşuna gittiği için sırıtmaya devam etti ve Haile yaklaştıkça yüzündeki sırıtma derinleşerek gerçek bir gülümseyemeye dönüştü. Barmen orta boyluydu; yaklaşık 1.55 metre uzunluğundaydı ve atletik bir görünümü vardı. Haile, barmen tezgâhtaki bardakları kavrayıp etkili bir biçimde düzenlerken, kollarının ön kısmındaki kasları inceledi.

O da barmene gülümsedi, bir bar taburesine yerleşti ve bir içki söyledi. Kendini az sonra olacaklara hazırlamaya ihtiyacı vardı.

Haile içkiyi midesine indirdi, ayağa kalktı ve bardan uzaklaşarak yavaşça lobiye doğru yürüdü. Golften, yelkenden ve Yarım Ay Körfezi'nin mağazalarında ve antikacılarında alışverişten dönen kaygısız bir turist kafilesinin içinden geçti. İçinden, *nefes almalıyım,* diye tekrarlıyordu.

Gözlerini sağındaki bir adamın pahalı, beyaz tenis gömleğinin ön cebinde duran şişkinliğe dikti. Omuzundaki çantadan *People* dergisinin bir sayısını çıkardı, sonra sendeleyerek adamın üzerine düştü. Bir eliyle dergiyi adamın etli göğsüne bastırırken, diğer elini de ustalıkla ön cebe daldırdı.

"Çok özür dilerim!" dedi ve tatlı bir şekilde gülümseyerek, kalçalarıyla gereğinden uzunca bir süre adama yüklendi.

Adam sırıttı ve bu durumdan keyif alarak, "Sorun değil," dedi.

Gülümsemeye devam ederek cüzdanı omuzundaki çantaya attı ve ilerledi. Fermuarı açık bırakılmış bir bel çantasından bir saat, sehpanın üzerinde başıboş bir şekilde duran bir ceptelefonu ve birinin arka cebinden başka bir cüzdan daha yürüttü. Birkaç dakikalık bir performans için hiç de fena sayılmazdı. Ortamda elle tutulur bir zenginlik kokusu alıyordu. Erkekler ona tamahkâr gözlerle bakıyorlardı. Bir zamanlar tüm bunlardan zevk alırdı. Elinde daha iyi bir koz yoktu ve bu da ona muazzam bir güç veriyordu, ama şimdi flörtün sırası değildi.

Haile, El Toro Motel'de kalıyordu. Burası iki katlı, çatısı kırmızı kiremitlerle kaplı ve olduğundan daha pahalı görünen bir yerdi. Arabasını bir karabiber ağacının altına park etti ve uyduruk bir dökme demirden yapılan ve binanın dış cephe sıvasına çarparak sallanan merdivenlerden yukarı çıktı.

Yorgun bir şekilde iç geçirerek, oda kapısının kilidini açtı. Sıcak bir banyo yapıp, eski kot pantolonunu giymek istiyordu. O zaman bundan sonra ne yapacağına karar verecekti. Kapıyı aralayıp, elindeki anahtar büyüklüğündeki vericiyi izledi. Vericinin kırmızı ışığı yanıp sönünce hemen başını kaldırdı. Odasına biri girmişti. Belki de hâlâ içerideydi. Hizmetçi olamazdı çünkü oda hizmetlerini askıya almıştı. Yanıp sönen ışık, Haile'in kapının iç kısmına, pervazla kavuşarak kapandığı yere soktuğu, kâğıt kadar ince, madeni on sent büyüklüğünde ve basınçla çalışan bir okuyucuyla harekete geçiyordu. Birisi kapıyı ilk kez açtığında ışık yanıp sönmüyordu. Şimdi de ışık yanıp sönmemeliydi. Demek ki kapı iki, üç ya da daha çok kez açılmıştı.

Haile sakinliğini koruyarak vericiyi cebine koydu ve hiç gürültü yapmadan kapıyı yavaş yavaş açtı; motele yerleştiğinde kapının menteşelerini yağlamıştı. Öğleden sonra güneşinin uzun ışınları odanın içinde altın sarısı bir dikdörtgen oluşturmuş, geri kalan her yerde eğri büğrü gölgeler bırakmıştı.

En yakında giysi dolabı duruyordu. Kapağında oval bir cam vardı. Haile camdan içeri baktı. Dolaba hiç giysi asmamıştı, içerisi boştu. Banyonun kapısı kapalıydı.

14

ANDREW F. GULLI

Bir erkek sesi, "Önünde sonunda geleceğini biliyordum," dedi.

Haile'in kalbi yerinden hopladı, artık geri dönüş yoktu. Bir an, dolapla banyo arasında durdu.

Erkek sesi, "İçeri gir, Haile," diye konuşmaya devam etti.

Haile odaya girdi ve masada oturan bir adam gördü. Onu tanıması biraz zaman aldı. Bu, Jon Nunn'dı; yıllar önce Christopher'ın ortadan kaybolmasıyla ilgili onu sorgulayan dedektifti.

Aslında bir bakıma rahatlamıştı. Nunn aklını kaçırmıştı ve kendinden başka kimse için bir tehlike teşkil etmiyordu. "Odamda ne yapıyorsun? Polisi arıyorum," dedi Haile.

Nunn güldü. "Evet, ara tabii tatlım. Hazır aramışken belki onlara el çantandaki çalıntı Rolex'ten de bahsetmek istersin," diye cevap verdi.

Haile, *bunu nereden bilebilir ki?* diye düşündü. Zihni son derece hızlı çalışıyordu.

Sakin bir sesle konuşmaya özen göstererek, "Ne istiyorsun?" diye sordu.

Nunn yatağı işaret ederek, "Hadi otur, rahatına bak," dedi.

Haile oturdu ve hiçbir şey söylemedi. Nunn'ın yüzüne bakınca, onu son gördüğünden beri ne kadar yaşlandığını fark etti. Gözleri yorgun ve şiş görünüyordu, kaşlarının arasındaki çizgi derinleşmişti.

"Seni bir süredir izliyorum," dedi Nunn. "Hırsızlıklarından, bütün o kendine güven oyunlarından ve peşine düştüğün o güzel nesnelerden haberim var," diye ekledi.

Haile, "Benden ne istiyorsun?" diye sorarken sesinin titrediğini duyabiliyordu.

"Senin şu ölü aşığın Christopher Thomas hakkında hâlâ bazı sorularım var," dedi Nunn.

Haile, "Sen deli misin? Aradan on iki yıl geçti, o iş bitti gitti. Christopher öldü, karısı da öldü. Hayaletleri diriltemezsin, Nunn," diye cevap verdi. Korkudan ağzı kurumuştu.

"Hayaletleri filan diriltmeye çalışmıyorum. Yine de senin yerinde olsaydım, bana soracak soruları olan herhangi bir polisin suyuna giderdim, ki bu kişi gözden düşmüş eski bir polis bile olsa," dedi Nunn.

Haile elleriyle Nunn'a devam etmesini işaret etti.

"Dinle," dedi Nunn. "Thomas çapkın bir adamdı ama

alelade kadınlar seçmiyordu. Bu kadınlar daima belli özelliklere sahiplerdi, hepsi de Christopher'ın kendisine asla şantaj yapmayacaklarından emin olduğu zarif ve iyi eğitimli kızlardı. Kabalığım için beni bağışla ama sen bu tanıma hiç uymuyordun. Söylesene, Christopher'ın *senin* gibi bir sürtükle ne işi vardı?" diye devam etti.

Haile çantasından artık ısınmış olan bir su şişesi çıkardı ve açarak, "Bu bir açıklama mıydı yoksa soru muydu?" dedi.

Nunn, "Sebep uyuşturucu olabilir mi?" diye sordu.

Haile tek kelime etmedi.

"Hakkında çok fazla şey bilmiyorum; bu yüzden eğer benimle işbirliği yapmazsan, hapsi boylaman için ne gerekiyorsa yaparım. Dışarı çıkana kadar da o güzel yüzün yıpranmış, eski bir araba lastiğine benzer. Gözden düşmüş olabilirim ama San Francisco Emniyet Müdürlüğü'nde hâlâ birkaç arkadaşım var," dedi Nunn.

Haile kendini sakinleştirmeye çalıştı. *Nunn ona hiçbir şey yapamazdı. O, başarısız herifin tekiydi. Dava kapanmıştı.*

Nunn, "Biliyor musun, Ritz'de büyük olasılıkla kapalı devre kameralar vardır..." dedi.

Haile bunun üzerine, "Ne bilmek istiyorsun?" diye sordu.

15

J. A. JANCE

Nunn gittiğinde, Haile odanın ortasında durup ucuz aynadaki yansımasına sorgulayarak baktı. Gördüğü şey hoşuna gitmedi. Uzun zaman önce yaşadığı o hayattan uzaklaşalı çok olmuştu. O hayatı ardında bırakmak için elinden geleni yapmıştı ama Nunn eski defterleri açmak üzere geri dönmüştü ve onun hakkında azar azar topladığı her türlü işe yarar bilgiyi, kendisiyle işbirliği yapmasını sağlamak için kullanıyordu. Haile hâlâ Nunn'ın hayatı hakkında ne kadar çok şey öğrenmeyi başardığından emin değildi.

Acaba onu takip ederek Ritz'de yaptıklarını görmüş müydü?

Görmüş olmalıydı. Her ne olursa olsun, artık o odada kalamazdı. Nunn'ın kendisini dışarıda bekliyor olabileceğini biliyordu, yine de tekrar dışarı çıkmalıydı.

Göze batmamak için omuzlarını kaldırıp kafasını eğdi

ve arabasına varana kadar yol boyunca aceleyle yürüdü.

Ön koltuğa oturur oturmaz motoru çalıştırıp gaz pedalına bastı.

Kendini, *dayan,* diye telkin etti. Mahalleden adeta Formula 1 yarışındaymış gibi çabucak geçtiği için, araba kullanmaya konsantre olmalıydı. İzini kaybettirmek için tozu dumana katarak bir dizi manevra yaptı ve mahalleyi hızla terk etti. Takip edilmeyi göze alamazdı.

O an, dünyada umursadığı hiçbir şey olmayan birini mükemmel bir şekilde taklit ediyordu. Penceresini açtı ve nemli, okyanus kokusu taşıyan havanın uzun kızıl saçlarına nüfuz etmesine izin vererek arkasına yaslandı ve rahatladı ya da rahatlamış gibi yaptı.

Rosemary Thomas on yıl önce kocasını öldürme suçundan idam edildi. Ve şimdi, bunca yıl sonra o dedektif, Chris'in geçmişiyle ilgili bazı şeyleri ortaya çıkarmak için beni kullanmak isterken, Tony Olsen beni şu anma törenine davet ediyor; hem de Rosemary'yle hiçbir zaman arkadaş olmadığım ve kocasıyla yattığım halde.

Kendi kendine, *neden?* diye sordu.

Yola bakmaya devam etti.

Bu eski yaraları kaşımak kime, ne kazandırıyor? diye düşündü.

Sonra tekrar Chris'i düşündü. Onu geride bırakmıştı ve öldürmek için hiçbir sebebi yoktu ama tabii ki onu geride bıraktığını ve terk etmenin çok kolay olduğunu söyleyerek, bu konuda polislere ve kendine yalan söylemişti.

Haile iç geçirdi.

Bunca yıl sonra Christopher Thomas'a hâlâ âşık olmasa da onun kendisine yaptıklarını aşamamıştı. Adam ondan bir şey almıştı ve bu kayıp hâlâ telafi edilmemişti.

Fakat neden Rosemary'nin ölümü kutlanıyor ki? Bunun amacı ne?

Tekrar Nunn'ı düşündü. En son ölesiye içtiğini, karısının onu terk ettiğini ve Thomasların mali danışmanıyla evlendiğini duymuştu.

Neden Nunn her şeyi Thomaslarla birlikte geçmişe gömmüyordu? Ya Nunn sözünü tutmazsa ve onu hapse gönderirse ne olacaktı?

Yol üzerindeki bir Burger King şubesinde durup, arabanın içindeyken sipariş verilen mikrofona doğru ilerledi. Birden midesi kazınmaya başlamıştı ve düşünmek için zamana ihtiyacı vardı. Her şeyin üzerinden geçip, Chris Thomas'ın ölümüyle herhangi bir şekilde ilintili olan insanları hatırlaması gerekiyordu.

Mönüdeki bir numaralı hamburgeri peynirsiz olarak sipariş etti ve bir de diyet kola söyledi. Burger King'de sipariş vermek, daha da zor bir dönemden geçtiğini hissetmesine neden oldu.

Chris Thomas'ın cinayete kurban gitmesi ve ardından Rosemary'nin idam edilmesi, gelecek vaat eden birçok insanın ümitlerini boşa çıkarmıştı; buna kendisi de dahildi. Özellikle de kendisi.

Bir ara sokağa park edip, Christopher Thomas'ı ve kendisinden sonra geldiğini bilen o kadını, yani Chris'in müzedeki iş ortağı olan küratör Justine Olegard'ı düşünerek hamburgerini yedi.

Acı içinde, *en azından o kaltak bu anlaşmadan kalıcı bir iş kopardı,* diye düşündü.

Kendine, *ya ben ne elde ettim?* diye sordu.

Jon Nunn'ın Günlüğü

ANDREW F. GULLI

Anma törenine iki gün kaldı ve elimde harekete geçmek için fazla bir bilgi yok, ama doğruyu bulmaya yaklaştığımı hissediyorum. Nasıl bulacağım umurumda bile değil; tek bildiğim bu bir mahkeme salonunda gerçekleşmeyecek, basın mensupları akbabalar gibi üzerimize üşüşmeyecek ve ortada eyaletin kendini Rosemary Thomas gibilerden nasıl koruyacağından bahseden hevesli bir bölge savcısı olmayacaktı.

Yıllar önce, duyduğum acı çok yoğunlaştığında, metro istasyonuna gider ve platformun kenarında durup, tren yaklaşırken o son adımı atmaya cesaretim olup olmadığını merak ederdim. Barlara da hâlâ aynı sebepten ötürü gidiyorum. Yaşadığım yerden bir sokak ötede bir tane var. Kasvetli ve karanlık bir yer, çoğunlukla boş ve tuhaf kokuyor. İriyarı ve dövmeli siyah bir adam her zaman barda bardakları parlatıyor ve asla bir şey söylemiyor. Kendime bir duble Jack Daniels söyleyip maya kokusunu içime çekerek bir yudum içmeye kalkışıyorum. Tony beni kurtarmadan önce, ne zaman beni ruhumu söküp atmakla tehdit eden o boşluğu hissetsem, alkol daima beni uyuştururdu.

Şimdi, barın parlak tezgâhı üzerinde duran, etrafı buğulanmış ve içinde buz küpleri bulunan bardak bana hâlâ cazip geliyor olsa da ona elimi sürmüyorum. Yalnızca içkiye bakıyorum ve 180 mililitrelik o bardağın bir daha asla dışarı çıkamayacağım bir çukura düşmeme neden olacağını biliyorum.

Bu gece uzun bir süre bardağa baktım ve bardağın üzerinde silik bir yansımamı gördüm. Genellikle dans eden hayaletlerin geri kalanı da –Sarah, Rosemary, Tony, Chris Thomas– tıpkı bir sahnede yerlerini alan oyuncular gibi gösteriye katılırlar.

Acaba bu gece ziyaretime kim gelecek?

Bu gece kimi gördüm biliyor musunuz? Babamı. Onu benim yaşımdayken, yorgun ve bağımlılığı nedeniyle inişli çıkışlı bir hayat sürerken gördüm.

Ayağa kalktım, ceketimi giydim ve geceye karıştım.

Evime vardığımda, bir dilencinin yanından geçip ufacık daireme çıkan koridora yöneldim. Pencereleri asla açmam ve kapıyı açar açmaz, beni geçip giden anların sindiği o havasızlık karşılar. Ayakkabılarımı çıkarıp divana uzandım. Sonra çalan telefona cevap verdim.

Telefonun diğer ucunda yorgun bir ses, "Jon Nunn'la mı görüşüyorum?" diye sordu.

"Siz kimsiniz?" diye cevap verdim.

"Ben Hank Zacharius."

Zacharius'a saygı duyuyordum ama onu iyi tanımıyordum. "San Francisco Polis Teşkilatı'ndan yıllar önce ayrıldım; bu nedenle gecenin bu geç saatinde bir hikâye paylaşmak üzere arıyorsan, sana yardım edemem," dedim.

Zacharius, "Arama sebebim bu değil. Bak, seninle konuşmam gerek. Yardıma ihtiyacım var ve sanırım sana da yardım edebilirim," diye karşılık verdi.

"Sen sarhoş musun? Sesin bir garip geliyor da," dedim.

Zacharius, "Bir kavgada ağzım dağıldı, sebebi bu," diye cevap verdi.

"Ne oldu?"

"Seni gördüğümde anlatırım," dedi ve bana adresini verdi.

Kaybedecek hiçbir şeyim yoktu. Zacharius'la görüşmek idamı, Sarah'nın beni terk edişini ve tüm hatalarımı ve pişmanlıklarımı hatırladığım, bitmek bilmeyen bir gece geçirmekten daha iyiydi. Bir taksiye binip, Zacharius'un yıkık dökük ve köri kokan kiralık dairesine geldim.

Zacharius beni kapıda beklemiyordu ama kapı kilitli olmadığı için içeri girdim. Berjer bir koltukta öne eğilmiş bir şekilde oturuyordu. Yüzünde kesikler vardı ve gözleri şişmişti.

"Ne oldu sana?" diye sordum. Daha yakından bakınca burnunun kırıldığını ve sargılı olduğunu gördüm. "Sana bunu kim yaptı?"

Zacharius içkisinden bir yudum aldı. "Bilmiyorum.

Adamın yüzünde bir maske vardı," dedi.

"Bir soygun muydu?"

"Soyulmuş olsaydım seni aramazdım, doğrudan polise giderdim." Zacharius ağzından nefes alıyor ve içkisine uzanıp duruyordu.

Divana oturup, "Pekâlâ, Hank. Beni neden aradın?" diye sordum. Yıllardır kullanılmamış gibi duran gazlı şöminenin üzerinde Che Guevara'nın büyük baskı bir fotoğrafı asılıydı ve bunun altında da küçük bir Yunan Ortodoks haçı vardı. Zacharius düşüncelerini toparlamak için bir an durdu.

Nihayet, "Şu anma töreni için bir davet almıştım," dedi.

"Ve?" diye sordum.

Zacharius, "Rosemary'nin masum olduğunu biliyorsun," diye devam etti.

Zacharius benimle başka ne hakkında konuşmak isteyebilirdi ki? "Artık masum olduğundan son derece eminim," dedim.

"Artık mı? Bunu şimdi mi söylüyorsun, artık ona yardım edemezken? Neden benimle işbirliği yapmadın?" diye sordu Zacharius.

"Kanıtlar onu işaret ediyordu. Bu yüzden ifade vermeye çağrılmıştım ve ben de bunu yaptım. Bundan sonra her şey aynı doğrultuda ilerledi. Durdurmaya çalıştıysam da yapamadım. Hâlâ hatamın bedelini ödüyorum, Zacharius," diye cevap verdim.

Zacharius bir şey söylemedi.

"Peki, ne oldu sana?" diye sordum.

"Davalar hakkında bazı sorular sormaya başladım," dedi. Gülümsemeye çalıştı. "Chris Thomas ortadan kaybolduğu sıralar, McFall Müzesi'nde çalışan güvenlik görevlisini buldum. Adam bir zamanlar polismiş. Adı Artie Ruby," diye ekledi.

Ruby'nin adını duymuştum. Polis teşkilatından görevini kötüye kullandığı için atılmıştı, ama McFall Müzesi'nde çalışmış olduğunu bilmiyordum. Demek ki benim araştırmacı vasıflarım da bir yere kadar işe yarıyordu. "Yani McFall Müzesi güvenliği sağlamak için şaibeli bir eski polisi mi işe almış? O zamanlar sabıka kaydı sorgulaması yapmıyorlar mıymış?" diye sordum.

Zacharius başını salladı. "İnanılmaz, değil mi?"

"Peki bunu sana kim yaptı?"

"Bilmiyorum. Ruby ona sorduğum sorulardan memnun olmadı ve yaklaşık bir saat sonra evime doğru yürürken maskeli bir adam beni fena halde patakladı."

"Sence Ruby'nin bu işle bir ilgisi var mıydı?"

Zacharius, "Bilmiyorum," dedi. Koltukta arkasına yaslandı. "Biliyorsun, Chris'in her türlü bağlantısı vardı. Dedikodular doğruydu, bundan son derece eminim. Sorun ise şuydu: Chris bu adamlarla uğraşmaması gerektiğini hiçbir zaman anlamadı. Bu adamların, borcunu ödemek istemeyenlere karşı özel bir yaklaşımları var," diye ekledi.

"Peki Ruby'nin tüm bunlarla bağlantısı nedir?" diye sordum.

Zacharius, "Bunu ortaya çıkarmak senin görevin, Dedektif," diye cevap verdi.

İlk aklıma gelen, Artie'nin peşine düşerek bir kolunu ve birkaç kaburgasını kırmak oldu. Zorbalardan ve dolandırıcı polislerden nefret ederim ama bir şeyi yapmanın birden çok yolu vardı.

Haile'in otel odasına bir not bıraktıktan sonra arabayla Dunkin' Donuts'a gidip bekledim. Bir saat sonra ortaya çıktı. Haile son on yılda çok fazla değişmemişti fakat bakışları gençliğinde olduğundan bile daha alaycıydı. Bölmeye geçip oturdu.

"Ne istiyorsun?" diye sordu.

Gülümseyerek, "Tipik bir telekız," dedim. "O not için üzgünüm, ama kaldığın otel odasına yeniden sızmaktan daha iyi bir seçenekti. Nasılsın bakalım?" diye sordum.

Haile iç geçirerek, "Dünyanın yüzüstü bıraktığı gözden düşmüş bir eski polis tarafından şantaja uğramaktan yoruldum," dedi. "Kusura bakma ama bir donut yemeliyim. Bu ekşi kremalılar bir harika. Bir tane ister misin?" diye ekledi.

Cesaretine hayran kaldım. Birkaç dakika sonra bir bardak kahve ve bir donutla geri döndü.

"Ben dersimi çalıştım, Haile ve önceki gün yaptıkların yüzünden hapiste birkaç yıl geçirecek olursan, seni uzun süre içeride tutacak daha başka şeyler de buldum. New Mexico' daki posta dolandırıcılığı düzeneği, evlenmenizin üzerinden yalnızca bir ay geçtikten sonra kalp krizinden ölen Montana'daki şu yaşlı ve zengin kamyoncu, bir de Chris Thomas'la birlikte yürüttüğün çalıntı sanat eserlerine el koyma olayı var. Bu liste daha uzar gider," dedim.

Haile hapır hupur donutunu yemeye devam etti, sonra gülümseyerek, "Gerçi bunu kanıtlamakta bayağı zorlanacaksın," dedi.

"Belki kanıtlayamam, yine de hayatı senin için oldukça karmaşık bir hale getirebilirim," diye karşılık verdim ve hiçbir şey demediği için devam ettim. "Bazı bilgilere ihtiyacım var ve muhtemelen sen bu bilgileri benim için toplayabilecek tek insansın. Ne yazık ki bu, yaşlıca ve yağlı bir adamla yatmanı da gerektirecek..."

"Kokuşmuş yaşlının biriyle yatmam için bana *şantaj* yapmana gerek yok," dedi ve duraksadı. "Tabii ki standart tarifemi uygularım."

Masaya içinde 400 dolar bulunan bir zarf bırakarak, "Hazırlıklı geldim," dedim.

16

R. L. STINE

Kadın bar taburesinin üzerinde o kadar rahat oturuyordu ki, oraya ait gibiydi. Sanki orada *doğmuş* gibiydi.

Uzun kızıl saçlarını kapıdan girerken gördüm. Bardağını eline alırken omuzlarının kavisini gördüm. Buz küplerini tıkırdatmasını izledim. İçkisinden bir yudum aldı. Yüzündeki ifade değişmedi.

Beni barın arkasındaki aynadan izlediğini fark ettim.

Kendi kendime, *Artie bu işe bulaşma,* dedim. Hiç kimseye iyi davranacak ya da rol kesecek durumda değildim.

Peki, neden hâlâ oradaydım?

Zaten yaptıklarımı neden yapıyordum ki?

Her sabah uyandığımda dehşete kapılıyordum. Bilirsiniz işte. Göğsünüze soğuk bir taş gibi bir ağırlık çöker ve yastığı kafanızın üzerine koyup nefesiniz tükenene kadar çığlık atarsınız.

Veya belki de bu hissi bilmiyorsunuzdur.

Pekâlâ. Kadın onu izlediğimi gördü. Aynadan tepkisini ölçmeye çalıştım, ama neon ışıklı bira reklamı, yüzüne yanıp sönen mavi bir gölge düşürüyordu.

Yan taburedeki sarhoş, kadının koluna çarpmasına rağmen kadın içkisinin bir yudumunu bile dökmedi. Yeşil gözlerini adama çevirdi. Ona daha önce birkaç kez gördüğüm bir şekilde baktı. Adam hava birdenbire soğumuş gibi gömleğinin yakasını kaldırıp uzaklaştı.

İçimden, *daha çok yalan söylemenin vakti geldi,* diye geçirdim.

Güne bu şekilde yaklaşırım.

En sevdiğim film neydi? *The Grifters.**

Ağzımda yarısını içtiğim sigaramla bara ve neon ışığa doğru yürürken neden bunu düşündüğümden emin değilim.

"Selam. Burası dolu mu?" diye sordum.

Kadın bana döndüğünde bakışları soğuktu. Yakalı bir şey giymiş olsaydım yukarı kaldırırdım ama üzerimde siyah bir boğazlı kazak vardı. Bu artık benim için bir tür üniforma haline gelmişti.

Kadın, "Elinden gelenin en iyisi bu mu?" diye cevap verdi ama arkasını dönmedi. Sesi sigara içen biri gibi derinden ve gırtlaktan geliyordu.

"Ben işi ağırdan alırım ama iyi bitiririm," dedim.

Kadın gözkapaklarını indirip yarım ağızla gülümsedi.

Üzerinde son moda ve şık bir takım vardı. Lacivert ve üzerinde ince çizgiler olan türden. Eteğinin altından bacak

---

** 1990 yapımı, Türkçeye "Dolandırıcılar" olarak çevrilen Amerikan filmi. (ç. n.)*

bacak üstüne attığı görülüyordu. Aynadan, vücudunu sergilemek için beyaz gömleğinin birkaç düğmesini açtığını gördüm.

Bu manzara bana coşku verdi.

Bardağını tezgâhın üzerine koydu. Bardakta kırmızı-kahve tonunda bir dudak izi vardı.

Onu incelerken gülümseyeme çalıştım. Veronica Lake'e mi benziyordu, yoksa Nicole Kidman'a mı? Görüntüsü ve hareketleri onları andırıyordu ama eksik olan bir şeyler vardı.

Belki de *herkes* için böyle düşünüyorum. Bu da benim sorunum, değil mi?

Kadının yanındaki tabureye iliştim. Bir yanı tanıdık geliyordu, ama belki de bunu tanıştığım her kadın için düşünüyorum. Kim bilir? Boş bardağını işaret ederek, "Bir tane daha ısmarlamamı ister misin?" diye sordum.

Yeşil gözlerini bana çevirdi. Acaba bu, *harekete geç,* anlamına mı geliyordu?

Buz küplerini tıngırdatarak, "Beni ikna ettin," dedi.

"Evet, işte ben buyum. Kelimelerle aram iyidir," diye cevap verdim.

Sonra kendi kendime, *bu kadar acıklı konuşma,* dedim.

Bardaki on iki yaşındaymış gibi gösteren sarışına el salladım.

Kadın yine yarım ağız gülümseyerek, "Başka nelerle aran iyi?" diye sordu.

Bunun üzerinde yalnızca güldüm. Bu bana garip bir soru gibi gelmişti. Uzun süredir gülmediğimi tahmin edersiniz.

Ve böylece birkaç kadeh içki içtik. Belki birkaç kadehten biraz daha fazla. Ben de bir *Jameson** tutkunuyum. Belki de zarif olan tek yanım bu.

Orada birkaç saat geçirdik. Acaba aklımda ne vardı? Belki de yanımda hesabı ödemeye yetecek kadar para olmadığını ya da erkekler tuvaletine gitmek üzere izin isteyip arka kapından sıvışmayı düşünüyordum.

Bu yüzden kadın bana doğru yaslanıp yüzünü kulağıma dayadığında ne kadar şaşırdığımı tahmin edersiniz. Portakal ve çiçek karışımı gibi kokuyordu. "Evine gidebilir miyiz?" diye sordu.

Bir an için kıpırdamadım. Bunu beklemiyordum. Çoğu kadın beceriksizin teki olduğumu hemen anlar.

Gözlerimi kısarak ona baktım ve profesyonel bir fahişe olup olmadığını anlamaya çalıştım.

Kadın titreyerek, "Cumartesi akşamı haftanın en yapayalnız akşamı, öyle değil mi?" dedi.

"Ama bugün cuma," diye cevap verdim.

Dudaklarını boynumda gezdirerek, "Cumartesi olduğunu farz edelim," dedi.

Buna ihtiyacım yok, diye düşünüyordum ama ben zayıf iradeli bir adamım. Fıstığın biri yüzünü benimkine dayadığında, bütün o yumuşak parfüm kokularına ve fısıltılara karşı ne yapabilirdim ki? Hayır mı deseydim?

Sonra Brannan Caddesi'ne çıkıp bir taksi tuttuk.

Daireme giden merdivenleri çıkarken, kafamda içimi ısıtan ve kayıtsız bir hale getiren hoş bir uğultu vardı.

---

* *Bir İrlanda viskisi. (ç. n.)*

İçeri girince ardımızdan kapıyı kapattım, masa lambasını yaktım ve ceketini almak için uzandım. Kadın etrafa baktı. Hâlâ girişteki gölgelerin arasında duruyordu, ama gülümsemediğini görebiliyordum ve aklından geçenleri biliyordum. *Ne kadar pespaye bir yer,* diye düşünüyor olmalıydı.

"Artie, Embarcadero'da bir dairen olduğunu söylemiştin," dedi.

Sağ elimi kaldırarak, "Bu yalan değil, yenileniyor," diye cevap verdim.

"Sen de Mission'daki bu asansörsüz çöplüğü mü tuttun? Bana oldukça yıpranmış gibi geldi," dedi.

Kendimi gülmek için zorladım. "Buraya gayrimenkullerden bahsetmek için mi geldik?"

Kafamı boşaltmaya çalıştım. Bu işin gidişatı hoşuma gitmemişti. O içkileri içmemeliydim. Sağlıklı düşünemiyordum. Birkaç adım geriledim. Anlarsınız ya, durumu değerlendirmek için.

Kadın ceketini çıkardı ve düzgünce katlayıp yırtık pırtık koltuğun arkasına koydu. "Adın gerçekten Artie mi?" diye sordu. Gümüş bilezikleri birbirine çarptı. Kolunda yaklaşık altı-yedi tane vardı. İki yandaki ellerini açıp kapatıyordu.

"Evet, adım Artie. Ehliyetimi göstermemi ister misin?" diye cevap verdim.

Kadın gerçekten, "Evet," dedi.

Ben de ona ehliyetimi gösterdim.

Ehliyetimi sanki bunun üzerine bir sınava girecekmiş gibi inceleyerek, "Arthur Ruby. Kulağa hoş geliyor," dedi.

Bense omuz silktim.

Kadın tekrar titredi; sanırım bu sefer nedeni soğuk değildi. Bir adım yaklaşıp bana sokuldu.

İşte bu biraz daha iyi, diye düşündüm. Onu kollarımla sardım. Elimi kaldırıp göğüs uçlarına götürünce içini çekti. Ve sonra hiç soru sormamaya başladı!

Bu biraz garip bir durumdu çünkü kendimi istemediğim halde bazı cevaplar verirken duydum ama duramadım. Oda dönüp duruyordu.

Sonra yatağa girip sevişmeye başladık. Kadın bütün bu süre boyunca beni sorgulamayı sürdürdü ve lanet olası oda dönmeye devam etti.

Peki seks nasıldı? Sanırım kötü değildi. Bir yabancıyla seks yapmak her zaman güzeldir, değil mi? Pekâlâ, belki de dikkatim biraz ya da epeyce dağılmış olabilir, ama kafam yerinde değildi. Yine de kadının bunu fark etmediğinden oldukça eminim.

Başıma güzel bir şey gelmeyeli o kadar uzun bir süre olmuştu ki, şansımın yaver gitmesi ve önüme bir fırsat çıkması için ne yapmam gerektiğini düşünüp duruyordum.

Sonra tek hatırladığım, kadının giyindiği, saçını arkaya doğru attığı ve ceketini giydiğiydi. Ben de ayağa kalkmış, titrek bir şekilde kapıyı açmaya ve bir-iki nazik veda sözcüğü söylemeye hazırlanıyordum. "Seni yarın ararım," gibi bir şeyler.

Ancak sonra kadının yüzü değişti ve peşimden kapıya gelmedi. Kollarını kavuşturdu. Loş ışıkta bile yüzünün kızardığını görebiliyordum. Çenesindeki bir gölge miydi, yoksa bir ruj lekesi miydi?

Elini uzattı ve yavaşça, "Bileziği geri istiyorum," dedi.

Birkaç kez göz kırptım. "Bilezik mi?"

Kolundaki bilezikleri salladı. Sanki bana bir bileziğin ne olduğunu gösterir gibi. "Kolumda altı tane vardı. Soyununca onları yatağın yanındaki komodinin üzerine koydum. Sayı saymayı bilmediğimi mi sandın?"

Omuz silktim ve alnımı kırıştırıp masum numarası yaptım. Neden bahsettiğini anlamıyormuş gibi davrandım.

"Bileziği yataktayken mi sakladın? Ver şunu bana," dedi ve o soğuk, yeşil gözlerini bana dikti.

Gözlerimi kısarak ona baktım. "Bir hırsız olduğumu mu düşünüyorsun?"

Sonra yine o duyguya kapıldım; göğsüme keskin bir ağrı saplandı ve boğazıma bir yumru oturdu. İlk kez böyle hissettiğimde, kalp krizi geçirdiğimi sanmıştım. Sonradan ne olduğunu anladım. Ayrıca bununla başa çıkmam gerektiğini de biliyordum.

"O, lanet olası bir Cartier. Antika bir Cartier bilezik. Onu geri almadan gitmiyorum," diye ısrar etti.

"Sen delirmişsin. Bende bilezik falan yok," dedim. Kalbim birazcık hopladı. Bileziği soktuğum o yerde, çarşafla yatağın iskeleti arasındaki boşlukta hayal ettim.

"Kes şu saçmalığı," dedi ve kötü bir aktris gibi iç geçirdi. "Polisi aramayacağımı mı sanıyorsun?"

Arayacağını sanmıyordum ama kızgın bir şekilde, "Polis mi?" diye haykırdım. Göğsümdeki ağrı daha da keskinleşti ve kalp atışlarımın hızlandığını hissettim. "Ben hırsız değilim."

İki adım atarak çabucak yanıma geldi. Ellerini iki yanda sıkıca yumruk yapmıştı. "Bence öylesin. Bileziği bana ver. Ver şunu bana, seni *hırsız*," dedi.

Yüzüne bir tokat attığımda ses çıkarmadı. Yalnızca gözlerini kırptı ve çenesini açıp kapadı.

Elimin tersiyle teninin ne kadar yumuşak ve ılık olduğunu hissedince şaşırmıştım.

Tekrar nefes almaya başladığım o anda yaptığımdan pişmanlık duydum. Elim acıdan sızlıyordu ama bundan daha kötüsü, her şeyi berbat etmiş olmamdı.

Kadın yanağını ovuşturdu ve yeşil gözlerini suçlarcasına bana dikti. Hâlâ tek bir ses çıkarmamıştı.

Kafamda o tokadı duyuyordum.

"Üzgünüm. Bunu yapmak istememiştim. Gerçekten, yalan söylemiyorum," dedim.

"Sen deli misin, lanet olası?"

"Bak ne diyeceğim. Sana bileziğini geri vereceğim ve her şey bitecek. Herkes mutlu olacak. Sorun yok, değil mi?"

Bileziği sakladığım yerden çekip çıkarırken elim titriyordu. Bileziği ona geri verdim.

Kadın avucundaki bileziğe bakakaldı. Yalnızca orada durup, bileziği aval aval inceledi. Onu bir daha göreceğini sanmıyor gibiydi.

"Darılmak yok," dedim.

Bundan daha aptalca bir şey söyleyemezdim, diye düşündüm.

Kadın bana son bir kez daha baktı. Saçlarını alnından geriye doğru itti. Ceketine sımsıkı sarındı ve çıkıp gitti.

Güçlükle nefes alıyordum, biraz da hırıldıyordum. Sanki kadının dönmesini beklermiş gibi kapıya baktım.

Yumruğumu ovaladım.

İşte kendimi böyle kaybediyordum. Bunun için yalnızca bir saniye yetiyordu. Her şeyi yüzüme gözüme bulaştırmıştım. Kadına kızgın olmadığımı biliyordum.

Aslında gerçekten kime kızgın olduğumu biliyordum. On yıldır göğsümde hissettiğim şey de kızgınlıktı. Christopher Thomas'ı aklımdan çıkaramıyorum. Buz gibi dehşet hissi her sabah benimle birlikte.

Ben yardım ederek işimi yaptım ve bana adilane bir ödeme yapılmasını bekledim. Belki de saflık ettim, ama o adamların dedikleri gibi parayı herkese dağıtacaklarını sandım.

Doğal olarak, dağıtmadılar. Yeteri kadarını değil.

Ben ne zaman doğmuştum? Dün mü? Ve şimdi de, on iki yıl sonra, yatağımdaki bir kadının bileziğini çalmıştım. Bir insan daha ne kadar alçalabilir ki? İnsanın bu kadar çaresiz durumda olduğunu görmesi bir adamı kızdırabilir.

Bu yüzden, artık bu konu hakkında bir şeyler yapacağım. Orada dikilip, çürümüş parmak eklemlerine bakarken böyle karar verdim. Bana ait olanı almaya karar verdim.

Sonra kendimi tekrar güçsüz hissettim ve bayılacak gibi oldum. O kaltağın içkime bir sakinleştirici koyduğunu anladım. *Tanrım*. Ben de bir zamanlar bir-iki kıza sakinleştirici vermiştim; bu yüzden bunu hak etmiş sayılırdım ama lanet olsun, bunu neden yapmıştı ki?

Sonra bana sorduğu bütün o soruları hatırladım ama verdiğim tek bir yanıtı bile anımsayamıyordum. *Kahretsin*, diye düşündüm.

Ona ne söyledim? O kadına ne haltlar söyledim?

17

MARCIA TALLEY

Sarah Ballard yastığını kabarttı ve başucundaki komodinin üzerindeki saate bakıp, dijital göstergede dakikaların sessizce geçip gitmesini izlerken, önceki akşamın olaylarını tekrar yaşadı. Yatağın kocasına ait olan tarafının boş olduğunu öğrenmek için yana dönmesi gerekmiyordu. Saat sabah sekiz yirmi üçü gösteriyordu. Stan dünkü kavganın ardından kendisini terk ettikten sonra eve dönmüş olsaydı, salondaki televizyonda CNN kanalının sesi sonuna kadar açık olurdu ve burnuna taze kahve kokusu gelirdi, ama ev sessizdi. Rosemary Thomas'ın hayaleti bir evliliği daha yıkıyordu.

Ama Sarah kimi kandırıyordu ki? Stan'le evliliği bir süredir sallantıdaydı. Onlar sıra dışı bir çiftti. Stan gelecek vaat eden bir gayrimenkul avukatıydı; Sarah ise bir polisin karısıydı. Nasıl bir araya geldiklerini düşündü. Onları yakınlaştıran tabii ki davaydı. Sarah'nın Jon'u takip etmeye zorladığı dava; hem de Jon ona delillerin çarpıtıldığına dair bir önsezisi olduğunu söylemesine rağmen. Dava birçok kişinin hayatını mahvetmiş, ama Stan ile kendisini bir araya getirmişti. Stan hayatına kırılgan olduğu bir dönemde girmişti ve Jon kendini dağıtırken, Stan onu aşka ve ilgiye boğmuştu. Stan hırslı ve heyecan vericiydi. Jon ise her zaman biraz hayalperest biri olmuştu ama şimdi, Sarah kendisini Stan'e yaklaştıran bu özelliklerin, katıksız bir bencillik örneğinden başka bir şey olmadığını düşünmeye başlamıştı.

Yataktan çıktı. Eğer Stan, Rosemary'nin anma törenine gitmek istemiyorsa, kendisi gidecekti. Bunu kendine, Jon'a, Rosemary Thomas'ın idam edildiği gün kaybettiği önceki yaşamına borçluydu.

Öğlen olmuştu. Jon Nunn genellikle bu saatlerde kalkardı, sabahın kasvetine dayanamıyordu. Yataktan çıkıp doğruca mutfağa, kahve makinesine doğru yöneldi.

Kapı zili çaldı. Jon esneyerek yürüdü ve kapıyı açtı. Eski karısı Sarah eşikte duruyordu. Ayağındaki şık topuklu ayakkabılarıyla, üzerinde GİDİN BURADAN yazan paspasın üzerinde dikiliyordu. Evlendikleri günkü kadar güzel görünüyordu. Jon her şeyi mahvetmeden önce olduğu gibi. Bununla birlikte, gözlerinin etrafındaki şişliğe bakınca Sarah' nın ağladığını anladı.

Jon uykulu gözlerini ovaladı. Ellerini gözlerinden çektiğinde Sarah'nın ortadan kaybolacağından neredeyse emindi ama Sarah hâlâ oradaydı ve mahcup bir şekilde gülümseyerek, "İçeri girebilir miyim?" diye sordu.

Jon omuz silkip ona yol vermek için kenara çekildi. Sarah salona girdiğinde kendini birdenbire utanç verici derecede kılıksız ve ezik hissetti. "Kahve ister misin? Ben de tam kendim için yapmak üzereydim," dedi.

Sarah elindeki torbayı kahverengi, ipe benzer saplarında tuttu ve kaldırarak, "Kahve getirdim zaten. Üç şekerli içiyordun, değil mi?" diye sordu.

Demek hatırlamıştı.

Jon kahveyi alıp ona teşekkür etti ve iki kişilik divanı işaret ederken önceki akşam kirli çamaşırlarını oradan aldığı için memnun oldu. "Seni gördüğüm için mutlu olmadığımı söyleyemem, fakat neden buradasın?"

Kahvesinden bir yudum alıp, Sarah'nın cevabını bekledi.

"Bir davet nedeniyle."

Jon şaşkınlıkla tek kaşını kaldırdı. "Sen de mi bir davetiye aldın?"

"Aslında davetli olan ben değilim, Stan'di."

Jon kendi kendine Ballard'ın ne düşündüğü veya ne dediğini umursamadığını söylese de, "Peki Ballard buna ne diyor?" diye sordu.

Sarah omuz silkti. "Bu anma törenine katılma konusunda aynı görüşte değiliz. Stan çok meşgul olduğumuzu ve çiçek göndermemiz gerektiğini söylüyor," dedikten sonra durdu ve yere bakarak, "Ama o masumdu, biliyorsun," diye ekledi.

Jon yüksek sesle güldü. "Bu çok ironik. Bu konuyla ilgili bir saplantım olduğunu, lanet olası evrak çantam ve 4,5 litrelik bir şişe *Jim Beam*'le birlikte korunaklı bir odaya kapatılmam gerektiğini söylememiş miydin?"

Sarah sessizce, "Ne dediğimi biliyorum ama bunun hakkında düşünecek çok zamanım oldu," diye cevap verdi.

"Öyle mi?"

"Evet."

Uzunca bir süre öylece durup birbirlerine baktılar. Nunn ne söylemesi ya da yapması gerektiğinden emin değildi.

Sarah, "Tony Olsen'ın gönderdiği davetiye geldiğinden beri, bu konu hakkında daha da fazla düşünür oldum..." diye devam etti.

Nunn'ın yüzünde bir şaşkınlık ifadesi belirdi.

"Şey, davetiye Stan'e gönderilmişti ve gitmek istememesi umurumda değil. Ben de oraya seninle birlikte gitmeyi umuyordum," dedi.

Uzun süren başka bir sessizliğin ardından, Jon uzun zamandır yapmayı düşündüğü bir şeyi yaptı. Eski karısını kollarına alarak onu kendine çekti.

Sarah ise elini Jon'un göğsüne bastırdı. "Hayır, Jon. Buraya bunun için gelmedim."

Nunn hiçbir şey söylemedi. Yalnızca kollarını aşağı indirip uzaklaştı.

Sonra yakınlarda, taş fırında pişen pizzaların düzgün beyaz masa örtülerinin üzerinde servis edildiği, tavandan bakır kapların ve yelkenlilerin sallandığı bir kafede akşam yemeği yediler. Eski günlerdeki gibi konuşup güldüler. Bu sefer, Jon' un işleri yoluna koymak için kafayı çekmesi gerekmedi.

Saat on bire geldiğinde yatmışlardı. Tabii ki ayrı yataklarda. Sarah çift kişilik yatağa kıvrılmış, saçları yastığın üzerine yayılmış, mavili makyajı gözaltlarına akmıştı. Arkasına destek için bir yastık dayamış ve yorganı çenesinin altına sıkıştırmıştı. Nunn televizyon kumandasını alarak divanda yatmış ve Leno'nun* ortasında uyuyakalmıştı.

Saat sabahın yedisi olmuştu ama Sarah yerinden bile kıpırdamamıştı. Nunn kalktı ve evrak çantasını kapıp banyonun kapısını kilitledi. Klozete oturduğunda evrak çantasını dizlerinin üzerine koydu. Çantanın mandallarını sessizce açarak, içindekileri karıştırmaya başladı. Bunlar artık Nunn'a, her sabah kendini aynada incelerken gördüğü derinleşen çizgiler kadar tanıdık geliyordu.

Zaman içinde sararmış bir gazete kupüründe, Rosemary'nin Meksika seyahati detaylı olarak anlatılıyor, arkadaşlarına Chris'in asla eve dönmeyeceğini bildiğini söylediğini yazıyordu. Nunn, n*e kadar saçma bir şey söylemiş,* diye düşündü. Rosemary tıpkı yapacaklarını meslektaşlarına tamı tamına anlattıktan sonra, kocasını kas gevşetici bir kimyasalla –hem de Sevgililer Günü'nde– öldüren Maryland'deki o deli hemşire gibi davranmıştı.

Thomaslar'ın çocukları Leila ve Ben'in makaleye eşlik

** Amerikalı komedyen Jay Leno'nun sunduğu söyleşi programı. (ç. n.)*

eden siyah-beyaz fotoğraflarını inceledi. İkisi de anneleri gibi kahverengi saçlara ve sorgulayan gözlere sahiplerdi ama Rosemary'nin saçları uzundu, Leila'nın saçlarıysa neredeyse ağabeyininkiler kadar kısa ve kıvırcıktı. Nunn çocukların annelerinin anma törenine gelip gelmeyeceklerini merak etti.

Nunn makaleyi olay yeri fotoğrafları ve davanın yazılı bir metni karşılığında takas etmişti. Davada iki saati aşkın bir süre boyunca ifade vermiş ve Rosemary'nin dolabının arkasında bulduğu delillerden –üzerinde Christopher'ın kan lekelerinin olduğu bluzdan, demir giyotinin içinde bulunan eksik düğmeden, Christopher'ın yumruğunun içinde bulunan ve Rosemary'ye ait olduğu tespit edilen bir tutam saçtan– bahsetmişti.

Lanet olsun, diye düşündü.

Vanity Fair dergisinin bir sayısını koruma kılıfından çıkardı. Bu nüshayı on yılı aşkın bir süredir saklıyordu. İçinde, Kaliforniya'da bulunan Kadınlar için Valley Eyalet Hapishanesi'ndeki bir idam mahkûmuyla infazdan önce yapılan röportaj vardı.

Sayfaları çevirip Rosemary'nin turuncu bir tulum ve beyaz spor ayakkabılar giydiği bir fotoğrafa baktı. Makaleyi tarayıp birkaç satır okudu. Rosemary dünyaya hikâyesini anlatmıştı: Christopher'ın boşanmak istediğini söylediğini, müzede kavga ettiklerini, oradan bir hışım çıkarken kendini ne kadar üzgün ve çaresiz hissettiğini, ama kocasını *öldürmediğini* söylemişti.

Muhabir, "Peki, kocanız bir zampara mıydı?" diye sormuştu.

Her zaman ağırbaşlı biri olan Rosemary ise bu soruya cevap vermeyi reddetmişti.

"O halde kocanızın cesedi nasıl oldu da McFall Müzesi'ne ödünç verilen demir giyotinin içinde bulundu?" diye sormuştu muhabir.

Rosemary hiçbir fikrinin olmadığını iddia etmişti.

Muhabir, "Fakat bütün deliller sizin aleyhinizde," demişti.

Kaliforniya eyaletinde zehirli iğneyle infaz yöntemiyle ölüme mahkûm edilen birkaç kadından biri olan Rosemary, bir kez daha kendisinden bir itiraf duymayı bekleyen dünyaya istedikleri cevabı vermemişti.

Nunn gözlerini kapadı ve başını banyonun serin fayanslarına dayadı. Dergiyi gazete bayiinde gördüğü o anı hatırladı. Vakit ayırıp da makaleyi okuduğunda, Rosemary öleli iki gün olmuştu.

Her şeyi düzenli bir şekilde kaldırıp çantayı kapattı. Yüzünü yıkayıp traş oldu, üzerine önceki gün giydiği gömlekle pantolonu geçirdi. Sonra nazik bir biçimde Sarah'nın omzunu dürttü.

"Saat dokuz oldu. Kalkmayı düşünüyor musun?"

Sarah homurdanıp yorganı başının üzerine çekti. "Git başımdan."

Nunn gülümsedi. Birdenbire tekrar yıllardır evli olan bir çift gibi olduklarını hissetti. "Ben caddenin karşısındaki kafeye kahvaltı etmeye gidiyorum. Bana katılmak ister misin?"

Sarah yorganı salladı.

"Bunu hayır olarak kabul ediyorum," dedi Nunn.

Sarah yorganın altından, "Birazdan aşağı inerim," diye cevap verdi.

Nunn bir süre Sarah'ya bakıp, hissettiğinin ne olduğuna karar vermeye çalıştı. Sanki ikinci sınıf bir filmin içindeydi. Güzel eski karısı bu kadar önemli bir etkinlikte ona şimdiki kocasının değil, Nunn'ın eşlik etmesini istiyordu. Buna rağmen, kalbinde hissettiği ağrı fazlasıyla gerçekti ve hiçbir senaryoya ait olamazdı.

Nunn elinde bir bardak İtalyan kahvesi ve *USA Today* gazetesiyle birlikte bir sandalyelerden birine yerleşti. Yaşam bölümüne göz attıktan sonra spor sayfasına geçtiyse de konsantre olamadı.

Acaba Sarah gerçekten ne istiyordu? Ballard'la olan evliliği yıkılmak üzere miydi?

Önceki gece Sarah nihayet ortaya çıktığında, Nunn onu bir gece önce gözünde canlandırıp, Rio ya da Bali gibi egzotik bir yere kaçırdığını hayal ediyordu. Sarah tazelenmiş ve pırıl pırıl görünüyordu. Duş aldığı için saçı hâlâ ıslaktı. Bir elini Nunn'ın omzuna koydu.

"Ben alışverişe gidiyorum," dedi.

Nunn, "Ne için?" diye sordu.

Sarah dik durdu ve kollarını iki yana açarak, "Herhalde anma töreninde *bunu* giyemem, öyle değil mi?" dedi.

Nunn'a göre Sarah muhteşem görünüyordu. Kusursuz

vücuduna beyaz, açık yuvarlak yakalı bir kazak ve dar bir kot pantolon geçirmişti. Jon tek kaşını kaldırarak, "Sanırım olmaz," dedi ve karşısındaki sandalyeyi işaret ederek, "Kahve ister misin?" diye sordu.

Sarah elini olumsuz anlamda sallayarak, "Hayır, teşekkürler. Gitmem gerek," dedi. Yüzünde fikrini değiştirdiğini belirten nazik bir ifade vardı. El sallayıp oradan uzaklaştı.

Nunn onu caddenin sonunda kaybolana kadar izledi.

İkinci kahvesini içtikten sonra kafeden çıktı ve Kuzey Noktası boyunca yürüyüp Embarcadero'ya giderek 39 numaralı iskele yakınındaki Grant civarında dolaştı. Günün o saati için etrafın oldukça sessiz olduğunu düşündü ve sanki takip ediliyormuş gibi, ensesi karıncalandı. Arkasını dönünce bir şey gördüğünü düşündü, fakat sonra ortalıkta kimseyi göremedi ve yürümeye devam etti.

Birkaç sokak ötede yine aynı hisse kapıldı. Bu sefer arkasını döndüğü sırada, bir adamın gölgesini gördüğünden emindi. Koşarak gölgenin peşine düştü ama köşeyi döndüğünde pasajın boş olduğunu gördü.

Nunn, *yeter*, diye düşünerek dairesine dönmek üzere yola koyuldu. Anma töreninden önceki o gece, hâlâ davayla ilgili bazı taşları yerine oturtması gerekiyordu.

Adam arabayı çalıştırıp eski eşi takip ediyor.

Kadın bir mağazaya girince adam park edip, kestirmeden giderek karşıya geçiyor. Kadın parfümleri, makyaj malzemeleri, erkek iç çamaşırı ve traş losyonu bölümlerini geçiyor. Yalnızca birkaç metre ötedeki eski eşi göz hapsinde tutuyor. Aralarında sadece birkaç müşteri var ve çoğu da kadın. Saat henüz erken olduğundan içerisi boş sayılır; bu yüzden dikkatli olması gerekiyor.

Satış görevlisi kadın, adamın üzerine bir parfüm sıkınca, adam kokunun çürük portakala benzediğini düşünüp parfüm şişesine vuruyor ve şişe neredeyse kadının elinden düşüyor. Kadın, adamın metal çerçeveli pilot gözlüklerinin ardındaki ifadeyi görünce mırıldanarak özür diliyor ve uzaklaşıyor.

Adam, *lanet olsun, nerede bu kadın?* diye düşünüyor. Yoksa onu gözden mi kaçırdı? Sağına ve soluna bakıyor.

İşte orada.

Artık aralarında yarım kat var.

Eski eş, elbise bölümüne göz atarken, adam da üzerinde kaşmir kazakların bulunduğu bir tezgâha doğru yöneliyor. Başı eğik bir halde, sanki bir tene dokunur gibi yumuşak yüne dokunup okşuyor.

Eski eş kolunda üç ya da dört elbiseyle birlikte soyunma kabinine girip gözden kayboluyor. Adam bir saniye bekliyor, etrafını kolaçan ediyor ve kimsenin bakmadığından emin olduktan sonra, başka bir kabine dalıyor.

Kabinin altından kadının bacaklarına bakıyor. Soyunma bölümündeki tek kişinin eski eşi olduğunu anlıyor.

Kadının karşısındaki bir kabinde dikilip, kapısı kapalı olarak bekliyor. Elbiselerden kısa ve ipekli olanı deneyen kadının dışarı çıkıp aynanın önünde dönüşünü izliyor ve kadın kabine geri dönmeye yeltenene dek nefesini tutuyor. Sonra dışarı fırlayıp kadını kabinin içine itiyor ve kapıyı kilitliyor. Bir eliyle ağzını kapatıp, diğer eliyle de belini kavrayınca kadının nefesi kesiliyor. Kadının kulağına, "Sakın ses çıkarma, yoksa seni öldürürüm," diye fısıldıyor.

Kadının genzinden, ne çığlığa ne de güçlükle soluk almaya benzeyen, kısık kısık havlayan bir yavru köpek sesini andıran tiz bir ses çıkıyor.

Adam, "Elbiseyi beğenmedin mi?" diye soruyor.

Elini ipekli kumaşın altına sokup elbisenin askılarını kadının omuzlarından aşağı indiriyor ve elbise bileklerinde toparlanana ve kadın külotuyla kalana kadar sıyırmaya devam ediyor. Kadını daha da sıkı kavrayıp vücudunun gerildiğini hissediyor. Nefes alır gibi, son derece kısık bir sesle fısıldayarak, "Ona, Rosemary Thomas'ın anma töreninden uzak durmasını söyle," diyor.

Eski eş hiçbir şey söylemiyor, sadece titriyor.

Adam, "Beni duydun mu?" diye soruyor. Dudakları kadının kulaklarına sürtünüyor.

Kadın, adam eliyle hâlâ sıkı bir şekilde ağzını kapatıyor olsa da birkaç kez başını sallıyor.

"Söyle ona. *Hayatın* buna bağlı. Bunu anlıyor musun?" diyor adam. Kadın, adamın nefesini kulağında hissedince daha da ürperiyor.

Kadın anladığını belirten bir şekilde başını sallıyor.

Adam, "Eski polise durmasını söyleyeceksin, değil mi?" diye soruyor.

Kadının ağzının ve çenesinin üzerindeki elini hafifçe gevşeterek, "Evet dediğini duymam gerek," diye ekliyor.

Kadın, "Evet," diyor.

"Güzel," diyor adam. Eliyle kadının boğazını sıkıyor. Kadın, adamın nefesinin kokusunu alıyor ve boynuna değen sakallarını hissediyor. Bir kez yüzüne bakmak için başını çevirmeye çalışıyor, fakat kıpırdayamıyor. Adam, "Ona söyleyeceksin," diye tekrarlıyor.

Eski eş tam o sırada başka kadınların seslerini duyuyor, tam seslenmek üzereyken adam onu yere itiyor ve koşarak kabinden dışarı fırlıyor. Kadınların çığlıkları arasında, alışveriş yapanların ve elbise askılarının yanlarından geçiyor. Merdivenlerdeki insanları iterek ilerliyor, makyaj ve parfüm reyonlarının çevresinden dolanıp dışarı çıkıyor. Sıcak ve nemli hava yüzüne çarpıyor ve bir kez bile ardına bakmadan yürümeye devam ediyor. Ancak Embarcadero boyunca araba kullanırken, tekrar normal bir şekilde nefes almaya başlıyor.

18

THOMAS COOK

Aşk sarhoşu zamparanın biri, bir keresinde saçlarını "alevden bir perdeye" benzetmişti. Haile o zamanlar bu tabiri sevmişti ve şimdi de aynada kendisine bakarken o kadar uygun olduğunu düşünüyordu ki, saç fırçasından kıvılcımlar çıkmasını bekliyordu. Güzelliği dikkat çekiyordu ve bu ilgi çoğu zaman hoşuna gidiyordu fakat bu gece değil. Bu gece, McFall Müzesi'ne geldiğinde hiçbir gözün kendisine çevrilmemesini tercih ediyordu. Bunun yerine, kırmızı bayrağı dalgalanan küçük bir hayalet gemi gibi, neredeyse görünmez bir şekilde odadan odaya süzülmek istiyordu. Bu gece bir avcı olması gerekiyordu ve kendini göstermezse daha iyi ve güvende olacaktı. Tıpkı takıp takıştırmış, her yerinden elmaslar ve inciler sarkan, gevşek boyunlu, kâfur yağı ve Chanel No. 5 karışımı kokan yaşlı bir dul gibi. Bir anlığına ve saçma bir şekilde kılık değiştirmeyi bile düşünmüştü ama sonra bu fikirden vazgeçti, çünkü davetlilerin küçük bir topluluktan oluşacağını biliyordu ve bu etkinliğe davetsiz gitmesi mümkün değildi. Zaten kim on yıl önce ölmüş bir kadının anma törenine davetsiz bir şekilde girmek isterdi ki? Hayır, oraya kendi kimliğiyle, alev gibi yanan saçlarıyla, Haile Patchett olarak gitmeliydi.

Fakat McFall Müzesi'ne gidince ne olacaktı ki? Haile seçeneklerini ve yöntemi gözden geçirdi. İnsanların arasına karışması, herkesle aynı sebepten ötürü, zavallı merhum Rosemary'yi anmak için oradaymış gibi davranması gerekecekti. Rosemary'nin ne kadar muhteşem, zeki, akıllı biri olduğu hakkındaki hikâyeleri dinlemek zorunda kalacaktı. Tabii tüm bunlar da hazin sonunu çok daha trajik bir hale getirmişti. Haile durumun ne kadar trajik olduğunu hayal edebiliyordu; isimsiz insanlar bir sedyeye bağlı olan Rosemary'ye iğneler batırıyorlardı, birisi alçak ve kederli bir ses tonuyla idam hükmünü okuyordu. Haile; Rosemary'nin idamını, birinin bunu şüphesiz dile getireceğini ve orada dikilip bunları dinlemek zorunda kalacağını düşününce korkudan sindi.

Fakat belli bir noktadan sonra oradan uzaklaşacaktı ve şansı yaver giderse, odadan odaya yürümesini kimse özellikle sıra dışı bulmayacaktı. Başıboş dolaşırken arada bir durup kendisine engel olan insanlara ilgi gösterir gibi yapacak, fakat bir süre sonra yanlarından sıvışacaktı. Tam da bu anlarda, geri adım attığında gözleriyle odayı aramaya devam edebilirdi.

Haile kısaca Artie Ruby'den aldığı istihbaratı düşündü.

Nunn denen o çılgın polis, Chris'in cinayeti hakkında bir şeyleri açığa çıkarmayı umarak, Ruby'yle yatması için kendisine şantaj yapmıştı. Ancak Ruby bunun yerine, Haile'e yararı dokunacak bir bilgi vermişti. Anlaşılan Haile, Christopher Thomas'ın çalıntı sanat eseri işine bulaşan tek âşığı değildi. McFall Sanat Müzesi'nin saygıdeğer küratörlerinden Justine Olegard da onlardan biriydi. Haile, Justine'in bu kârlı ek işi Christopher öldürüldükten sonra da sürdürdüğüne bahse girebilirdi. Etrafı biraz kolaçan etmesi gerekecekti ama Haile, Justine'in ofisinde ona zarar verecek ve onu tam olarak istediği yere tıkmasını sağlayacak bir şey bulacağından emindi. Böylece, kısa süre içinde enkaza dönen hayatını tekrar rayına oturtabilirdi.

Saate göz attı. Fazla zamanı kalmamıştı ve açık duran pencereden, San Francisco'nun o yoğun sisi içeri sızmıştı. Bu da trafiği iyice yavaşlatabileceğinden, müzeye erkenden gidip, kimse onu tanıyıp konuşmaya başlamadan önce biraz etrafa bakmak istiyorsa hızlı davranmalıydı. Aceleyle makyajını tamamladı. Bu, bir zamanlar kendine olan güvenini tazelerdi ama zaman, hata yaptığı ve artık değiştiremeyeceği konularda kendisine bir ders vermeye başlıyordu. Haile aynadaki yansımasında ne zaman yeni bir kırışıklık görse, bunu düşünüyordu.

Justine Olegard, McFall Sanat Müzesi'nde, içkisine adeta büyük bir ödüle uzanır gibi uzandı. Galerinin karanlık bir köşesinde uzun süredir, en az on yıldır asılı duran küçük tabloya baktı. Tony Olsen bu tablonun yerine yerleştirilmesini büyük bir olay haline getirmişti. Bu, Rosemary'nin son arzusuydu. Müzenin daimi koleksiyonunun bir parçası olan bu tablo, adeta *Mona Lisa* gibi artık kilitli bir cam vitrinin ardında sergileniyordu. Pek fazla kişinin girip çıkmadığı bu sessiz salonda, karanlıkta çürümeye terk edilmişti. Justine, ressamın Rosemary Thomas'ın bir arkadaşı olduğunu biliyordu. Rosemary arkadaşına hürmeten bu tablonun sergilenmesini istemiş ve bütün sanatçıların tabloyu görmesini sağlayarak onu onurlandırmıştı.

Böyle tablolar, müzeleri tekinsiz hale getirirdi. Misafirlerle asla tanıştırılmayan haylaz çocuklar gibiydiler. Bu tablo da şimdi Justine'e çoğundan daha haylazmış gibi geliyordu. Tabloya gergin bir hava hâkimdi ve insanı rahatsız eden bir elektrik yayıyordu. İnsan dalgalara bakınca altında bir şey olduğunu seziyordu; sanki sinsi ve sessiz bir gölge, suda çırpınan bir çift beyaz bacağa doğru yukarı çıkmaya hazırlanıyordu. Bazı tablolar gerçekten konuşuyordu; bu da onlardan biriydi. Tablonun konusunun karanlıkta kalan gizli etkiler ve pusuda bekleyen yaratıklar olduğunu düşündü. Tablodaki imzayı inceledi.

B. McGuire.

Belle McGuire.

Rosemary'nin arkadaşı.

Justine korkuyla beklediği bu gece yaklaşırken, Christopher'la birlikte geçirdiği zamanları düşündü. Birlikte yaptıkları birçok şeyi, kişisel ve profesyonel yaşamı arasında gergin bir ipin üzerinde yürüyen cambaz gibi gidip geldiğini, yasal ve yasadışı girişimlerini ve bazı zamanlarda oldukça çaresiz biçimde düştüğünü hatırladı. Christopher'ın bu küçük tabloyu seveceğine karar verdi. Hilekârlığını ve tek gözlü vale* gibi kaçak oynamasını severdi. İhanet etme ve yanlış yönlendirme yeteneğine, denizi gölgeli bir arka sokağa çevirmesine gıpta ederdi. Peki ya Rosemary? İyi bir şeyin, özünde kötülük barındırmayacağına her zaman inanmış olan Rosemary. Bu geceki anma töreninde, birisi mutlaka Rosemary hakkında tüm bunları söyleyecekti. Justine başını sallayıp söylenenlere katılırken, bir yandan da tören boyunca bu ölü kadının asla göz atmadığı ya da belki de attığı, dünyanın altında gizli olan diğer dünyayı hayal edecekti.

Pencereye doğru yürüyüp şehre baktı.

San Francisco şehir merkezinin ufuk çizgisinde sivrilerek göğe yükselen meşhur beyaz gökdelen, bir sis perdesinin ardına saklanmıştı.

Sis bir bıçak kılıfı gibi etrafını sarmıştı.

Bir kefen gibi üzerini örtmüştü.

McFall Sanat Müzesi artık yalnızca birkaç sokak ötedeydi. Tony Olsen limuzini köşeyi döner dönmez müzenin aydınlatılmış pencerelerini göreceğini biliyordu. Bu şık bina aynı zamanda genel tasarımı bakımından tuhaf bir şekilde oyuncu bir görünüme sahipti. Sergi katından yukarıya uzanan merdivenlerin kıvrımı neredeyse muzip sayılırdı. Lobinin boyanmış

* *(İng.) One-eyed Jack: Standart bir oyun kâğıdı destesinde maça ve kupa valeleri yalnızca profilden görünür; dolayısıyla yalnızca tek gözleri açıktadır. (ç. n.)*

olduğu parlak renklerse, Uffizi ve Louvre müzelerinin iç kısımlarının yaşlı kadın havasındaki dekorlarıyla dalga geçer gibiydi. Hayırseverlik tohumlarını ekerken bir parça da muzurluk yapmak Tony'nin her zaman hoşuna gitmişti. İçindeki ufaklığın uslanmaz, küçük bir velet olduğunu biliyordu. Limuzini köşeyi dönüp de McFall Müzesi ortaya çıkınca, Tony kendi yaramazlığını tam anlamıyla sergilemek için can attığını görebiliyordu. Kocasını öldürme suçundan idam edilen bir kadını anmak için bir sanat müzesini kullanmanın ne kadar esrarlı ve küstahça olduğunu düşündü. Tabii ki Rosemary son arzusunda ve vasiyetnamesinde bunu dile getirmişti, ama Tony normalde yan yana gelmesini ilginç bulacağı bu iki kavramın uygunsuz birleşiminden hiç de keyif almıyordu. Rosemary'yle ilgili bir şey, Tony'nin normalde oldukça ulaşılmaz olan karakterine ulaşmıştı. Tony bütün hayatı boyunca gizemli adam rolünü oynamıştı ve çoğu zaman da inandırıcı olmuştu. Bir keresinde bir gazeteci Tony'ye nasıl hatırlanmak istediğini sormuştu ve o da doğruluk payı olmasa da, "Net olmayan bir görüntü olarak," diye cevap vermişti, ancak Rosemary nasıl olduysa, Tony'nin yaratmış olduğu bu illüzyonu fark etmiş ve bunun gerisinde yaşamıştı. Sanki bir başyapıtın üzerindeki örtünün yalnızca bir köşesini kaldırmış, tuvalin yalnızca ufacık bir kısmını görmüş, fakat yine de çarpıcı sezgi yeteneği sayesinde eseri bir bütün olarak kucaklamıştı.

Limuzin aniden durdu.

Şoför, "Üzgünüm, efendim. Az önce önümüze bir kedi fırladı," dedi.

Olsen pencereden dışarı baktı ve hafif sisin arasından kaldırımın üzerine sıçrayan kediyi gördü. Kedi durup kıl payı kurtulduğu siyah arabaya baktı. Rengi siyahtı ve patilerinin uçlarında dansçı ayakkabısı giymiş gibi beyazlıklar vardı. Kedi bir an için mağrur bir şekilde direkt olarak Olsen'ın gözlerinin içine baktı. Haklı olduğunu kanıtlamış ve güçlüklere tekrar meydan okumuş gibi bir hali vardı, ama Olsen nihayet durumu tersine çevirmeden önce, kedinin kaç tane kaçış hakkının ve canının kaldığını merak etti.

Jon Nunn'ın bakışları salonda toplanmaya başlayanların üzerinde gezindi. Çirkin bir ağacın üzerindeki süslemeleri andırıyorlardı. Her biri kendi yıpranmış sapından ağaca asılmıştı.

Sarah sessizce yanında duruyordu. Neden gelmişti ki? Nunn bunu merak ediyordu. Sarah'nın Rosemary ya da Christopher'la hiçbir ilişkisi yoktu. Nunn, Sarah'nın bir sfenksi andıran çarpıcı profiline göz attı ve buraya birlikte son gelişlerini hatırladı. Yıllar önce, şehir içi park programları için bir gelir toplama etkinliğine katılmışlardı. Sarah her zamankinden daha gergin görünüyordu, fakat Nunn nedenini sorunca onu başından savmıştı. Belki de kendini garip bir şekilde kaptırdığı nostaljik anılardan yeni sıyrılmıştı; ne de olsa evliliklerini yıkan, Rosemary'nin davası olmuştu. Sarah eski yaraları açık tutma konusunda daima başarılı olmuştu. Nunn, Sarah'nın Stan'le beraber olmaya başladığından beri edindiği ne kadar yara varsa hepsinin kabuklarını koparmakla meşgul olduğunu tahmin etti ama Rosemary farklı bir hikâyeydi. Sarah onu tanımıyordu bile. Nunn omuz silkti. Belki de sadece Stan'den uzak bir akşam geçirmek istemişti. Bunu kim istemezdi ki?

19

DIANA GABALDON

Sis buz gibi elini Haile Patchett'ın ensesinin üzerine yerleştirmişti. Gündüz hava güneşliyken ve insanı sarhoş eden esintilerin hâkim olduğu bir yaz rüyasını andırırken, güneşin batışının hemen ardından sis bastırmıştı ve palmiye yapraklarının birbirine çarpmasına neden olan hava, direkt olarak Neptune'ün* yem dolabından çıkmış gibi nemli ve soğuktu. Sanki ölü şeylerin kötü kokusunu taşır gibiydi. Haile'in çıplak kollarındaki bütün tüyler diken diken olmuştu. Akşam için taktığı ince ipek fuları, San Francisco'yu sıklıkla sarmalayan bu delici ve beklenmedik soğuğu engellemekte yetersiz kalıyordu.

Müzenin avlusu aralıklı olarak yerleştirilmişti, her biri iri bir koltuk büyüklüğündeki kayalarla doluydu ve Haile içeri girmek için acele ederken az kalsın bir tanesine çarpıyordu. Haile çaktırmadan küfretti. Dikkatli olmasaydı kıçüstü oturacaktı.

Haile dışarıdan dengesiz görünüyordu, fakat içindeki heyecanın tıpkı trafik ışığında bekleyen bir Corvette gibi yüksel-

---

* *San Francisco'da okyanusun kıyısında yer alan bir balık ve deniz ürünleri restoranıdır. (ç. n.)*

diğini hissedebiliyordu. Davetiyede etkinliğin kulenin tepesindeki büyük gözlem odasında yapılacağı yazılıydı, ama küratörün odası çok daha derinlerde, kısa bir koridorun sonunda gizliydi.

Harekete geçmeden önce insanların kaynaşmalarını, konuşmaya ve içki içmeye başlamalarını beklemeyi düşünüyordu.

Haile, Christopher Thomas'la birlikte geçirdikleri zamanı, ondan neler beklediğini ve hiçbir yere varmayan yatak sohbetlerini düşündü.

Biraz daha ilerleyince sisin arasından bir ışık belirdi. Müzenin girişindeki ışıklandırma yumuşayıp etrafa yayıldı. Arkasından diğer insanlar da gelmeye başlıyorlardı. Bulanık siluetler avlu boyunca yürürken, Haile onların fırsattan istifade mırıldanarak yaptıkları içi boş konuşmaları duyuyordu.

Bir erkek sesi yavaşça, "Tanrım, neden buradayız ki?" diye sordu ama konuştuğu kişi her kimse cevap vermedi.

Kule sisin arasından güçlükle seçiliyordu. Burası tepetaklak duran, cam yüzeylerden ve beton bloklardan oluşan bir tapınağı andıran, sıra dışı bir deniz feneriydi. Sis, binanın alt tarafını sarmalayacak kadar yoğundu. Binanın alçak ve yuvarlak çatısı, sis nedeniyle havada süzülüyormuş gibi görünüyordu.

Stan Ballard, *bu delilik, bu delilik. Aklımdan ne geçiyordu ki,* diye düşündü.

Müzenin hemen önünde, etrafı sisle çevrilmiş vaziyette durdu. Bir kez daha gitmeyi düşündü, sonra kapıyı açtı.

20

THOMAS COOK

Yılanlar birer birer kıvrılarak içeri süzüldüler ve Jon Nunn kendini her birine adeta bir dizi sabıkalının fotoğrafı arasından bir yüz seçmeye çalışırken buldu. Justine Olegard siyahlara bürünmüş, tek sıra bir inci kolye takmış ve sivri topuklu ayakkabılar giymişti. Bunun dışında gayet ağırbaşlı görünüyordu. Nunn'ın tanımadığı iki kişiyle konuşuyordu. Onları belki tanıyor, belki de tanımıyordu. Justine için bunun önemi yoktu. Yabancıları yapmacık bir sıcaklıkla karşılamaya, müzeden övgüyle bahsetmeye ve bağış peşinde koşmaya alışkındı. Justine o gece bile azıcık para toplamayı başarırsa, Nunn buna hiç şaşırmazdı. Justine'in içinde sönmeyen bir ateş vardı. Asla titreyip sönmeyen bir mum gibiydi ama Nunn, kadının saçtığı bu ışığın neleri açığa çıkardığını tam olarak çözememişti.

Justine aniden, sanki birisi tarafından çağrılmış gibi, konuşmakta olduğu iki kişinin yanından ayrılmıştı. Muhtemelen kısıtlı imkânlara sahip olduklarına, sanata karşı kayıtsız olduklarına ya da paralarını kendi isimlerini taşıyan bir hastane projesine yatırdıkları için McFall Müzesi'ne bağış yapmayacaklarına dair bir mesaj almıştı. Sebep her ne olursa olsun, Justine'in ansızın ilgisini yitirmesine neden olmuştu.

Nunn diğer tarafa baktı ve Peter Heusen'in Rosemary' nin iki çocuğu, yani yeğenleri tarafından kuşatılmaktan rahatsız olduğunu gördü. Rosemary, çocukları küçükken mahkûm edilmişti. Nunn, çocukların bu yükün –annelerinin babalarını öldürme suçundan idam edilmesinin– altından nasıl kalkabildiklerini düşündü. Dayılarının onları teselli ettiğini düşünemiyordu. Peter Heusen'in varlığıyla ilgili bir şey, ortama tedirgin bir hava veriyordu. Sanki adam karşılaştığı herkeste ufacık bir yarık meydana getiriyordu. Bu da Ben ve Leila'nın o sırada neden bu kadar huzursuz göründüklerini açıklıyordu. İkisi de dayılarının yanından bir an önce uzaklaşmak için fırsat kollayarak etrafa bakıyorlardı. Dayılarıyla gerçek bir sohbet edemeyecek kadar uzakta durmaları, aralarında bir soğukluk olduğunu belli ediyordu. İkisi de oldukça katı görünüyordu. Ben kollarını kavuşturmuştu; bu da kendini tehdit altında hissettiğini gösteriyordu. Leila da en az kardeşi kadar temkinliydi. Hatta Nunn'a öyle geliyordu ki, bir aile ortamından ziyade, giderek daralan bir mengenenin içinde kapana kısılmış gibiydi.

"Merhaba, Nunn."

Nunn arkasını döndü ve yanında Stan Ballard'ı görünce şaşırdı.

"Geleceğini sanmıyorum," dedi Nunn.

Stan, "Eh, bir adamın dikkatli olması gerekir, sence de öyle değil mi?" dedi.

Nunn, "Hangi konuda?" diye sordu.

Stan, "Karısını eski kocasının kolunda bırakma konusunda," diye cevap verdi. "Sönmüş ateşlerden bazen yeni kıvılcımlar çıkar, değil mi?" diye ekledi.

Nunn omuz silkti.

Stan odaya şöyle bir göz attı. "Gerçekten havanda olmalısın, Nunn."

"Ne açıdan?"

"Ah, anlarsın ya. Herkes tek bir yerde toplanmış. Tüm şüpheliler bu salonda."

"Şüpheliler mi?"

Stan, "Hem de suçların en kötüsü olan cinayet zanlıları," dedi ve gülümsedi. "Rosemary'nin davasını düşünmediğine inanmamı bekleme," diye ekledi.

Nunn tabii ki müzeye geldiğinden beri cinayetten başka bir şey düşünmüyordu. Bunu hiçbir zaman aklından çıkarmayı başaramamıştı ve bu takıntı adeta bir leke gibi hayatına yayılmıştı. Nunn o sırada bile lekenin hâlâ yayıldığını hissedebiliyordu. Soğuk Savaş dönemini konu alan o eski filmlerde komünizmin Avrupa ve Asya'ya kırmızı bir dalga şeklinde yayılışı aklına geldi. Rosemary'nin suçunun ve cezasının da buna benzediğini düşündü. Bu dava, Nunn'ın hayatını yutan bir güç haline gelmişti.

Stan kaygısızca, "Her şeyi gözden geçiriyor olmalısın,"

dedi. Nunn'ın, kendisiyle belli belirsiz alay edildiğini hissetmesini istemişti ya da salon cinayetleriyle uğraşan aşırı titiz, önemsiz bir polis tiplemesine veya daha kötüsü, hayatı nafile tekrarlarla ve temelsiz tahminlerle akıp giderken, sararan dava dosyalarının üzerinden geçen buruşuk bir lastik ayakkabıya dönüştüğünü ima etmişti. Nunn, Belle ve Don McGuire içeri girdiklerinde, kendisini kötülemeye yönelik bu öngörülerin hiçbirinin bütünüyle isabetsiz olmadığını düşünüyordu. Belle her zamanki gibi çok güzeldi, Kaliforniya kadınının mükemmel bir örneğiydi. Don'ın ise her zerresi, eşkıyaya benzeyen eski bir hükümlü olduğunu haykırıyordu.

Stan gülerek, "Neler düşünüyorsun, Dedektif?" diye sordu.

"Aslında şuradaki herifin bir zamanlar Christopher Thomas'ı öldüresiye dövdüğünü düşünüyordum," dedi Nunn. Bu konu davada da gündeme gelmişti ve Nunn o zamanlar Don'ın Christopher Thomas cinayetiyle bir ilgisi olup olmadığını merak etmişti.

Stan gözlerini Nunn'ın gösterdiği yöne çevirdi. "Adamın kolundaki kadın kim?" diye sordu.

Nunn, "O, karısı Belle. Rosemary onun buradaki sanat dünyasında yükselmesi için çok uğraştı," diye cevap verdi.

"Ve sen de kocasının, ikili arasındaki ilişkinin gereğinden fazla yakın olup olmadığını hissedip hissetmediğini mi düşünüyorsun?" dedi Stan.

Nunn kafasını salladı. Sabırsız bir şekilde, "Kim bilir?" diye cevap verdi. Artık Stan'in kendisiyle oynadığı bu oyundan sıkılmaya başlamıştı.

Stan gülerek, "Gölge biliyor," diye cevap verdi. "Fakat soru baki kalıyor," diye ekledi.

"Hangi soru?" dedi Nunn.

Stan yine sinsice gülümseyerek, "Gölge kim?" diye cevap verdi.

Bunun üzerine Stan uzaklaştı ve Sarah'nın yanına giderek, kadının kolunu kendi kolunun üzerine koydu. Nunn bunun kendisinin görmesi için özellikle yapılan bir sahiplenme hareketi olduğunu biliyordu. Buna karşın Sarah'nın bu hareket nedeniyle sinirlendiği açıkça görülüyordu. Nunn bu tepkinin yerinde olduğunu düşündü, çünkü Stan bulduğu değerli bir maden üzerinde hak iddia eden biri kadar kabaydı.

Nunn yine de Sarah'nın önünde sonunda bu harekete boyun eğmesinin can sıkıcı olduğunu düşündü. Bu yüzden başını çevirip dikkatini Haile Patchett üzerinde yoğunlaştırdı. Haile de Nunn'ın kendisine baktığını fark edip gülümsedi. Nunn, Haile'in önceki gün kendisine anlattıklarının ne kadarının doğru olduğunu merak etti.

Şimdiyse Haile müzede oradan oraya sürükleniyordu. Arada bir sohbet etmek için duruyordu ama belli ki kimseyle uzun süre sohbet etmekle ilgilenmiyordu. Nunn onun hareketlerinde bir gariplik olduğunu düşünmüştü. Yabancı bir odada, belirli bir amaçla gezinen bir kedi gibi her yeri kokluyordu. Gerçi Haile her zaman sinsi bir tip olmuştu. Rosemary ondan nefret ederdi. Nunn bir an için Haile ortalıkta gezip tozarken neredeyse Rosemary'nin yanında durduğunu ve

Haile'i aynı şüpheci tavırla izlediğini hisseder gibi oldu. Nunn'ın Rosemary'nin tüyler ürperten varlığını yanı başında hissetmesi garipti, ama insanın aklından çıkmayan davalar, insana hep bu hissi verirdi: Sanki ortada asla soğumayan bir ceset varmış gibi.

Rosemary'nin cesedi de soğumamıştı.

Gölge biliyor.

Bu sefer bunu söyleyen Stan'in değil, Rosemary'nin sesiydi. Jon tuhaf bir şekilde ürperdi, çünkü sesi gayet net bir şekilde duymuştu. Belki fısıldayan ya da tıslayarak konuşan Rosemary'nin kızgın hayaletiydi.

Nunn etrafını saran "gölgeleri" inceledi ve Stan denen o kibirli serserinin haklı olduğunu anladı. Jon bu anma törenine Rosemary'nin ölümünü hatırlamak için değil, onu kendi yaşamına geri almak, takdirle anmak için değil, diriltmek için gelmişti. Belki de onu ararken açılan tüm defterler, en az Rosemary'nin aniden sesini duyurmak isteyen hayaleti kadar talepkâr bir şekilde kapanmayı talep ediyordu.

Jon farkında olmadan onun ismini fısıldadı: *Rosemary.*

Nunn'ın hayalinde her şey durdu ve tüm başlar sanki görünmez ipler tarafından kontrol ediliyormuş gibi yavaşça kendisine döndü: Stan, Haile, Justine, Tony, Sarah, Belle, Don ve hatta Rosemary'nin kendi çocukları bile Nunn'a soğuk bir ifadeyle, dudakları sımsıkı kapalı bir biçimde baktılar.

21

DIANA GABALDON

Justine'in ofisinin kapısı büyük bir tıkırtıyla açıldı ama etrafta bunu duyacak kimse yoktu. Daha aşağıdaki sergi salonlarına açılan rampanın girişi bir kordonla kapatılmıştı ve önünde bir bekçi vardı. Haile otoparkta kapısı kilitli ve ışıkları açık bir araba olduğunu söyleyerek bekçiden kurtulmuştu; tabii önce otoparkta gerçekten böyle bir araba *olduğundan* emin olmuştu. Bekçi arabanın plakasını kontrol ettikten sonra, içeri girip, yukarı çıkarak arabanın sahibini bulana kadar Haile buradaki işini bitirip gitmeyi umuyordu.

Rahatlıkla on dakikası olduğunu farz edebileceğini düşündü. Şansı yaver giderse, işinin bitmesi bu sürenin yarısından daha uzun sürmezdi.

Justine –Tanrı onu korusun– ofisindeki küçük bir lambayı açık bırakmıştı. *Harika! Karanlıkta el yordamıyla hareket etmeme gerek kalmadı.*

Ofisi arayıp taramaya başladı. Parmakları açgözlü bir şekilde kaşınıyor, nereden başlayacağına karar vermeye çalışıyordu. Gözlerini Justine'in masasına dikerek, *son derece uygun bir yer,* diye düşündü. Sessizce masaya doğru yürüdü ve dikkatli bir biçimde yandaki çekmecelerden birini açtı. Burada bulabileceği bir şey olmalıydı; Justine'den istediğini almak için kullanabileceği bir şey.

22

PETER JAMES

Sohbet eden insanların curcunasından uzaklaşınca, oda Haile'e fazlasıyla sessiz gelmişti. Ayrıca içeride yoğun bir cila kokusu vardı. Sinirleri çok gerilmişti. Kulağında nabız gibi atan hafif bir zonklama vardı ve son derece tedirgindi fakat oradaydı ve hazırdı.

Sonra, yaklaşmakta olan sesler duyunca donup kaldı. Sesler sanki ofis kapısının tam karşısından geliyordu.

Tanrım, bunlar da kim?

Nefesini tuttu.

Kendini sakinleştirmeye çalıştı. Muhtemelen misafirlerden birkaçı kulenin gözlem odasındaki resepsiyondan kaçmışlardı ve etrafta turluyorlardı. Haile'in gördüğü ve baş aşağı asılmış olabileceğini düşündüğü bir tabloya bakıyor olmalıydılar. Haile konuşmalarının bir bölümüne kulak misafiri oldu.

"Bu, yenilikçi bir postmodernist," dedi içlerinden biri. "Klimt ve Chagall'ın belirgin bir şekilde bir sürrealistle yan yana gelmeleri gibi; ne demek istediğimi anlıyor musun? Ya da acaba Dada'ya daha mı yakın? Yani katmanlar. Bunu hiçbir görsel bağlamda algılayamazsın, fakat bana göre mecazi anlamda kullanılmış bir parşömen gibi."

Yaşlı müze küratörü Alex falan filanca. Haile, Christopher'ın ona ne kadar kızdığını hatırlıyordu.

Haile seslerin koridorun sonuna doğru giderek uzaklaşmasını bekledi, sonra yaptığına odaklanmak için derin bir nefes aldı, ama sinirleri iyice bozulmuştu. Gözleri odada kararsızca geziniyordu. İçeride çok fazla eşya yoktu; cam bir masa, beyaz mobilyalar, jaluziler ve üzerinde halı bulunmayan parke zemin, minimalist bir görünüm oluşturuyorlardı. Haile önce duvarlarda asılı olan baskılara ve tablolara, sonra da düz yüzeylerde duran küçük ve değerli gibi görünen sanatsal objelere, masanın üzerine baktı.

Buralarda bir yerde olmalı. Ama nerede? diye düşündü.

Masa lambasının yanında ufacık bronz bir heykelcik durduğunu fark edip onu çantasına attı. Lanet olsun, bütün bunlar ona ait olabilirdi. Justine Olegard'ın masasının önünde dikilirken, aklına sürekli bu düşünce geliyordu.

Masada, içinde çiçekler bulunan küçük bir vazo ile Justine'in on yıl kadar önce çekilmiş ve biraz Whitney Houston'a benzediği çerçeveli bir fotoğrafı duruyordu, ama Justine o zamandan beri kilo almış ve güzel yüzü şişmişti. Haile buna memnun oldu.

Masanın üzerinde derli toplu, deri bir sümen ve gümüş bir mektup açacağı vardı. Eski püskü bilgisayar ise, modern dekorun geri kalanıyla tezat bir görünüm sergiliyordu. Masanın bütün çekmecelerini açıp, tekrar kapamadan önce aceleyle içlerini karıştırdı. Bu arada birkaç saniyede bir başını kapıya çeviriyordu. O lanet olası küratör *yine* dışarıdaydı, tabloyla ilgili ahkâm kesiyordu. Haile, Christopher'ın kendisine sanat dünyasını anlatma biçimini, tablolardaki imgelerden, temalardan ve *akımlardan* bahsedişini hatırladı: Rönesans Dönemi, Hollanda resim sanatı, fête galante,* empresyonistler, kübistler, sürrealistler, Kızılderilileri konu alan resimler ve Christopher'ın özellikle sevdiği Georgia O'Keeffe ve Charles Sheeler gibi sembolistler ve presizyonistler. Christopher, Haile'e kendini iyi ve zeki hissettiriyordu. Haile iyi bir eğitim almamış olmasına rağmen, hayatında yepyeni ve zenginliklerle dolu bir sayfa açılabileceğini hissediyordu.

Sonra her şey elinden alınmıştı ve Haile doğruca her zaman ait olduğu kimliğine bürünmüştü; kendisi *Mandalinaların Anavatanı* kabul edilen Florida'nın Brooksville şehrinden gelen çulsuz süprüntünün biriydi. Şimdiyse on yıl daha yaşlanmıştı ve sürekli bir düşüş halindeydi. Eskortluk yaparak para kazanıyor, cepçilik yaparak da müşterilerinin değerli eşyalarını yürütüyordu. Haile giderek daha da masraflı bir hale gelen dış görünümünü koruma mücadelesinin masraflarını karşılamak için, fırsat bulduğunda bu tür *hilelere* başvuruyordu. Dış görünümündeki kusurlar saklanamayacak kadar

---

* *Fransa'da, Antoine Watteau'nun (1684-1721) resimlerini tanımlamak için özel olarak yaratılan terimdir. Bu resimler, soyluların açık havada dans ederek, müzik eşliğinde veya komedi seyrederek eğlenmelerini betimler. (ç. n.)*

belirgin hale gelmeden, bu imajı daha ne kadar koruyabilirdi ki?

Justine'in ortadaki çekmecesini karıştırmaya devam etti. Çekmece kâğıtlarla doluydu. Justine başarılı bir kadın için oldukça düzensiz sayılırdı, ama tüm bu yığının altında bir dosya vardı. Haile dosyayı çekmeceden çıkararak masanın üzerine koydu ve açtı.

Sonra kapının gıcırdadığını, hemen ardından da küplere binmiş bir kadının sesini duydu. "Burada ne halt ettiğini sanıyorsun sen?"

Bu, Justine Olegard'dı.

Haile içinden, *kahretsin,* dedi.

Dosyayı alıp göğsüne bastırdı.

Justine, "Sana bir soru sordum. Ofisimde ne yapıyorsun?" diye kükredi.

Haile, "Hiçbir şey," diyerek omuz silkti.

"Hiçbir şey mi? O elindeki de ne?" Justine öne doğru bir adım atarak elini uzattı. Haile ise dosyayı daha da sıkı tutarak bırakmayı reddetti. Buna Justine'in sahip olmasına izin veremezdi. Tüm bu yaptıklarından sonra, artık bu mümkün değildi.

Justine öne doğru atılıp dosyayı Haile'in elinden almaya çalıştı. "Ver şunu bana!"

Haile süratle geri giderek tökezleyince, dosyayı ve içindekileri yere düşürdü. Sehpanın kenarına tutunarak düşmemeyi başardı ancak birkaç kitabı ve seramikten yapılmış küçük bir ince uzun adam heykelini devirdi. Heykel yere savrularak paramparça oldu.

Justine bir an kıpırdamadan durdu ve sonra sessizce, "O bir Giacometti çalışmasıydı. Paha biçilmez," dedi.

Dizlerinin üzerine çöküp yere saçılmış kırık parçaları toplamaya başladığında neredeyse ağlayacaktı. Kafasını iki yana sallayarak Haile'e, "Defol git buradan," dedi.

İçeride çok fazla insan vardı. Her yer tıka basa doluydu. Kafasında birbirine çarparak dolanan çok fazla anı vardı ve hiçbiri güzel anılar değildi. Belle elinden geleni yapıyordu ama kalabalıklarla arası pek de iyi değildi; büyük etkinlikler onun gerilmesine neden oluyordu. Kendi stüdyosunun sessizliğini ve huzurunu, bir sanatçı olarak izole bir yaşam tarzını tercih ediyordu. Etrafına baktı: Çevresinde birçok tanıdık sima vardı, fakat davetlilerin çoğu küçük gruplar halinde toplanmış, konuşuyorlardı ve Belle'in şu anda yanlarına gidip onları bölecek enerjisi de cesareti de yoktu.

Belle şarabını bitirdi, kadehi elinden bıraktı ve aradığı adamı, Tony Olsen'ı bulabilmek için kalabalığı taradıktan sonra doğruca yanına gidip, "Bay Olsen, benim için bir şey yapmanızı istiyorum," dedi.

Olsen gülümseyerek, "Tabii ki, Belle. Ne olursa," diye cevap verdi.

"Tablomun içinde bulunduğu vitrini açmanızı istiyorum... Rosemary'nin dilekleriyle ilgili."

"*Bunu* neden yapayım ki?"

"Lütfen, Bay Olsen. Nedenini vitrini açar açmaz anlayacağınıza söz veriyorum." Tony bir an ne yapacağına karar vermeye çalışırmış gibi duraksadı. Sonra Belle, Tony'nin kalabalığın içinde Alex Hultgren'in yerini saptayıp, onunla birlikte odadan çıkışını izledi. İki adam da birkaç dakika sonra geri döndü ve Belle'le birlikte *27. Dalga*'nın asılı durduğu küçük oval odaya gittiler.

Olsen, cam vitrinin kilidini ve cam kapısını açtı.

"Lütfen tabloyu indirin, Bay Olsen," dedi Belle.

Olsen, "Fakat Rosemary'ye bunu asla indirmeyeceğime dair söz vermiştim. Bütün bunların ne anlama geldiğini söyler misin, Belle?" diye itiraz etti.

"Lütfen. Ben de Rosemary'ye bir söz verdim. Lütfen dediğimi yapın."

Olsen tabloyu dikkatli bir biçimde duvarda asılı olduğu yerden aldı. Belle küçük bir İsviçre çakısı çıkardı, tabloyu eline aldı ve Olsen'ın karşı çıkmasına fırsat vermeden çerçevenin arkasındaki kalın kumaş takviyesini keserek açtı. İçeriden deri kapaklı bir defter düştü.

"Bu da ne?" diye sordu Olsen.

Belle cevap vermedi. Tabloyu Olsen'a verdi ve defterin ilk sayfasını açtı. Elleri o kadar çok titriyordu ki, defteri güçlükle tutuyordu. Sonra sayfaları çevirdi ve arkadaşı Rosemary Thomas'ın elyazısına bakarken kirpiklerinden gözyaşları süzüldü.

Sayfaları çevirerek defterdeki son yazıyı bulduğunda, Olsen'ın yanı başına gelerek kendisini izlediğinin farkında bile değildi. Son yazı *22 Ağustos 2000* tarihinde yazılmıştı. On yıl önce. Bu yazı, Belle izleme odasında dikilip arkadaşının ölüme gönderilmesini izlemeden bir gün önce yazılmıştı.

Belle yakın zamanda Amerika'daki ölüm hücrelerinin yaşayanlar için mezarlıklar olarak anıldığını okumuştu. Bu doğruydu. Rosemary hapishanede idam kararının gölgesinde geçirdiği o aylar boyunca, her bir temyiz başvurusu sırayla reddedilirken, zaten ölmüş sayılırdı.

Tony Olsen tekrar geri kalan misafirlerin toplandıkları odaya dönmek üzere yürümeye başladı ve Belle de defteri kapatıp onu izledi. Belle zihninde beliren görüntülere engel olamıyordu. Rosemary'nin el ve ayak bileklerinden ve göğsünden sedyeye bağlı hali ve idama şahit olan herkes o ölümcül karışımı taşıyan iğnenin vücuduna enjekte edilişini izleyebilsin diye perdeleri açmaları gözünün önünden gitmiyordu. Belle şimdi her şeyi –görevlilerin yüzlerine gözlerine bulaştırdıkları ilk denemeyi, perdelerin bir açılıp bir kapandığını ve Rosemary'nin yüzündeki ifadeyi– en ince ayrıntısına kadar hatırlıyordu.

O uzun gecenin, Rosemary'nin son gecesinin her anını hatırlayabiliyordu.

Rosemary baştan bari sakinliğini koruyordu; neredeyse soylu bir duruş sergilediği bile söylenebilirdi, ama yaşadığı stres yüzünde çizgiler oluşmasına yol açmış ve omuzlarını çökertmişti. Turuncu mahkûm tulumunun içinde, ayağında beyaz spor ayakkabılarıyla, hiçbir pencere bulunmayan ve bir güvenlik kamerası tarafından aralıksız izlendiği ufacık hücresinde oturmuş ve her şeye rağmen sonuna kadar ağırbaşlılığını korumuştu. Belle şimdi Rosemary'nin telaşla günlüğüne son yazısını yazmakla meşgul olduğunu gözünün önüne getirebiliyordu.

Rosemary yazmayı bitirince bir süre konuşmuşlardı. Rosemary sonunda Belle'in elini tutarak, "Belle, artık konuşmayalım. Yalnızca benimle otur," demişti. Sonra da, "Bana son bir söz ver. Günlüğü saklamanı istiyorum. Hakkında yazılar yazdıklarım bunların ne anlama geldiğini bilecekler, fakat bunların hiçbirinin Leila ve Ben yeterince büyüyene kadar ortaya çıkmasını istemiyorum. Anlıyor musun? Vasiyetimde ölümümün onuncu yıl dönümünde bir anma töreni düzenlenmesini istedim. Bunu işte o zaman okumanı istiyorum; daha önce değil. Bana bunun için söz verir misin?" diye eklemişti.

Belle söz vermişti.

Günlüğe bakarken, sanki gerçek olduğundan emin olmak istercesine bir parmağını deri kapağa ve sayfalara sürttü. Tekrar son yazının bulunduğu sayfalara baktı. Rosemary'nin tükenmezkaleminin mürekkebi bitince nasıl küfrettiğini ve kendisinin de ona başka bir kalem bulmak için çantasını karıştırdığını hatırladı. Şimdi kalemin bittiği, mürekkebin renginin değişerek maviden siyaha döndüğü yeri görebiliyordu.

Belle resepsiyon alanına geldiğinde, Tony Olsen'ın odada dolaştığını ve bazı misafirlerin kulaklarına fısıldadığını gördü. Konuşmalar yavaşça sona erdikçe odayı sessizlik kapladı. Sanki birisi etkinliğin bu karesini dondurmak için bir düğmeye basmış gibiydi. Odadaki herkes konuşmayı kesmiş, Belle'e bakıyordu ya da daha doğrusu elinde tuttuğu nesneye.

Belle, kocası Don'a baktı. Don birden yanağının içini ısırmaya başladı; bunu yalnızca kendisini rahatsız eden bir şey hakkında düşünmesi gerektiğinde yapardı.

Belle sonra Rosemary'nin erkek kardeşi Peter Heusen'e baktı. Rosemary'ye göre, Peter ölümünden hemen önce iflasın eğişine gelmişti, ama Rosemary'nin mal varlığından cömert bir şekilde yararlanacaktı. Belle, Peter'ın yüzünün neden az önce bir limondan ısırık almış gibi göründüğünü merak etti.

Rosemary'nin avukatı ve mal varlığının idarecisi Stan Ballard'ın yüzündeyse, tuvalete zamanında yetişemeyecekmiş gibi görünen bir adamın ifadesi vardı. Ağırlığını bir bacağından diğerine aktarıp duruyor, kulağıyla oynuyor, elini saçlarının arasından geçiriyor ve kravatını düzeltiyordu.

Haile Patchett ve Justine Olegard odanın ters köşelerinde pozisyon almışlardı. Olegard kollarını bağlamıştı, yüzünde tüm duyguları gizleyen bir maskeyi andıran katı bir ifade vardı, fakat Patchett'ın yüzü bir parça buruşmuş gibiydi. Bezginlik yüz hatlarına yansımıştı; dudakları sarkmış ve gözleri hüzünle dolmuştu. Sanki içinde bir şeyler artık işin ucunu koyvermiş ve umudu kesmişti.

Orada bulunan bütün insanları sırayla incelerken, bu manzaranın bir tabloya, bir grup portresine benzediğini düşündü.

Belle şimdi bundan zevk alacağını fark etti. Özgüveninin birden arttığını hissetti. Başını sallayıp tedirgin bir şekilde gülümseyerek, Rosemary'nin hayatının son gecesinde günlüğüne yazdığı sayfaları açtı.

23

TESS GERRITSEN

Belle kalbinin güm güm attığını hissedebiliyordu. Acaba içeride ne tür sırlar gizliydi? Açmak üzere olduğu nasıl bir Pandora kutusuydu? "Son yazı 20 Ağustos 2000 tarihli," dedikten sonra duraksayarak yukarı baktı. "Rosemary idam edilmeden önceki gün," diye ekledi.

"Hadi oku," dedi Olsen.

Belle güçlükle yutkundu ve okumaya başladı.

Görünmez bir kadın oldum.

Bunun tam olarak ne zaman olduğunu, ne zaman Cheshire Kedisi gibi gözden kaybolduğumu ve yüzümün geriye yalnızca gülümsememin hayaleti kalana kadar silikleştiğini bilmiyorum. Sanırım Leila'nın doğumundan hemen sonra başlamış olmalı. Christopher'ın artık bana bakmadığını ilk o zaman fark ettim. Sanki görünmez olmuştum ve bakışları*

---

* *"Alice Harikalar Diyarı"nda adlı masalda gülümseyerek beliren ve gözden kaybolan kedi. (ç. n.)*

beni delip geçiyordu. Kocanız size bakmamaya başladığında, dünyanın geri kalanının da size bakmadığını hissetmeye başlarsınız.

Bir zamanlar yalnızca kısa bir etek ve topuklu ayakkabılar giyerek bir erkeğin dikkatini çekebilirdim. Ağırbaşlı tarihçilerle dolu bir etkinliğe katıldığımda, Silahlar ve Zırhlar bölümü küratörünün çekici bir genç kadın olduğunu fark ettiklerinde yüzlerinde beliren o şaşkın ifadeyi görürdüm. Gerçekten çekiciydim. O zamanki Rosemary özgüvenli ve dingin bir kadındı. Sevmeye ve sevilmeye hazırdı.

O kadın artık öldü. Yerini, kimsenin görmediği, odadan odaya fark edilmeden ve tanınmadan girip çıkan bir kadın aldı. Bu konuda yalnız değilim. Geçen zaman bunu bütün kadınlara yapıyor. Bellerimizi kalınlaştırıyor, saçlarımıza beyaz teller düşürüyor ve gözlerimin etrafındaki deriyi kırıştırıyor.

Ama görünmez olmanın bazı yararları da var.

Bunu o yaz boyunca kesinlikle çok yararlı bulmuştum.

Dünya üzerindeki son akşamımda neden özellikle o anın üzerine yoğunlaştığımı bilmiyorum. Son birkaç haftadır hayatımı gözden geçirmeye, yaptığım bütün kötü seçimleri, daha akıllıca bir kararın beni farklı ve daha mutlu bir kader yoluna sokacağını düşündüğüm bütün o dönüm noktalarını hatırlamaya başladım, ama şu anda bu kaderin içinde kısılıp kaldım. Şimdi o dönüm noktalarından birini, haziran ayında Coronado Oteli'nin lobisine girdiğim o günü düşünmeden edemiyorum.

O gün, geleceğimin mühürlendiği gündü.

O büyük otele ilk gidişim değildi. Yıllar önce, yeni evli bir kadın olarak üzerimde yazlık bir elbiseyle lobide gezinirken, valiz taşıyan bir otel görevlisinin bacaklarıma hayranlıkla baktığını görmüştüm, fakat bu sefer içeri girdiğimde kimse bana bakmadı. Ben yalnızca fare gibi ürkek, kahverengi saçlı ve evli bir kadındım. Üzerimde şekilsiz bir gömlek ve bol bir pantolon vardı. Etrafta bakacak başka kadınlar, hâlâ gençliğin ışıltısını taşıyan genç kadınlar varken, beni neredeyse hiç kimse bakmaya değer bulmuyordu. Genç kadınlarsa güzel vücut hatlarını annelik nedeniyle yitirmemişlerdi. Omuzlarıysa Christopher Thomas'la evli olmanın verdiği utanç yüzünden eğilmemişti.

Sanki şu anda oradayım. Türünün o muhteşem örneklerinden biri olan genç kadının lobide yanımdan geçmesini izliyorum. Parlak saçları ve pürüzsüz bir teni var. Güzel olduğunun farkında olan bir kadın gibi salınarak yürüyor. İçimden, şimdilik bu halinin tadını çıkar bakalım tatlım çünkü bir gün sen de tam olarak benim olduğum yerde olacaksın, diye geçiriyorum. Oturduğum koltuğa iyice gömülüyorum ve kadın önümden geçip kokteyl salonuna doğru yürürken beni görmüyor, ama ben onu gayet net bir şekilde görebiliyorum. Bara doğru süzülüyor. Barda oturan bir adamın omzuna hafifçe vurduğunu görüyorum. Adam ona dönüyor, gülümsüyor ve bir kolunu kadının beline dolayıp kalçasını sıvazlıyor. Bir insan ancak aşina olduğu birine bu kadar rahat yaklaşabilir; mesela bu, bir adamın karısını karşılama biçimi olabilir.

Sorun şu ki, o adamın karısı benim.

Parlak saçlı kadın ve Christopher, kokteyl salonundan çıkıp büyük merdivenlere doğru el ele yürürken onları izliyorum. Kendilerini birbirlerine karşı duydukları arzuya o kadar kaptırmışlar ki, onları iki kat yukarıya, otelin tarihi bölümüne kadar takip ettiğimi fark etmiyorlar. Cezbedici ama harap bir koridordan geçerek odalardan birine giriyorlar. Kapı kapanıyor. Emniyet kilidinin şak diye çevrildiğini duyuyorum.

Elimde değil. Odanın önünde durup, o kapalı kapının ardından neler olup bittiğini hayal ediyorum. Yere fırlatılmış giysileri ve yataktaki çıplak bedenleri gözümün önüne getiriyorum. Kocamın ellerini o kadının ipeksi ve genç bedeninin –ona iki çocuk vermemiş ve on yıl boyunca kendini adamamış bir bedenin– üzerinde gezindiğini gözümde canlandırıyorum.

Neden kendime o şekilde işkence ettim? Seyahatinin amacını zaten bildiğim halde, neden Christopher'ı takip ettim? Bu, iddia ettiği gibi bir iş gezisi değildi. Hayır, nedeni asla iş olmamıştı. Tahammül etmek zorunda kaldığım bütün kadınlardan sonra, Christopher ne zaman birkaç günlüğüne ya da birkaç saatliğine bile ortadan kaybolsa, tam olarak neyin peşinde olduğunu bilirdim.

Birdenbire, o odanın önünde dikilmeye daha fazla dayanamıyorum. O kapıyı kapalı olarak bırakıp binanın dışına, bahçe avlusuna çıkıyorum. Orada, bu konuyla ilgili arayabileceğim tek kişiyi arıyorum. Ona karşı çok az saygım var, fakat en azından bu durumda onun çıkarları da benimkilerle aynı doğrultuda.

"Onu boşamanın bir yolunu bulmalıyım, Peter. Artık bu durumla başa çıkamıyorum," diyorum.

Birine karşı asla sempati duymayan erkek kardeşim, sabırsızca içini çekiyor. "Yine mi aynı konu? Bunu her zaman söylüyorsun ama asla işin sonunu getirmiyorsun," diye cevap veriyor.

"Çocuklar yüzünden," diye açıklıyorum.

"Ayrılığı atlatırlar. Çocuklar bunu daima başarır," diyor Peter.

"Hayır, bunu kastetmedim. Sorun Chris. Benimle çocuklar için savaşır," diye devam ediyorum.

Peter, "Neden? Çocukları zerre kadar umursamıyor ki," diye soruyor.

"Ama parayı umursuyor. Benden koparabildiği her kuruşu almak için pazarlık yaparken çocukları koz olarak kullanacak," diye yanıt veriyorum.

Kardeşim beni ancak o zaman ciddiye alıyor. Paranın onun üzerinde böyle bir etkisi var. "Bunu yapamaz. Para ailemizden geliyor," diyor.

"Ama çocuklar onun da çocukları ve eğer velayetlerini alırsa..."

Peter cümleyi benim yerime bitirerek, "O zaman onların vakıf fonlarını eline geçirebilir," diyor. Peter istediğinde akıllı olabiliyor.

"Bu senin de hayatını karmaşık bir hale getirebilir. Bütün yatırımlarımız birbirine bağlı," diye devam ediyorum.

Peter, "Neyi ima ediyorsun?" diye soruyor.

"Bilmiyorum! Ne yapacağımı bilmiyorum! Ondan kurtulmak istiyorum ama aynı zamanda..."

"Benim ne yapmamı istiyorsun?" diyor Peter.

"Bilmiyorum! Sağlıklı düşünemiyorum. Yalnızca çektiğim acının dinmesini istiyorum. Artık canımın yanmasını istemiyorum," diye cevap veriyorum.

Peter gülüyor. "Rosie, Christopher'ı bilirsin. Belki yeraltı dünyasındaki bağlantılarından biri bir gün ondan bıkıp seni şen bir dul yapabilir," diyor.

Buna bir yorum yapmıyorum çünkü bazen içten içe böyle bir sonucu hoş karşılayacağım zamanlar oluyor. Bu an da onlardan biri.

"Peter, biraz olsun şüphelerimi gidermeni istiyorum. Ben ve Leila'ya her zaman iyi bakılacağını, her ne olursa olsun güvende ve rahat olacaklarını bilmek istiyorum," diyorum.

Peter, "Eh, o kadarı garanti altında. Oldukça cömert vakıf fonlarına sahipler," diye yanıt veriyor.

"Ama fonlar hep böyle cömert mi kalacak? Ya bana bir şey olursa?" diye soruyorum.

"Sana ne olabilir ki? Hem olsa bile, ben onların dayısıyım. Sence alenen soyulmalarına göz yumar mıyım?" diyor Peter.

"Bu konuda ciddi misin, Peter? Gerçekten onlara bakar mısın?" Bunu sorarken sırf çaresizlikten böyle davrandığımı ve bunu soracak başka kimsem olmadığını fark ediyorum.

Ve tabii ki Peter beni yüzüstü bırakıyor.

"Bak, neden sert bir içki filan içmiyorsun? Bunu aklından çıkar. Kendini bir hiç yüzünden yiyip bitiriyorsun," diye cevap veriyor.

Peter'ın her şey için çözümü aynı: sert bir içki. Yine de bu sefer belki de yerinde bir tavsiye olabilir. Telefonu kapatıp bara gidiyorum.

Buna rağmen, iki martiniden sonra bile, hâlâ kocamın ve o kadının yataktaki görüntüsüne kafa yoruyorum. Kadının kim olduğunu merak ediyorum; onu daha önce hiç görmedim. Acaba Chris onunla ne zaman ve nerede tanıştı? Kadın, Chris'in evli olduğunu biliyor mu? Acaba Chris hakkında herhangi bir şey biliyor mu?

Otelin resepsiyonuna doğru yürürken kendimi sarhoş ve pervasız hissediyorum. "Affedersiniz, anahtarımı kaybettim. Oda numarası iki yüz on beş. Soyadım Thomas," diyorum.

Resepsiyonist, "Üzgünüm, Hanımefendi ama kimliğinizi görmem gerek," diye cevap veriyor.

"Tabii," deyip ona ehliyetimi gösteriyorum. Chris'in otele gerçek ismiyle giriş yapması üzerine kumar oynuyorum.

Kumar sonuç veriyor. Chris balayımızı geçirdiğimiz otele bir kadın getirmiş ve kimliğini gizlemeye gerek bile duymamış.

Resepsiyonist, "Buyurun, Bayan Thomas," diyor ve bana bir oda kartı uzatıyor.

Chris ve son gözdesi olan kaltak restorana girene dek

bekliyorum. Sonra odalarına çıkıp içeri giriyorum. Yatak çarşafları darmadağınık ve yerde nemli havlular var. Banyoda bir kadına ait makyaj çantası buluyorum. Çantayı açınca içinden ufak bir ilaç şişesi çıkıyor. Kadının adı açık bir şekilde şişenin üzerinde yazıyor. Onun hakkında tek bildiğim şey uyku hapı kullanıyor olması ve de adı.

Haile Patchett.

Belle okumayı bıraktı ve başını kaldırıp gözlerini Haile' in gözlerine dikti. Odada çıt çıkmıyordu ve herkes Haile'e bakıyordu.

Haile yere baktı, "Müsaadenizle," dedi ve odadan çıktı.

Nunn, Belle'e, "Devam et," dedi.

Belle boğazını temizledi ve kaldığı yerden devam etti.

Chris'in benden boşanmak istediğini söylediği akşam, o kadını Pollock açılışında gördüğüm o berbat gecede birden her şey fazla geldi ve kendimi kaybettim. Bu ne kadar büyük bir hataydı. Bu olaydan sonra, hayatımın kontrolden çıkmaya başladığını hatırlıyorum.

Bununla birlikte Haile, Chris tarafından fethedilen, kullanılan ve terk edilen bir sürü kadından yalnızca biriydi. Bildiğim kadarıyla yalnızca tek bir kadın ona karşı koyup, yaklaşımlarını reddedecek cesarete ve ahlaka sahipti. Ve Chris, ona bunun bedelini ödettiğinden emin olmak istedi.

Bu yüzden Belle McGuire'ı her zaman arkadaşım olarak kabul edeceğim.

Belle tekrar okumaya ara verdi ve devam etmeden önce biraz soluklandı.

Ama Belle hepsinin içinde parlayan tek istisnaydı. Diğerleri kullanılmaya aşırı hevesliydiler. Onlar için üzülmeyi ve onları zayıf iradeli kurbanlar olarak görmeyi öğrenmiştim. Şimdi onlar hakkında yazmamın tek nedeni, ne tür bir adamla evli olduğumu açıklamak. Bunun zayıf bir savunma olduğunu biliyorum, fakat bir gün bu sözcükleri okuyacak olan çocuklarıma sunabileceğim tek savunma bu.

Bu, onlar için yazdığım son yazı.

Sevgili Ben ve Leila, arkadaşım Belle'den uygun zaman gelene kadar bu günlüğü saklamasını istedim. Bu sözcükleri duyduğunuzda ikiniz de birer yetişkin olacaksınız ve kendi fonlarınızın kontrolü tamamen sizin elinizde olacak. Artık bir hamiye ihtiyacınız olmayacak ve doğruyu öğrenmek için hazır olacaksınız.

Birbirini izleyen geceler boyu hücremde tek başıma otururken, sürekli o öğleden sonra Peter'la yaptığım konuşmanın babanızın kaderini belirleyip belirlemediğini düşündüm. Hatta dolaylı olarak suçlu olup olmadığımı bile merak ettim. Erkek kardeşimin hayattaki bir numaralı motivasyon kaynağı her zaman para olmuştur ve ben bunu hep biliyordum. Acaba ben boşanmayı dile getirdiği için babanıza patlayınca Peter paniğe mi kapıldı? Erkek kardeşimin kendisinin yerine benim ölmeme izin vermesi bir yana, böyle bir suçu nasıl işlemiş olabileceğini kavrayamıyorum. Ayrıca hiçbir delilim de yok.

Kanunlar yalnızca delilleri dikkate alıyor ve bir şekilde bütün deliller de beni işaret ediyor.

Size bir katil olduğum ve babanızı öldürdüğüm söylenmiş olabilir. Babanızın ölmüş olmasını dileğim zamanlar olduğu doğru, ama onu öldürmedim. Kimseye saldırmadım, hiç kan dökmedim. İkinizin de bunu bilmesi benim için önemli.

Artık gün sona ermek üzere ve yarın son günüm. İkinizi de çok seviyorum benim sevgili çocuklarım ve ikinize de sonsuza dek cennetten öpücükler göndereceğim.

Daima anneniz olacak olan,

Rosemary Thomas Heusen

Belle günlüğü yavaşça kapatıp yumuşak bir şekilde, "Bunlar yazdığı son sözcüklerdi," dedi.

Stan Ballard, "Bunun herhangi bir kısmının doğru olduğunu nereden bileceğiz?" diye atıldı.

"O günlük ölüm döşeği itiraflarının sığınağı gibi," dedi Hank Zacharius.

"Bunu bana verdiğinde yazmayı yeni bitirmişti. Yalan söylemek için hiçbir nedeni yoktu," dedi Belle.

Nunn derin bir nefes alırken, direkt Peter Heusen'e bakarak, "Rosemary'nin *gerçekten* doğruyu söylediğini varsaymak zorundayız. Bu da kocasını öldürmediği anlamına geliyor," dedi.

24

LISA SCOTTOLINE

"Tabii ki annem, babamı öldürmedi, Dedektif ama o sizin sayenizde öldü." Bunu söyleyen Rosemary'nin oğlu Ben Thomas'tı. Genç adam ilk bakışta acayip bir şekilde babasına benzese de şimdi Nunn'ın gözlerini delip geçen bu gözler tıpkı Rosemary'nin gözlerine benziyordu. Kız kardeşi yanında durmuş, yere bakıyordu. Gür kahverengi saçları yüzünün bir kısmını kapatıyordu. Thomasların çocuklarını davadan bu yana çok az insan görmüştü. Okul ve sonra da üniversite için uzağa gitmişlerdi.

Ben sakin bir tavırla Nunn'ın yanına giderek, "Artık bizim hep bildiğimiz bir şeyi, annemizin babamızı öldürmediğini biliyorsun. Bunu fark etmen için ne olması gerekiyordu?" diye sordu.

Nunn sessizdi. Odadaki herkes sessizliğe bürünmüştü.

"İşini yapman ve *sevgili dayımız Peter* hakkında bir soruşturma yapman için ne olması gerekiyordu?" Ben arkasını döndü ve öfkeyle Peter Heusen'e baktı.

Peter sabırsızca içini çekti. "Neden babanızı öldürmek isteyeyim ki?"

Leila Thomas başını kaldırdı. "Neden mi? Annem nedenini günlükte söylüyor; para yüzünden. Her zaman önemsediğin tek şey bu oldu. Sahip oldukların bir türlü sana yetmedi," dedi.

Peter içkisini silip süpürdü, ardından boğazını temizledi. "Bu bir yalan!" diye haykırdı. Sonra derin bir nefes aldı. "Dinleyin beni, kimse annenizi benden daha iyi tanımıyordu ve onu daha çok sevmiyordu; bunu biliyorsunuz ama Rosie o hapishanede ölmeyi beklerken, günden güne kafayı yemişti. Bu ipe sapa gelmez iddiayı ciddiye alamayız," dedi. Stan Ballard'a bakıp, "Kendini dağıtmıştı, hatırlıyor musun?" diye sordu.

Ballard yalnızca onaylayarak başını salladı.

Leila odanın diğer ucuna gitti ve dayısının tam karşısında durup doğruca yüzüne baktı: "Sen durmak bilmez misin, Peter Dayı? Annemiz harika ve sevgi dolu bir insandı, işlemediği bir cinayetle suçlandı ve hayatı boyunca birçok rezilliğe katlandı..." Leila durdu, bakışları Justine'e kaydı. Justine başını indirerek genç kadınla göz göze gelmekten kaçındı. Leila, "Şimdi, onu öldükten sonra rezil etmeye çalışıyorsun, diye devam etti.

Elini uzatıp Peter'ın yüzüne sert bir tokat attı.

Hınç, Peter'ın gözlerinde şimşek gibi çaktı. Bir süre yeğenine baktı, sonra arkasını dönüp odadan çıktı.

Ben Thomas, kız kardeşinin yanına doğru yürüdü.

Tony Olsen öne çıkıp günlüğü Belle'den aldı, itinayla kapatarak Ben'e uzattı. "Bu ikinize ait. Bu, yaşayan bir miras ve anneniz bunu sizin almanızı isterdi. Siz bunun gerçek sahiplerisiniz," dedi.

Ben günlüğü aldı.

Leila gözyaşlarının arasından, "Teşekkür ederiz," dedi.

Tony, Leila'nın yanına gidip onu avutmak için elini omzuna koydu. "Biliyorsunuz, annenizin bu işle bir ilgisi olduğuna asla inanmadım," dedi.

Leila, "Biliyorum," diye cevap verdi.

Tony onun kulağına, "Bu gece katili ortaya çıkarırız diye umuyorum. Sanırım bunu yapmış olabiliriz," diye fısıldadı.

Kız ona bakıp başını salladı.

25

PHILLIP MARGOLIN

Nunn birkaç dakikalığına oradan uzaklaşması gerektiğini biliyordu. Yalnız kalmaya, az önce olanlar üzerinde düşünmeye ihtiyacı vardı. Bu yüzden aşağı kattaki sergi salonuna ve çıkışa açılan rampaya doğru yöneldi. Rampada görevli olan bekçi yerinde yoktu. Nunn zemin kata indiğinde, karanlık koridorlarda gezinerek az önce duyduklarını düşünürken, kendini Silahlar ve Zırhlar odasında buldu.

Odada gezinmeye başladı ve vitrinlerden birinin önünden geçerken durdu. Yanlış olan bir şeyler vardı. Vitrinin içinde hançerler ve kılıçlar duruyordu. Her birinin üzerinde sanat eseri hakkında bilgi veren bir etiket vardı. Etiketlerden birinde, RONDELL HANÇERİ, ON DÖRDÜNCÜ YÜZYIL, yazıyordu ama hançerin durması gereken yer boştu.

Nunn daha yakından incelemek için vitrine doğru yürürken, müzenin mermer duvarları arasında yankılanan bir çığlık duydu.

***

Diğer gazeteciler etraflarında olup bitenlerden habersizken, Hank Zacharius daima haberin kokusunu alırdı ama o gece, bir müzede korkunç bir çığlığın duyulmasının yersiz olduğunu bilmek için özel bir sezgiye ihtiyacı yoktu.

Zacharius hemen harekete geçti. Köşeyi döndüğünde, Olsen'ın koridorda kendisine doğru yürüdüğünü görünce şaşırdı. Olsen'ın omzu kadınlar tuvaletiyle aynı hizadaydı ve Hank kapının o sırada kapandığını gördüğünü sandı ama emin olamadı.

"Bir çığlık duydun mu?" diye sordu Olsen.

Zacharius, "Evet. Bu koridordan geldiğini sandım," diye cevap verdi.

Olsen koridorun diğer tarafında, tuvaletlerin karşısında bulunan odaları işaret ederek, "Ofislerin önünden geçtim bile. Hiçbir ofiste herhangi birine rastlamadım," dedi.

Hank, "O zaman geriye tuvaletler kalıyor," dedi ve erkekler tuvaletinin kapısını iterek açtı. İçerisi boştu.

Olsen, kadınlar tuvaletinden, "Burada," diye bağırdı.

Hank ceptelefonunu eline alıp dışarı fırladı.

Haile Patchett yerde iki büklüm yatıyordu.

Hank çabucak genç kadının bir fotoğrafını çekti. Kafasının arkasındaki yarıktan sızan kanı görüntülemek için yakından bir kare daha çekti.

Olsen, "Sen ne halt ettiğini sanıyorsun?" diye bağırdı.

Hank, Haile'e bir adım yaklaştı ama Olsen onu uzaklaştırdı.

"Dışarı çıkıp herkesi buradan uzak tut ve birilerinin polisi aramasını sağla," dedi.

Herkes kadınlar tuvaletinin kapısı önünde toplanmıştı.

Nunn kalabalığı yararak içeri girdi.

Tony Olsen ve Haile içerideydi. Haile dehşete düşmüştü. Sırtı duvara dayalı bir şekilde yerde oturuyordu. Bir elini başının arkasına götürmüştü. Kızıl saçlarının keçeleşmiş tutamları arasından kan sızıyordu.

Nunn, "Ne oldu?" diye sordu.

Haile, "Ben, ben bilmiyorum. Rujumu tazelerken aynada bir gölge gördüm. Gerisini hatırlamıyorum. Sonra gözümü açtım ve onu gördüm," diyerek Tony Olsen'ı işaret etti.

Olsen, Nunn'a baktı. "Onu bulduğumda Zacharius'la beraberdim," dedi.

Nunn başıyla onay verdi. Haile'e, "Sence saldırgan içeri girdiğinde burada mıydı, yoksa her kimse seni takip etmiş olabilir mi?" diye sordu.

Haile yalnızca kafasını salladı.

İki polis rampayı koşarak geçti ve kadınlar tuvaletine girdiler. Haile Patchett birkaç dakika sonra kafasının arkasında bir bandajla dışarı çıktı.

Haile kafası karışmış ve endişeli görünen insanlardan oluşan kalabalığa, "Ben iyiyim. Sadece bir sıyrık," dedi. Herkes kendisine baktığı için utanmıştı.

Hank Zacharius da kalabalığa karışmıştı ama arkalarda duruyordu ve ceptelefonuna fısıldayarak hikâyeyi anlatıyordu.

26

JEFFERY DEAVER

İçeri henüz giren olay yeri inceleme memuru, müzenin girişindeki heybetli masanın ardında oturan bekçiye, "Çılgın bir gece, değil mi?" diye sordu.

Bekçi, ortağıyla birlikte tertibatlarını toplamakta olan polise, "En tuhaflarından biri," diye cevap verdi. Çağrıya cevap veren ilk iki polis gitmeden önce birkaç soru sormuştu. Başından yaralanan zavallı kadın da müzeden bir ambulansla ayrılmıştı. Güvenlik görevlisi tekrar olay yeri inceleme memurlarına baktı. Polisten ziyade cerrah gibi görünmelerini sağlayan o kıyafetlerden giymişlerdi. Üzerlerinde birer tulum, bir çift bot, şapka ve maske vardı. Olay yerini *işleme tabi tutmak* için gelmişlerdi. Bekçi *CSI* dizisini izlediği için, bu terimi kullandıklarını biliyordu.

Güvenlik görevlisi dışarıya baktı ve olay yeri inceleme minibüsünün dönemeçte park edildiğini gördü. Yanında da çağrıya cevap veren başka bir ambulans vardı.

Bekçi, olay yeri inceleme memurlarından daha uzun boylu olana, "İkinci ambulans neden gelmiş?" diye sordu.

"Bazen böyle olur, birden fazla ambulans gelir. İçeride bir parti mi veriyorlar?"

"Bu bir anma töreni."

Diğer polis başıyla bekçinin belindeki tabancayı işaret ederek, "Sende ne var?" diye sordu.

"Ah, sadece bir Colt. Otuz sekizlik. Burada otomatik silah taşımamıza izin vermiyorlar. Nedenini bilmiyorum."

Polis ayak bileğine bakarak, "Şu işe bakın. Ben de yedek olarak bir otuz sekizlik taşıyorum," dedikten sonra, "güzel silah," diye ekledi.

Bekçi gururlu bir şekilde, "Son derece güvenilir," dedi. Bir polisin silah seçimini beğenmesi hoşuna gitmişti.

Polis, "Peki *senin* yedek silahın var mı?" diye sordu.

Bekçi gülerek, "Benim mi? Pek sayılmaz," dedi.

"Ah, güzel."

Bekçi tereddüt ederek, "Güzel mi?" diye sordu. Bunun neden güzel olduğunu merak etmişti. Sonra birden kafası çalıştı ve olay yeri inceleme memurlarının yanında olmaları ona hiç de mantıklı gelmedi. Bunun tek bir anlamı olabilirdi.

Uzun boylu polis, "Bak ne diyeceğim. Ellerini iki yana kaldır," dedi.

Diğer polisin de arkadan kafasına bir silah dayadığını hisseden bekçi acınacak bir halde, "Yo, olamaz," dedi. "Bu... lanet olsun. Tüm bunlar bir kurgu, değil mi? Sizler polis değilsiniz. Burayı soymaya geldiniz, değil mi?

Uzun boylu polis, "Ellerin," diğer tekrarladı.

Bekçi ellerini kaldırırken ağlayacak gibi oldu. "Canımı yakmayacaksın, değil mi?"

Diğer *sahte* polis, bekçinin belinden otuz sekizlik tabancayı çekip aldı. Cüzdanını da almayı ihmal etmedi.

Uzun boylu olan, "Yukarıda, kulede bulunan özel sergi odasının kodunun sana ait olan kısmı nedir?" diye sordu.

O odada, bazı küçük Rönesans resimlerinin ve baskılarının bulunduğu, farklı yerleri dolaşan bir sergi vardı. Vatikan'ı bu başyapıtları ödünç vermeye ikna etmek bir yıl kadar sürmüştü ve bunu yalnızca müze, iki kişi tarafından açılan özel bir güvenlik sistemi taktırdığı için kabul etmişlerdi.

Bekçi, "Ah, bize o kodu söylemiyorlar," dedi.

Arkasından bir ses, "Bu fotoğraftaki küçük kız kim?" diye sordu.

Bekçi arkasına döndü ve diğer sahte polisin cüzdanını karıştırdığını gördü.

"Kızın, değil mi? Şu anda evde mi?"

Bekçi ağlamaya başladığı sırada, "Kodun sadece yarısını biliyorum," dedi.

Sahte polis sakince, "Zaten ben de başka bir şey istemiyorum," diye cevap verdi.

Bekçi nefes nefese, "Bir, yedi, yedi, A, M, K, soru işareti, sekiz, üç, bir. Harfler büyük harf, sistem büyük-küçük harflere duyarlı," diyerek kodu yumurtladı. "Lütfen, istediğiniz her şeyi yaparım..."

Uzun boylu sahte polis kodu not etti. "Bu doğruysa, başka bir şey yapmana gerek yok," dedi. Sonra diğer polise doğru başını salladı. Bekçinin ağzını bantlayıp onu yakındaki vestiyer odasına sürüklediler.

Soyguncular giderken ışıkları da söndürüp bekçiyi karanlıkta bıraktılar. Bekçi son derece katı olan güvenlik protokollerine uymayarak ne kadar büyük bir dikkatsizlik yaptığını ve kuledeki odada ne tür bir kâbus yaşanmak üzere olduğunu düşündü.

Soyguncular Bob ve Frank isimlerini kullanıyorlardı. Bunlar kısa ama daha da önemlisi net isimlerdi. Böylece üçüncü bir kişiyle çalıştıklarında, kimi çağırdıkları konusunda bir karışıklık yaşanmıyordu.

Adamlar profesyonel hırsızdı. Aynı zamanda katillerdi. Gerçi son zamanlarda piyasada kiralık katillere olan talepte belirgin bir düşüş olmuştu; çünkü bu iş nispeten daha kolaydı. Kaliteli silahlar ve patlayıcılar ucuzdu; ayrıca kolayca temin edilebiliyordu. Buna karşın iyi hırsızlara rastlamak zordu. Geride iz bırakmadan çalışmak, birçok teknik beceri sahibi olmayı gerektiriyordu. Bu sayede Bob ve Frank son birkaç yıl içinde beklenmedik bir gelir elde etmişlerdi.

Bekçiyi vestiyer odasına tıktıktan sonra girişe döndüler. Üzerlerinde hâlâ müzeye girmelerini sağlayan olay yeri inceleme kıyafetleri vardı. Bunları bir iş üzerindeyken mümkün olduğunca sık giyiyorlardı çünkü bu kıyafetler geride kalan delillerden kurtulmalarını sağlayarak onları koruduğu gibi, polislerin olay yerini kirletmelerini de etkin bir şekilde önlüyordu.

Bob müzenin ön kapısına doğru yürüp dışarı baktı ve kapının kilidini açtı. Suç ortaklarına ve sahte ambulansın içinde sağlık görevlileri gibi poz kesen adamlara el salladı. Sahte sağlıkçılardan biri başını kaldırdı. Bob, "On dakika. Odayı kontrol altına alacağız ve mekân temizlendiğinde size haber vereceğiz," dedi.

Adam, "Biz hazırız," diye cevap verdi.

Frank ve Bob kulenin tepesindeki büyük odaya çıkan merdivenleri tırmandılar. Yukarı varınca yalnızca Beretta silahlarını iki kez kontrol edecek ve susturucuların takıldığından emin olacak kadar uzun bir süre durakladılar.

Sonra birbirlerine baktılar, başlarını salladılar ve köşeyi dönüp misafirlerin hâlâ bir arada oldukları, aralarında o akşam olanlar hakkında konuştukları ve sinirlerini yatıştırmak için içkilerini yuvarladıkları odaya girdiler.

Katılımcılar ilk başta bu davetsiz misafirleri fark etmediler, fakat sonra birisi nefesini tuttu, başka birisi çığlık attı ve kalabalığın geri kalanı onlara doğru döndü.

"Bekleyin!"

"Siz de kimsiniz?"

"Burada ne yapıyorsunuz?"

Ardından başka manasız sorular ve çığlıklar geldi. Bob duyguların tam bir zaman ve enerji kaybı olduğunu düşündü.

Bob sakin bir ses tonuyla, "Kimse ceptelefonuna dokunmasın. Herkesin dizlerinin üzerine çökmesini ve ellerini başının arkasında birleştirmesini istiyorum. Eğer bunu yapmazsanız vurulursunuz," dedi.

Bir an için hiç kimse bir şey yapmadı –bu beklenen bir şeydi– ve sonra iriyarı, takım elbiseli ve yaşı ilerlemiş bir adam, Bob'a doğru yürümeye başladı. "Bütün bunların ne demek olduğunu..."

Bob adamın kafasına iki el ateş etti. Duvara ve yakında duranların giysilerine kanlar sıçradı. Daha çok kişi çığlık atıp nefesini tuttu.

Üzerinde lacivert bir elbise olan güzel, koyu renk saçlı bir kız yüzünde dehşet dolu bir ifadeyle cesede doğru koştu. Bob kızı da vurmak için silahını doğrulttu ama kız kendini kontrol edip dizlerinin üzerine çöktü ve ellerini boynunun arkasına koydu.

Geri kalan herkes de ağlayarak, güçlükle nefes alarak ve yalvararak kızı izledi.

Bob o zaman hızlıca bir sayım yaptı. *Kahretsin.* Misafirlerden iki kişi eksikti. Frank de aynı şeyi fark etti. Bob silahını tekrar kıza doğrulttu. Kalabalığa, "Diğerleri nerede? Söyleyin yoksa kızı beş saniye içinde vururum," dedi ama artık daha fazla kan dökülmesine gerek kalmamıştı.

Tam o sırada iki adam kuleye çıkan karanlık koridorun köşesini döndüler ve iki soyguncuyu karşılarında görünce donup kaldılar. Adamlara daha yakın olan Frank onlara silahını doğrulttu.

Soyguncunun, arkadaşından fiziksel olarak daha iyi durumda olduğunu tahmin ettiği adam önce cesede, sonra

Frank'e ve Bob'a baktı. Soyguncular adamın olan biteni çabucak değerlendirdiği izlenimine kapıldılar. Bob'un ona özellikle dikkat etmesi gerekecekti.

Yeni gelen iki misafir de dizlerinin üzerine çökünce ve Bob herkesi gözetimi altına alınca, Frank dikkatli bir şekilde herkesin üzerini aradı. Justine Olegard'ı tespit ettiğinde, "Özel sergi odasına giriş kodunun ikinci yarısına ihtiyacım var. Birinci yarıyı biliyorum. Ayrıca duvar alarmı kodlarını da istiyorum," dedi.

Justine, "Ama..." diye itiraz edecek oldu.

"Size kimseyi öldürmekle ilgili bir sorun yaşamadığımızı gösterdik. Kodu şimdi istiyorum, yoksa onu öldürürüm," dedi. Öne doğru bir adım atıp silahını otuzlu yaşlarda, sarışın, güzel ve çekici bir kadına doğrulttu.

Kadının yanı başındaki cüsseli bir adam, "Hayır!" diye haykırdı.

Kadın, "Don, ona hiçbir şey söyleme, onu kızdırma," dedi.

Kadının yanındaki adam, yani Don, Justine'e neredeyse bağırarak, "Ona kodu ver. Lütfen!" dedi.

Justine başını sallayarak onay verdi. Bob onu ayağa kaldırdı ve özel sergi salonunun kapısına yürüttü. Onu tuş takımının önünde durdurduktan sonra kodun ilk yarısını girdi. Ardından da Justine kodun diğer yarısını tuşladı. Hafif bir vızıltı duyulduktan sonra çift kanatlı kapıyı açtılar ve sergi salonuna girdiler. Justine ışıkları açtı. İçerisi Bob'un milyonlar değerinde olduğunu bildiği eski çizimlerle ve baskılarla doluydu.

Ekinler hasada hazırdı ve Bob'un, 500.000 dolarlık ücretini kazanma vakti gelmişti.

Bob cebinden bir telsiz çıkardı ve yayın düğmesine basarak sahte sağlık görevlilerine, "Güvendeyiz," diye haber verdi.

Bir süre sonra telsizden cızırtılı bir cevap geldi: "Anlaşıldı, geliyoruz."

Bob, Justine'i ana salona götürüp tekrar dizlerinin üzerine oturttu. Sonra daha önce dikkatini çeken iriyarı adamın kendisine gözucuyla baktığını gördü. Bob, adamın yanına giderek, "Senin adın ne?" diye sordu.

Adam, "Jon Nunn," diye cevap verdi.

Bob adama soğukkanlı bir şekilde baktı ama Nunn da hiç çekinmeden onun gözlerinin içine baktı. Hatta Bob'a biraz garip bir şekilde, onu incelermiş gibi bakıyordu. Gerçi başındaki bone, ayağındaki botlar, yüzündeki maske ve üzerindeki tulum sayesinde Bob'un bir tarifini çıkarmasına imkân yoktu, ama yine de Bob'un içinde, Nunn'ın hafızasına bazı özellikleri kaydettiğine dair tuhaf bir his vardı. Sanki Nunn, daha sonra bir sorgu sırasında ya da davada kullanılabilecek birtakım özellikler arıyordu: Bob'un nasıl yürüdüğüne, nasıl ayağa kalktığına, sağ elini mi sol elini mi kullandığına, boyuna ve kilosuna dikkat ediyor gibiydi.

Bob, *bu aşağılık herifi öldürme vakti geldi,* diye düşündü.

Silahını çekti ve tetiği çekmeye hazırlandı.

Sonra asansörün kapısı açıldı ve sahte sağlık görevlileri içeri girdiler.

Bob suratını astı. Lanet olsun, adamlar talimatları yanlış mı anlamışlardı? Sanat eserlerini yüklemek için el arabalarını getirmeleri gerekiyordu. Zaman her zamanki gibi kısıtlıydı ve daha sanat eserlerini ambulansa ve sahte olay yeri inceleme minibüsüne yüklemeleri gerekiyordu.

Bob, "El arabalarına ihtiyacımız var..." diye konuşmaya başladı ama cümlesini yarıda kesti ve donup kaldı.

Bunlar kendisinin tuttuğu adamlar değildi! Ayrıca üniformalarının altında zırh giymiş oldukları da belli oluyordu.

Bob içinden, *polis, lanet olsun!* dedi.

Kasığına yediği darbeyle birlikte oyuna getirildiğini anladı. Birisi bir soygun yapılacağını anlamış ve polisi aramıştı. Polisler sessizce gelmişler, dışarıdaki düzmece sağlık görevlilerini bulup etkisiz hale getirmişler, sonra da iki polise sağlık görevlisi giysileri giydirip bir operasyon ekibinin öncüleri olarak içeri göndermişlerdi.

Şu anda ekip üyeleri de merdivenlerden yukarı doğru koşuyor olmalıydılar.

İki polis de çömelip silahlarını çektiler.

Bob ortağına, "Ateş et, ateş et, ateş et!" diye bağırdı. Frank, polislere ateş etmeye başladı. Taş zemin üzerindeki pirinç halkadan çıkan ses, yaklaşık olarak susturulmuş Barettasının patlama sesi kadar yüksekti.

Bob'un planı, kalabalıkta mümkün olduğunca çok insan yaralayarak, öncü takımdaki polislerin durup yaralılara yardım etmelerini sağlamaktı. Bob böylece arka taraftan, daha önceden planladığı bir acil durum güzergâhından kaçabilirdi.

Eğer becerebilirse bunu Frank de yapabilirdi ama tercih ona kalmıştı.

Bob'a daha yakın olan polis arkasını dönmesini sağladı ve Frank'e nişan aldı. Bob, polisi omurgasından vurmak için silahını havaya kaldırdı, ama tam o sırada arkasında paldır küldür ayak sesleri duyunca, *hay aksi,* diye düşündü.

Bob bir saniye sonra böbreklerine yediği omuz darbesiyle yere yuvarlandı. Gözlerinde sarı bir ışık parladı ve bir acı patlamasına maruz kaldı. Hava almaya çalıştı ama nefesi tamamen kesilmişti.

Nunn –başka kim olabilirdi ki?– sağ elinden tabancayı söküp aldı. Bob yerde kıvranarak can havliyle silaha ulaşmaya çalışırken, Nunn burnuna bir dirsek atınca sersemlemiş bir halde ve acıdan inleyerek yere yığıldı. Burnundan kanlar fışkırıyordu. Frank, Nunn'ı fark etti ve arkasını dönüp ateş etti ama rastgele nişan aldığı için hedefi tutturamayıp, Nunn yerine ortağı Bob'u göğsünden vurdu.

Nunn geri çekilmeyip nişan aldı ve Frank'i iyi nişan alınmış üç atışla yere serdi. Sonra hemen Bob'u kontrol altına almak için arkasını döndü, ama Bob çoktan ölmüştü.

Polis olmak, ateş etmekten ya da suçluları kovalamaktan ziyade konuşmayı gerektirir.

Yalnızca konuşmak da yetmez, sorular sormak gerekir.

Ertesi gün, Jon Nunn tekrar müzeye gitti. Önceki gece gerçekleşen soygun girişimiyle ilgili soruşturmayı yürüten

Kaptan Harvey Meyer, onu öğleden sonra erken bir saatte aramıştı. İki adam birbirlerini Nunn'ın San Francisco Polis Teşkilatı'nda bulunduğu dönemden tanıyorlardı. Meyer önceki gece soygun girişimi gerçekleştiğinde Nunn'ın orada olduğunu duyunca, Justine Olegard'ı müzedeki ofisinde sorguya çekerken Nunn'ın da orada bulunmasını istemişti. Nunn teşkilatta bulunduğu dönemde, Meyer'ın sıra dışı yöntemleri olduğunu öğrenmişti; bu yüzden Meyer'ın sorgu sırasında neden eski bir polisi yanında istediğini sorgulamadı ve çıkıp geldi.

Görünüşe göre Justine, Meyer'la yapacağı görüşmeye hem Tony Olsen'ı hem de Stan Ballard'ı çağırmıştı. Stan'in orada olması Nunn'ı şaşırtmış ve canını sıkmıştı. Justine, Ballard'ın varlığını, onun tanıdığı tek avukat olduğunu söyleyerek açıklamıştı. Justine aslında tek başına bir şeyle suçlanmamıştı ama önceki gün kulede işlenen ağır suçlar, herkesin birçok ceza kanunu ihlaline maruz kalabileceği anlamına geliyordu. Nunn, Justine ile Ballard'ın birbirlerini tanıdıklarından bile haberdar değildi. Bu tanışıklığın Justine'in Christopher'la birlikte olduğu dönemden geldiğini tahmin etti. Yine de, Ballard'ın bir gayrimenkul avukatı olarak orada bulunması ve Justine'i bir başkasına yönlendirmemesi tuhaftı. Nunn Ballard'ın orada yalnızca kendisi için bulunduğundan şüpheleniyordu.

Justine işbirlikçi gibi davranmak için büyük bir zahmete giriyordu, ama Meyer'ın zaten bildiği şeylere pek bir katkısı olabilecek gibi görünmüyordu.

"Üzgünüm. Bütün geceyi güvenlik kayıtlarına bakarak ve son birkaç aydır müzeyi yakın takibe alan kişiler hakkındaki raporları tetkik ederek geçirdim. Ancak soygunculara ait hiçbir fotoğraf ya da tarif bulamadım," dedi Justine. Sesi yumuşak, bakışları dalgındı. Nunn, Justine'in bu tavrının, ölen hırsızların önceki gece çekilen fotoğraflarını referans olarak kullanmasından kaynaklandığını biliyordu. Justine'in patronu Alex Hultgren de öldürülmüştü.

Justine, Meyer'a, "Polisi kim aradı?" diye sordu.

Meyer, Nunn'ı işaret etti.

Nunn, Haile yaralandıktan sonda merdivenlere yakın olduğunu, müzenin girişine baktığını ve olay yeri inceleme memurlarının orada bulunmalarını tuhaf bulduğunu düşündüğünü anlattı. Sonra da kuledeki odadan yükselen çığlıkları duymuştu ve müzenin soyulduğunu anlamıştı.

Meyer, Justine'e, "O adamları daha önce görmediğinize emin misiniz?" diye sordu.

"Sanmıyorum. O fotoğraflara o kadar çok baktım ki, artık hiçbir şeyden emin olamıyorum," dedi Justine.

Meyer sorgulayan gözlerle Nunn'a baktı ama Nunn'ın aklı başka yerdeydi. Günün daha erken saatlerinde aldığı mesajı düşünüp duruyordu. Bu mümkün görünmüyordu.

Nunn'ın telefonu çaldı. Nunn telefonu açtıktan sonra Meyer'a bakarak, "Seninle bir saniyeliğine dışarıda konuşabilir miyim?" diye sordu.

Birlikte koridora çıktılar. Nunn, "Bak, buraya gelirken bir arkadaşımdan dün gece burada olanlarla ilgili yeni bir teori ortaya atan bir mesaj aldım," dedi.

Meyer, "Ve?" diye sordu.

"Kafayı yediğimi düşüneceksin, Harvey," dedi Nunn.

Meyer, "Söyle bana," dedi.

Nunn, "Arkadaşım aşağıda, girişte. Onu yukarı çıkaracağım ve sana anlatmasına izin vereceğim. Oldukça sağlam bir hikâye," diye cevap verdi.

27

KATHY REICHS

Kesik ve kuvvetli ayak seslerinin tıkırtısı mermer zemin üzerinde yankılanıyordu.

Herkesin gözleri kapıda bir işler çeviren adama doğru yöneldi.

Adam, Duke Üniversitesi'nin uzun kollu, pamuklu bir kazağını ve paçalarını platform botlarının içine soktuğu bir kargo pantolonu giymişti. Sol elinde, İspanya'daki sivil savaştan önce ayrılmış gibi duran deri bir evrak çantası vardı.

Nunn gerekli takdimleri yaptı. "Baylar, Justine, sizi Doktor Ignatius McGee'yle tanıştırayım."

McGee tıpkı bir erkek başrol oyuncusu kadar yakışıklıydı. Köşeli bir çenesi, mavi gözleri ve Brosnan'ın jöleli saçlarının tozunu attıran saçları vardı. Onu Hollywood ünlüler geçidinde bir yıldız sahibi olmaktan alıkoyan şeyse, tek bir şanssızlıktı. Ignatius McGee sopa yutmuş gibi dimdik dursa bile, boyu 1.40 metreden uzun değildi ve bunun iki santimi botlara aitti.

Birbirleriyle el sıkıştıktan sonra gruptaki herkes oturdu. McGee sol ayak bileğini sağ dizinin üzerine dayadı. Sağ ayağı ise yere tam olarak değmiyordu.

Ballard hariç herkes sandalyelerini lisansüstü öğrencilerinin yaptıkları gibi bir yarım daire oluşturacak şekilde dizdi. Ballard ise yüzünde duygusuz bir ifadeyle duvara yaslanmıştı.

Nunn hemen konuya girdi.

"Doktor McGee bir adli antropolog," dedikten sonra, "herkes bunun ne demek olduğunu biliyor mu?" diye sordu.

"Kemiklerle ilgileniyor ama ilgi alanı eski kemikler değil," dedi Justine.

Nunn elini avucu yukarı bakacak şekilde McGee'ye uzatarak, "Buradan devam et," dedi.

"Tam üstüne bastınız. Ben insan iskeleti konusunda uzmanım," dedi McGee. Aksanı mavi yakalı bir Bostonlunun aksanını andırıyordu ve sesi McGee boyutlarında bir adamdan beklenmeyecek kadar derin geliyordu. "Ölümünün üzerinden, naaşına Y kesiği yapılamayacak kadar uzun bir süre geçmiş olanlarla; yanmış, mumyalanmış, çürümüş, parçalara ayrılmış, sakatlanmış ya da iskelete dönüşmüş olan ölülerle çalışıyorum. Onları didiklerim, kimliklerini, nasıl ve ne zaman teslim olduklarını belirlerim," diye anlattı.

Olsen öne doğru atıldı. Parmaklarıyla sandalyenin kolçaklarını sıkıyordu. "Christopher Thomas'ı mezarından çıkardın, değil mi?" dedi.

McGee onu inceledikten sonra gözlerini sola kaydırdı.

Nunn, "Cesedin mezardan çıkarılması mümkün değildi. Benim ricam üzerine Doktor McGee, Thomas'ın öldüğü zaman derlenen dosyayı tahlil etti," diye açıkladı.

Olsen, "Her şey Almanca yazılmamış mıydı?" diye sordu.

McGee, "Raporları tercüme ettirdim," dedi.

"Ve Rosemary'nin masum olduğuna dair bir kanıt buldunuz!" dedi Olsen.

Öfke, McGee'nin gür bariton sesini pürüzlü bir hale getirmişti. "Filmimin nasıl bittiğini bildiğini düşünen bir başkası daha var mı?" diye sordu.

Olsen, Nunn'a kızgın bir bakış atarken, *bu adam da kimin nesi,* diye düşündü.

Nunn ortamı yatıştırmak için iki elini kaldırdı. "Önce Doktor McGee'yi bölmeden bulgularının üzerinden geçmesine izin verelim. Sonra istediğiniz bütün soruları sorabilirsiniz, tamam mı?" dedi.

Olsen'ın yüzü normale döndü ve arkasına yaslandı.

McGee yana doğru eğilip evrak çantasını masanın üzerine koydu ve içinden iki tane dosya çıkardı. Dosyalardan biri kahverengi ve yıpranmıştı; diğeriyse parlak pembe ve kırtasiyeciden yeni alınmış gibi yepyeniydi. McGee eski dosyayı bir kenara koyup, yeni olanın kapağını açtı.

"Eğer aranızda *Almanca bilen* varsa, orijinal belgeler burada. Yorumlarım delillerin yorumlanması üzerinde yoğunlaşacak," dedi.

McGee kimsenin tepkisini ölçmeyi beklemeden, dosyadan birkaç sayfalık bir belge çıkardı.

"Bruno Muntz adındaki patoloğa göre," diye söze girip arka sayfayı açtı, "kalıntılar sıvı ve kemiklerden ibaretmiş. Bu da görsel olarak kimlik tespitini imkânız kılmış. Dişlerin çoğu yanmış."

McGee'nin bakışları, karşısında dizilmiş insanların yüzlerinde gezindi. Kaşlarını çatarak, bir elini kusursuz biçimli çenesinde gezdirdi. "Muntz ölüm sebebini belirleyememiş. Bu anlaşılabilir. Demir giyotinin yol açtığı çürüme ve hasar nedeniyle, ceset hamburgere dönmüş. Almanlara karşı bir kastım yok," diye devam etti.

Sonra McGee'nin dudaklarının kenarları adeta sırıtırmış gibi seğirdi.

Buna karşın kimse gülümsemedi.

McGee, "Muntz'ın fena halde yanılgıya düştüğü konuysa, bir uzmanın görüşünü almayı ihmal etmiş olması. Cesedi tek başına inceleyerek, boyundan büyük işlere kalkışmış," dedi.

Evrak çantasından hardal renkli bir zarf çıkartarak ağzını açtı ve bir sürü otopsi fotoğrafını masanın üzerine serdi.

Dört sandalye de aynı anda öne doğru yaklaştı.

"Neyse ki Muntz'ın gayet sağlam bir fotoğrafçısı varmış. Bu, kurbanın sol elinden geriye kalanların bir fotoğrafı. Her bir parmakta uç eklemler, yani parmak ucunda uzanan o küçük ok şeklindeki parçalar eksik," dedi.

McGee fotoğraflardan birini gruba doğru çevirip, "Size

garip gelen bir şey var mı?" diye sordu.

Kimse bir fikir beyan etmedi.

McGee eline bir kalem alarak bir zamanlar parmakları oluşturan tübüler kemikleri işaret etti. "İlk dört ekleme bakın."

Herkes dediğini yaptı.

McGee başka bir fotoğrafı daha gruba doğru çevirdi. Bu karede, tek bir parmağa ait kemikler görülüyordu.

"Bunlar da yumuşak dokuların çıkarılmasının ardından beşinci parmaktan geriye kalan kemikler. Tekrar eklemlere bakın."

Olsen, "Burada parmak ucundaki eklem mevcut," dedi.

"Evet. Parmak izinin alındığı tek parmak buydu. Başka?" dedi McGee.

Justine, "Kemikler diğer parmaklara göre daha ince ve düzgün görünüyor. Ayrıca sona doğru daha çok genişliyorlar," diye ekledi.

"Sınıfın en çalışkanı sizsiniz, Küçükhanım," dedi McGee.

Normalde "küçükhanım" ifadesi nedeniyle Justine'in tüyleri diken diken olurdu, fakat McGee gibi itibarlı biri söz konusu olunca bunu es geçti.

Olsen gözleri fotoğrafa kilitlenmiş bir şekilde, "Bu ne anlama geliyor?" diye sordu.

McGee soruyu kulak ardı ederek çantasından bir büyüteç çıkardı ve ilk dört parmağın otopsi fotoğrafıyla birlikte Justine'e verdi.

"İlk dört parmağın orta eklemlerindeki ufacık kesiklere

dikkatinizi çekerim."

McGee öne eğilerek kalemini başparmağın, işaretparmağının, ortaparmağın ve yüzükparmağının üzerinde gezdirdi. Justine de büyüteçle onu izledi.

"Yatay çizgileri mi kastediyorsunuz?" diye sordu.

"Evet. Bunlar tırtıksız bir bıçağın yol açtığı kesik izleri. Bu izler küçük parmağın *ortasındaki* eklemde eksik ama sona doğru yakın olan *proksimal* eklemde mevcut. Kesik izleri ayrıca beşinci tarak kemiğinde, yani parmakların elle birleştiği yere bitişik olan kemikte de görülüyor.

"Yani sol elin küçük parmağı uç eklemini muhafaza eden ve o uçta hiçbir kesik izinin bulunmadığı tek parmaktı, öyle mi?" dedi Justine. Aslında özel olarak kimseye hitap etmemişti, sanki verileri kafasında eleyip bir kenara ayırır gibiydi. "Ayrıca küçük parmak, parmağın elle birleştiği kısımda kesik izlerinin bulunduğu tek parmak," dedi.

"Küçükhanım yine tutturdu," dedi McGee.

Küçükhanım fotoğrafı ve büyüteci Olsen'a verdi.

Justine, McGee'nin kendisine bakarak gülümsemesinden cesaret alarak, "Bir tahminde bulunabilir miyim?" diye sordu.

McGee başını öne eğdi.

Justine bunu onay olarak algılayıp, "Küçük parmak dışında bütün parmakların uçları ayrılmış ve o parmak da elden bütün olarak ayrılmış," dedi.

"Bravo," dedi McGee.

Meyer, Nunn'a, *bu deliye inanıyor musun?* der gibi bakarak gözlerini devirdi. "Yani katilin Christopher Thomas'ın dokuz parmağını birden söküp aldığını ama küçük parmağını kesip bütün olarak bıraktığını mı söylüyorsunuz?" diye sordu.

"Hayır. Öyle bir şey söylemiyorum," dedi McGee.

Meyer'ın kaşları hayretle yukarı kalktı.

McGee, "Devam edelim. Muntz kimlik tespitini üç bulguya dayandırmıştı," dedi ve bir elini kaldırıp, güdük başparmağıyla, parmaklarını bir kenara ayırarak saymaya başladı. "Birincisi, Christopher Thomas'a ait bir kemer tokası bulunmuş. İkinci bulgu, sol elin beşinci parmağından alınan kısmi parmak izi. Üçüncüsü de, cesetten arta kalanlardan çıkarılan iskelet profiliyle Christopher Thomas'ın yaşı, cinsiyeti, ırkı ve boyu arasındaki tutarlılık," dedi.

McGee el kemiklerine ait fotoğraflarının yerine kafatası fotoğraflarını koydu. Daha önce olduğu gibi, fotoğraftaki birtakım özellikleri işaret ederek anlatmaya başladı.

"Kafa şekli basık ve yuvarlak. Yüz geniş ve elmacıkkemikleri çıkık. Geniş bir damak ve burun delikleri var. Kafatasında karmaşık ve zikzaklı bir desen göze çarpıyor. Kafatasının arkasında fazladan bir kemik var. Bu biçim bana bir Moğolun kafa yapısını çağrıştırıyor," dedi.

Herkes McGee'ye boş boş baktı.

McGee yavaşça, zor anlayan öğrencilere bir şeyler anlatan öğretmen edasıyla, "Bu özellikler kurbanın atalarının Asyalı ya da Amerikan yerlisi olduğunu gösteriyor," diye açıkladı.

Tony Olsen şüpheciliğini saklama gereği duymayarak, "Thomas'ın Asyalı olduğunu mu söylüyorsun?" diye sordu.

McGee sözünün kesilmesine aldırmadı. "Muntz başka bir hata daha yapmış. Kurbanın boyunu posunu hesaplarken yalnızca tek bir kemiği, kalça kemiğini referans almış. Sonra da bir regresyon denklemi kurmak için uygunsuz bir formül seçmiş ve bu denklemin sonucunda ortaya çıkan tahminin istatistiksel belirginliğini yanlış yorumlamış. Ben fotoğraflarda belirtilen ölçeği kullanarak kemik uzunluklarını tekrar ölçtüm ve kurbanın boyunu Asyalılara uygun istatistikleri kullanarak tekrar hesapladım. Benim tahminime göre merhumun boyu 1.62 ila 1.68 metre arasında. Oysa Christopher Thomas'ın boyu 1.83 metre," diye açıkladı.

Tony Olsen'ın yanakları kızarmaya başlamıştı. "Peki ya parmak izi? Parmak izleri yalan söylemez," dedi.

McGee devam etti. "Bunun beni de rahatsız ettiğini itiraf etmeliyim. Kendi kendime, 'Hay aksi, parçalar yerli yerine oturmuyor. Yoksa oturuyor mu? Elimde birbirinden ayrı bir sürü nokta var, şimdi onları birleştirmeliyim,' dedim."

Yine güdük başparmağıyla diğer parmaklarını göstererek tespitlerini saymaya başladı.

"Bir: Kurbanın uzun boylu ve beyaz bir adam olması gerekiyor fakat kafatası Asyalı olduğunu ve bacak kemikleri de gereğinden kısa olduğunu gösteriyor.

İki: Sol elin küçük parmağına ait olan kemikler, diğer parmak kemiklerinden farklı görünüyor; gövdesi daha düzgün ve ince, sona doğru ise genişliyor.

Üç: Sol elin küçük parmağı dışında tüm parmakların uçları çıkarılmış.

Dört: Dokuz parmaktan geriye yalnızca kemikler kalmış fakat sol elin beşinci parmağı yumuşak dokusunu korumuş."

McGee kollarını kavuşturdu. Grup beklediği tepkiyi vermemişti.

"Sonra gliserin aklıma geldi," diye ekledi.

Karşısındakiler şaşkın bir biçimde ona bakıyorlardı.

McGee metni tarayıp, Muntz'ın otopsi raporundan bir bölümü yüksek sesle okudu: "Parmaklardan biri sol kalça eklemine derin bir şekilde gömülmüş ve eklemin en ucundaki dokuyu korumuştur."

Gruptan tek bir, *hah, şimdi anladım!* tepkisi gelmedi.

McGee küstah bir tavırla öne doğru kaykılarak fotoğraf demetinin içinden bir tanesini çekip masanın üzerine koydu, büyüteci eline aldı ve herkese yaklaşmalarını işaret etti.

"Bu karede görünen kemik, leğen kemiğinin sol tarafını oluşturuyor. Şuradaki, bıçağın hemen altındaki yuvarlak boşluğa kalça kemiğinin baş tarafı oturur. Bu birleşme yerine kalça eklemi denir. Bu oyuk son derece kalın kaslar tarafından korunur. Buradaki yumuşak doku, derinin geri kalanı sıyrıldıktan uzun süre sonra bile muhafaza edilir. Anlattıklarımı takip edebiliyor musunuz?" diye devam etti.

Herkes, evet anlamında başını salladı.

McGee tatmin olmuş bir biçimde, büyüteci leğen kemiği fotoğrafının üzerine getirdi.

"Kalça oyuğunun etrafında ne görüyorsunuz?" diye sordu.

Olsen, "Kesik izleri," diye cevap verdi.

"Aynen öyle."

McGee'nin bıraktığı büyüteci Justine eline alarak, yüzünü ve büyüteci arada birkaç santim kalacak şekilde fotoğrafa yaklaştırdı. Diğerleri de dinlermiş gibi yaptılar.

McGee açıklamaya başladı: "Benim tahminim şu: Bruno Muntz kimlik tespiti işini yüzüne gözüne bulaştırdı. Demir giyotinin içindeki adam, Christopher Thomas *değildi*. Kurban yaklaşık olarak Thomas'ın yaşlarında ve cüssesinde olan bir Asyalıydı ama Thomas'tan biraz daha kısaydı. Adamın dişleri kimlik tespitini önlemek için tahrip edilmişti. Parmak izi alınmasını önlemek için parmak uçları çıkarılmıştı. Sol elinin beşinci parmağının yerine bir başkasınınki konmuştu. Asyalı kurbanın kalça bölgesine birtakım kesikler atılmıştı. Bu kesiklerin oldukça rastgele yapıldığını da eklemeliyim. Thomas'ın parmağı çürümeyi geciktirmek için gliserinle ve yağ dokusuyla kaplanmış, sonra da kasların arasından adamın kalça oyuğunun derinliklerine saplanmıştı."

Tony Olsen şüpheci bir tavırla eliyle masadaki fotoğrafları işaret edip, "Yani Muntz bu parmak eklemleri ve eksik parmak uçları konusunda tamamen çuvalladı mı?" diye sordu.

McGee, "Parmak ucundaki eklemler ufacıktır ve inceleme sırasında çoğunlukla gözden kaçırılırlar. Muntz bu eklemlerin yokluğunu fark ettiyse –ki bundan şüpheliyim– iyi niyetli doktorumuz muhtemelen kaybolduklarını düşünmüştür. Belki de demir giyotinin içindeki o vıcık vıcık atıkların içine bakma zahmetinde bulunmadı. Thomas'ın kolayca fark edilebilen bir tokası bulunan kemeri, kurbanın üstündeydi. Kurbanın cesedi parmak uçları olmadan ve Thomas'ın küçük parmağıyla birlikte demir giyotine kapatılmıştı. Sonra düzenek bir sandığa konup gideceği adrese sevk edilmişti. Gerisi hikâye," dedi.

Tony Olsen, "Peki ya birbirine uymayan kemikler ve kesik izleri?" diye sordu. Olsen'ın yanakları artık frambuaz şerbeti rengini almıştı.

McGee, "Muntz bir patologdu, antropolog değil. Adam yeteneklerinin sınırlarını aşmış," diye cevap verdi.

Justine, "Fakat..." diyerek öne kaykıldı. "Christopher'ın dişlerinden biri demir giyotinin içinde bulunmuştu, öyle değil mi? Ve bu kanıtlanmıştı," dedi.

McGee, "Yine haklısınız, Küçükhanım," dedi ve Justine'e tuhaf ve aksak bir biçimde gülümsedi. "O diş *gerçekten* de Christopher Thomas'a aitti ve kesinlikle Asyalı adamın ağzından *çıkmadı*," diye ekledi.

Bir an için herkes sustu.

Sessizliği bozan Olsen oldu. "Eğer haklıysanız, birisi kurbanın Christopher Thomas olarak teşhis edilmesi için vahşi eylemlerde bulunmuş olmalı," dedi.

McGee onaylayarak başını salladı.

Tony Olsen, "Kim?" diye sordu.

Meyer, "Neden?" diye ekledi.

McGee'nin omuzları inip kalktı. *Orası beni aşar,* der gibiydi.

Bütün gözler Jon Nunn'a çevrildi ama Nunn, Stan Ballard'a bakıyordu.

Herkesin aklındaki soruyu ise Olsen dile getirdi: "O halde Christopher Thomas hangi cehennemde?"

28

R. L. STINE

Onları nerede bulacağımı biliyorum. *Her şey* hakkında hepsinden daha fazlasını biliyorum.

Peter Heusen'i kolayca buldum. Hiç sorun olmadı. Pat pat motorlu lastik bir bot kiraladım ve Peter'ın St. Francis Yat Kulübü yakınına demir atmış yatına doğru açıldım.

Sisli ve nemli, tipik bir San Francisco günüydü. Bulutlu gökyüzünün altında uzanan deniz dalgalıydı ve rengi kahvemaviye çalıyordu. Sağımda Golden Gate Köprüsü'nü görebiliyordum ama oraya manzara izlemeye gelmemiştim.

On iki yılın ardından, Heusen'in beni gördüğünde ne kadar mutlu olacağını biliyordum.

Peter ellili yaşlarına gelmiş olmalıydı. Ayrıca inanılmaz derecede zengindi. Bu kısmen benim sayemde gerçekleşmişti.

Yatına yaklaştıkça, Peter'ın arka güvertedeki bir masada

oturduğunu gördüm. Elinde bir şarap kadehi vardı. Beni görünce ayağa kalkıp tırabzana doğru yürüdü.

"Beni hatırladın mı?" diye bağırdım. Fazla yaşlanmış gibi görünmüyordu. *Parası sayesinde,* diye düşündüm. Beyaz bir bahriyeli ceketi giymiş, başına da mavi bir denizci kasketi geçirmişti. Bu kıyafet de neyin nesiydi? Cadılar Bayramı kostümü mü?

Kafasında hâlâ saç olup olmadığını göremiyordum ama bronz ve formda görünüyordu.

Tabii ki beni tanımadı. Alarm verir gibi ellerini önünde sallamaya başladı. "Ruby, sen misin? Seni görmek istemiyorum! Geri dön! Git buradan. Burada istenmiyorsun," diye bağırdı.

Tabii ki beni görmek istemiyordu. Güverteye atlayıp botu bir kenara bağladım. Güneş bir anlığına yüzünü gösterdi ve her şey parlamaya başladı. Sanki üzerime bir spot ışığı doğrultulmuştu. Yakın çekim zamanı gelmişti.

Yatta beni dışarı atabilecek uşaklar olabileceğini düşünmüştüm ama Peter yalnız görünüyordu.

Masasının yanına geldiğimde, "Sana söyleyecek hiçbir şeyim yok," dedi. "Burada istenmiyorsun. Neden geldin ki?"

"Hadi ama, Peter. Daha cana yakın davranacağını düşünmüştüm," dedim. Gülümsemeden duramıyordum. "Ne de olsa sana çok büyük bir iyilik yaptım."

Peter kasketin altından alnını kırıştırarak gözlerini kıstı. "Bana iyilik mi yaptın? Neden bahsettiğini bilmiyorum. Senin kim olduğunu biliyorum. Benim için asla bir şey yapmadın."

"Neden öyle diyorsun? Daha geçen gün adamın biri beni bulup sana yaptığım iyilik hakkında sorular sormaya başladı."

Peter, "Ne?" diye haykırdı.

"Merak etme. Adamın icabına baktım."

Peter artık endişeli görünüyordu.

"Yalnızca on bin doların bana sonsuza kadar yeteceğini mi sandın gerçekten?" dedim ve masaya oturdum. Peter'ın şarap kadehini elime aldım ve büyük bir yudum içerek, "Bu, Chablis mi?" diye sordum.

Peter, "Liman polisini arayabilirim. Daha önce de davetsiz misafirlerim oldu," diye cevap verdi.

Gümüş ekmek sepetinden bir adet bisküvi aldım. Hâlâ ılıktı. Bir ısırık aldım. "Gerçekten hiçbir şey bilmiyormuş gibi mi davranacaksın?" diye sordum.

Peter tepemde dikildi. Dudakları titremeye başlamıştı. "Öyle davranmak zorunda değilim. Benim bu işle hiçbir ilgim yoktu."

"Hafızanı mı kaybettin? İzin ver sana yardım edeyim," dedim ve şansımı denemeye karar verdim. "Demir giyotinin içindeki cesedi hatırlıyor musun?"

Heusen yutkundu ama gözünü kırpmadı. "Affedersin ama, sen çıldırdın mı?" diye cevap verdi.

"Tanrım, bu maskaralığı daha ne kadar sürdüreceksin?"

"Şimdi devriyeleri arayacağım."

"Ah, kimi arayacağını biliyorum ama aradığın kişi polis falan olmayacak."

Peter kabine yönelirken onu kolundan yakaladım. "Otur şuraya. Uygar iki insan gibi davranalım, Peter. Bak ne diyeceğim. Sana bir hikâye anlatacağım ve sen de karşımda oturup bunu önceden bilmiyormuş gibi yapacaksın," dedim ve onu sandalyeye oturtmak için aşağı doğru çekmek zorunda kaldım.

Peter rol kesmeyi sürdürerek, "Sana beş dakika vereceğim," dedi ama terliyordu. "Hikâyen nedir?" diye sordu.

"Evet, adına hikâye diyelim. Tamamının doğru olmadığını farz edelim," dedim.

Peter elimdeki şarap kadehine baktı. Kadehi ağzıma götürüp şarabın geri kalanını da içtim.

"Peter, diyelim ki bir zamanlar San Francisco'daki bir müzede bir demir giyotin varmış. Diyelim ki yüzyıllar önce üretilmiş, buna karşın yakın zamanda kullanılmış..."

Heusen kafasını sallayarak, "Tarih meraklısı değilim. Zamanını harcıyorsun," diye sözümü kesti.

"Şey, ben dersimi çalıştım... olaydan *sonra*," diyerek, parmağımı boş şarap kadehinin kenarında gezdirdim.

Heusen ayağa kalktı. "Defol buradan."

Onu geriye doğru ittim. Birazcık sert olmak zorundaydım. Yüzünden bir korku ifadesi geçtiğini görebiliyordum. Teninin bronzluğu da kaybolmuştu.

"Diyelim ki giyotinin içine tıkılan ölü bir adam varmış," diye devam ettim.

"Bu çok eski bir hikâye. Buraya neden geldin?" diye söylendi.

Yüzümü onunkine yaklaştırdım. "Sahiden eski bir hikâye mi, Peter? Ya bütün hikâyeyi, hem de tamamını anlatırsam? Ya polisi ararsam?"

Bu, Peter'ı korkuttu. Yanaklarının kızardığını gördüm. "Bunu neden yapasın ki, Artie?" dedi. Gözleri etrafta geziniyordu. Sanki bir kaçış yolu arıyordu. "Bu olay yıllar önce oldu. Neden şimdi polise gidesin ki?"

Ona tekrar yaklaşarak, "Sana çaresiz gibi mi görünüyorum?" diye sordum. "Şey, öyleyim. *Gerçekten* çaresizim. Ne düşündüğünü biliyorum. Gösterişli yatına bir hamamböceği gibi tırmanan aşağılık bir serseri olduğumu düşünüyordun, ama bir hamamböceğine göre oldukça önemli sayılabilecek şeyler biliyorum. *Suç ortağı* gibi. Örneğin, *cinayetin suç ortağı gibi...*"

Heusen güçlükle nefes alıyordu. Göğsü bahriyeli ceketinin altında inip kalkıyordu. "Cesaret edemezsin," diye fısıldadı. "Kendini ele mi vereceksin? Cinayeti itiraf mı edeceksin? Ve beni de kendinle birlikte mi sürükleyeceksin?"

Başımı salladım. Bu durum beni eğlendiriyordu. "Sana çaresiz olduğumu söylemiştim," diye cevap verdim.

Heusen'in omuzları düştü. Gözlerini incecik çizgiler haline gelene kadar kıstı. "Ne istiyorsun? Para mı?"

"Evet. İyi tahmin. Para istiyorum. Hem de çok."

Heusen, "Tamam, tamam. Sana para vereceğim, sonra da gideceksin, tamam mı?" dedi.

Bu ziyaret çok iyi geçmişti.

Şimdi aramak istediğim bir kişi daha vardı. Şehirden temelli ayrılmadan önce son bir arama yapacaktım. Heusen'den yüklü miktarda para koparmıştım ama daha fazlasını istiyordum. Çok daha fazlasını.

Bu aramayı yapmak zorundaydım. Bunu hesap kapatmak olarak nitelendirebilirsiniz. İsterseniz buna sadistçe bir dürtü deyin ya da zafer turu ve daha çok para kazanma yolu.

Numarayı o korkak solucan Peter'dan almıştım.

Hevesli bir şekilde tuşlara bastım.

"Alo?" diye cevap veren sesi hemen tanıdım.

"Elimde Christopher Thomas'la ilgili bazı bilgiler var," dedim.

Bir sessizlik oldu. Sonra karşımdaki, "Kim?" diye sordu.

"Sesimi hatırlamıyor musun?" diye sordum.

"Siz... siz yanlış numarayı aramışsınız," dedi.

"Hiç sanmıyorum," diye cevap verdim.

"Üzgünüm. Yanlış numara," dedi ve telefonu yüzüme kapattı.

Güldüm. Gülmek kendimi iyi hissettiriyordu.

Telefona sessizce, "Seni sonra ararım," dedim.

Üzerime bir ceket geçirip dışarı çıktım.

29

JEFFERY DEAVER

Christopher Thomas dört parmaklı eliyle, süpermarketten alındığı çok belli olan bir bardağa, yıllanmış Rémy Martin konyağı doldurdu. Trompe l'Oeil iyi bir otel olmasına karşın, bazı konularda cimrilik etmişti. Yine de bu, anlaşılabilir bir durumdu. Mantıklıydı. *Güzel içki, ucuz servis.*

Christopher geniş pencerede kendi yansımasına baktı. Yeni görüntüsüyle neredeyse on yıl geçirdikten sonra bile, bu haline tamamen alışamamıştı ama görüntüsünü sevmediğinden değildi; plastik cerrah bir sanatçı gibi çalışmıştı.

Dr. 90210...

Bu sayılar, doktora faturasındaki rakamın yaklaşık üçte birini ifade eden bir posta koduydu.

Christopher şimdi de camdaki yansımasının ardından, akşamın erken saatlerinde çökmeye başlayan karanlığı izliyordu.

Kızgın ve sıkıntılıydı. Elbette haberlerde, önceki gece müzede baştan savma bir soygun yapılmaya çalışıldığını duymuş ve bozgun hakkında Peter Heusen'den kısa mesajlar almıştı. Peter'ın yazım hataları, içki içmiş olduğunu gösteriyordu.

Thomas içini çekti. Soygun son derece mükemmel bir şekilde planlanmıştı. Parmak ısırtan bir vurgun olacaktı. Heusen, Tony Olsen'ın Rosemary için bir anma töreni düzenlediğini duyunca, Christopher ve Heusen hemen bir araya gelerek, sanat dünyasının en büyük hazinelerinden birini yakalamalarını sağlayacak bir plan yapmıştı. Koleksiyon çoğunlukla da Vinci'nin ve Michelangelo'nun eserlerinden oluşuyordu fakat Rembrandt, Watteau, Rubens, Tiepolo ve de La Tour'dan da örnekler vardı. Christopher neredeyse bütün parçalar için alıcılar bulmuştu ve masraflardan sonra bu işin net kârı milyonlar değerinde olacaktı, ama hepsi boşa gitmişti...

Bu trajediyi atlattıktan sonra, o gün içinde bir telefon almıştı.

Arayan kişi, *elimde Christopher Thomas'la ilgili bazı bilgiler var,* demişti.

Bilgi mi? Christopher Thomas karısı tarafından öldürülmüş ve demir bir giyotinin içine tıkılmıştı. Christopher Thomas ölmüş ve gömülmüştü. Christopher Thomas soluk bir anıydı; küçümsenen, nefret edilen ya da nadiren gıpta edilen bir anı. Herhangi birinin sahip olmasını istediği tek bilgi buydu.

Ancak arayan kişiyi tanıyordu.

Arkasından gelen bir ses düşüncelerini böldü. Olduğu yerde dönünce Tanya'yı gördü. Hayır, adı *Taylor*'dı, değil mi? Ufacık elbisesini tekrar üzerine geçiriyordu. Christopher bir saat önce kızın üzerindeki avuç içi kadar esnek kumaşı sıyırıp yere attığından beri kızın esnek vücuduna yoğunlaşmaya ve başarısızlıkla sonuçlanan soygunu unutmaya çalışıyordu. Seksin aklını bu kayıptan uzaklaştırması gerekiyordu, fakat hiçbir etkisi olmamıştı ve Christopher bunun için kızı suçluyordu.

Kız, Christopher'ın konyağını görüp, "Oo, ben de uçmak istiyorum," dedi.

Christopher, "Hayır. Git buradan," diye cevap verdi.

Kız gözünü kırpıp, küçük bir kızın tekdüze ses tonuyla, "Eh, pek de kibar sayılmazsın," dedi.

Christopher ona aldırmadan uzaklaşırken, kızın eşyalarını toplayıp sesli bir şekilde içini çekerek gittiğini duydu.

Kimin umurundaydı ki? Hayatına daha birçok Tanyalar girecekti. Pardon... *Taylorlar*.

Operasyonlarında güvenerek kullandıkları, izlenmesi mümkün olmayan kontörlü telefondan tekrar Heusen'i aradı.

Heusen nihayet cevap verdi.

Geveleyerek, "Alo?" dedi.

Thomas, "Telefonlarıma cevap vermiyorsun," diye çıkıştı.

"Polis herkesin ifadesini alıyormuş."

"İçki içmişsin. Şimdi sarhoş olmanın sırası değil. Neler oluyor? Bir şeyden şüpheleniyorlar mı?"

"Bizden mi? Bilmiyorum. Bunu öğrenmek için müzede takılmıyorum."

"Şu anda neredesin? Ne yapıyorsun?"

"Yatımda oturup sarhoş oluyorum."

Thomas yavaşça, "Şey, sanırım iyi olacağız," dedi. Hiçbir kişisel temas olmadı, değil mi?" diye sordu.

"Kesinlikle hiçbir bağlantı olmadı."

"O zaman nasıl öğrendiler?"

"Bilmiyorum."

Heusen yılanın ve sarhoşun biriydi ama özünde aptal değildi. Ne de olsa, iki adam son on yıldır sanat eseri hırsızlığı yapıyorlardı ve en zeki polisleri ve piyasadaki en iyi sigorta eksperlerini bile atlatmayı başarmışlardı. Thomas, "Sanırım her şey yoluna girecek. Ortalığın yatışmasını bekleyeceğiz. Bir süre göze batmamaya çalışacağız," dedi.

Heusen, "Evet, göze batmayacağız," diye tekrarladı.

Thomas telefonu kapattı ve içindeki, bardağını duvara fırlatma isteğini bastırmaya çalıştı ve oturup pencereden dışarı baktı.

Christopher Thomas paraya ve metreslere giderek daha çok ihtiyaç duyduğu eski günleri düşündü. Bir süre sonra Rosemary'nin kendisine olan sabrı tükenmeye başlamıştı ve ailesine ait olan paradan Christopher'a azar azar verme konusunda daha az istekli davranmaya başlamıştı.

Böylece Christopher geleceğini düşünmeye başlamıştı. Bir küratör olarak, dünyanın her yerinden sahtekâr işadamlarıyla ve suçlularla bağlantılar kurmuş ve *özel sanat sipa-*

rişleri için devasa bir pazar bulunduğunu öğrenmişti.

Bu, güzel bir paravan tabirdi.

İnsanlar bazı tabloların çalınamayacak kadar ünlü olduğunu sanıyorlardı fakat Suudi Arabistan, Ürdün, İran, Çin, Japonya, Malezya ve Hindistan'da sınırsız bir gelire sahip olan adamların –bu talepte bulunanlar her zaman erkeklerdi– bir dâhinin elinden çıkmış esere sahip olma tutkularından haberdar değillerdi. Sahipleri bu sanat eserlerini asla toplum içinde sergilemiyorlar, hatta bazen kimseye göstermiyorlardı. Bu tutku, başka kimsenin sahip olamayacağı bir şeyi elde etmekten ileri geliyordu.

Böylece, Thomas'ın aklına bir fikir geldi ve demir giyotinden ilham aldı. Heusen'le ikisi, Christopher için çalışan Artie'nin yardımıyla Christopher'a ölmüş süsü verip demir giyotinin içine başka bir ceset koyacaklardı ve Ruby demir giyotinin Almanya'ya gönderilmesini sağlayacaktı. Christopher bir miktar tıbbi hileye başvurarak dişlerinden birini kıracak ve kendi parmağını kesip, cesedin kendisi olarak teşhis edilmesi için stratejik bir biçimde ölü adamın kalçasına saplayacaktı. Alacaklılardan kaçmak ve milyonlara sahip olmak varken, bir parmağın ve kırık bir dişin ne önemi vardı ki? Ayrıca kendi güvenliğini garanti altına almak için bu kadar detaylı önlemler almasaydı, muhtemelen "bağlantıları"ndan biri tarafından yıllar önce öldürülmüş olurdu.

Buna karşın suçu Rosemary'nin üzerine atmak Peter'ın fikriydi. Thomas istemese de bu fikre uydu çünkü bunu yapmak zorundaydı. Şimdi bile, aradan on iki yıl geçmesine rağmen Rosemary'nin bluzuna nasıl kendi kanını bulaştırdığını ve bluzun bir düğmesini koparıp cesedin yanına yerleştirdiğini hatırlayınca ara sıra bundan rahatsızlık duyuyordu. Yine de, kendisinin yerine Rosemary'nin ölmesi iyiydi. Muhtemelen Rosemary de böyle olmasını isterdi. Zaten Rosemary'yle ilgili en büyük sorun da buydu; Rosemary ona daha fazlasını verdikçe, Christopher ondan daha çok nefret etmeye başlamıştı, ama karısı bunu asla anlamamıştı. *Zavallı Rosemary.*

Ve böylece sosyetenin çakırkeyif mensubu Peter Heusen ve sanat eserleri piyasasından anlayan ve bağlantıları bulunan eski küratör Christopher Thomas mükemmel bir ekip oluşturmuşlardı. Tabii ki birbirlerinden nefret ediyorlardı ama İkinci Dünya Savaşı sırasında işbirliği yapan kumandanların yarısı da birbirlerinden nefret ediyorlardı (Thomas tarihe bayılırdı). Son on yıl içinde yüzlerce milyon dolar değerinde sanat eseri ve yapıt çalarak, bunları gizli bir şekilde yurtdışında kaçırmışlardı. Genellikle tek seferde yalnızca bir ya da iki parça taşınırdı. Bu parçalar New York'ta şehir dışındaki bir üniversitenin müzesine ait bir Renoir tablosu, Milano'daki bir moda devine ait mücevher işlemeli bir ortaçağ kadehi, Barcelona'daki bir vakfa ait bir Picasso tablosu, bir hayırseverin metresi için sakladığı gizli garsoniyerdeki bir Manet tablosu (*bu* durumda tahmin edileceği gibi hiçbir polis raporu düzenlenmezdi) olabilirdi.

Çok daha fazlası da sıradaydı ama şimdi Thomas'ın aklında tek bir şey vardı: Kaçmak. Hem de olabildiğince hızlı bir şekilde. Jon Nunn artık bir polis değildi, yine de hâlâ her şeye burnunu sokuyordu. Başarısızlıkla sonuçlanan soygun girişiminin ardından Nunn'ın, Heusen'in, bu işle bir ilgisi olduğunu öğrenmesi an meselesiydi. Ve bu yol da sonunda onu Thomas'a yönlendirecekti. Belki de Nunn bu yola girmişti bile.

Bir de gelen o telefon vardı.

Çabuk ve temiz bir kaçış göründüğü kadar zor ya da beklenmedik bir şey değildi. Christopher Thomas daima bulunmayı riske attığını ve her an kaçmak zorunda kalabileceğini biliyordu. Bir kaçış planı, milyonlarca dolar nakit parası, uluslararası bankalarda altınları ve Brezilya'da güvenli bir evi vardı.

Özel tarifeli uçak hizmeti sunan firmayı aramış ve beklemede olmalarını söylemişti.

Thomas yatak odasına gidip yatağın altından American Tourister marka valizini çıkardı. (Vuitton mu? Asla öyle pahalı bir çanta almazdı. Biri çalacak olsa Macys'den alınan sıradan bir valizini mi, yoksa 1000 dolarlık bir çantayı mı tercih ederdi? Thomas, *insanlar neden bu kadar salaklar?* diye düşündü.)

Beş dakika içinde bütün giysilerini toplayacaktı. Arabayla Oakland Havaalanı'na gidecek, kiralık arabayı iki ya da üç ay boyunca fark edilmeyeceği uzun süreli kullanıma yönelik otoparka bırakacaktı.

Thomas otel odasında etrafına bakındı. Diğer valiz neredeydi?

O sırada kapı zili çaldı.

Thomas kapı deliğinden baktı ve yüzünü buruşturarak kapıyı açtı.

Artie Ruby kapıda öylece dikildi. Elini beline koyup kalçasını bir yana atmıştı ve *kaygısız* görünüyordu. Thomas' ın aklına gelen ilk sözcük buydu. Adamın üzerinde buruşuk bir takım elbise vardı. Thomas, Artie'nin bu takıma on yılı aşkın bir süre önce ilk tanıştıklarında da sahip olmuş olabileceğini düşündü.

Artie, Thomas'a bakarken tereddüt içinde gözlerini kırptı. Sonra gözleri deforme olan ele takıldı. "Chris! Bu *gerçekten* sensin!" dedi.

Thomas iç çekerek, "Beni arayan sendin, Artie," dedi.

"Vay canına. Yeni yüzünü hiç görmemiştim. Sen… Tanrım, sana ne yaptılar? Kemiklerin yerini filan mı değiştirdiler?"

Thomas adamın omzunun üzerinden baktı.

"Merak etme. Kimse beni takip etmedi. Aynı yoldan üç kez geri döndüğüm için buraya gelmem saatlerimi aldı."

Thomas tatmin olarak, "Beni nasıl buldun?" diye homurdandı.

Artie, "Küçük kuş öttü," diye cevap verdi.

"Bu da ne demek oluyor?"

"Peter'ı görmeye gittim. Sarhoştu ve nerede olduğunla ilgili tahminini ağzından kaçırdı. Sakin ol! Bu bakışı tanırım. Kimseye söylemedim! Bütün bu yıllar boyunca her şeyi bir sır olarak sakladım." Kıs kıs güldü. "Şu Peter bir türlü çenesini kapalı tutmayı başaramıyor."

"Hayır başaramıyor, doğru," dedi Thomas.

Artie etkilenmiş bir şekilde etrafına bakıyordu. Otel odası, Artie'nin dairesinin tamamının iki katı büyüklüğündeydi. Eski püskü ayakkabıları halının üzerinde çamur izleri bıraktı.

Thomas, "Ee?" diye sordu, çünkü artık konuşma o noktaya gelmişti.

Artie, "Bizler yetişkiniz değil mi Chris? İşadamlarıyız," diye lafa girdi.

"Hayır. Ben bir işadamıyım. Sense bir hiçsin. Şimdi sadede gel."

Artie, "Haha. Çok komik. Pekâlâ, çok yakında bir şeylerin patlak vereceğini biliyorum. Ülkeden çıkmak istiyorum," diye devam etti.

Thomas, "Ve havaalanı servisinin telefon numarasını mı istiyorsun?" diye dalga geçti.

Artie'nin yüzü ciddileşti. "Neden burada olduğumu biliyorsun."

"Tabii ki para için. Bana şantaj yapıyorsun."

Artie gücenmiş gibi duraksadı. "Yalnızca herkes gibi hakkımı almak istiyorum."

"Hakkını aldın zaten."

Artie, "Ama yeterince değil," dedi ve kibirli bir şekilde sırıttı.

"Ne kadar istiyorsun?"

"Hayatımın sonuna dek yetecek kadar."

Thomas bu sözlere, "Bunun için bozuk para bile yeterli

olabilir," diyerek karşılık verdi.

Artie'nin gözleri açıldı ve pat diye, "Bana zarar verirsen, yazıp birine teslim ettiğim bir mektup var. Bir şey olursa, mektup postaya verilir. İçinde her şey yazıyor; senin sahte ölümün, cesedin demir giyotinin içine konması ve Almanya'ya gönderilmesi," dedi.

"Canım seninle tartışmayı hiç istemiyor. Ne kadarlık bir miktardan bahsediyorsun?"

İnsanlar hep kendi değerlerini düşürürler.

"Beş milyon."

Thomas katı bir şekilde başını salladı. "Sen delirmişsin. Belki bir milyon verebilirim."

"Üç."

Thomas, "İki," diye fiyat kırdı.

Artie homurdanarak, "Tamam ama nakit olsun," diyerek kabul etti.

Thomas, "Ayarlarım," dedi.

"Mümkün değil, José. Parayı *şimdi* istiyorum."

Thomas, "Neden bu klişeleri kullanıyorsun? José filan?" diye sordu.

"Ne?"

"Boş ver, Artie, demek istediğim, parayı yan odadan alabilirim. *Şimdi*," dedi Thomas.

Artie göz kırptı.

Thomas, "Ama şu bahsettiğin mektup bir sorun teşkil

ediyor. İki milyonu harcadıktan sonra daha fazlasını istemek için geri geleceksin," diye ekledi.

"Hayır, gelmeyeceğim."

Thomas, "Öyle diyorsun ama *tabii ki* geleceksin," dedi. Kaşlarını çatarak, "Bekle. Bak aklıma ne geldi. Şimdi sana iki milyon vereceğim. Sonra güvenli bir yere ulaştığında, mektubu verdiğin şu adamla buluşacağım. Kayınbiraderin, avukatın… ya da her kimse…" diye devam etti.

Artie, "Evet, evet… kendisi tanıdığım bir avukat," dedi.

Thomas, "Onunla buluşurum ve bana açılmamış mektubu verirse, ona senin için bir milyon daha veririm. Buna ne dersin?" diye devam etti.

"Gerçekten mi?" Artie yüzünü ovaladı. Tıpkı günün geri kalanında okulun iptal edildiği söylenen bir çocuk gibi görünüyordu. "Anlaştık," dedi ve tokalaşmak için kirli elini uzattı.

Thomas bu hareketi görmezden geldi. Yatak odasına doğru yürürken Artie'nin, "Vay be, şu bara bak. Kendime ufak bir içki almamın bir sakıncası var mı?" dediğini duydu.

Thomas, "Tabii, içeri gel," diye seslendi.

Christopher Thomas'ın yatak odasında *gerçekten* de birkaç milyon doları vardı. Bu, Sıska Artie'nin el arabasıyla taşımak bir yana, kaldırabileceğinden bile çok daha ağır çeken bir miktardı, ama Thomas şifoniyerine doğru yürüdü ve para yerine .357 kalibrelik bir Colt Python Magnum silah çıkardı.

Kurşunun çapı .38'lik, .44'lük ya da .45'lik silahlardan küçük olmasına karşın etkisi ağırdı ve ucu delik olan mermi, insan teniyle temas edince anında yayılıp, kurbanı bir araba çarpmış gibi yere fırlatıyordu.

Thomas elini yanda tutarak salona döndü. Artie kendisine "ufak bir içki" almak yerine, bir bardağı ağzına kadar şişesi 800 dolar değerindeki sek viskiyle doldurmuştu. Bir köpek gibi salyaları akıyordu.

Artie, "Ölü bir adam için oldukça iyi şeylere sahipsin," dedi ve silahı görünce nefesini tuttu. Bardağı yere düşürdü. "Hayır! Beni vurma!"

"Sık sık insanların aptal oldukları için ölmeleri gerektiğini söylemişimdir. *Bana* şantaj yaparsın, ha Artie?"

"Mektubu hatırla. Şaka yapmıyorum. Her şeyi anlatıyor," dedi Artie.

Thomas buna sadece gülmekte yetindi. Bir dakika önce Artie ona mektubu nasıl bulacağını söylemişti. Tabii bir mektup *varsa.* Ve gecenin devamında, kimse Artie'nin ortadan kaybolduğunu fark etmeden ve Thomas'ın gidişinin üzerinden uzun bir süre geçtikten sonra, Thomas adamlarından bazılarının Artie'nin dairesinin altını üstüne getirmelerini sağlayıp temasa geçtiği bütün avukatların isimlerini öğrenebilirdi. Böyle bir mektup varsa, adamları kaba kuvvet kullanarak mektubun açılmadan kendilerine teslim edilmesini sağlarlardı.

Veya belki de bu kötü şöhretli avukatı öldürürlerdi.

Her neyse…

Thomas silahın horozunu çıt diye geri çekip nişan aldı.

Artie, "Hayır! Lütfen!" diye bağırdı.

Thomas tetiği çekmeye başladı.

30

JEFF ABBOTT

Dün akşamki toplantı Rosemary ve Christopher Thomas'ın huzursuz hayaletlerinin gölgesinde geçmişti. Şimdiyse tıbbi antropoloğun sözleri o hayaletlerden birini gölgenin içinden çekip ışığa çıkarmış ve dağılmasına neden olmuştu, çünkü Christopher Thomas hâlâ dünya üzerinde yürüyebiliyordu.

Jon Nunn tekrar nefes alabildiğini hissetti. Rosemary'nin masum olduğunu fark ettiğinden beri yakasını bırakmayan uyuşukluk hissi, o korkunç etkisini yitirmeye başlamıştı.

Bununla birlikte, Christopher Thomas ölmediyse, neredeydi?

Toplantı artık bitmek üzereydi. Herkes konudan uzaklaşmaya başlamıştı. Nunn bir sürü sorunun ve belirsizliğin zihinlerini bulandırdığını biliyordu. Herkesin bir bir gidişini izledi. Kimseyle konuşmak istemiyordu. Kimse de onunla konuşmadı ya da göz göz gelmedi. Nunn böyle aldatılabildiğine göre nasıl bir dedektifti? Delilleri önemsememişti. Rosemary'nin suçlu olduğundan daima şüphe duymuştu, ama şüpheleri göz ardı etmişti. Kendisi ve Rosemary dışındaki herkesi memnun etmek ve adaletin yerini bulduğuna inandırmak için, dava idam cezasıyla sonuçlanana kadar hız kesmemişti.

Nunn her şeyin boşa yaşandığı hissi nedeniyle ani ve içini yakıp kavuran bir öfke duyarak duvara yaslandı. Gözlerini kapayıp tekrar açtı.

Solunda asılı duran bir tablo vardı. Mavi, turuncu ve beyaz renklerin kaotik bir tango yaptığı modern bir resimdi. Nunn'ın anlamadığı bir manaya ve motife sahip olan bir yaratımdı.

Nunn yaratım, desen ve ölüm kavramlarını düşündü. Rosemary'nin ölümü, kendi evliliğinin ve kariyerinin ölümü ve bu sıra dışı yalan da bir başkasının yaratımıydı. Bir sanatçının özenli dokunuşuyla şekil verilmiş, Nunn'ın görmeyi başaramadığı bir motifi ve temeli bulunan bir yaratım.

Neden?

Birini bu şekilde haksız yere suçlamak için hırslı olmaktan ziyade, soğukkanlılıkla hesap yapmak gerekiyordu. Ve böyle bir suçu çözmek için, Nunn'ın her zaman taviz vermeden uyması gereken tek bir kuralı vardı: Parayı takip et.

Bu durumda, para ayyaş ve kokuşmuş Peter Heusen'in şekline bürünmüştü.

Kaotik ve modern resmin yanından uzaklaşarak etrafına

bakındı. Herkes, yaşayanlar ve de geçmişin sahte hayaletleri gitmişti. Belki de herkes Nunn'dan, Rosemary'nin aleyhine dava açılmasına neden olan ve fena halde yanılan polisten kaçmıştı. Nunn midesinin bulandığını hissederken, *doğruyu bulacağım,* diye düşündü. Kalbinde sönmeye yüz tutmuş bir ateş birdenbire alev aldı. *Doğruyu bulacağım.*

Belki de Rosemary masumdu. Belki de bütün dünyanın Christopher varsaydığı kişiyi öldürmüştü.

Nunn bunu bilmek istiyordu.

Parayı takip etmesi gerekiyordu. Peter'la konuşmak istiyordu.

Ayak sesleri boşlukta yankılanıyordu. Resim sanki niyetini ölçer gibi onu izliyordu. Nunn gitmesini bekleyen bekçiye başıyla selam verdi. McFall Müzesi'nden çıktı ve her şeyin üzerine bir battaniye gibi çöken nemli ve sisli geceye adım attı. Islak ayaz içine işlerken ışıldayan yıldızlar, bulutların ardına gizlenen lekeler gibi görünüyordu.

Nunn uzaktan belli belirsiz bir karaltı gibi görünen müzenin yakınında, gölgelerin arasında bir siluet gördü. Issız kaldırımda, bir an tereddüt ettikten sonra yürümeye devam eden biri vardı. Acaba bu Peter olabilir miydi?

Parmak uçlarında, sessizce ve hızlı bir biçimde ilerlemeye başladı.

Sis perdesi, sokak lambasından süzülen ışık sayesinde bir bıçakla kesilmiş gibi aralandı ve Nunn kaldırımdaki adamın Peter değil, Stan Ballard olduğunu gördü. Stan cebinden telefonunu çıkarıp kulağına götürdü.

Nunn, *belki Sarah onu arıyordur,* diye düşündü. Sarah, Stan Ballard gibi bir yalancıyı ve şerefsizi kendisine tercih etmişti. *Benim sorunum ne? Sarah'nın sorunu ne?* Evlilikleri o modern resimlerden biri gibi görünüyordu; temeli vahşi bir kaos içinde kaybolmuştu. Acaba Sarah onu hiç sevmiş miydi?

Ballard bir kafenin sıcak konforunu ve sisli sokağın bir sokak ötesindeki barı es geçerek, dar bir ara sokağa saptı.

Ballard sarsıcı gerçeklerin açığa çıkmasının ardından yalnız kalmak istiyordu. Nunn bunu ilginç buldu.

Nunn köşede durdu, görülmeyi riske aldı ve kafasını uzatıp sokağa baktı. Kaldırımda çöp bidonları ve kafenin kasaları diziliydi. Ballard'ın bir çöp bidonunun ardında hareket ettiğini görebiliyordu. Öne doğru atıldı ve polis olduğu zamanlardan kalan bir alışkanlıkla eli silahına uzandı. Müzeye gelirken beline bir tabanca takıp, yanına kelepçelerini alma isteğine karşı koyamaması tuhaftı. Bu da artık polis olmadığı halde kendini hâlâ öyle sandığının belirgin bir kanıtıydı, ancak o anda böyle tuhaf bir özelliği olduğu için minnettardı.

Ballard telefonda alçak sesle tıslayarak konuşuyordu: "Hepsi, gayrimenkullerden para kazanmak için neler yaptığımız ortaya çıkacak," dedi. Panik duygusu sözcüklere dokunarak onları zehirliyordu. Ballard arkasında birinin varlığını sezip geriye doğru dönünce, Nunn silahını doğruca onun yanağına dayadı.

Ballard donup kaldı ve şaşkınlıktan rengi attı.

Nunn bir parmağını dudaklarına götürüp adama susmasını işaret edince, Ballard hiç ses çıkarmadı. Nunn parmaklarını şaklatarak telefonu işaret etti ve Ballard telefonu uzattı.

Nunn telefonu kulağına götürdü. Peter Heusen ateş püskürerek, "Kes sesini. Bu konu hakkında konuşmayı *kes* artık," dedi. Viski yüzünden sözcükleri uzatarak konuşuyordu.

Nunn rıza gösterdiğini belirten bir ses çıkardı.

Peter, "Umrumda değil, Stan. Biz güvendeyiz, keyfimiz yerinde ve her şeyden de önemlisi soğukkanlıyız. Soğukkanlılığın da ötesindeyiz. Buz gibiyiz. Global ısınmadan etkilenmiyoruz," dedikten sonra sesi çatlayarak zalimce ve gevrek gevrek güldü. "*CSI* dizisindekileri andıran o adamın neler söylediğinin bir önemi yok. Önemli değil çünkü bizi yakalayamazlar. Para senin, benim ve bizim," diye ekledi.

Nunn homurdandı ve Peter, Ballard'ın şüphelerini gidermek için yeni bir sarhoş tiradına başlamak üzereyken, Nunn eliyle telefonu örtüp Ballard'a fısıldadı. "Ona bir yere ayrılmamasını söyle. Onu ziyarete gitmek istediğini söyle. Şimdi. Hayır cevabını kabul etme," dedi.

Ballard'ın bakışları yanağına dayanmış olan silaha doğru kaydı. "Bunu yapmayacaksın..." dedi.

Nunn, "Yapacağım," diye fısıldadı. "Kaybedecek hiçbir şeyim yok dostum. Sen bunu sağlamak için elinden geleni yaptın. Her şeyini kaybedecek olan sensin, Stan. Şimdi dediğimi yap," dedi ve telefonu tekrar Stan'in yüzüne dayadı.

"Evet, Peter, buradayım," dedi Stan. Sesi istikrarlıydı. İçindeki avukat uyanmıştı. Hırpalandığını seyircilere ya da bir suç ortağına belli etmeyecekti. "Seni görmek istiyorum.

Şimdi," dedi. Ardından bir duraksama oldu. Stan, "Hayır, barda olmaz. Yatında kal. Bu gece tekrar insan içine çıkacak durumda değilsin. Çok geçmeden orada olurum. Tamam, evet, Peter. Hoşça kal," dedi.

Nunn telefonu kapattı. "Keşke ne kadar işe yaramaz bir adam olduğunu bütün dünyaya kanıtlamak için yanımda bir kayıt cihazı olsaydı," dedi.

Ballard yarım ağız gülümsemeyi göze aldı. "Az önce bana saldırdın ve özel bir konuşmayı gizlice dinledin. Arkanı dönerek çekip gitmediğin sürece seni mahkemeye verip elindeki son kuruşuna kadar her şeyini alırım. Sarah seni terk ettikten sonra mı dibe vurduğunu düşünüyorsun? Hâlâ dibin bir kilometre kadar yukarısındasın fakat seni dibe çakacağım, Nunn."

"Dibe çakılmak benim hobim. Dibe vurma dalında olimpiyatlara hazırlanıyorum. Cidden. Sergilediğin ahmaklığın derecesinden çok etkilendim. Peter, yeğenlerinin annesi ve kendi kız kardeşi idam edildikten sonra çocukların milyonlarını alarak onları dolandırırken, sen ona yardım ettin. Keşke kaliteli ve tutarlı insanlara madalya takılsaydı," dedi.

Ballard ağzını hareket ettirdi ve somurtmakta karar kıldı. "Çok büyük bir varsayımda bulunuyorsun."

"Hayır, bunu eskiden yapardım. Varsayımlarda bulunurdum. Artık bitti. Bana cüzdanını ve araba anahtarını göster, Stan."

Ballard elini cebine atarak cüzdanını ve anahtarını çıkardı. Anahtarlığın ucunda bir Mercedes logosu parlıyordu.

Nunn başparmağıyla kalın cüzdanı yokladı. "Rosemary ölüm odasına yürürken yaşadığından çok daha lüks bir yaşam sürüyorsun. Sen ve Peter ailenin sermayesini mi hortumluyorsunuz? Ölü bir kadının hesapların denetlenmesini istemesi zor tabii."

Ballard kıpırdamadı. Cevap da vermedi.

"Peter pisliğin teki ama aynı zamanda sarhoş ve bir plan yaparken güvenebileceğin biri değil," dedi Nunn. Ballard'ın yarasını deşme arzusuyla yanıp tutuşuyordu. Bir yanı, yanlış olduğunu bildiği halde tetiği çekip Ballard'ın genellikle alaycı bir ifadenin bulunduğu yüzünü dağıtmak istiyordu fakat sonra Sarah'yı düşünüyordu. Bu adamı gerçekten seviyor muydu? Hatta onu gerçekten *tanıyor* muydu?

Ballard, "Ne?" diye sordu. Genellikle söylenenleri hemen kavradığı halde Nunn'ın ne demek istediğini anlamamıştı.

Nunn, "Birisi o demir giyotinin içine bir ceset koyup Rosemary'yi haksız yere suçlama üzerine kurulu bir plan yapmış. Bu, öncesinde muazzam bir düşünme ve planlama süreci gerektiren bir suç," dedi.

"Bir ders kitabı gibi konuşuyorsun."

"Hem karımla yatıyorsun hem de elimde bir silah var; bu yüzden benimle alay etmek iyi bir fikir olmayabilir."

Ballard, "*Eski* karın..." diyerek konuşmaya başladı fakat Nunn onun sözünü kesti.

"Aday havuzu oldukça sınırlı, Stan. Sen Peter'dan daha zekisin ve senin niyetin de Peter'ın niyeti kadar bariz değil.

Peter kâr ederse, sen de edersin."

Ballard'ın ağzı seğirdi, kıpırdadı ve şüpheli bir biçimde somurttu. "Bunu yalnızca Sarah yüzünden söylüyorsun, çünkü benimle ilgili en kötü senaryoya inanmak istiyorsun."

"Bunu *istemiyorum*. Zaten seninle ilgili en kötü senaryoya *inanıyorum*. Bana Peter'la birlikte ne yaptığınızı anlat."

"Bu benim planım değildi."

Nunn silahı Ballard'ın yanağına daha çok bastırdı. Loş ışık altında, Ballard'ın derisinin kızardığı görülüyordu. "Kimin planıydı peki?"

Ballard cevap vermedi.

Nunn, "Seni öldürmeyeceğimi mi sanıyorsun?" diye sordu.

"Öldürmeyeceksin. Sarah'yı, beni öldüremeyecek kadar çok seviyorsun."

Ballard'ın sözlerinin korkunç gerçekliği, Nunn'ın yalancı olarak tanıdığı bir adamın ağzından çıkan acı gerçek, beynini kavurdu. Sarah'yı Ballard'ın kollarında hayal etti. Onu seviyor muydu, yoksa ondan nefret mi ediyordu? Bunu bilmiyordu ama sesinin istikrarlı ve sakin çıkmasına özen gösterdi. "Sarah'yı inciten ben olmayacağım. Masum bir kadının haksız yere cinayetle suçlanmasına yardım ettin. Sana garanti ederim ki bu, Sarah için evliliği bitirme sebebidir," diye karşılık verdi.

Ballard gözlerini kıstı. "Ne istiyorsun? Para mı? Yaşam standardını yükseltebilirim."

"O para Rosemary'nin ve çocuklarının parası."

"Rosemary öldü ve bu senin hatan, Nunn."

Nunn tetiğin üzerindeki parmağını son derece hafif bir biçimde sıktı. Ballard, Nunn'ın elinin arkasındaki damarın gerildiğini gördü ve birdenbire genzinden alçak sesli bir inilti çıktı. "Üzgünüm, üzgünüm, üzgünüm, yapma..."

Nunn, "Peter, öğrenemezler derken neyi kastetti?" diye sordu.

"Peter sarhoş. Yalnızca zırvalıyor."

Nunn, "Christopher Thomas hayatta mı?" diyerek sorularına devam etti.

"Bilmiyorum."

"Rosemary öldüğünden beri Christopher onun parasına dokundu mu hiç? Christopher da planınızın bir parçası mı?"

"Sana söyledim ya. Christopher'ın hayatta olup olmadığını bile bilmiyorum. Sen de en az benim kadar bir şeyler biliyorsun," dedi Ballard.

Nunn, "Christopher'ın öldüğünü mü sanıyordun?" diye sordu.

Ballard, "Yirmi dakika öncesine kadar," dedi.

"Yalan söylüyorsun. Tüm bunları Peter'la birlikte planladınız."

"Hayır."

Nunn, "Seni şimdi öldürürsem, terazinin kefeleri eşitlenir," dedi. Ballard'ı korkutmak ve yüzünden o yapmacık gülümsemesini silmek istiyordu. "Rosemary'nin hayatını çaldın. Benimkini mahvettin."

"Beni vurmayacaksın."

"Vuracağım. Seni vuracağım, Stan. Hem de bir kereden fazla. Önce kulaklarından, sonra burnundan ve dizlerinden vuracağım. Sonra, acı dayanamayacağın raddeye geldiğinde, seni bütün bu ıstırabı tezgâhlayan beyninden vuracağım."

"Blöf yapıyorsun."

Nunn silahı Ballard'ın kulağının ötesine doğrultup ateş etti. Patlama sesi boş sokakta güm diye yankılandı. Ballard çığlık atıp yere düştü ve sanki bir yaradan kan fışkırıyormuş gibi yaralanmamış kafasını sıkıca kavradı. Hayatta olup olmadığını anlamaya çalışan bir adam gibi çığlık atıyordu.

Nunn onu tutup tuğla duvara doğru savururken, *acaba patlamayı duyan kimse oldu mu,* diye merak etti. Birisi silah sesi duyduğunu ihbar ettiyse, belki de polis gelmeden önce birkaç dakikası vardı.

"Bir şeyin yok, ağlak bebek," dedi Nunn.

Ballard, "Para... Peter'ın fikriydi... hepsi onun fikriydi." diye sayıkladı.

Nunn, "Ama ona yardım ettin, öyle değil mi?" diye sordu.

Ballard ağlamakla homurdanma arası bir ses çıkardı. Nunn bunu sorusuna olumlu yanıt verildiği şeklinde algıladı. "Peter'ın her türlü detayı anlatacağını biliyorsun, Stan. Eğer önce sen konuşursan, polisin gözünde altın çocuk olursun. Güven bana. Polise bildiğin her şeyi anlat. Her şeyi."

İki büklüm olan Ballard, Nunn'ın yüzüne bakmadı.

Nunn silahı belindeki kılıfına koydu. Ballard'ı ayağa kaldırdı ve ara sokaktan apar topar çıkardı. Müzenin önünde,

Nunn giderken ona selam veren aynı bekçi ayakta durarak etrafı dinliyordu. Belli ki duyduğu silah sesi adamı binadan dışarı çıkarmıştı. Bekçi iriyarı, iki metre boyunda ve toplu bir adamdı. Ballard'la başa çıkabilirmiş gibi görünüyordu.

"Bir silah sesi duydum," dedi bekçi.

"Sanırım bir arabanın motoru geri tepti. Bu beyefendinin dün gece müzede düzenlenen anma töreninde onurlandırılan kadınla ilgili polise vereceği bazı bilgileri var," dedi.

Bekçi, Ballard'a baktı. "Hımm... anlıyorum ama onu ne tutuklayabilirim ne de gözaltına alabilirim," diye cevap verdi.

"Bunu ben de yapamam ancak Bay Ballard uslu duracak. Sen sadece polisi ara. Bay Ballard polis gelene kadar kendini frenleyecek," dedi. Stan'in kolunu tuttuğu elini gevşeterek, "Bana bak, Stan," dedi.

Ballard nihayet gözlerini kırpıştırarak Nunn'a baktı. Sanki yasal stratejilerin, dosyalamaların ve basit güvencelerin olağan ağırlıklarını taşımadıkları yeni bir dünyaya ayak basmış gibiydi. Bu onun için farklı bir gerçeklikti.

Nunn, "Gidip Peter'la konuşacağım. Polisle Peter'dan önce iyi bir anlaşma yapmak istersen, polisler gelir gelmez konuşmaya başlamanı öneririm," dedi.

Ballard, "Peter…" diye lafa girdi fakat sonra durdu ve Nunn sise boğulmuş gecenin içinde aceleyle kaybolurken başka bir şey demedi.

***

St. Francis Yat Kulübü, marinadaydı. Sis, denizin üzerinde dinlenmek için duran bir bulut gibi görünüyordu. Nunn, Ballard'ın Mercedesini almış ve otoparktaki bekçiye kendisini Stan Ballard olarak tanıtıp, Peter Heusen'in onu beklediğini söylemişti. Bekçi, Heusen'le telefonda konuşmuş, başını sallamış ve Nunn'ı otoparka almıştı.

Nunn park edip aceleyle rıhtıma doğru yürüdü. Yoksulluğu kucaklayan bir azizin adının verildiği bir marinada bulunmasına rağmen, St. Francis'in yelkenlileri ve yatları oldukça azametli ve güzeldi. Heusen'in yirmi iki metrelik yatının adı *Désirée*'di. Nunn yatın arkasındaki Golden Gate Köprüsü'nün sis perdesinin ardından tek başına heybetli bir şekilde yükseldiğini görebiliyordu. Rıhtım sessizdi. İnsanların çoğu teknelerinde yaşamıyordu, Peter Heusen hariç. Nunn, *Désirée*'den bir cam kırılma sesi geldiğini duydu.

Nunn güverteye çıkarak mutfağa doğru yürüdü.

Peter Heusen yerde diz çökmüştü. Döşemenin üzerine kırılmış bir kokteyl bardağının bir viski birikintisi içinde yatan parçaları parlıyordu. Peter kırık parçalardan en büyüğünü eline alarak Nunn'a baktıktan sonra güldü."

"Anma töreni sona erdi, Dedektif Nunn." İlk sözcüğü heceleri vurgulayarak, sert bir şekilde söyledi. "Fakat sen artık bir *De-dek-tif* değilsin, öyle değil mi?"

"Aslında öyleyim, Peter. Şu anda bir dedektif olmak için her türlü sebebim var."

Peter, "Bak, duyduğuma göre o bilimadamı cesedin Christopher'a ait olmadığını söylemiş. Bu çok saçma. Adam yalnızca dikkat çekmeye çalışan bir budala. Yarın..." dedi ve sendeleyerek ayağa kalkarken elindeki cam parçasını yere düşürdü. "... adamın şu magazin internet sitelerinden biri tarafından tutulduğunu ve yanıldığını öğreniriz." Peter arkasını tezgâha dayadı ve bir parmağını havada çevirerek Nunn'a doğrulttu. "Şimdi. Bekçiye yalan söyleyerek özel bir mülke girdin. Şimdi bekçiyi arayacağım ve içeriye izinsiz girmekten hapsi boylayacaksın."

Peter telefona uzanınca Nun cam kırıklarının arasından yürüyüp Peter'ı yere savurdu.

Peter, "Ah, bunu yapamazsın," diye bir yaygara kopardı. Artık içki iyice etkisini göstermeye başlamıştı. Peter yine ayağa kalmaya çalıştığında Nunn onu tekrar yere itti. Peter, "Teknemden defol git. Hemen," dedi.

Nunn, "Neden?" diye sordu.

Peter, "Ne demek istiyorsun?" diye cevap verdi.

"Seninle konuşurken nereden başlayacağımı bile bilmiyorum. Neden dünyadaki her türlü avantaja sahip olup da bunları içerek harcıyorsun? Kız kardeşinin ölmesine neden izin verdin? Neden kendi kanından olan insanların parasını çaldın?"

Peter güldü. "Neden teknemden defolup gitmiyorsun?" diye cevap verdi.

Nunn kollarını kavuşturmuştu. "İkimiz de adli tıp görevlilerinin doğruyu söylediğini biliyoruz. Ballard şu anda polisle konuşuyor."

Peter, Nunn'a parmağını sallayarak, "Ballard, polisle

konuşuyorsa, bu sana karşı yöneltilecek olan mekâna izinsiz girme ve yetersizlik suçlamaları yüzünden olacak. Kız kardeşim öldüyse bu *senin* hatan, benim değil," dedi ve eliyle ağzını sildi.

Nunn, "Ballard konuşuyor çünkü kariyerini kurtarmak için ne gerekirse yapacaktır. Şu anda bir anlaşma yapıyor. Şimdi. Sence kim daha iyi şartlarda pazarlık eder? Görmüş geçirmiş bir gayrimenkul avukatı mı yoksa sarhoş bir vakıf fonu zengini mi?" dedi ve saatine baktı. "Sen ve Ballard, çocuklarından Rosemary'nin parasını çaldınız. Ballard barodan ihraç edilecek. Sen hapse gireceksin. Belki yılları geçirmek için mahkûm arkadaşlarına denizcilik tüyoları verirsin."

Peter sesini yükselterek, "Yalan söylüyorsun. Bana dokunamazsın. Buraya gelip beni tehdit edemezsin. O veletlere iyi baktım. Yetersiz olan sensin. Gerçekten birilerinin sana inanacağını mı sanıyorsun?" diye cevap verdi.

"Buna gerçekten inanıyorum çünkü Ballard şu anda polisle konuşuyor. Sana hoşgörüyle yaklaşmalarının tek yolu, yeğenlerini –ya da senin tabirinle *veletleri*– dolandırdığını itiraf etmen."

Peter, "Hiçbir şeyi kanıtlayamazsın," diye cevap verdi.

Nunn, "Ceset Chris'e ait değil. Dava tekrar açılacak. Bir anne idam edildi. Basın ve halk deliye dönecek," dedi.

Peter, "Bunun da kız kardeşime çok büyük bir yararı olacak," diye dalga geçti.

"Sanki çok da umurundaymış gibi," dedi Nunn.

Peter ayağa kalkıp Nunn'a baktı, sonra başka bir kokteyl

bardağı alıp içine bir parmak viski koydu. Bardağa bakıp bir parmak daha ekledi. İçkisinden uzun bir yudum aldı. "Kendi kız kardeşimden nefret ettiğimi mi düşünüyorsun? Belki. Ama belki de aynı zamanda onu seviyordum," dedi. Nunn bir an onun ağlayacağını sandı. Peter kendisini sarsan derin bir nefes aldıktan sonra ürperdi.

Nunn, "Christopher nerede?" diye sordu.

Peter viskisinin bir parmaklık bölümünü uzun ve tek bir yudumda içti. "O öldü. Rosemary onu öldürdü."

"O, Chris'in cesedi değil."

Peter mutfak tezgâhı boyunca geri gitmeye başladı. "O öldü, o öldü. Öldü ve demir bir giyotinin içine hapsedildi."

Nunn tekrar sözcüklerin üzerine basa basa sordu: "Peter. Christopher nerede?"

Peter bardağı Nunn'ın yüzüne fırlattı. Nunn başını eğdi. Yüzüne sıçrayan viski gözlerini yakarken, kristal bardak alnına çarptı.

Peter koşarak Nunn'ın yanından geçmeye çalıştı ama Nunn kolunu onun boynuna dolayıp onu yakaladı. Peter bir zamanlar bir atlet olabilirdi, gelgelelim alkol nedeniyle kaslarının ve dayanıklılığının büyük bir kısmı eriyip gitmişti.

Nunn bir yandan Peter'ın boynunu sıkarken, diğer yandan gözlerini kırpıştırarak batma hissini gidermeye çalıştı. Peter'ı hızla yere doğru fırlatarak kokteyl bardağının parıldayan kırık parçalarına doğru sürükledi. Peter'ın seyrelen saçlarından tutup yüzünü sivri çam parçalarına doğru yaklaştırdı.

"Söyle bana. Christopher'ın nerede olduğunu söyle."

Peter, "Hayır, hayır. Hayır!" diye direndi.

"Peter, istersen şöyle düşün: Çocukların parasını çaldıysan ve babalarını onlara geri verebilirsen, yargıç seni Ballard'dan çok daha fazla sevecektir. Belki teknenin sende kalmasına bile izin verir."

Peter, "Tekne," diye tekrarladı.

"Evet, tekne. Şimdi anlat bana. Yoksa kırık cam parçalarını, yüzünü süpürge niyetine kullanarak toparlayacağım ve canın yanacak."

Nunn sessizce ona kadar sayarken, Peter Heusen üç kez düzensiz bir şekilde soluk aldı. Peter sessizleşince Nunn onun yüzünü cam parçalarına doğru yaklaştırdı.

Peter çığlık attı. Nunn durdu. "Trompe l'Oeil Oteli! Christopher, Trompe l'Oeil Oteli'nde.

Nunn orayı biliyordu. Union Meydanı'ndan fazla uzakta olmayan, dört yıldızlı bir oteldi. "Bana yalan söyleme."

"Yalan söylemiyorum ama..."

"Ama?" diye sordu Nunn.

"Onu tanıyamazsın. Yüzü..."

Nunn, "Estetik ameliyat oldu, değil mi?" dedi.

Peter evet anlamında başını salladı. "Dediğine göre öyle. Tabii ki orada gerçek adını kullanmıyordur. Ayrıca artık neye benzediğini de bilmiyorum; onu on yıldır görmedim. Anlaşmamız böyleydi."

"Fakat onunla konuştun," dedi Nunn.

"Evet. Dün beni aradı. San Francisco'dan gittiğini sanıyordum ama hâlâ burada," diye devam etti. Sesi neredeyse korkmuş gibi çıkıyordu.

"Trompe l'Oeil'de olduğunu nereden biliyorsun? Sana söyledi mi?"

"Hayır ama beni aradığında... arka plandan gelen sesleri duydum. Müzik çalıyordu ve bir caz şarkıcısının, gırtlaktan şarkı söyleyen kalın bir kadının sesi geliyordu. O barda içki içerim. Bu yüzden orada olduğunu düşünüyorum..."

Nunn bütün ipuçları barlarla ilgili olduğu sürece Peter'ın iyi bir dedektif olduğunu düşündü.

Nunn, "Seni neden aradı ki?" diye sordu. Sonra her şey anlam kazandı. "Sen saklanmasına yardım ettin. Kaçmasına yardım ettin." Peter'dan bir adım uzaklaştı.

Peter, "Bu kadar kötü biri olduğumu mu düşünüyorsun?" diye hıçkırdı.

Sonra Peter çözüldü. Suçluluk duygusu ya da alkol nihayet vidalarını gevşetti ve alçak bir sesle Christopher'ın sahte ölüm senaryosunu uygulamasına ve ortadan kaybolmasına nasıl yardım ettiğini itiraf etti.

"Planı Christopher yaptı," dedi Peter. "Bir başkasının cesedini kullandı. Ayak işlerini yapan ve ona haşhaş ve kokain temin eden Çinli bir adamı öldürdü. Adam zaten bir hiçti. Cesedini demir giyotinin içine tıktı.

Nunn, "Adı neydi?" diye sordu.

Peter düşündü. "Bir James Bond karakterine benzer bir lakabı vardı... Tuhaf İş filan gibi bir şey," dedi.

Nunn, *Tuhaf Vücut,* diye düşündü.

Peter anlatmaya devam etti. "Christopher kendi parmağını kesti ve ölü adamın yanına bıraktı. Parmağını burada, teknede kesti. Yarayı dağlamak ve onun için bandajlamak zorunda kaldım," dedi. Öğürür gibi bir ses çıkardı. "Sonra da kendi dişinden bir parça kopardı ve adamın gömleğinin cebine koydu."

Nunn neredeyse tanınmayacak haldeki cesedi hatırlayarak kendini hasta hissetti. Dişi ve adli tıp yetkilisi McGee'nin bozulmamış parmak hakkında söylediklerini hatırladı.

"Sonra kendi kız kardeşinin haksız yere suçlanmasına yardım ettin."

Peter, "Bu, Christopher'ın fikriydi; hem de her bir kısmı!" diye haykırdı.

"Devam et," dedi Nunn.

"Christopher, Rosemary'nin bir bluzunu aldı ve kendi parmağını kestikten sonra bluza kanını bulaştırdı. Resim yapar gibiydi, hatırlıyorum. Sonra saç fırçasından bir saç teli alıp cesedin yanına koydu, ardından da Rosemary'nin ofisine polisin bulması için haşhaş ve kokain koydurduk..."

Nunn, Peter'ın ağzından mırıldanarak ve geveleyerek çıkardığı sözcükleri katı bir sessizlik içinde dinledi.

Sonra Peter'ı bıraktı. Peter sendeleyerek ondan uzaklaştı, lavabonun yanına yığıldı ve parmaklarıyla yüzünde cam parçaları olup olmadığını kontrol etti. Yanağında yalnızca ufak bir sıyrık ve biraz da kan vardı. Peter rahatlayarak mırıldandı.

Nunn belinin arkasındaki muhafazadan kelepçeleri çıkardı, birini Peter'ın bileğine, diğerini de fırının sapına taktı.

Peter, "Artık bir polis değilsin. Bana kelepçe takamazsın," diye haykırdı.

Nunn, "Ballard'ın uslu durmak için bir nedeni var fakat sen kısa sürede uluslararası sulara çıkabilecek bir teknedesin. Sana güvenmiyorum," dedi.

Peter, "Nunn, lütfen. Bırak gideyim. Sana her şeyi anlattım. Sana para veririm," diye yalvardı.

"Bir saat içinde aldığım ikinci rüşvet teklifi," dedi Nunn. Viski şişesini alıp Peter'ın bacaklarının arasına sıkıştırdı. "Senin için polisi arayacağım."

Peter öksürmekle burnunu çekmek arasında bir ses çıkardı.

Nunn, *Désirée*'den atlayarak rıhtım boyunca koştu.

Christopher Thomas hayattaydı ve elinin altındaydı. Nihayet davayı çözebilirdi. Belki de Rosemary için gerçek anlamda adaleti sağlardı. Belki de işini geri alırdı.

Ve Nunn belki kendini de geri getirebileceğini düşündü.

31

MARCUS SAKEY

"Korkarım seni anlayamıyorum." Christopher selobandı barın üzerindeki silahın yanına koydu. "Gerçekten telaffuzun üzerinde çalışmalısın. Bu, insanı alt sınıflardan ayırır," dedi. Artie'nin bardağını pelüş halı kaplı zeminden aldı, yıkadı ve kuruladı, sonra kendine aynı sek viskiden birkaç parmak doldurdu. "Telaffuz ve tabii ki para," diye ekledi.

Artie inledi. Yüzü bembeyaz olmuştu. Sürünerek ilerlemeye çalışırken, çenesinden ter damlıyordu. Aslında etkileyici bir manzaraydı. Christopher kendisini izlerken, Artie bir kolunu kaldırıp öne doğru atılmak ve birkaç santim ilerlemek için savaş veriyordu. Sanki ıstırabı teninin altında keskin pençeli bir şeytana dönüşmüş ve bu şeytan tarafından ele geçirilmiş gibi görünüyordu.

Karnından fışkıran kanlar, halının beyaz dokumasının üzerinde kopkoyu, neredeyse siyah gibi görünüyordu.

Christopher içkisinden bir yudum daha alıp, genzini yakmasının tadını çıkardı. Kendini genellikle seksle ilişkilendirdiği bir biçimde canlı hissediyordu ama bu, onu bir anlığına kırılgan yapan ve kendisinden bir şeyler vermesini gerektiren orgazmdan farklı bir histi. Daha ziyade bir sonraki Taylor'ın –veya Haile ya da Justine'in– ona teslim olduğu o kusursuz anda hissettiklerine benziyordu. Giysileri çıkmadan önce gözlerinde teslimiyet ışığının belirdiği, kendini bıraktığı o anda.

Ancak Artie kendini bırakmıyordu ve bu da durumu daha zevkli bir hale getiriyordu.

Christopher onu bir süre daha izledikten sonra arkasını dönüp yatak odasına yürüdü. Işığı yakıp etrafına baktı. .357 kalibrelik bir silah atışı, caddeden gelen bir gürültü, havai fişek sesi, motoru geri tepen bir kamyonun sesi olarak algılanabilirdi. Silah sesi olarak algılanmasında da bir sakınca yoktu. Kimse silah sesinin gecesi 4000 dolar olan bir süitten geldiğine inanmazdı.

Yine de, harekete geçmesinde fayda vardı. Ayrıca San Francisco'nun kendisine sunabileceği bütün eğlence fırsatlarını değerlendirmişti. Ballard'ı takip etmiş, Belle'in solgun boğazına bir bıçak dayamış, polisi ve Ballard'ın göz kamaştırıcı karısını sinsice izlemiş, soyunma odasında kadının yanına kadar sokulmuş ve iç çamaşırlarıyla titremesini izlemişti. Tüm bunlar heyecan vericiydi. Tek pişmanlığı, çocukları Leila ve Ben'i uzaktan bile olsa görme şansını bulamamış olmasıydı. Artie buna ikinci sınıf planıyla engel olmuştu. Her neyse. Rio kendisini bekliyordu.

Christopher dolaptan bir valiz indirip fermuarını açtı. Sonra otel odasının kasasını açıp tomarlar dolusu parayı valize yüklemeye başladı. Birinci valiz dolunca bir ikincisini çıkardı ve onu da doldurdu. Valizlerinden birinden temiz, desenli ve duble manşetli beyaz bir pamuklu gömlek çıkardı ve üzerindeki buruşuk gömleği bununla değiştirdi. Aynanın önünde durdu. Biraz ciddi görünüyordu. Kol düğmelerini takıp kumaşın duruşunu düzeltmek için bileklerini salladı. İşte olmuştu. Bir anda, şık ve hovarda bir görünüme kavuşmuştu.

Christopher valizlerini kaldırıp tekrar salona doğru yürüdü. En yüksek değerdeki banknotlar halinde saklansa bile, gerçek paranın ne kadar ağır çektiğini görmek inanılmazdı.

Artie neredeyse iki metre kadar ilerlemeyi başarmıştı. Yerdeki koyu kan izleri kat ettiği aşamayı gösteriyordu. Elleri kana bulanmıştı.

Christopher, "Göründüğünden daha zeki olduğunu söylemeliyim, Arthur," dedi ve valizleri yere bırakıp ağır ağır yanına yürüdü. "Demek telefona doğru gidiyordun. Çok akıllıca. Bense kapıya doğru gideceğini tahmin etmiştim," dedi. Bir ayağını kaldırdı ve ayakkabısının topuğuyla Artie'nin omzuna bastırıp onu aşağı doğru itti.

Artie tıpkı bir masa lambası gibi yuvarlandı. Çığlığı ağzındaki bant tarafından bastırılsa bile, çiğ ve keskin bir şekilde duyuldu.

"Peki telefona ulaşsaydın ne diyecektin?" Christopher bara doğru gitti ve ağır tabancayı yanağına dayadı. "Plmmmmpphmmeph mı?" diye sordu. Pantolonuna kan bulaştırmamaya dikkat ederek, tek dizini yere dayadı ve bir zamanlar bekçi olan Artie'nin yanına çömeldi. "Beni duyabiliyor musun?" diye sordu.

Artie'nin gözleri sonuna kadar açılmıştı. Gözbebekleri sanki parlak ve yakındaki bir cisme bakar gibi küçülmüştü. Hiçbir tepki vermedi. Christopher, Artie'nin üzerine eğilip kurşunun karnını yardığı yerin hemen üzerine bir fiske vurdu.

Artie bu sefer tepki verdi.

"Sana beni duyabiliyor musun diye sordum."

Artie hararetli bir biçimde başını salladı.

Christopher, "Muhtemelen öleceğini, deyim yerindeyse hayata gözlerini yumacağını tahmin etmişsindir ama öbür dünyayı ne kadar hızlı boylayacağın bana bağlı. Ben ağzındaki bandı çıkarırken bunu hatırla. Tamam mı?" dedi.

Artie tekrar başını salladı.

Christopher, "Mükemmel," dedi. Artie'nin ağzındaki bandı söktü ve Taylor'ın bıraktığı iç çamaşırını ağzının içinden çıkardı. Bunları bir kenara attı ve sonra ellerini Artie'nin gömleğindeki temiz bir noktaya sildi. Silahın namlusunu adamın kasığına dayayarak horozu geri çekti. "Şimdi, şu mektuba gelelim," dedi.

Yorgundu. Hem de çok yorgun.

Jon Nunn'ın omuzları sıkılmış birer yumruk gibi kaskatıydı. Gözleri kan çanağı gibi damarlı ve kupkuruydu. Gözlerini ovmak için elini kaldırdığında, parmakları titriyordu. Sanki günlerdir koşuyormuş gibi.

Aslında günlerdir değil, yıllardır, on iki uzun yıl boyunca koşuyordu.

Evliliği –Sarah– hakkında acı ve suçluluk duyarak *on iki yıl* geçirmişti.

Christopher Thomas'ın bir yılan ve gözü yükseklerde olan bir sahtekâr olmasının yanı sıra, bir cinayete kurban gittiğine inanarak *on iki yıl* geçirmişti.

Verdiği ifadeyle, Rosemary'yi işlenmemiş bir cinayet uğruna ölüme göndereli *on iki yıl* olmuştu.

On iki yıl boyunca etrafında olanlara seyirci kalmıştı. Kendini içkiye vermiş, çaresiz kalmış ve aciz düşmüştü. Ne yapacağını kestirmeye çalışmış ve zaman öldürmüştü. Pasif bir şekilde hayatın akıp gitmesini izlemiş ve her şeyin farklı olmasını dilemişti.

Christopher Thomas bunca yıldır rüyasını yaşarken, Jon Nunn monoton bir kâbusun içinde sıkışıp kalmıştı.

Ve şimdi, hepsi burada, onca yerin içinde bu otelde bitmeliydi. Otelin tabelasında TROMPE L'OEIL yazıyordu. Liseden hatırladığı Fransızcası Nunn'ı yanıltmıyorsa bu, "Göz Yanılgısı" anlamına geliyordu.

Bu, kusursuz bir isimdi.

Nunn, Mercedes'in dörtlülerini yakarak arabadan indi. Vale kendisine doğru bir hamle yaptı fakat Nunn başını sallayıp, "Uzun süre kalmayacağım," dedi.

Lobinin kapıları sessizce açıldığında, zarif bir şekilde aydınlatılmış geniş bir mermerli salon gözler önüne serildi. Havada tatlı bir koku vardı. Nunn kabarık minderli koltuklarda oturan borsacıların, avukatların ve doktorların arasından geçerken, ayakkabıları mermer zeminde tak tuk diye sesler çıkarıyordu. Resepsiyonun arkasındaki duvarda yan yana ağaçlar dizilmişti. Nunn resepsiyonun önünde ayakta durana kadar bunların duvar resimleri olduğunu anlamadı. Ustaca ayarlanan perspektif sayesinde o kadar gerçekçi görünüyorlardı ki Nunn'a, uzanıp ağaçlara dokunacakmış gibi geliyordu.

Resepsiyonist, "Trompe l'Oeil'e hoş geldiniz, efendim. Size nasıl yardımcı olabilirim?" diye sordu.

Nunn, "Misafirlerinizden birini arıyorum," diye cevap verdi.

Resepsiyondaki kadın –isimliğinde Claire yazıyordu– başını klavyeden zar zor kaldırdı. "Lütfen arkadaşınızın adını verir misiniz?" dedi.

Nunn yüzünü buruşturdu ve cebinden eski bir fotoğraf çıkardı. "İşte bu o. Onu tanıyor musunuz?"

Kadın, "Üzgünüm, bu ne..." derken, Nunn sözünü kesti.

"Ben bir polisim," dedi. O sırada dürüst olmanın bir yararı yoktu.

"Yine de üzgünüm, bilgi veremem ama müdürümü çağırabilirim, belki o..."

Nunn bankoya yaslanarak, "Dinle beni. Bu adam bir katil. Anladın mı? Tehlikeli biri. Lütfen. Düşün. Onu gördün mü?"

Claire tedirgin bir şekilde dudaklarını yalayarak, "Bilmiyorum," diye cevap verdi.

Bir yerden, susturulmuş bir patlama sesi geldi. Nereden geldiği belirsizdi. Çok yüksek değildi. Lobide bir mankene kur yapan yatırım bankacısı icraatına ara vermedi; kız da saçıyla oynamayı ya da kalçasını bir o yana, bir bu yana savurmayı kesmedi. Varlık ve nüfuzun göstergesi olan alçak sesli konuşmalar devam etti.

Buna karşın, Jon Nunn arada ne kadar yalıtılmış kat olursa olsun, bu sesi tanıyordu.

Bankonun ardındaki kadın, "Bu da ne? Az önce de duydum," diye sordu.

Nunn, kadına arkasını dönerek, "Düşün. Onu gördün mü?" diye tekrarladı.

"Ben..."

"Evet ya da hayır."

Kadın gergin bir sesle, "Hayır," dedi.

Nunn, "Peki ya bir başkası?" diye devam etti.

Kadın, "Ne demek istiyorsunuz?" diye sordu.

"Yani onu görmüş olabilecek başka biri var mı?"

Kadın hayır anlamında başını salladı. "Burada genellikle iki kişi çalışırız ama Jonathan şu kıvırcık saçlı genç adamla tanıştı ve ona dedim ki..." Claire omuz silkti. "Evinden müdürümü aramamı ister misiniz?" diye sordu.

Nunn yürümeye başlamıştı bile. Duyduğu, bir silah sesiydi; .45 hatta .375 kalibre kuvvetinde bir tabancaydı. Christopher nereye ateş ediyordu?

Daha doğrusu *nereye* değil, *kime* ateş etmişti?

Nunn parmaklarını sıkıp bıraktı. Nunn'ın insanları koruyarak geçen hayatı boyunca edindiği her türlü içgüdü, ona Christopher Thomas'ın bu otelde olduğunu söylüyordu. Ayrıca Christopher silahlıydı ve muhtemelen az önce birini vurmuştu.

Yine de bunları bulmak bir işe yaramıyordu. Nunn ne yapacaktı, dolaşıp kapıları mı çalacaktı? SWAT ekibini arayıp binayı çevirmelerini mi isteyecekti? Artık bir polis değildi. Yardım isteyemezdi. Orada ne yaptığını ya da her şeyden önce bu bilgiyi nereden aldığını açıklayamazdı. İnsanlara sahip olmadığı rozetini gösteremezdi.

Kaldı ki, Peter Heusen, Christopher'ın bir estetik ameliyat geçirdiğini söylemişti. Artık yepyeni bir yüzü vardı. Koridorda yanından bile geçse, Nunn'ın onu tanımasına imkân yoktu.

Nunn içinden, *tabii ki onu tanıyacaksın. Gözlerini değiştiremez. O küstah ve kibirli gözleri dava dosyasındaki bir düzine dolusu fotoğrafta aynı şekilde bakıyordu,* diye düşündü.

Nunn kısa ve kızgın adımlarla lobide turlarken zaman kaybettiğini hissediyordu. Kaybedecek zaman yoktu ama yanlış bir adım atacak zaman da yoktu.

Nunn'ın içsesi yine konuşmaya başladı. *Tabii. Yine tereddüt et. Etrafında olup biten her şeye seyirci kal. Tıpkı son yirmi yıldır yaptığın gibi.*

Üzerinde pahalı giysiler olan sarışın bir adam, ardında

iki tane valiz sürükleyerek lobiden geçiyordu. İnce yapılıydı ve kendini beğenmiş bir şekilde, salınır gibi yürüyordu.

Nunn depara kalktı. İki deri koltuğun arasından fırlayarak, *The Wall Street Journal* okuyan bir adamın öne doğru uzattığı bacaklarının üzerinden atladı. Birinin içkisine çarpıp içkiyi devirince, arkadan birinin kendisine bağırdığını duydu. Nunn iki saniye sonra sarışın adamın arkasındaydı. Adam o sırada arkasına dönmeye başladı. Nunn omzundan tutup onu hızla ters çevirdi ve sağ kolunu arkaya kıvırdı.

Saçları erkek gibi kısa kesilmiş bir kadın, gözleri fal taşı gibi açılarak, dehşet içinde Nunn'a baktı. Şaşkınlıktan ağzı açık kalmıştı. "Sen ne..."

Nunn tam adamın yüzüne bir yumruk indirmek üzereyken eli havada asılı kaldı. "Üzgünüm. Sizi bir başkası sandım..."

Kadın, "Yardım edin!" diye bağırdı.

Nunn içinden, *kahretsin,* dedi.

Arkasını döndü. Lobideki herkes donup kalmış bir şekilde ona bakıyordu. Nunn sırayla insanların yüzlerine baktı. Resepsiyonun ardında Claire'in bir elinde telefonu tuttuğunu ve konuşurken kendisine baktığını gördü. Acaba polisi mi arıyordu?

Nunn birden keskin bir acı hissetti ve dünyaya çabucak geri döndü. Tokadın sesini, acıyı hissettikten sonra duydu. Tokadı sarışın kadın atmıştı. Başka bir tane daha atmaya hazırlanırken, Nunn kolunu yakaladı. "Hanımefendi, dinleyin..."

"Hey dostum, geri çekil." Kapı görevlisi kendisine doğru yürüyordu. Nunn etrafına baktı ve lobinin tekrar hareketlenmeye başladığını gördü. İnsanların çoğu üzerine doğru geliyordu. Duvara yakın olan asansörün kapısı açıldı ve içerideki adam, böyle bir sahneyle karşılaşmayı beklemediği için tereddüt etti.

Nunn insandan insana dönüyordu. Herkes ona bakıyordu. Bir an için okul bahçesinde yaşadığı o tatsız tecrübeyi, hedef haline geldiğini hatırladı. Polisken kullandığı ses tonuyla, "Ben bir polisim. Herkes sakin olsun," dedi.

Bu açıklama herkesin donup kalması için yeterliydi. O sessizlikte, her yeri kaplayan mermerlerin, onca gösterişin ve altın yaldızlı metal kapıların ardında, Nunn onları gördü. Zaman adeta durdu.

Nunn harekete geçmeye yeltendiğinde, iki şey oldu.

Asansörün kapıları kapanmaya başladı.

Ve kapıların ardında, Christopher Thomas'ın gözlerine sahip olan bir yabancı ona göz kırptı.

Vay be. Bu çok ani olmuştu. Peter onu ele vermiş olmalıydı. Onun icabına sonra bakacaktı.

Asansörün kapıları otopark katında açılır açılmaz Christopher koşarak dışarı fırladı. Valizlerini ardından çekerken tekerlekleri sıçrıyor ve sekiyordu. Otoparkta sarı ve ruhsuz bir ışık yanıyordu. Tabanca Christopher'ın cebini dolduruyordu.

Christopher arabalar hakkında fazla bir şey bilmiyordu fakat güzellikten anlıyordu ve kiraladığı Aston Martin DB9 güzel bir arabaydı. Arabayı tanıtan kadın, arabanın beygir gücü, 12 silindirli motoru ve direksiyonu hakkında bir şeyler zırvalamış, Christopher ise sadece başını sallamış ve onu arabanın kaportasına dayadığını ve altta motor çalışırken becerdiğini hayal etmişti.

Christopher arabayı bipleterek kilidini açtı ve valizleri içine attı. Elini çabuk tutmalıydı. Umudunu yitirmiş olan zavallı Jon Nunn kendisine doğru geliyor olmalıydı. Christopher motoru çalıştırarak, arabayı birinci vitese aldı ve hızla çıkışa yöneldi. Lastikler asfalta yapışırken arabanın motoru güçlü bir şekilde vınladı. Christopher köşeyi dönüp rampayı çıkmaya başladı. Tek yapması gereken otelden uzaklaşmaktı. "O eski polis beni bunun içinde yakalasın da göreyim," diye düşündü.

Jon Nun rampanın tepesinde durmuş, gökyüzünün mora çaldığı bir San Francisco gecesinin oluşturduğu fonun önünde, elinde bir silahla bekliyordu.

Gümüş renkli ve lüks araba hızla kendisine doğru geliyordu.

Kolu kendiliğinden hareket etti ve silah sanki yerçekiminden bağımsızmış gibi havaya kalktı. Nunn yılların alışkanlığıyla arabaya doğru nişan aldı, sol eli silahın otomatiğini sabitlemek için uzandı ve araba yaklaştıkça parmağı tetik mahfazasına doğru kaydı.

Kendi kendine konuşmaya başladı. *Bunu yapabilirsin. Sadece nişan al ve ateş et. Nişan al ve ateş et. Onu vuracak-*

sın, sonra arabası sana çarpacak ve ikiniz birlikte sürükleneceksiniz, belki de böyle olması gerekiyor.

Direksiyonun arkasındaki adamla göz göze geldi. O, her şeyin üzerinde olduğuna inanan biriydi. Etrafındakileri benmerkezci bir tavırla yüzüstü bırakarak yaşamlarını mahveden bir adamdı.

Sonra Nunn'ın iç sesi yine konuştu: *Hayır, eşitlik iyi bir fikir değil. Onu yenmelisin. Sarah için. Rosemary için.*

Kendin için.

Nunn kendini yolun kenarına attı. Yanından hızla geçen devasa araba etrafına sıcaklık yayıyordu. Nunn omzunun üzerine düştü ancak silahı elinde tutmayı başardı. Thomas kendi ivmesine karşı koymaya çalışırken frenler gıcırdadı. Aston Martin yana doğru savrulup yalpaladı ve çarptığı çöp kovalarını domino taşı gibi devirdi. Sonra sürücü vites küçülttü, şanzımandan iğrenç bir ses çıktı ve araba tekrar öne atıldı.

Nunn, Mercedes'e doğru koşmaya başladı.

Kendini arabanın içine atarak, elindeki silahı yan koltuğa fırlattı ve arabayı çalıştırıp gazı kökledi. Mercedes pirinçten bir tekerlekli bagaj arabasına çarpıp son moda çantaların havada uçmasına neden olunca, vale şaşkınlıktan donup kaldı. Arkasından biri ısrarla korna çaldı fakat Nunn aldırmadı ve arabanın arkasının savrulmasını önlemek için aksi yöne direksiyonu çevirdi.

Önden giden Christopher, hızla iki arabanın arasından geçti.

Nunn, *şimdi ne olacak,* diye düşündü.

Aston Martin, muhtemelen Nunn'ın çaldığı Mercedes' ten daha hızlıydı.

İçsesi, *o zaman başka bir yol bul,* dedi.

Union Meydanı bir alışveriş bölgesiydi. Geniş caddeleri, kavşaklarda belirgin bir şekilde boyanmış yol işaretleri ve düzgün kaldırımları vardı. Camların ardından Urban Outfitters, Apple ve Diesel gibi bulanık logolar göze çarpıyordu. Kaldırımlar o kadar genişti ki…

İçsesi, *dur bir saniye, bunu yapmadan önce bir düşün…* diyecek oldu.

Nunn köşeyi dönerek Mercedes'i kaldırıma çıkardı. Ayağını gazdan çekmeden ilerlerken, sürekli korna çalıyordu. Geç saatlerde alışveriş yapanlar ona boş gözlerle bakıyorlardı. Zengin kadınlar, Nunn'ın bir aylık maaşı değerindeki çantalarını sıkıca tutuyorlardı. Üzerinde rengârenk bir Afrikalı gömleği olan bir hippi kenara sıçradı ve Nunn'a bağırarak küfretti. Nunn dişlerini sıktı ve kaldırımın kenarında ilerleyerek köşeye kadar geldi, sonra arabayı kaldırımdan indirdi ve güney yönündeki Dördüncü Cadde'ye gitmek için arabayı döndürdü. Ondan ileride olan Aston Martin arabaların arasında zikzaklar çiziyordu. Trafik onu yavaşlatıyordu. Önünde açık bir yol olmadıkça, Christopher Thomas'ın pahalı oyuncağının ona pek bir yardımı dokunacak gibi görünmüyordu.

Nunn'ın içsesi, *o halde açık olan bir yolu tercih edecek. Onu orada yenmelisin,* dedi.

Ama bunu nasıl yapacaktı?

Mission caddesinden geçerken, cevabı gördü.

Christopher Thomas, eski polisi garaj rampasının tepesinde gördüğünde, bir an için her şeyin bittiğini düşünmüştü. Artie'nin cesedi bir otel odasında yere yığılmış bir halde duruyordu ve her yerinde parmak izleri vardı; bunun hiçbir açıklaması yoktu ama eski dost Jon Nunn, dava üzerinde çalışırken olduğu gibi, yine öngörülebilir davranmıştı. Otele bir polis ordusuyla gelmek yerine, bir tür intikam misyonunu yerine getirmek üzere tek başına boy göstermişti. Hâlâ Christopher'ı hafife alıyordu ve kiminle dans ettiğinin farkında değildi. Hayır, Nunn'ın yaşamasına izin vermesi bir sorun teşkil etmezdi. O adam hakkında endişelenmesine gerek yoktu. Christopher yalnızca biraz uzaklaşmak istiyordu. Sonra da Oakland Havaalanı'na gitmek istiyordu. Burada onu krem renkli deri döşemeli koltukların, soğutulmuş şampanyanın ve son ortadan kaybolma planını kurgulamaya başlaması için bir telefonun bulunduğu özel bir jet bekliyordu.

Bir Vosvos, ortada hiçbir geçerli sebep yokken birdenbire önünde durdu. Christopher direksiyonu kırdı ve Aston Martin'i Vosvos ile yarısı kaldırımda duran bir kamyonetin arasına sığdırmayı başardı. *Koyun gibi sürücüler ve küçük aptal arabaları,* diye düşündü. Bu arabayı gülünç buluyordu. Daha tenha bir yere gitmeliydi ama nereye? Bir sonraki cadde Howard Caddesi'ydi ve gitmek istediği yönün tersine akan beş ya da altı şeritli bir yoldu. Bunun ardından trafiğin yavaş aktığı başka bir cadde geliyordu.

Bazen, bir ressam çalışırken öyle bir an gelir ki, düşünmeyi bırakıp içgüdüleriyle hareket eder. İyi bir sanatçıyı muazzam bir sanatçıya dönüştüren de, işte bu karardır.

Christopher, Howard'a doğru sola döndü ve kendini aşamalı trafik ışıklarına suçlar gibi bakarken buldu. Kalbi daha hızlı atmaya başlayınca, avucunun altındaki direksiyonu ve klimadan üfleyen serin havanın daha çok farkına vardı. Yan penceresinden bir açık hava sineması ekranı hızla akıp geçti. Bir nakliye kamyonuna çarpmamak için direksiyonu aniden kırdı. *Bakalım bu orospu çocuğu bununla baş edebilecek mi?* Gülümsedi ve bir senfoniyi andıran kornaların arasında aracı bir o yana bir bu yana savurdu. Ağaçlar ve turistler solunda kaldı ve...

Hayır, bu mümkün değildi.

Parka yayılan, ağaçların arasından görünüp kaybolan ve giderek büyüyen bu ışıklar, bunlar onun ışıkları olamazdı.

Nunn camdan dışarı bakıp gözlerini kıstı. Konsantrasyon, yumruklarını sıkıp parmak eklemlerinin beyazlamasına neden oluyordu. Lanet olası Yerba Buena'nın göbeğinden arabayla geçmesi için aklını yitirmiş olması gerekiyordu, birine zarar verebilirdi...

İç sesine, *hâlâ her şeyin etrafımda pasifçe olup bitmesine izin veriyor muyum?* diye meydan okudu.

Birisi çığlık attı. Farları, dehşete düşen insanların yüzlerini aydınlatıyordu. Genç âşıklar yana çekiliyor, bir hokkabaz bowling lobutları devrilirken kendisine bakıyordu. Nunn, bebek arabası iten bir aile görünce, *kahretsin,* diyerek direksiyonu sert bir şekilde aksi yöne kırdı. On iki metre boyunda bir meşe ağacı görünce geri çekildi. Mercedes'in yan tarafı ağacın gövdesine sürttü, yan aynası pat diye koptu, sonra arabanın lastikleri kaldırımda cayır cayır öttü. Kendi kendine, *şimdi ne halt edeceksin, Jon?* diye sorarken, merdivenler lanetli bir cevap gibi önünde uzandı. Dişlerini sıktı ve kornaya basarak arabayı hızla merdivenlerden aşağı doğru sürdü. Uzaktan kopup gelen Aston Martin'i gördü. Christopher Thomas'ın bakışları artık kibirli ve kendinden emin değildi.

Nunn bir sevinç çığlığı attı ve onu takip etmek için sola döndü. Belki bir, belki iki araba mesafesi kadar gerideydi. Thomas şeritlerin arasında ileri geri dolanmaya başlądı. Akıp giden trafik hızlanmasına engel oluyordu. Nunn aralarındaki mesafeyi gitgide azaltarak onu izlemeye devam ediyordu. Thomas sağa döndü ve çabucak rahat bir altı metre ilerledi. Tabii Nunn köşeyi dönüp arayı kapatana kadar. Nunn dudaklarının on senedir hiç olmadığı şekilde yukarı kıvrılarak gülümsediğini hissetti.

Ta ki Aston Martin başka bir dönüş daha yapınca ve Thomas'ın nereye gittiğini anlayana kadar.

Nunn içinden, *hayır, hayır, hayır,* dedi.

Gazı kökledi ve arabanın daha hızlı gitmesini istermiş gibi koltuğunda ileri geri kaykıldı. O adamı yakalamak zorundaydı. Onu çok geç olmadan yakalamalıydı.

San Francisco Körfezi üzerinde uzanan köprü dümdüz, geniş ve yedi kilometre uzunluğundaydı. Thomas'ın güzel ve küçük arabası muhtemelen burada son sürat yol alacaktı.

Nunn içinden, *hadi, hadi,* dedi.

Thomas, Essex yönüne saparak arabayı sertçe döndürdü ve köprüde yol almaya başladı. Birdenbire Nunn'la aralarındaki mesafeyi açmaya başlamıştı. Motorun sesi Nunn'ın kalp atışlarından bile yüksekti.

Hayır. Bu olamazdı, şimdi değil. Tüm bunlardan sonra olamazdı. Adil değildi.

Adil değil mi? Sen onu Rosemary'ye sorsana, dedi içsesi.

Çünkü Nunn da tıpkı Rosemary gibi kaybedecekti.

Christopher motorun çıkardığı ses ve Aston Martin'in komutlarına cevap verişi sayesinde mest olmuştu. Araçların arasında süratle geziniyordu. Artık doğru yönde gittiği için işi daha kolaydı. Kilometre saatinin göstergesi kırmızıyla işaretli hızlara ulaşınca, arabanın öne fırladığını hissetti.

Christopher içinde bulunduğu anın ne kadar keyifli olduğunu düşündü. Yıllar boyunca Nunn'la bir nevi ortaklık içindeydiler. Doğru, Nunn onun hayatta olduğunu bilmiyordu, fakat yine de birlikte bir sanat eseri yaratmışlardı. Tuval insan hayatlarıyla örülmüştü; boya kan, gözyaşı ve meni karışımından oluşmuştu ve konusu da zenginlik, arzu ve ihanetti. Ve şimdi her şey sona ermişti.

Ortaklıklar sürmez, Jon. Adamlardan biri her zaman daha iyi bir sanatçıdır.

Christopher midesinin derinliklerinde bir şeylerin gerildiğini hissetti. Bu his ona, Artie'nin odasındaki halı üzerinde kıvranırken duyduğu hissi hatırlattı. Bu, mutlak zaferden kaynaklanan, tatlı ve her yana yayılan bir duyguydu. Sırıttı ve eliyle, gözlerinin üzerine düşen saçları geriye doğru itti. Dikiz aynasına baktı ve Nunn'ın giderek küçülen arabasının yansımasının tadını çıkardı. Kim bilir adam neler hissediyordu! Bu, Christopher'ın başyapıtı olmalıydı; Rosemary'ye yaptığından bile daha iyiydi. Nunn'ın elinden o kadar çok şey almıştı ki... Yalnızca kariyerini mahvetmekle kalmamış, evliliğini, adalete olan inancını da sarsmıştı. Sonra da onu öylece geride ve güçsüz bir halde bırakmış ve Nunn'a olan biteni izlemekten başka bir seçenek bırakmamıştı...

Aracı parlak alevler sardı. Ateş Christopher'ın tam önünde, adeta bir çakmak yakmış gibi parlamıştı.

Pat diye tok ve net bir metal sesi duyuldu.

Arka tarafta başka bir alev parladı ve Christopher'ın arka camını sardı.

Bu de ne? Yoksa o...

Bir şey Christopher'ın omzunu dürttü. Bir yumruk gibiydi; erkeklerin barlarda birbirleriyle selamlaşmak için yaptıkları türden bir hareketti. Christopher başını eğince pamuklu gömleğinde bir delik, sonra da bir kırmızılık gördü. *Kırmızılık mı? Ne? Hayır.*

İnanamadı.

Her yanını kaplayan, *ani, vücuduna saplanan ve yakan* bir acı, olan biteni idrak etmesini sağladı ve soluğu kesildi. Kolunu hareket ettirmeye çalışınca alevler aşağıya doğru yayıldı. Acı bir korna sesi duyunca gözlerini tekrar yola çevirdi. Bir tırın arka kısmından yalnızca birkaç metre ötedeydi. Direksiyonu hızla sağa kırarken, panik duygusu acıya galip geldi. Araba komutuna cevap vermek için savaş verdi. Lastikler yüksek ve utanç verici bir şekilde gıcırdadı. Araba tırın arkasına çarpmaktan kurtulmuştu, fakat aynı zamanda dönmeye başlamıştı. Karmaşa, kontrolü ele alıyordu. Christopher bir an arabanın takla atacağını sandı ama araç sadece dönmeye devam etti. Köprünün ağır korkuluklarını ve bunların ötesinde uzanan açık gökyüzünü gördü. Sonra arabanın burnunun yanlış yöne doğru çevrildiğini fark etti. Trafik karşıdan kendisine doğru hızla akıyor ve arabalar durmak için mücadele veriyorlardı. Sonra Christopher paralanmış Mercedes'in doğruca üzerine geldiğini gördü ve kırık ön camdan Jon Nunn'ın yüzünü gördüğünü sandı.

Sonra Mercedes, Aston Martin'e çarptı ve yerle gökyüzü yer değiştirdi.

Jon Nunn kendini dev bir yumruk yemiş gibi hissetti.

Çarpışmanın etkisiyle emniyet kemerine çarpmış, vücudu ileri geri sallanmış fakat kafasını direksiyona vurmadan önce beyaz-gri renkli hava yastığı açılmış, etrafı barut kokusu sarmış ve Nunn'ın göğsüyle yüzüne sert bir darbe şeklinde inmişti.

Nunn bir an için yalnızca yanağına dayanmış olan hava yastığını ve acıyı hissetti.

Ardından tekdüze bir korna sesi duydu. Dünya kararmıştı. Sonra gözlerinin kapalı olduğunu fark etti.

Gözlerini açtığında, sönmüş hava yastığına bakıyordu. Parçalara ayrılmış ön camdan, yarım metre kalınlığındaki köprü halatlarından birinin zarif bir biçimde salınışını gördü. Bariyer korkulukları ezilmiş ve birbirinden ayrılmıştı.

Korkulukların üzerindeyse, bir zamanlar güzel olan bir araba ileri geri sallanıyordu.

Nunn kafasını salladı, sonra o an pişman oldu. Duyduğu acı kafatasında çalkalandı.

Emniyet kemerini açmaya çalışıp, hava yastığını bir kenara itti ve kapıyı açtı. Dışarı yuvarlanmak üzereyken, pencerenin kasasına tutunup dengesini sağladı.

Serin bir geceydi. Etraf bir sis örtüsüyle kaplanmıştı. Köprünün parlayan ışıkları dekoratif masa lambaları gibi görünüyordu. Oradan geçen bir araba yavaşlamaya başladı. Jon arabaya doğru işaret ederken, sürücü hızla uzaklaşana kadar silahın hâlâ elinde olduğunun farkında değildi.

Uzaklardan bir yerden siren sesleri duyuldu.

Jon dikkatle bir adım attı, sonra bir tane daha. Her şeyi acıyordu ama herhangi bir kırığı yok gibi görünüyordu.

Aston Martin'in motoru çalıştı. Bir metal gıcırtısı duyuldu. Beton bariyer, arabanın tavanını ezdi. Nunn'ın gözleri önünde bir şey bel verdi ve araba uçuruma doğru bir santim daha kaydı.

Christopher, "Yardım et bana," dedi.

Ses oldukça cılızdı. Jon, Christopher Thomas'ı görene kadar sesi takip etti. Yüzü farklıydı. Farklı görünmesinin nedeni sadece baş aşağı sallandığı, burnundan kan damladığı ya da omzundaki harap olmuş kas ve doku görüntüsü değildi. Farklı olan, gözleriydi. O kendinden emin ve ukala bakışlar gitmişti. Yerini saf ve içgüdüsel bir panik almıştı.

Nunn uzun bir süre bu gözlere baktı. Sonra silahı yavaşça kılıfına koydu. Thomas sağ eliyle direksiyonu kavradı fakat parmakları titriyordu. "Bunu yapamazsın," dedi.

"Neyi?" diye sordu Nunn.

Denizden esen rüzgârın kokusu canlı ve hayat doluydu. Rüzgâr üzerinde ıslık çalarken, araba homurdandı.

Christopher, "Beni öldüremezsin," dedi.

Jon omuz silkti. "Seni öldürmüyorum ki."

"O zaman yardım et bana," dedi Christopher.

Nunn, "Başının çaresine bak," dedi.

Thomas katıksız bir öfkeyle Nunn'a baktı. Elini yavaşça direksiyonun üzerinden çekip el yordamıyla kapı kolunu bulmaya çalıştı. Nunn yalnızca izledi. Christopher solgundu ve titriyordu. Kapı kolunu tutarak kendine çektiğinde arabanın açısı, kapının ardına kadar açılmasına neden oldu ve arabanın dengesini bozdu. Kulak tırmalayan bir sürtünme sesi geldi. Arabanın burnu aşağı sarktı. Christopher kendini koltuğunda geriye doğru attı ve donup kaldı.

Jon Nunn, Rosemary'nin şırıngalardan sonraki halini düşündü. Ten rengi neredeyse anında solmuştu. Sirenler yaklaştı. Birden fazla polis arabası ve ambulans hızla yaklaşıyordu.

"Artık bir polis değilsin." Christopher paniğini mantıklı

bir gerekçeyle örtmeye çalışıyordu. "Artık eskiden yaptığın şeyleri yapamazsın. İnsanlara ateş edemez ve peşlerine düşemezsin," dedi.

"Yaptım bile," dedi Nunn.

"Çıkar beni buradan," dedi Christopher. Rüzgâr esti ve araba tekrar kaydı. "Beni çıkarırsan bunun yalnızca bir kaza olduğunu söylerim," diye ekledi.

Nunn kıpırdamadı.

"Param var. Arabanın arkasında. Milyonlarca dolar."

Nunn kıpırdamadı.

Christopher, "Bu hiçbir şeyi değiştirmeyecek, bunu biliyorsun. Beni öldürmenden bahsediyorum. Rosemary'yi geri getirmeyecek," diye devam etti. Adamın sesi kulağa mantıklı geliyordu, yalvarır gibi bir hali yoktu. "Ölüler ölü olarak kalırlar. Sadece bir hayaletin daha olacak. Bununla başa çıkabilir misin? Başka bir hayaletle?" diye sordu.

Nunn, "Bilmiyorum," diye cevap verdi ve bunu gerçekten kastetmiş olmasına şaşırdı. Yorgundu, hem de çok yorgundu ve Thomas haklıydı. İntikamın dünyadaki toplam acı miktarını azaltmadığını anlamak için, insanın uzun süre cinayetler üzerinde çalışması gerekmiyordu. Üstelik bu akşamki eylemlerinin birtakım sonuçları olacaktı. Müzeden çıktığından beri yaptığı her şey yasadışıydı. Bir katili haşat edilmiş bir halde, fakat canlı olarak teslim ederse, onun için her şey daha kolay olurdu.

Christopher yalnızca kendi tatlı canını kurtarmanın peşindeydi, Nunn bunu biliyordu ama bu onu haksız kılmıyordu.

Nunn bunun olmasına izin verirse bedelini de ödeyecekti ve bu bedeller de muhtemelen kaldırabileceğinden daha ağır olacaktı.

Nunn bunun farkına vardığında durumu sindirmek için bir an düşündü. Sonra, "Başka bir hayaletle daha başa çıkabilir miyim bilmiyorum, ama ne var biliyor musun?" dedi, gülümsedi ve lafını, "umrumda değil," diye bitirdi.

Adamın yüzündeki mantık maskesi erimeye başladı. "Lanet olsun, çıkar beni buradan! Benim kim olduğumu biliyor musun? Söyle biliyor musun?"

"Evet." Nunn durup bir an Rosemary'yi düşündü ve kendisini bağışlaması için dua etti. "Sen, Christopher Thomas'tın," dedi.

Sonra Nunn arkasını dönüp Mercedes'e doğru yürüdü. Bir yığın araba olay yerinde durmuştu. İnsanların yarısı içeride, yarısı dışarıdaydı. Nunn'ı görünce donup kaldılar. Nunn onlara aldırmadı. Tabancasını dikkatlice kılıfından çıkardı. Emniyet kilidini devreye soktu ve eğilip silahı yere koydu. Şimdi polis arabalarını görebiliyordu. İki tanesi gecenin karanlığında etrafa parlak ışıklar saçarak ilerliyordu. Arkalarında da bir ambulans vardı. Ellerini başının üzerine koyup parmaklarını kenetledi. Öndeki polis arabası aniden durdu ve iki devriye polisi dışarı fırladı. Nunn yavaşça ve acı içinde dizlerinin üzerine çöktü.

Dizleri soğuk zemine değdiğinde, polis kendisine yaklaşırken, rüzgâr tatlı tatlı eserken ve San Francisco'nun ışıkları sisin ardında ışıldarken, Nunn bir ses duydu: Dev bir canavarın esnemesini andıran bir metal gıcırtısı, hızla aşağı düşen bir cismin havayı yırtarak çıkardığı ses ve tüm bunlara eşlik eden çığlığa benzer bir ses…

Ancak sadece arabanın suya düşme sesini duyduğunda gülümsedi.

Jon Nunn'ın Günlüğü, Son Yazı

JONATHAN SANTLOFER
VE
ANDREW F. GULLI

Birkaç gün boyunca gözaltında kaldım. Polisler bana yüzlerce soru sordular. Sonra bir yüz tane daha sordular. Bütün cevaplara sahip değildim ama yeteri kadarını biliyordum. Christopher Thomas'ın kendisine ölmüş süsü verdiğini biliyordum. Peter Heusen'in ona yardım ettiğini, Artie Ruby'nin demir giyotini Almanya'ya göndererek onlara yardım ve yataklık ettiğini biliyordum. Stan Ballard'ın Peter'la işbirliği yaparak kendilerini multimilyoner yapmak için Thomasların çocuklarını dolandırdığını biliyordum.

Ve bir şey daha biliyordum, hiçbirinin bir önemi yoktu. Rosemary Thomas hâlâ ölüydü.

Tony Olsen benim lehime konuştu. San Francisco Polis

Teşkilatı üzerinde oldukça büyük bir etkisi vardı. Eski iş arkadaşlarımdan bazıları da lehimde konuştular. Sonra Tony herkesi son bir kez daha bir araya getirdi ve bildiklerini ya da bildiklerini düşündüklerini anlatmalarını istedi.

Belle McGuire kimliği bilinmeyen ve artık Christopher Thomas olduğuna inandığı bir adamın stüdyosunda kendisine saldırdığını söyledi ve hâlâ boynunda duran kırmızı izi göstererek, adamın buraya palet bıçağıyla bir çizik attığını anlattı. Kocası Don, Belle'in hikâyesini doğruladı; hatta benim için olumlu bir-iki söz söyledi. Nedenini bilmiyorum. Muhtemelen Christopher'ın peşine kendisi düşmek istemişti ve bunu benim yapmış olmam hiç yoktan iyiydi.

Peter, herkes Christopher'ın öldüğünü zannederken, onunla birlikte son on yıldır Avrupa'da ve Asya'da çalıntı sanat eserleri sattıklarını itiraf etti. Açgözlülük sınır tanımıyor. Peter ayrıca Christopher'la birlikte müzeye yapılacak soygunu planladıklarını, o gece anma töreni sırasında Haile Patchett'a saldıranın kendisi olduğunu itiraf etti. Sahte polisleri içeri sokmak için herkesin dikkatini dağıtmayı amaçlamıştı. Tabii ki bütün suçu Christopher'ın üzerine atarak, bunları yapmaya zorlandığını söyledi. Bir insan bu kadar tiksindirici davranışlarda bulunmaya nasıl zorlanabilir ki? Ayrıca benim teknesine gelip onu bir silahla tehdit ettiğimi söyledi. Bunun, başımı derde sokacağını düşünmüş olmalıydı. Bir dakikalığına soktu da, fakat aynı zamanda bana Christopher'ın nerede kaldığını söylediğinin ve nasıl peşine düştüğümün anlaşılmasına yardımcı oldu.

Peter'ın davası bir yıldan da ileri bir tarihe ertelendi. Avukatı, müvekkilinin aleyhindeki delillerin ona garezi olan eski bir polis tarafından, yani *benim* tarafımdan zorla elde edildiğini savunuyor. Davaya tanık olarak çağrılacağım kesin ve yaptıklarımı inkâr etmeyeceğim fakat bölge savcısının Peter'ın sözlerine sadık kalmasını sağlamasını yürekten diliyorum.

Hank Zacharius artık yeni bir hikâyeye kavuştu.

MASUM KADIN İDAM EDİLDİ

Bu manşet ülke genelindeki gazetelerde yer aldı. Rosemary'nin kamu önünde temize çıkmasıyla birlikte, Kaliforniya eyaleti yönetimi yalnızca rezil olmakla kalmadı; aynı zamanda Thomasların çocuklarına gizlice milyonlarca dolar değerinde bir tazminat ödemek zorunda kaldı. Böylece Hank de temize çıkmış oldu ve duyduğuma göre bütün hikâyeyi yazması için yedi sıfırlı bir kitap anlaşması imzaladı, ama röportaj yapma talebiyle beni aradığında onu geri çevirdim. Beni anladı.

Stan Ballard barodan ihraç edildi ve davasının görülmesini bekliyor. Sarah'yla ayrıldılar.

Sarah.

Polise bir alışveriş merkezinin soyunma odasında saldırıya uğradığını ve saldırganın Christopher Thomas olduğunu çok geç fark ettiğini anlattı. Bunu bana hiç anlatmadığı için ona çok kızdım.

Polisler sonunda gitmeme izin verdiler. Beni içeride tutmak için dikkatsizce araba kullanmak ve silahımı bir kovboy gibi ortalıkta sallamak dışında bir gerekçeleri yoktu ve sonunda Christopher Thomas'ın ölümcül bir şekilde körfeze düşmesinin kaza olduğuna hükmedildi.

Belki de Christopher'ın acı çekerek ölmesi ilahi adalettir. Belki de değildir. Belki de hapishanede yaşlanıp, yaptıklarına katlanarak yaşaması daha iyi olurdu; gerçi bunun için bir vicdana sahip olması gerekirdi ve onda vicdandan eser yoktu. Yine de bir yanım, ben on yılı aşkın bir süre acı içinde yaşarken, Christopher'ın bu kadar kolay kurtulmuş olmasına içerliyor. Bu yine benim hatam. O sırada sağlıklı düşünüyor olsaydım onu kurtarabilirdim, ama bunu yapmadığım için pişman değilim. Eski Jon Nunn'ın da o gece öldüğünü ve benim onun yerini alan adam olduğumu düşünebilirsiniz. Yanılmışım, Anka kuşu gerçekten de küllerinden doğuyor.

Her şey duruldüktan sonra San Francisco'dan ayrıldım ve Wyoming'de üzerinde ipotek bulunan küçük bir çiftlik satın aldım. Özel bir yanı yoktu; elli metrekarelik bir bahçe ve birkaç yaşlı at vardı. Ev berbat durumdaydı: Zemin kaplamaları çürümüş ve camlar kırılmıştı, ama evi yavaş yavaş tamir etmeye başladim ve artık eskisi kadar kötü görünmüyor. Tony Olsen'la arada bir konuşuyoruz ve her zaman San Francisco'ya gelmemi istiyor, ama dönmeyeceğim. Her şeyden uzaklaşmak ve olanları unutmak için çok çaba sarf ettim ama aslında hiçbir zaman unutmuyorsunuz, sadece yaralarınızın üzerini bir doku kaplıyor ve hayatınıza devam ediyorsunuz.

Hemen önceki gün Belle McGuire'dan bir posta aldım. Bana küçük bir okyanus manzarası resmi göndermiş. Herhangi bir not yok, sadece resim var. Resme uzun süre bakınca her şeyi bir bir hatırladım; davayı, mahkemeyi, on yıl süren hüzün ve hayal kırıklığını ve nihayet sırası gelen hesaplaşmayı. Resmi bütün olan bitenleri, ama özellikle de Rosemary'yi hatırlatması için salona astım.

Sonra, Sarah'yı aradım.

Onu aradığım için şaşırdı. Ona kendisinden daha şaşkın olduğumu söyledim. Gülüşü içime işledi. Nasıl olduğumu sordu. Ben de ona hatırını sordum. İyi olduğunu söyledi ama bence yalan söylüyordu. Ona bir ara Wyoming'e gelip beni ziyaret etmesini söyledim ve belki geleceğini söyledi. Kim bilir...

Şimdilerde hayatımı bir güvenlik firması için danışmanlık yaparak kazanıyorum. Ayrıca bir süredir bir yüksekokulda kriminoloji dersleri veriyorum; her şeyden çok kendimi meşgul etmek için, ama bugün evdeyim. Belle'in bana gönderdiği resmin yanında bir pencere var ve buradan uzaktaki Ridge Katedrali'nin sivri ve tırtıklı kuleleriyle, Rocky Dağları'nın yalnızca bana ait olduğunu hayal ettiğim kısmını seçebiliyorum. Yukarıdaki berrak ve masmavi gökyüzü ve değişken, beyaz bulutlar, bana Van Gogh tarafından yapılmış bir tablo gibi görünüyor; canlı, çocuksu ve bozulmamış.

Ek: İlave Polis Raporları

KATHY REICHS

I. ADLİ ENTOLOMOJİ RAPORU

ADLİ ENTOLOMOLOJİ HİZMETLERİ
DOKTOR PETER M. GERBER VASITASIYLA
OSTENDERSTRASSE 129-162
13353 BERLIN
030 532 77 43

FESB # 0236 31 AĞUSTOS 1998
NMB 03-79
İLGİLİ KİŞİ: DOKTOR GERBER

Konu: Örnekler Adli Tıp Kurumu'ndan Berlin Adli Entomoloji Hizmetleri'ne 27 Ağustos 1998 tarihinde, saat 13.30'da gelmiş ve elden ele teslim edilmiştir. Örnekler üç adet numune kavanozuna herhangi bir koruyucu madde bulunmaksızın konmuştur. Kavanozlardan birinde çeşitli pupa* keseleri görülmüştür. İkinci kavanoz çeşitli ölü dokular içermektedir. Üçüncü kavanozda %70 oranında etil alkolün içinde muhafaza edilen kurtçuklar vardır. Dördüncü kavanoz tek bir ölü doku içermektedir. Çeşitli ölü dokular içeren kavanoza 27 Ağustos 1998 tarihinde, saat 14.00'te %70 oranında etil alkol eklenmiştir.

** Oluşma aşamasında bulunan, larva ve yetişkinlik evresi arasındaki böcek. (ç. n.)*

TESLİM EDİLEN DELİLLER

1. Çeşitli pupa keseleri içeren numune kavanozu. Kavanozun içinde veya dışında herhangi bir veri bulunmamaktadır.

2. Çeşitli ölü böcekler içeren numune kavanozu. NMBa 03-73; toplanma tarihi: 26-8-98 olarak etiketlenmiş.

3. Muhafaza edilen kurtçukları içeren numune kavanozu. NMB 03-73b; toplanma tarihi: 26-8-98 olarak etiketlenmiş.

4. Tek bir ölü böcek içeren numune kavanozu. Kavanozun içinde veya dışında herhangi bir veri bulunmamaktadır.

TANIMLAMALAR

1. Diptera: Calliphoridae: *Chyrsomya rufifacies*-23 boş pupa

2. Diptera: Calliphoridae: *Chyrsomya rufifacies*-23 yetişkinler

3. Diptera: Piophilidae: *Piophila casei*- üçüncü gelişim evresindeki larva

4. Coleoptera: Cerambycidae: *Dihammus szechuanus*

BÖCEK HAREKETLİLİĞİNİN TAHMİNİ ASGARİ SÜRESİ

26 Ağustos 1998 olan toplama tarihinden 18-30 gün önce.

Bu tahmin, üçüncü gelişim evresinin sonuna doğru rastlanan *Piphilia casei* adındaki larvaların varlığına dayandırılmıştır. Bu kurtçuklar genellikle çürüme sürecinin 15. gününde ortaya çıkarlar ve 36. gün itibariyle gelişimlerini tamamlarlar. Buradaki örneklerde mevcut olan kurtçuklar gelişimlerinin yaklaşık 30. gününe gelmiş olup bu tanıma uymaktadırlar. *C. rufifacies* türüne ait boş pupa keseleri de, kesin olmamakla beraber, bu tabloyla uyumludur. 26°C'de gerçekleştirilen çürüme inceleme çalışmalarında, ilk önce *C. rufifacies* türüne ait boş pupa keselerinin 14. günde oldukları rapor edilmiştir. *C. rufifacies* türünün varlığı, cesedin dışarıda kaldığını ya da gemiye yüklenmeden önce veya yolculuk sırasında bir pencere kenarında durduğunu göstermektedir. Mevcut gıda kaynaklarına, maruz kalma derecesine ve ısı değişikliklerine bağlı olarak, 18-30 günlük tahmin süresi asgari olarak kabul edilmelidir. Ölümün ardından daha uzun bir sürenin geçmiş olması da mümkündür.

II. RADYOLOJİ RAPORU

Belge Künyesi: C1998073042

İsim: Bilinmiyor (Varsayılan: Christopher Thomas, Doğum tarihi: 19-09-1952)

Tahlil: Radyolojik gözlem; kafatası, gövde, üst ve alt kısımdaki eklemler

Talepte Bulunan: Doktor Bruno Muntz, Adli Tıp Kurumu

Teslim Alınan Kişi: Elden ele, Mette Brinkman

İnceleme Tarihi: 20-07-1998

İnceleme Saati: 11.00

İncelemenin Yapıldığı Yer: Adli Tıp Kurumu, Berlin

MERHUM

Alman Tarih Müzesi'nde 18-7-1998 tarihinde bulunan çürümüş yetişkin cesedi.

KAFATASI

Kafatası eksiksiz ve bir yetişkine ait. Kemik kalitesi iyi. Ölümden önce iyileşmiş veya iyileşmekte olan çatlaklar yok. Doğuştan bir anormallik ya da bozukluk saptanmadı.

İSKELET

İskelet eksiksiz ve bir yetişkine ait. Kemik kalitesi iyi. Sağ ve sol akromiyoklaviküler eklemlerde ve sol tibiofemoral eklemde hafif bir yeniden yapılanma mevcut. Ölümden önce iyileşmiş veya iyileşmekte olan çatlaklar yok.

Aşağıdaki bölgelerde toplamda %25 oranında çatlaklar ve delikler var:

2-sağ üst kol kemiği
3-sağ ön kol kemiği
2-sağ dirsek kemiği
2-sol ön kol kemiği
1-sağ köprücükkemiği
1-sol köprücükkemiği
1-göğüskafesi
5-kaburgalar
6-omurlar (4 göğüs bölgesine ait, 2 bel bölgesine ait)
1-sağ kalça kemiği
1-sağ uylukkemiği

DİŞLER

Ölüm sırasında otuz iki (32) adet kalıcı diş mevcuttur. Alt ve üstçenedeki bütün kökler tamamıyla oluşmuştur. Geriye yalnızca diş kronlarının parçalarının kalmış olması, gözlem yapmayı imkânsız hale getirmiştir. (Bkz. odontoloji raporu)

ÖZET

Merhum, kemiklerinde doğuştan kaynaklanan hiçbir bozukluk ya da deformasyon, hiçbir hastalık belirtisi, hiçbir iyileşmiş kırık ya da cerrahi müdahale bulunmayan yetişkin bir erkektir. Ölüm anında maruz kalınan künt travma dişlerde, kafatasında, gövdede, kol ve bacaklardaki uzun kemiklerde geniş çapta hasar meydana gelmesine neden olmuştur.

Hanne L. Windman, Tıp Doktoru *20 Temmuz 1998*

Hanne Windman, Tıp Doktoru 20 Temmuz 1998

III. ADLİ ODONTOLOJİ RAPORU

ADLİ ODONTOLOJİ:

ÖLÜM SONRASI ORYANTASYON VE YENİDEN YAPILANMA

OTOPSİ: 20-07-1998

MERHUM: THOMAS, CHRISTOPHER (VARSAYILAN),

DOĞUM TARİHİ: 1952-09-19

ODONTOLOJİ ANALİZİ: 20-07-1998

ADLİ TIP KURUMU: 2000-43271-C001

MORG: 32885

POLİS OLAY RAPORU: BERLİN POLİS TEŞKİLATI 08443

ADLİ TABİP: DOKTOR BRUNO MUNTZ

Doktor Muntz'ın talebi üzerine, Berlin'deki Adli

Tıp Kurumu'nda, Alman Tarih Müzesi'nde demir giyotin denen bir düzeneğin içinde bulunan insan cesedi kalıntılarının çene ve diş röntgenlerini inceledim. Ceset ADLİ TIP KURUMU: 2000-43271-C001 olarak tanımlanmıştı. Bkz. ek 2.

- Kurbanın ölüm sırasında alt ve üstçenesinde en az 32 adet kalıcı diş vardı.
- Kurbanın ölüm sonrası röntgenleri çekildiğinde 32 adet dişi vardı.
- Tüm dişlerin kronları künt travma nedeniyle zarar görmüştür. Geriye yalnızca diş yuvalarına gömülü kökler kalmıştır.
- Alt çenede, soldan ikinci azıdişi kırılmış ve kurbanın gömleğinin cebinde bulunmuştur. (Daha detaylı inceleme için Amerika'daki laboratuvara gönderilmiştir.)

AYIRT EDİCİ ETKENLER

Şu gözlemlere dayanarak, kurbanın yaşının 35-50 arasında olduğu tahmin edilmiştir: Yirmilik diş köklerinin tamamen oluşması, çok büyük pulpa odaları, asgari diş erimesi.

SONUÇLAR

2000-43271-C001 künyeli cesede ait kalıntılar, ölüm zamanında 35-50 yaşları arasında olan bir yetişkini işaret etmektedir. Gözlem için geriye hiçbir kron kalmamıştır. Tüm kronlar künt travmayla zedelenmiş gibi görünmektedir. Karşılaştırma için ölüm öncesine ait herhangi bir kayıt bulunmamaktadır.

Hermine Kettgen, Diş Hekimi *20 Temmuz 1998*

Hermine Kettgen, Diş Hekimi

Adli Odontolojist

PARMAK İZİ KARŞILAŞTIRMA RAPORU

Rapor: 01-32432

Gizli Denetçi: Liesl Schwede #2766

Vaka Unvanı: BNM

Karşılaştırma Tarihi: 20 Temmuz 1998

Kurban: Bilinmiyor

Yer: Alman Tarih Müzesi

MÜREKKEPLİ İZLER

Parmak iz(ler)i: Bilinmiyor

Parmak iz(ler)ini alan: Bruno Muntz, Tıp Doktoru

İz(ler)in alındığı tarih: 20 Temmuz 1998

Toplam iz sayısı: 1

Parmağın yeri: sol el küçük parmağı

İzin durumu: kısmi

Karşılaştırmayı talep eden: Bruno Muntz, Tıp Doktoru, Berlin Adli Tabip Kurumu

Dosyayı sağlayan: Tıp Doktoru Bruno Muntz aracılığıyla San Francisco Polis Teşkilatı (ABD)

İNCELEME SONUÇLARI

Birinci deneme: 09-19-1952 doğumlu CHRISTOPHER THOMAS'IN sol elinin beşinci parmağıyla pozitif eşleşme.

KİMLİĞİ BELİRLENEMEYEN DİĞER KURBANLARA AİT
İZLERİN KARŞILAŞTIRILMASI

Yok

Teşekkürler

Bu muazzam projenin bir parçası olan herkese teşekkür etmek imkânsız. Teşekkür etmem gereken ilk kişi, kız kardeşim Lamia. İşbirliği yapmak için daha iyi bir insan düşünemiyorum ve eğer kendisinin detaylara olan dikkati, önsezileri ve vizyonu olmasaydı, bu kitabın bugünkü kadar sürükleyici olacağından şüpheliyim.

Bu projeye ilk giriştiğimde, iyi tanıdığım bazı yazarlarla görüştüm ve katılmak isteyip istemediklerini sordum. Jonathan Santlofer, John Lescroart ve Tess Gerritsen ne kadarlık bir ödeme alacaklarını sormadan, hatta proje hakkında fazla bilgiye dahi sahip olmadan katılmayı kabul ettiler. Bunun ardından diğer yazarlar da kartopu etkisiyle projeye dahil oldular.

Merhum arkadaşım Les Pockell olmasaydı, bu kitap ilk başta tasarlandığı gibi bir antoloji olarak kalırdı. Yayıncılık sektöründe deneyimli bir usta ve *Grand Central Yayıncılık*'ta başkan yardımcısı olan Les'in Sherlock Holmes kadar keskin bir zekâsı vardı. İyi arkadaş olduk ve ne zaman New York'a gitsem, başka bir arkadaşımız olan Susan Richman'la birlikte öğle yemeğine ya da bir şeyler içmeye gittik. Les, bir antoloji yayınlayıp gelirini kanser yardım kuruluşlarına bağışlama planlarımı duyunca birden durdu. "Bu kitabın satmasını istiyorsan, bunu farklı bölümlerden oluşan bir romana dönüştür," dedi. "Çocukken böyle bir roman okumuştum ve üzerimde büyük bir etkisi olmuştu," diye ekledi. Sonra masadan kredi kartını aldı ve yağmurluğunu koluna asıp veda etti. Susan Richman bana dönerek, "Ne büyük bir dâhi," dedi. Ne yazık ki, kanser geçen yaz Les'in canını aldı ve bu projenin zorlu dönemlerinde, sık sık Les'in görünmez elinin bana yön verdiğini hissettim.

Bu tarz bir uğraşın en güzel yanı da şu: Katkıda bulunanların çoğuyla iyi arkadaş olduk ve daha önceden yalnızca üstünkörü bir biçimde tanıdığım yazarlarla arkadaşlığım güçlendi. Jeffery Deaver'a yaptığı her şey için özellikle teşekkür etmek istiyorum. Eksik kalan bütün noktaları bulup, bunları David Blaine'in bile gıpta edeceği bir el çabukluğuyla birbirine bağlama konusunda çok büyük bir rol oynadı. Tanıdığım en zeki insanlardan biri olan Jonathan Santlofer kitabın temelini güçlendirme ve izleyici sahnelerini yazma konusunda kritik bir rol oynadı. Gerçi birbirimizi birkaç kere öldürmek istediğimizi itiraf etmeliyim. Neyse ki bu durum arkadaşlığımıza asla engel olmadı. John Lescroart projeye büyük bir destek verdi, daha çok yazar bulmamızı sağladı ve daima fikirlerimize kafa yormaya hazırdı. Ve tabii ki o mükemmel giriş yazısını yazan muhteşem insan David Baldacci'ye müteşekkirim. David edebiyat dünyasındaki gerçek centilmenlerden biri ve onunla çalışmaktan büyük keyif aldım. Alexander McCall Smith, Christopher Thomas'ın çıkarcı karakterinin derinliklerini keşfetmemize yardımcı oldu.

Ayrıca erkek kardeşim Farris'e desteği, bilgeliği ve dağınık fikirleri derleme sürecindeki kalıcı varlığı için, tanıdığım en tatlı ve destekleyici insanlardan biri olan Lisa Gallagher'a, en başından beri bize ışık tutarak yol gösteren Nancy Yost'a, kâhinimiz haline gelen Joe Finder'a, ne kadar meşgul olursa olsun bana her zaman bilgece tavsiyelerini sunmak için zaman ayıran Doug McEvoy'a, Stacy Creamer, David Falk ve bu projeye olan inancı hiç sarsılmayan Michelle Howry'den oluşan *Touchstone* ekibine teşekkürlerimi sunarım.

Bu projenin ilerlemesinde etkili olan diğer kişilerden bazılarıysa Alice Martel, Alan Jacobson, Lukas Ortiz, Christian Lewis, Ben M., Lesley Winton, Louise ve Nick Ellison'dı.

Ayrıca, hayattayken beni okuyup yazmaya teşvik ettikleri için anneme ve babama teşekkür etmeliyim. Babam bana yüzlerce kitap almak için hiçbir masraftan kaçınmadı ve bol miktarda özgüven aşıladı. Sekiz yaşında cılız bir çocukken, müsvedde kâğıtlara öyküler yazdığımda annem beni daima teşvik ederdi. Dünya üzerindeki son birkaç ayına kadar bütün hikâyelerimi sabırla okudu. Kendisi tanıdığım en kibar, aynı zamanda en katı eleştirmendi.

Bu kitap üç yıllık bir maratonun sonunda ortaya çıktı.

Birçok şey öğrendim, hayal kırıklıkları yaşadım, uykusuz geceler geçirdim, ne zaman yeni bir bölüm içeren bir e-posta alsam sabırsızlıkla okudum ve şimdi de ortaya iyi bir iş çıkarmış olmanın verdiği keyfi yaşıyorum, ama her şeyin de ötesinde, bu işin bir parçası olan bütün insanların çabaları ve fedakârlıkları olmadan bu satırları yazamayacağım için onlara müteşekkirim.

–Andrew F. Gulli

Yirmi altı farklı yazar tarafından yazılmış akıcı bir roman ortaya çıkarmak, kesinlikle iki kişilik bir iş değil. Andrew ve ben bunu öğrendik; hem de en zor yoldan. *Adalet,* yayıncılarımızın ve birçok arkadaşımızın, aile bireylerimizin, temsilcilerimizin, editörlerimizin, meslektaşlarımızın ve tabii ki çalışmalarının editörlüğünü yapma şerefine eriştiğim yazarlarımızın desteği olmadan ortaya çıkamazdı.

İlk olarak erkek kardeşim Andrew'a beni bu projeye dahil ettiği için teşekkür etmek istiyorum. Gerçi bütün gece ayakta kaldığım zamanları hatırladığımda, bunun için ondan nefret ettiğim anlar da olduğunu itiraf etmeliyim. Ayrıca erkek kardeşim Farris de büyük bir teşekkürü hak ediyor. Kitap üzerinde çalıştığım en telaşlı anlarımda, Farris *her zaman* yanımdaydı. Beni sabırla dinledi ve güvenilir tavsiyelerde bulundu. Kurguyla ilgili sorunların çözülmesine yardımcı oldu, birtakım tutarsızlıklara dikkatimizi çekti ve bir fizikçi olarak her zaman aklımıza takılan tıbbi/adli sorularımızı cevaplamaya hazırdı. Christian Lewis'e de programında yer açıp, çok kısa bir süre zarfında kitabı okumaya zaman ayırdığı için çok teşekkür ederim. Kendisi kusursuz editörlük ve araştırma becerilerini kullanarak, bu romandaki birçok temel meselenin çözülmesinde yardımcı oldu.

Jonathan Santlofer editörlük konusundaki yardımları, projeye dahil olacak başka yazarlar bulması ve bu kitaba yaptığı, görünen ve görünmeyen tüm katkılardan ötürü özel bir teşekkürü hak ediyor. Ayrıca her zaman uzun bölümler okumaya, tavsiyelerini sunmaya ve hatta editörlükte yardımcı olmaya hazır olan Jeffery Deaver'a ve adli tıp alanındaki sorularımıza detaylı ve hızlı bir şekilde cevap veren Kathy Reichs'a çok teşekkür ederim. Sundukları destek ve paha biçilmez tavsiyeleri için Joseph Finder ve Doug McEvoy'un yanı sıra Lisa Gallagher, Nancy Yost, Tess Gerritsen, John Lescroart, Peter James, Michael Palmer, T. Jefferson Parker, Alexander McCall Smith, Diana Gabaldon, Louise Ihm, Alison Jasonides, Marnie Fender ve Lisa Scottoline'a teşekkürlerimi sunarım.

Touchstone'daki herkese teşekkürler; buna editörlükle ilgili mükemmel tavsiyeler veren Andrew'a ve bana bunu daha iyi bir kitap haline getirmemiz için zaman tanıyan Stacy Creamer, editörlük aşamasında yardımlarını sunan ve son derece sabırlı davranan Michelle Howry ve daha en başta taslak metne bakmaya karar veren David Falk da dahil.

Son olarak, birbirini izleyen bölümlerden oluşan bu romanın editörlük sürecine katkı sağlayan herkese kusursuz çalışmaları, sabırları ve anlayışları için teşekkür etmek istiyorum. Katkıda bulunan tüm yazarlar, bu kitabın bir bütün olarak ortaya çıkabilmesi için, kendi bölümlerinde yapmaları gereken düzenlemeler konusunda son derece nazik davrandılar. Bu muhteşem yazarlar bir araya gelmeseydi, bu kitabın ortaya çıkması mümkün olmazdı.

Böyle bir kitap yayınlamak Andrew'un fikriydi. Amaç, kanser yardım kuruluşlarına bağışlamak üzere para toplamaktı. Yazarlara yapılan ödemelerin dışında, *Adalet*'ten elde edilen kârın tamamı Lösemi & Lenfoma Vakfı'na bağışlanacaktır.

–Lamia J. Gulli

Akıl her şeyi yaratacak kadar mucizevi,
her şeyi yıkacak kadar da tehlikelidir.

Saat sabahın beşi, tarih 11 Haziran 1956. Dünyanın en önemli matematik dehalarının yetiştiği N Üniversitesi'nin unutulmaz isimleri arasına girmiş, on yıl boyunca matematik bölümünün yıldızı olan ve yapay zekânın (bilgisayarın) gelecekteki mucidi olarak görülen Jinzhen, geri dönemediği gizemli bir yolculuğa çıkar...

Sevgili Jinzhen,
Şifreler çok hassastırlar, onlara dokunan insanları sımsıkı sararlar... Bir hapishane mahkûmiyetidir; öyle ki, seni karanlık kuyuya atıp orada unutmalarını tercih edersin. Bana kulak ver ve geri dönme şansın varsa bunu hemen kullan. En küçük bir şans bile verilse kabul et. Şayet geri dönmen imkânsızsa şu nasihatimi unutma: İstediğin şifre üzerine yoğunlaş, ama asla ve asla MOR üzerinde çalışma!

"Mai Jia, *Deşifre*! romanıyla birçok yazarın iyi bir roman ortaya koyabilmek için takılıp kaldığı engellerin üstesinden emin ve sağlam adımlarla gelmiş. Arkasında bıraktığı ayak izleri bizleri gizli, edebi bir hazineye götürüyor."